知音动漫图书 · 漫客小说绘

ZHI YIN COMIC BOOK 以梦想之名 点燃阅读

小说绘

伊谢尔伦的风◎著

②

中国致公出版社　　知音动漫

知音动漫图书 · 漫客小说绘出品

"我认为，奇遇是这个宇宙不可缺少的一部分。"

目录
CONTENTS

奇遇办②与 **观鸟少年**   **001**

奇遇办②与 **机器人**   **025**

奇遇办②与 **楚随遗珍**   **043**

奇遇办②与 **人体宠物**   **065**

奇遇办②与 **机甲大战**   **085**

奇遇办②与 **至善之心**   **107**

奇遇办②与 **长发少年**   **127**

奇遇办②与 **时空旅人**   **147**

奇遇办②与 **阿尔法城（上）**   **169**

奇遇办②与 **阿尔法城（下）**   **191**

奇遇办②与 **主计算机**   **213**

后记   **246**

奇遇办 ② 与 ▶ 观鸟少年

GUAN NIAO SHAO NIAN

我不想再为了让别人高兴而活了！

[○一]

2018 年 8 月 27 日

今天我在府河观察到了长趾滨鹬、青脚滨鹬、尖尾滨鹬和流苏鹬，看来今年秋季迁徙鸻鹬的大部队已经开始路过武汉了，比去年提前了大约十天。

陇秋在观鸟网站上上传了今天的观鸟记录，又在个人空间里写下了这段话，然后叹了一口气，写道："但开学后，我就要退出协会了。"

陇秋所在的时玖中学爱鸟协会，是江汉区唯一一个中学生自行创办的爱鸟协会。说起来好像还挺神气的，但其实一共只有八名成员，等到九月开学升高三的学长们自动退社，就剩下四人了。眼看着就要废社了，这样的节骨眼上，身为副会长的陇秋居然要退会？

"好突然！为什么啊？"协会的其他成员正百思不得其解，在 QQ、微信上给陇秋各种留言，而他始终保持沉默，一直熬到开学他们也忙到顾不上找他。

[○二]

开学测验终于走到了尽头，班主任又来组织班委选举了。

现在都高二了，备战高考都还忙不过来，谁还会想当班委啊？陇秋心想。他最近起早摸黑学英语，开学当天早上都是挂着黑眼圈打着哈欠进校门的，放学后还得去见母亲刚为他聘请的外教。

其他同学显然也没什么参选热情，绝大部分职位都由去年的班委连任了，这种平淡无聊的状况一直持续到班主任报出空缺的数学课代表一职。

刚刚蝉联纪律委员的言正礼举起了手："我想兼任数学课代表。数学是我的薄弱学科，我觉得担任课代表有助于提高我的数学成绩。"

啥？薄弱学科在你的字典里是"上学期期末考考了年级第二"的意思吗？全班同学都朝他投以惊讶的视线。

但因为没人敢跟纪律委员过不去的缘故，言正礼顺利当选了。注视着言正礼的人里包括陇秋，他疑惑的是，言正礼到底是怎么安排时间的？

在陇秋看来，言正礼非常厉害，但也非常奇怪。

大家都知道，纪律委员是个吃力不讨好的职位。高一入学成立班委会时，只有言正礼一人想当纪律委员——他那张面无表情的脸、方方正正的黑框眼镜和一丝不苟的整洁校服，也是该职位的最佳人选。之后，他真的就像凛冬的寒风般"统治"着全班，没收过大多数同学的手机、漫画、小说或零食，对考勤纪录精确到秒并且记在了脑子里，有时甚至会主动去代劳一些本该由体育委员和劳动委员负责的工作。

陇秋明白，纪律委员有它存在的意义。可是怎么会有人把当纪律委员作为自己人生的意义？更让他想不明白的是，言正礼不光对纪律委员的工作非常执着，现在竟然还想兼任数学科代表！他觉得，像言正礼这样多方面兼顾，不是光靠聪明就能办到的，他一定有什么管理时间的独家技巧。相比之下，自己别说当班干部，就连想努力提升一下英语成绩应对托福考试，都得大把大把地砸时间，不得不舍弃观鸟的爱好……

班会结束后，陇秋鼓起勇气靠近了正在整理书包的言正礼，想向他请教管理时间的技巧。但言正礼似乎非常忙的样子，边抬头看挂钟边往外走："明天再说吧，我还有事。"

"可是……"陇秋还想说点儿什么。

这时，一阵晚风吹来，陇秋愣了愣，不禁揉了揉眼睛。

自己是不是看错了？言正礼的校服被风吹起时，怎么好像隐约露出儿道很大的伤疤？就像是打架落下的……

保持着对言正礼的时间管理术的好奇心，以及对"品学兼优的好学生身上为什么会有奇怪的伤疤"的疑惑，陇秋忍不住为自己安排了二十分钟的"放学跟踪时间"。

九月的初秋，夏候鸟准备出发，冬候鸟刚刚抵达，南来北往的旅鸟们匆匆经过，茫茫楚天熙熙攘攘，一年中最适合观鸟的季节即将开始。陇秋拿出观鸟时小心翼翼轻手轻脚的专业态度，谨慎地跟在言正礼身后出了校门。

奇怪的是，他看着言正礼走进时玖中学隔壁的小巷，拐了几个弯后在一条死胡同里停下了脚步，然后钻进一个凭空出现的黑窟窿，就在他眼前消失了。

陇秋简直不敢相信自己的眼睛，他凑到言正礼刚消失的地方——查看，什么都没有发现。他四处打量了一番，还是了无头绪，更要命的是，他发现自己好像迷路了。他甚至想不起自己是从哪里来的，一时也找不到人问路，只好试探着朝前走。

走着走着，在一家网吧门口被不良少年堵住了。带头的是个绿色头发的胖子，开口就是要钱："时玖中的？借几个钱，我买包烟。"

陇秋向来是个软柿子，加上这里人生地不熟的，更不敢怠慢，赶紧乖乖掏钱。可不知为什么，他的手在半空中摸索了许久，始终没能伸进裤子口袋里。他急得冷汗都下来了。

他低头看向自己的右手。他此刻的感觉很奇怪，他的手根本够不着他的腿，手肘和身体之间仿佛隔着一个不存在的气球，或者全透明的玻璃墙，或者看不见的玩偶装……他很难形容这是一种什么样的感觉，但他只知道不论是绿头发的胖子还是他自己看来，现在的情况都是他嘴上答应实际却毫无诚意。

绿头发的胖子不耐烦起来，冷哼一声，大步上前："我自己拿。"作势就要把陇秋往他身后的电线杆上擞。

结果陇秋不动如山。

明明绿头发的胖子已把陇秋逼到离电线杆只有一个篮球的距离了，却怎么也无法把他往后再推一步。严格来说，绿头发的胖子根本都没有碰到陇秋。

绿头发的胖子诧异地看了一眼陇秋，又看了一眼自己的手，把手按在陇秋身前的空气上："你这是什么戏法？"

"我不知道啊！"陇秋茫然道，"我也碰不到我自己……"

"切！装神弄鬼！"绿头发的胖子说着又去抓陇秋的手，这一下还是没抓住，于是他转身喊两个跟班过来帮忙。

陇秋一紧张，趁机拔腿就跑！

在巷子里转了好几个圈，好不容易才找回熟悉的路，陇秋一口气跑到了事先和外教约定的地方。他大老远就看见橱窗边坐着一个银色短发的外国人，整个人都惊呆了。

【〇三】

昨天从母亲那里收到外教的照片时，陇秋的感想是"一个男的美颜滤镜开这么重，也太臭美了吧"，结果见到真人才发现，他真的就长这样，不是"照骗"。

银色的短发、金色的眼睛，完美的下颌线再加上白得发亮的肤色和高挑的身材，在陇秋看来，这就是"原来真的有人能长得像游戏里的角色建模一样啊"。这样的帅哥自然引发了周遭女生们的窃窃私语，胆子大的已经直接上前要联系方式了。

陇秋拨开围观的众人，走上前去，问："不好意思，请问是肖恩·肖先生吗？"

对方点点头，把灰头土脸的陇秋从头打量到脚："请坐下吧。"

陇秋努力让自己坐了下来。

外教的普通话标准得像电台播音员，但语调没有起伏，听起来有点儿怪："你母亲和我谈的目标是让你高三毕业后直接去北美读大学，可我听说你自己要求一个月后立即参加托福考试，能告诉我原因吗？用英语。"

"啊？在这里吗？"陇秋对自己的口语水平没什么信心，脸一下子红了，再说附近还有那么多女生看着他们呢。

外教点头确认。

陇秋咬咬牙，结结巴巴地用英语讲述起了自己的故事——

陇秋的家境不错，祖辈都是知识分子，父母更是忙碌的社会精英。可他各方面的水平都只是"比普通好一点儿"，因此父母一直对他不太满意。加上父母朋友们的子女中有不少天才，对比之下，陇秋十分寒碜。虽然他有个坚持数年的观鸟爱好，还加入了爱鸟协会，发表过一些文章，可这在父母看来不算什么正事，毕竟高考不能加分。这么日积月累下来，陇秋不得不承认，他长成了一个做什么都瞻前顾后、犹豫不决、希望能让所有人开心的人。他曾看过一篇文章，觉得找到了可以完美概括自己的五个字——讨好型人格。

"讨好型人格也不至于想一个月考过托福吧？以你现在的水平，成功的概率很低，还是循序渐进更有效率。"外教直截了当地说。

"可外婆……我怕她等不了那么久了。"陇秋的声音渐渐低了下去。

陇秋的外婆和癌症抗争好几年了，最近病情恶化到三期，医生说外婆只有一个月时间了。外婆是家里对陇秋最宽容的人，但陇秋也明白，就算她嘴上不说，其实心里也像父母一样对他寄予厚望。于是他暗下决心，就算来不及在外婆有生之年成为留学生，至少也要考过托福，拿出点儿成绩给她看看！为此他不但退出了爱鸟协会，还想向言正礼学习管理时间的技巧，他迫切地需要向外婆证明自己也可以很优秀。

"既然你想背水一战，那就按我这个时间安排表过一个月吧。"脸上毫无波澜的外教递过来一张纸。

陇秋用左手接了过来，只见上面密密麻麻的日程安排，从每天早上六点排到凌晨一点，其中晨读之类的项目要和外教一起进行。

"你是要住我家吗？"他忍不住问。

现在的他非常不希望被陌生人介入私生活。此刻在旁人看来，他是端坐在椅子上的，后背没有贴椅背，但只有他自己清楚，有一个看不见的东西正隔在他的后背和椅背之间。他感觉自己被一个看不见的罐子裹住了。

外教摇摇头："你母亲在你们那栋楼为我租了房，我明天搬过来，之后就可以每天见面了。"

好吧，总比住一起好。陇秋在心里舒了一口气。

与外教告别后，陇秋坐上了去医院的公交车，犹豫着要不要将身体的异样告诉外婆。

一直以来，外婆都是他最亲近最信任的人，但他也拿不准一个老人会不会相信这种科幻小说般的事情。而且外婆病得很重，他实在不想让她再为自己操心。想想自己长这么大，总是不愿给人添麻烦，想让所有人都满意、高兴，现在遇到这种事，连个倾诉对象都没有，想来也挺可笑的。

陇秋边想边走，不知不觉已经走到了住院部前台，正想做访客登记，结果却发现自己已经很难用右手拿起笔了——包裹着他身体的罐子正在扩大！他的感觉有点儿像穿了一件袖子太长的外套，只有两根手指可以勉强伸出"罐子"。

他费劲又急切地签完名，也不敢挤电梯，直接去爬楼梯，抵达病房时已气喘吁吁。他直奔病床，赶紧用那两根还算灵活的手指握住了外婆的手。

他很怕再来晚一点儿，"罐子"就会扩大到他根本碰不到外婆。

外婆正躺在病床上，感觉到陇秋的手就睁开了眼睛："小秋来了。"

陇秋还记得相册里外婆认真讲课的样子、从容领奖的风华，而现在，病痛把老人折磨得枯瘦无比。外婆的身上插着各种管子，抬一下手都很费劲。这些天以来，他几乎是眼看着外婆的生命力一点点消逝却无能为力。

可就算是这种情况下，外婆先问的还是关于他。

"脸色不好啊，小秋，高二很累吧？"

陇秋只觉得心头一酸，连忙把眼泪憋了回去："不累，我前几天还去府河观鸟了！冬候鸟都已经到了……"

"今年这么早啊？你的眼力真棒，有些鸟我都认不出来呢。"外婆微笑着说。

外婆曾是大学生物教授，也是陇秋的观鸟启蒙者。可就算被外婆称赞，陇秋也高兴不起来："这是最后一次！我退出爱鸟协会了，今年我一定要努力学习，做一个像母亲那么优秀的人……"

听他这么说，外婆长叹了一口气，许久才开口："小秋，你母亲确实从小就很优秀，可她这一路也非常坎坷。以前怕你听不懂，就没跟你说过。你母亲入学晚，后面因病休学一年，高考时生病失利又复读一年，结婚后有了你又休了产假……这样一路耽误下来，她博士毕业时已经三十六岁了……但还得和那些二十多岁就读完博士的幸运儿一起竞争……"

大概是说了太多的话，加上情绪有些激动，外婆突然咳嗽了起来，痰液里竟还带着血沫！陇秋吓得赶紧按铃叫医生。

等医生赶来紧急处理一番后，外婆睡了过去。看着外婆的面相，陇秋沉默不安地坐了一会儿，直到天都黑了方才起身回家。

〔〇四〕

陇秋知道自己的父母都很优秀、很忙，可到底是怎么个优秀法，他们平时不会提，他也只能模糊地意会。直到今天听到外婆的那番话，他才知道母亲有多难。他无法想象一个三十多岁、需要抚育幼子的女人是怎样平衡家庭、工作与学业，还从一群年轻人中脱颖而出的。他非常想尽早向外婆证明自己和母亲一样优秀，可他现在这个情况……如果"罐子"继续扩大，他怕是连考场都进不了。

心事重重的陇秋离开医院进了家门，对着镜子仔细研究了一下"罐子"的状态——

它是透明的不规则形状，基本覆盖了他脖子以下、胯骨以上的大部分部位，最厚处约二十厘米厚；它是柔软的，会随着他手的动作而移动，在他的脖子、腰和左手腕处还有三个洞，让他的左手勉强能伸出去完成接电话、开门、吃饭之类的动作。

然而仅仅是搞清状况并不能改变什么，陇秋用左手歪歪扭扭写完作业后就上床睡觉了，然后毫无悬念地失眠了。这个"罐子"算超能力吗？有没有什么办法可以消去这种能力？就不能有几个"与鸟沟通"之类实用的技能吗？还是冷静吧，也许明天一睁眼它就消失了……

天快亮的时候，陇秋终于睡着了，但很快被闹钟叫醒。他在迷迷糊糊中伸手摸了半天都没能关掉闹钟，这才想起来——"罐子"还在。

他眼圈青黑，打着哈欠思考了一会儿，最后还是决定老老实实去上学。他用比平时艰难得多的方式洗漱了一番，然后出门上学。

在与同学擦身而过时，他意识到一件事——"罐子"还是受现实世界的物理法则束缚的。

奇遇办②
观鸟少年
GUAN NIAO SHAO NIAN

如果别人碰到了"罐子"，他虽然不疼，但会受到推力作用。不然他昨晚怎么会被人推搡呢？由此可知，如果一辆行驶中的汽车与他擦身而过，碰到了看不见的"罐子"，他会被车撞飞。如果这样出车祸也未免太冤了吧！

于是陇秋努力避开所有从他身边经过的同学，缩在座位上熬过了一天。

放学后，越发焦虑的陇秋往家走，头顶上响起了清脆的鸟叫声。起初他没太在意，可快走进自家小区时他终于觉得不对了。

脑袋的左上方悬浮着一只玄凤鹦鹉，就是黄脑袋却有个小红脸蛋的那种，正在哼唱去年的流行歌曲《成为击坠王》。

对，不是飞，是"悬浮"，因为那只鸟根本没有张开翅膀。

陇秋揉了揉眼睛才确定自己没看错，于是他往前走了两步抬手想够那只鸟，没想到他往前鸟也往前，他往左鸟也往左，哼完《成为击坠王》又唱《自由☆同盟》……此时夜色渐深，光线较暗，在路人眼中，陇秋只是一个在逗宠物鸟的平凡少年，只有满头冷汗的陇秋自己心里明白，事情变得更怪异了。

那只与其说是"悬浮"不如说是"卡在半空中"的鸟，就这样跟着陇秋回了家。

可头上卡了一只鸟要怎么学习？陇秋正着急，门铃响了。

他用猫眼确认来人是外教后，说："对不起，我不舒服请假！"

"第一堂课你就请假？"门外的外教显然不太高兴，"那你让我进去给你拍个照，好发给你母亲作个交代。"

"不麻烦你了，我自己拍了发给你就好了！"陇秋隔着门慌张地说，可偏偏这个时候，鹦鹉又大声唱起了《自由☆同盟》："那又怎么样！那又怎么样！"

"是谁在房里？"外教的音量陡然提升，"陇秋，你是不是被绑架了？"

为防吵到邻居，陇秋只好给外教开了门。外教一进门就看到那只鹦鹉。

"你撒谎请病假就是为了养鸟？"

"不……你误会了！"陇秋脸涨红了，"其实这两天我身边接连出现了怪事……我、我能用中文说吗？"

〔〇五〕

陇秋费劲地讲完了"罐子"的事，原本很担心外教会打电话告诉母亲说他脑子有问题，结果外教竟然全盘接受："我在麻省理工读博士时是研究物理的，我觉得你现在遭遇了某种空间异常现象，那只鸟也是。"

美国名校的物理学博士为什么要来武汉教英语？陇秋正思考这个问题，外教却抛出了新的话题："这只鸟影响你的生活吗？"

"对。我看它会唱这么多歌，应该是走丢的宠物鸟，还蛮乖的……可我总不能带它上学、考试吧？"

"你坐下别动，我看看。"外教说着找了个板凳踩上去，凑近观察那只鸟。

鹦鹉突然安静了，全身羽毛倒立，鼻子发出喷气般的嘶嘶声，显得非常害怕。外教用手指轻轻地捅了它几下，吓得它凶狠地咬了一口空气。陇秋忙说"你别吓它了"，外教却不以为意，又左看右看了一番才走下板凳。

外教认为，就像陇秋被困在看不见的罐子里一样，鹦鹉是被卡在了一个看不见的洞里，它也许是被他身边的异常空间波及了。整只活鸟没法从"洞"里拿出来，唯一可行的方式是解体。

"解体？"陇秋一脸难以置信的表情。

外教详细解释道："可以先毒杀再放血，这样解体时血液就不会乱溅。以它的体形，用你家的菜刀就能完成解体。剁成三节之后，卡在'洞'里的部分应该也能掉出来……"

"等等，就没有不需要杀鸟也能解决问题的办法吗？"陇秋问。外教那张英俊的脸非常平静，却让陇秋觉得不寒而栗。为什么此刻的他就像个冷血杀人狂？

"其他方法？"外教低头思考了一下，"就算毒哑它，你也不能带鸟去考托福吧！"

换言之，如果杀死鸟并把它弄出那个洞，他就可以去上学、考试；如果鸟活着，什么都不要指望。

陇秋沉默着，犹豫不决。

外教见状又开了口："你们有句老话叫'鱼与熊掌不可兼得'，英语叫'You can't have your cake and eat it too'，你总得做个选择。"

"可我……再也不想看见小鸟在我眼前死去了。"陇秋嗫嚅道。

事情要从八岁那年的暑假说起。

当时陇秋在外婆家消暑，和其他小朋友一起抓住了一只麻雀，然后夸下海口，说要把它养成电视里那种会算术的天才小鸟。然而八岁的陇秋并不了解鸟类，更不懂什么宠物饲养和训练知识，只是想当然地把人类的生活方式往鸟身上套，结果当然没有成功——陇秋在小伙伴们面前丢尽了面子，小麻雀也躺在笼子底部一动不动了。

那是他第一次见识到什么叫死亡的腐臭。看到苍蝇围着小麻雀打转、蚂蚁成群结队地试图搬走它的尸体时，他感到恐惧。

最后是外婆为他擦干净脸上的鼻涕和眼泪，帮他埋葬了小麻雀，然后交给他一架双筒望远镜，轻言细语："不是你的，你强占不来。来，我教你观鸟，鸟儿还是飞翔的样子最美，对不对？"

那之后他买了观鸟图鉴，加入爱鸟协会，跑遍了武汉周边的各处湿地，更是熟记了市区里常见的每一种鸟类，凤头鹰、雀鹰、白鹭、斑姬啄木鸟、黑枕黄鹂、红尾伯劳……那些美丽生物的一举一动都令他着迷。

听完陇秋的故事，外教站起身："好吧，我去联系一下博导看他有没有办法。明天给你一个新方案。"

那我接下来干吗呢？陇秋看着地上的鸟屎，心想反正现在没法上学，不如先琢磨一下怎么养好小鸟吧。于是他给比较好说话的父亲打电话，说自己发烧了，希望父亲帮他跟班主任请几天病假。父亲正忙得团团转，也没细问，就在班主任微信上留言请了假。

陇秋不知道的是，班主任看到留言后想给父亲打电话确认，可父亲没接到电话。作为一个负责的老师，班主任立即联系另一位家长。这也让陇秋的如意算盘就此破灭，不太好说话的母亲大人很快就回来了。

而在陇秋见到母亲之前，他要先面对另一个让他害怕的角色。

［〇六］

观鸟和养鸟是完全不同的两件事。

陇秋作为一个观鸟者，熟悉野生鸟类的习性，并一直致力于为鸟类的生存繁衍保驾护航。但在小麻雀死后，他再也没有饲养过鸟类。他现在请假在家，除了照常学英语准备考试，最重要的工作就是喂饱这只鹦鹉。

陇秋上网搜索了饲养方法，网购了一些玄凤鹦鹉喜欢的食物，还有防跳蚤虫咬的喷剂，然后才想起——他根本够不到它啊！

鹦鹉"卡"在陇秋脑袋左上方约一米处，卡的角度非常微妙。如果陇秋站在板凳上，鹦鹉的位置也会相应变高；可如果他躺下来，鹦鹉依然卡在那个高度上。陇秋觉得至少能说明外教猜得没错，鹦鹉遇到的确实是某种空间异常现象。

可当务之急是怎么喂。他先后尝试用晒衣杆和自拍杆顶着碟子给鹦鹉喂水喂食，可鹦鹉胆子小，看到"杆子顶盘子"这种玩意怕到发抖，使得喂食重任十分艰难，还闹得满地都是洒落的饲料。

后来陇秋灵机一动，对着鹦鹉唱起了他最拿手的《自由☆同盟》，这下小鹦鹉终于放松下来可以顺利进食，吃完后甚至还和他合唱。

一天折腾下来，陇秋的英语学习大业毫无进展，但看着鹦鹉吃饱后满足的样子，觉得十分安慰。如果能让它自由飞翔就好了。陇秋一边想着一边艰难地用左手烧水泡面准备吃晚饭，这时手机响了。

是个陌生的电话号码。

"班主任说你请了病假但没住院，我现在到你家楼下了，你下来还是我上去？"冷淡的声音使得陇秋一时没想起他是谁，只听对方补充道，"我是言正礼。"

纪律委员追杀上门，是要找我算哪门子的账啊？

由于"想让所有人满意"的性格使然，陇秋的课桌里总有小说、漫画或零食，闲书谁借都可以，零食谁想吃都给，有人借作业抄的时候他也是来者不拒，如果有空甚至还会帮忙写几题。也就是说，他每天都能违反五次以上的校规班规。好在乐于助人的个性造就了他的好人缘，大家经常帮他打掩护，所以言正礼找他的次数不多。但现在言大魔王居然找上门了！

陇秋穿着睡衣，忐忑不安地乘电梯下楼，见到了言正礼。

对方首先疑惑地看了一眼半空中那只鸟，然后打量了几秒陇秋的脸：“你的样刊。”言正礼开门见山，拿出一本装在信封里的杂志，"里面有你上学期发表的文章，你们协会的人放学后送来的，我正好没走，就给你带过来了。"

大魔王找上门只是为了给我送样刊？陇秋很惊讶。

翻开样刊一看，里面还有大家约着一起去园博园参加活动的门票，以及他想要的某位教授的签名。小小一本样刊里满是同伴的挽留之情，可现在的他……

陇秋心情复杂极了，这时又听到言正礼说：“文章我看了，写得挺好的。”

这话让陇秋更意外了，他正想说谢谢，不远处响起了一个熟悉的声音——

"小秋？"

拖着行李箱的母亲风尘仆仆地出现了。

陇秋的母亲有些年纪了，双鬓略有几缕白发，成熟、优雅又干练的气质与那身剪裁得体的昂贵灰色套装相得益彰，一看就是国际商务会谈上才会出现的女强人。

此刻，这位"一看就很强"的女士一眼扫过半空中的鹦鹉、穿睡衣的陇秋、穿校服的言正礼，以及他们之间的那本杂志，立即皱起了眉：“你撒谎请病假就是为了玩鸟？”

"嗯？"言正礼闻言也皱起了眉，望向陇秋，"你撒谎请病假就是为了养鸟？"

气氛突然间杀机四伏，陇秋的脸涨得通红，结巴半晌就憋出一句话：“您为什么一回来就把我当犯罪嫌疑人审呢？"

"犯罪嫌疑人"五个字虽然客气却也严重，母亲明显感受到了陇秋的难过和窘迫，忙道歉，直到回家后才追问儿子出了什么事，结果得到了一个远远超乎她想象的回答。

"你是说你现在有了一种奇怪的超能力？那只鸟也是超能力的一部分？"母亲的眉头皱得更紧了。虽然儿子讲的事情非常离谱，可那个看不见的罐子存在感太强，她完全无法碰到他，容不得她不信。

"它应该算是'受害者'吧？"陇秋抬头看了一眼鹦鹉，"如果它当时没有钻进那个洞里，也可能有蝙蝠或者猫钻进去……"

母亲想了想，说："你刚才说外教老师说他也许有办法帮你？"见儿子点头，她迅速掏出手机，"事不宜迟，我们今晚就把这些都规划好。"说着，拨通了外教的电话。

"晚上好，陇夫人。"外教很快就上门了。

母亲简明扼要地说："小秋的情况我已经知道了，听说你能帮他，我想了解一下现在的进展。抱歉这么晚请你来，我明天又得飞香港，实在是没空。"

"我已经安排得差不多了。"外教掏出手机，调出相册，里面有一些看起来像高科技科研机构的画面，"我的博导说他们有一个量子力学研究项目也许能安全地去掉你和那只鸟的'罐子'。"

"量子力学？"陇秋脑中立即出现了各种漫画剧情，可他不觉得自己能幸运地在实验中成为超级英雄，所以谨慎地问，"研究项目在哪里？我需要去多久？"

母亲也很担心陇秋的安全问题，觉得陇秋去了实验室就是当小白鼠。

"他们在华中地区有一个对外保密的合作机构，时间可能是两周到两个月左右。"外教先回答了陇秋的问题，又转向他母亲，"生命安全可以确保，但不保证能百分百成功地消除'罐子'。不过有百分之一的希望总比坐着继续等'罐子'变大好吧？"

"可两个月也太长了吧……"陇秋犹豫了。且不提学习问题和托福考试，等两个月回来，只怕他连外婆都见不到了。

然而母亲严厉地反驳了他："如果能解决那个'罐子'，两个月耽误不了你什么，可如果这个机会不抓住，耽误的可能是你的一生。"

"可是……我送走外婆再去不行吗？"

"只怕不行。"外教冷淡地说，"我的博导马上就要回美国了，如果你这次不去，等他下次来中国会是二十个月之后。"

母亲安慰地拍了拍陇秋的肩膀："外婆有她自己的人生路，你也有你的。"

"她难道不是你的母亲吗？她马上就要死了啊！"陇秋气极，猛地甩开了母亲的手。

母亲一时愣住，沉默片刻后脱口而出的是一句最老套的"我是为了你好"。

你永远都只会这么说。陇秋不想接话，冷漠地哼了一声。

外教知趣地告辞离开。送走外教后，母亲走到陇秋面前，叹了口气，诚恳地说："小秋，其实我现在遭遇了严重的职场危机，你知道为什么吗？"

陇秋有点儿意外母亲会说这个，吸了吸鼻子问："为什么？"

"我本来是有望成为公司华中区总经理的，可我已经四十九岁了。而和我一个层级的其他高管现在都只有四十岁左右。你说如果你是总裁，你会选择提拔谁呢？"

"可、可年纪大经验丰富啊！"陇秋说，他突然想到外婆嘴里的"和年轻人同台竞技"，听起来很厉害，可最后就落得这么个结果吗？

母亲苦笑着摇了摇头，像玫瑰无奈地收起了尖刺："欲加之罪何患无辞？说到底，还是怪我没有优秀到让他们完全挑不出错来……总之，他们想赶我走。"

什么？母亲要失业了？陇秋大惊："那我们家这么困难您为什么还要送我留学？"

"因为不想你将来也和我一样。我想让你成为完美到无可挑剔的人啊。"母亲露出了笑容，"你自己想想吧。"

【〇七】

陇秋最终顺从了母亲和外教的安排，第二天一早就收拾行李踏上了旅途，去那个对外保密的量子力学研究所。

据外教所说，那个研究所建在省内西北地区的山里，由于涉及许多机密项目，陇秋必须戴上特制的眼罩才能上车——那个眼罩是全金属外壳的，样子像防风镜，不过整体感觉更高科技一点儿。

另外，为了让鹦鹉也能进车厢，外教专门租了一辆三四米高的长途大巴，让陇秋坐在车内最低处的台阶上，再用特制的安全带把他连人带"罐子"绑好，那画面十分怪异，但陇秋戴着眼罩，什么都看不见，只能隔着罐子感受汽车的颠簸，心情十分忐忑。

外教似乎是在开车，一直没说话。这时的陇秋倒是很庆幸还好有鹦鹉陪他，虽然看不见，但他也能感觉到鹦鹉的害怕。

"别怕，我们一起努力！"陇秋反复对鹦鹉说。说得多了，鹦鹉就不颤抖不害怕了，甚至开始唱歌了。

不知过了多久，他们终于抵达了目的地。

走出车门时，陇秋只觉得这一路过来自己被颠得腰酸背痛，然后感觉外教在他的眼罩边框上按了一下，他的眼前突然恢复了光明。

"你的权限等级只被允许看清道路，不要试图摘下眼罩，它会发出警报声并电击你。"外教低声嘱咐陇秋。

陇秋连忙点头答应，心里有点儿小兴奋。哇，原来这个眼罩这么先进，自带屏蔽特定物体的功能。

此时他眼前的画面像是一个简单的3D迷宫，可以看到室内的走道、台阶和门，还有一些面目模糊的人推着马赛克状的东西从他身边经过。陇秋猜测，那一定就是被眼罩屏蔽的工作人员和科研仪器了。

外教就走在他身边，脸也被屏蔽了，但声音还是听得出来。外教说："从这里开始就由R博士负责你了。过几天我再来看你。"

"啊？我还指望你陪我呢！"陇秋转身还想挽留一下外教，可这时有一只男人的大手按住了他的肩："你好，我是R博士，我们开始实验吧。"

那是一个中文发音不太标准的男声。

陇秋回头，看到声音的主人是一个微微发福、面目模糊的影子。

"好。"他紧张地咽了一口口水。

接下来的几天，陇秋大部分时间都是无聊地坐在椅子上，脑袋上贴着几个电极片，感觉不疼不痒，也不知道R博士到底在做什么实验。起初鹦鹉还会唱歌，后来只在肚子饿的时候叽叽叫几声求喂食。

陇秋闲得无聊，千百种思绪在脑子里打转。有时他很后悔应允了这一切，觉得自己不如回去帮小伙伴们查资料写论文；有时想起母亲无奈的笑容，又实在不忍心让她失望，希望能尽力达成留学的目标……就这么纠结到了第三天，R博士告诉陇秋，"罐子"还在渐渐膨胀，最厚处已达三十厘米。现在在旁人的眼中，坐在椅子上的陇秋就像是浮在半空中一样。

"我大致分析出了你所陷入的空间错位现象的发生原理，但这里的设备无法消除它，我们要去美国。"

"啊？美国？"

戴了三天奇怪的眼罩后，陇秋已经没有兴奋感了，他完全可以想象去了美国之后所见所闻依然会是3D建模般的环境、健康但并不美味的餐点，再加上充满科研术语和难懂俚语的美国口音，更别提还不能上网，没有任何娱乐了。另外，他还有一个问题——

"鹦鹉也要带过去吗？"

R博士摇了摇头，说："虽然它也是很珍贵的样本，但它肯定无法通过出境检疫。我们只能采取肖博士的提案，把它解体，从'洞'里拿出来。"

"什么？"陇秋的心一沉。他明明就是为了救自己和鹦鹉才来这里的啊！

R博士安慰地拍了拍他的肩膀："我们会给你发麻省理工的学术访问邀请函，这趟算你在我的项目里实习，写在简历里应该很好看。"

见陇秋不语，R博士指挥助手："准备麻醉针和骨锯，把鹦鹉处理掉。"

"不！你们不能……"陇秋猛地起身，想要摘掉眼罩，却发现手指被罐子阻碍，根本碰不到脸。他干脆不摘了，而是试图离开这个房间。

"别幼稚了！"R博士见状立即按了警报铃，"马上就能有突破了，你要为了一只鸟功亏一篑吗？如果能搞好这个项目，你想申请常春藤盟校也不难！"

"可是我……"

母亲无奈的笑容、外婆艰难的嘱托，以及小麻雀当年的死状，在陇秋脑中循环往复。而最后让他下定决心的，是头顶传来的声音——"别怕！我们一起努力！"

它学会说话了！它这么快就能记住我的话！

陇秋下定决心，推开R博士，冲了出去。

在这里待了三天，大致结构陇秋都记得，他觉得要找到出口应该不难。可往前跑了没几步，就看到几个手里拿着什么东西的模糊人影朝他冲了过来。稍微近点儿后，他竟然听到了清晰的电流声。

是电击棒！

很快他就被冲过来的人包围了，鹦鹉在头顶惊恐地哀鸣着。

现在怎么办？陇秋觉得自己快要陷入绝境了。透过眼罩，这些模糊而危险的景象仿佛一个昏暗的噩梦。可与此同时，他注意到那些人背后的墙壁上似乎有窗户。

他突然有了一个想法。

陇秋笔直地朝着那些电击棒冲过去，电流的嗞嗞声从他耳边掠过，接下来是玻璃的破碎声……突然，外界的清新空气涌进了陇秋的鼻腔。他做到了！

可还来不及高兴，他猛地下坠，摔落在地滚了两圈。鹦鹉惊恐地叫了几声，然后变成了低鸣。

"看来我们都没事……"陇秋费劲地爬起身，"罐子"起到了缓冲气囊的效果，保护了他的身体。眼罩也因为他刚才剧烈的动作而滑落了，他一把拉下眼罩，总算看清了周遭的情况。

他跳出来的地方是一栋三层楼高的小别墅，周围是一片郁郁葱葱的树林……咦，怎么远处还有一个眼熟的摩天轮？

陇秋确认鹦鹉没有受伤之后，朝摩天轮的方向跑去。

[〇八]

陇秋敢于朝着电击棒冲过去，是因为他在赌一种可能性——如果"罐子"的存在只是"空间异常"，而不是某种像气球皮、玩偶装一样真实的物质，那么它应该是不导电的。结果还真让他给蒙对了。

现在他朝着摩天轮狂奔也是在赌，赌一种他自己都不太相信的可能性。

越往摩天轮的方向跑，周遭的游客越多。陇秋不知道是不是该高兴他又蒙对了。搞什么啊？"神秘研究所"的位置居然是市中心的中山公园，而且公园旁边就是外婆住的协和医院！

他站在摩天轮下喘了几口气，望向那栋别墅的方向，发现没有人追来。来不及细想，陇秋干脆往协和医院的方向跑去。他现在没手机，无法联系任何人，他想着进了医院遇到脸熟的医生护士好歹还可以借个手机打电话。

没想到的是，等他跑到外婆病房的所在楼层时，刚好看到几名医生护士推着一张病床走出来，而跟在他们身后的，是放声大哭的母亲。

病床上躺的那个人被白布盖住了脸，只有一只苍老而枯瘦的手从白布边缘垂落下来，手中还握着一根白色的羽毛。

陇秋呆呆地望着眼前的一切，不愿接受这个摆在眼前的事实——外婆去世了，他没能赶上见她最后一面。

刚刚觉得自己做出对的选择的成就感，瞬间变成了无能为力的悔恨。泪水顺着脸颊默默地流了下来，陇秋咬着牙，竭力压抑自己的哭声，但身体却忍不住地微微颤抖。

他抹了抹眼泪，正要追过去跟上母亲，突然有个人拉住了他。

"不行，你不该在这个时间点出现。"

是言正礼！

然而陇秋此刻根本来不及细想言正礼为什么会出现，急切地甩开了他的手："让开！"

"冷静点儿。"言正礼话音未落，一个中间有孔的巨大齿轮从天而降罩住了他们俩。

陇秋还没反应过来发生了什么事，就发现自己出现在一个怪异的小黑屋里，身体扑倒在地，双腿被齿轮紧紧箍住。

"怎……怎么回事？"陇秋试图抬头，问。

言正礼一脸平静地看着他，说："不如这样吧，如果你愿意旷几天课，我就让你见外婆最后一面。"

见外婆？在哪儿见？阴间吗？陇秋愣了一下，忍不住问："你……到底是什么人，黑白无常？"

言正礼扶了扶眼镜："我是你的奇遇协调员。"

[〇九]

适应了小黑屋内昏暗的光线后，陇秋发现这里是一个只有十几平方米的幽暗空间，完全没点灯，但四角都涌出暗绿色的幽光。

齿轮松开了，他站起身来四处打量，看到房间的三面墙由巨大的算盘构成，算珠都是放平的齿轮，彼此咬合、缓缓转动，剩下的一面墙上则挂满了竖立的齿轮。这些齿轮的齿孔都非常大，一个齿孔就是一个显示屏，每个显示屏里似乎都在播一部大片——少女挥动双手制造出魔法阵、大章鱼在太空里吞噬宇宙飞船，还有穿着时玖中学校服的少年被一群奇形怪状的虫子追着飞跑……咦，大片里为什么会有本校校服？

陇秋觉得不对劲，又转头看向言正礼，还来不及问，就听对方平淡地说："欢迎来到超时空全次元青少年奇遇协调处驻自治街办公室，以下简称奇遇办。"

"什么办？"

"奇遇办。"言正礼面无表情地对陇秋解释。

所谓的"奇遇"，指的是绝大部分青少年都会遭遇的一种自然现象，比如穿越、交换身体、获得超能力、成为魔法少女……但偶尔也会出现一些错漏，比如救命道具突然失灵、奇遇被发给了没有人权的人造人、另一个世界的建筑物跟着奇遇当事人一起穿越过来了……奇遇办是专门负责协调、匡正错误奇遇的公益组织，奇遇协调员当然就是组织执行者了。

而陇秋本该得到的奇遇是"有一只鸟卡在他身边的扭曲空间中七天"，结果扭曲空间意外扩大，就形成了那个"罐子"。

听言正礼讲完这堆设定后，陇秋沉默了一会儿，方才开口说："虽然你好像和我们班的那个神经病丹璃关系不错，但我一直以为你是个正常人……"

"不信的话，我立即送你回去。信的话，就在这里待几天，我保证你能见到外婆。"

陇秋没听明白："'待几天'是什么意思？"

"我刚才不是说了吗，你的'正确奇遇'时限是七天，七天一到，'洞'和'罐子'都会消失，你和鹦鹉也就都自由了。"

"可那时外婆都下葬了，我岂不是只能见墓碑？"

"我说行就行。"言正礼耸了耸肩膀，"既然你都快相信奇遇的存在了，你就干脆相信我到底吧。"说着不知从什么地方搬出了一张懒人沙发和两桶泡面，又掏出刚才那个大齿轮。出现在齿轮孔另一端的竟然是陇秋的房间。

"你当然也随时可以回家上厕所或拿东西。不过你的'罐子'也许还会扩大，要和你母亲解释也麻烦，我建议你还是尽量待在奇遇办，也省得我在学习之余还要监视你会不会再出事。"说完，他又搬出一套桌椅，然后开始做《课课练》。

好厉害呀，只是这样的人物为什么会坐在这种地方做功课啊？陇秋惊讶地喃喃："我好羡慕你啊，成绩又好，又是干部，还有超能力……"

言正礼抬起头，不解地问："你十二岁就开始在各种自然科学杂志上发表文章，所观测到的鸟类数目在全市同好中也是数一数二的，还是市爱鸟协会'特殊贡献奖'得主里年龄最小的，我有什么值得羡慕的？"

┃一〇┃

陇秋在奇遇办的小黑屋里待了几天，起初是打算背单词的，可最后他还是从自家书柜里搬过来几本图鉴，继续整理之前写文章所需的资料，并打电话联系了协会的伙伴们表示要回去，他们高兴坏了。

"奇遇"发生以来，他每天都不得不思考自己到底该选择什么样的生活，现在他觉得自己已经有了答案。虽然心里隐隐有些内疚，觉得辜负了母亲与外婆，但如果来得及见外婆最后一面，一定得好好对她道歉，他想。

正想着，他突然听到鹦鹉扑扇翅膀的声音。他惊讶地抬起头，又连忙抬起右手，发现手可以碰到脸了。

"罐子消失，奇遇结束了！"他赶紧打电话给言正礼。

言正礼那会儿正在食堂里吃晚饭准备上晚自习，闻讯之后咬着包子就赶了过来："走吧，我带你去见外婆。"

陇秋这会儿反而不急了，他让言正礼先用齿轮把他送到了自家楼下，捧着玄凤鹦鹉，对它说："走吧，去找你原来的主人或者享受自由吧！"

"经历了这么多事，我以为你会希望留下它。"言正礼说。

陇秋摇了摇头："外婆以前就教导我说，不要强行占有它们的生命，顺应自然，做一个观察者也很快乐。"

就在他说这句话的时候，鹦鹉绕着他飞了两圈，重复了两次"别怕，我们一起努力"，随即振翅而去。

就着黄昏时分晦暗的光线，他们看到一根白色羽毛从天而降，缓缓落到陇秋手中。

陇秋低下头，揉揉眼睛，又拿起那根白羽再次打量，还是觉得眼熟——它怎么那么像外婆去世时手里握的那根？他脑中出现了一个神奇的可能性。正发愣，言正礼拍了拍他的肩膀："走吧。"

齿轮一晃，陇秋和言正礼就出现在了协和医院的住院部，外婆正躺在病床上。

"这是……做梦吗？"陇秋惊讶地环顾四周，怎么会有这么真实的梦境呢？

"既然是随意门，当然就可以回到过去。"言正礼扶了扶眼镜，"奇遇办的工作太多，所以我经常利用这个功能回到过去补课。"

"也就是说你的一天可以有无数个小时？"陇秋突然想起了他对言正礼的时间管理术的好奇。

"不，我自己身上的时间会照常流逝，所以如果继续这样补课，我参加高考时搞不好已经二十岁了。"言正礼耸耸肩，"不说这个了，你赶紧和外婆告别吧。"

陇秋这才从惊讶中缓过劲儿来，连忙走向外婆。

外婆半闭着眼睛，好像是睡着了。陇秋看了一眼床头卡，判断她应该是刚刚打过止痛药，他喊了外婆好几声，她才有了反应："几天没来了，小秋学习好忙吧，别累着……"

"对不起……"陇秋紧紧地握着外婆的双手，他曾以为再也没法碰到外婆的手了，如今简直恍如隔世。

刚说到这儿，外婆咳嗽了两声，说："我之前说……你母亲……从小就很优秀……"

"对不起！我……"陇秋又道了一次歉。为了救鹦鹉做出选择时他不后悔，可一看到外婆，他就难免自责。长到十七岁，自己到底做成过什么事呢？

然而外婆摇摇头，轻抚着他的脑袋："我是想说，你母亲从小就很优秀，长大后读了博士，还当了跨国企业的高管……可她也没有很开心啊。"

陇秋愣了一下。

"时间的概念是相对的，你明白吗？一岁的你和五岁的你差别很大，十二岁读大学似乎比十八岁读大学厉害多了，可八十岁的我与九十岁的我在世人眼里有什么区别呢？不都是一个'老'字吗？"外婆笑了笑，继续说，"我昨天还在劝你母亲，对你也好，对她自己也好，没必要逼得太紧，万事万物有自己的节奏。这一点，喜欢观鸟的你应该最……"

又一阵咳嗽中止了外婆的话，可陇秋已经明白了她的意思。眼泪再次顺着脸颊淌下来，可这次他流泪的原因不是悲伤，而是感悟。他终于明白为什么之前外婆手中会握着一根白羽了，因为那就是此刻的他即将要送给外婆的。

"谢谢您。"陇秋从书包里取出那根白羽，放到外婆手里，"最近这几天，我保护了一只走失的鹦鹉。您看，这是它留给我的。我想把它送给您，感谢您教给我的那些快乐。这些年来，我一直想让所有人高兴，可只有您教会了我该怎么让自己高兴，也让我终于相信自己的选择是对的。"

外婆点点头，握着白羽，含笑闭上了眼睛。

[一一]

陇秋颤抖着伸出手探了一下外婆的鼻息，还有呼吸，只是很微弱。

这时言正礼出现在他的身后，提醒他："你母亲已经进住院部电梯了，'你'也很快就要从中山公园赶过来了，快走吧。"

"嗯，是时候了。"陇秋站起身，又看了外婆一眼，跟着言正礼通过齿轮随意门钻回奇遇办，回到了原本的时间线上。

"你现在回家应该还赶得上参加葬礼。"言正礼一如既往冷静地说。

"嗯，我也该回家和母亲谈一谈了……"陇秋轻声说着，但又想起一件事，"对了，我们是不是该报警去把那个变态外教和奇怪的研究所一锅端了啊？"

"这个嘛……"言正礼正在琢磨该说点儿啥，突然奇遇办里又出现了一个黑窟窿，黑窟窿里钻出一个人："你说谁是变态？"

银发金瞳，游戏主角建模般的精致五官，赫然就是变态外教肖恩·肖。他瞥了一眼言正礼，用毫无起伏的音调说："依我说，直接把他关在奇遇办直到奇遇结束就行了，你非要搞这么麻烦，结果现在他还要报警。"

"你们认识啊？"陇秋虽然惊讶，却又觉得自己好像有点儿"惊讶疲劳"了。

"你解释吧。"外教耸耸肩，把问题推给了言正礼。

言正礼叹了口气，只好从头说起。

言正礼从高一开始在奇遇办做临时工，高二开学刚刚转正，然后就遇上了陇秋这个案子。然而以前的同事暂时不在，奇遇办里除了他，就是新来的这个面瘫外教。外教本名束蚀Ⅱ，是个从异世界穿越过来的铁桶机器人，只不过现在假扮成了人类的样子。

"我是人类，而且本名是替束φ旂-懋る蚀Ⅱ。"外教忍不住开口补充道。

言正礼没理他，继续解释。

由于言正礼现在是奇遇办资格最老的"负责人"，于是他提议，让外教先穿越到"错误奇遇"发生的前几天，在陇秋的母亲那里应聘成为留学顾问。之后则是外教自己提出了"假研究所"这个想法，在中山公园里租了一间经营密室逃脱游戏的小别墅，找人扮演R博士和医护人员，还拿出了一副能选择性屏蔽陇秋视野的眼罩。

找演员？高科技眼罩？这个奇怪组织这么有钱，还是说那都是他们这些协调员自带的"超能力"？来不及细想整件事，陇秋又问："如果你们直接和我说，我就算开始不信，最后还是会接受啊……你们为什么要搞这么大一堆事？"

"我当然是为了让你明白……"言正礼本想说"让你明白不要为讨好别人而活着"，可话到嘴边却吞了回去，最终说出口的是，"为了让你明白遵守纪律的重要性，不要拖全班后腿。"

"所以你到底对纪律委员这个工作有什么执念？"陇秋直愣愣地问出了口，自觉失礼，又连忙说，"你帮了我这么多，如果有什么我能回报你的……"

言正礼垂下眼睑，沉默片刻："因为我有个朋友……去世前做过纪律委员。我想站在他的位置，看一看他所见到的景象。"

"你还有朋友？"外教嘲讽地哼了一声。

言正礼正想反驳，外教却直挺挺地扑倒在地。

"他故障了吗？"陇秋吓了一跳，忙去扶人，却没想到这男人沉得出奇，他根本扶不动。

言正礼皱眉不语，沉思片刻："他可能是没电了。我来解决，你回去写作业吧，你功课应该落下很多了。"

"什么？没电？高科技机器人不该是核动力的吗？"陇秋还想说点儿什么，言正礼已经利落地掏出齿轮随意门，将他扔回了自己的房间。

[一二]

陇秋一进房间，就看到母亲坐在自己房里翻相册，一边看一边抹眼泪。陇秋的出现让她又惊又喜："你回来了？你的'罐子'消掉了？"

"消掉了，但是……"陇秋觉得有很多话想说，可一时间也不知该从何说起，最后说出口的只有，"对不起，我可能没法按你们的安排顺利去留学了。"

母亲愣了一下，陇秋连忙说："我如果不能像你朋友们的孩子一样出类拔萃，只能考个普通大学，再试着自己去考研或留学……你会讨厌我吗？"

母亲闻言叹了一口气，说："社会竞争这么激烈，我和你父亲其实也只是想尽自己所能让你的起点高一点儿，飞得稳一点儿……"

"可就像留鸟与候鸟可以互相转化一样，我的意思是……"陇秋有点儿紧张，"我知道你和父亲这么辛苦都是为了我，可你们是不是太急了呢？我觉得世间万物都有自己的规律，哪怕是迁徙途中掉队的鸟儿也能摸索出自己的活法……总之，我不想再为了让别人高兴而活着！外婆说得对，不是我的，我强占不来。我想按自己的节奏生活，过兼顾学业和观鸟的日子，也许将来我还会考一个和鸟类相关的不怎么风光的专业……"一口气说这么多，陇秋紧张得满头是汗，最后又补了一句，"而且你都要失业了，我怎么好意思……"

母亲一愣："什么失业？我说的'赶走'是指我要被派到南非去当子公司 CEO 了啊。"

"CEO？那不是升职了吗？"

"这叫明升反降，这些套路你现在还不懂。不过我也想开了，你外婆说得对，我没必要把自己逼得太紧，时间概念是相对的，没实现自己五十岁前的职业规划也没什么，对你也是。我们总是怕你走不好，所以拉扯着你，你却说'哪怕走慢一点儿、哪怕摔倒呢，我想自己走'……也许，这就是所有孩子的必经之路吧。"说着，她站起身来，拍了拍陇秋的肩膀，"你父亲在做饭，舅舅他们都来了，你去打个招呼吧，大家明天一起去送外婆。"

母亲这意思是同意了？陇秋连忙站起身来，跟着母亲往外走，感觉心情非常奇妙。明天就要与外婆告别了，而此刻满溢在他心中的，却并不是悲伤。

这时，社区广播里正回荡着《自由☆同盟》熟悉的旋律，仿佛是鹦鹉以及整个世界都在庆祝。

他，终于找到了属于自己的路。

JI QI REN

奇遇办 ② 与 机器人

人生本来就没有意义，意义都是自己找的。

[〇一]

　　九月的武汉还是很热，余蕾发着烧，独自躺在床上，开着空调拉着窗帘玩无人机。

　　无人机是她趁"618"打折的时候在网上买的便宜货，小学男生喜欢的那种，可以把自己的手机架在遥控器上当视窗。虽说父母每个月都要为她支付一笔不菲的医疗费，但这种廉价无人机的价钱还算承受得起，毕竟对她这么一个常年独自在家无法出门的人来说，无人机就像是一缕可以"越狱"的灵魂。

　　当然，到底是便宜货，这台无人机上的实时图传距离只有五公里，指望靠它找到王红梅，简直是海底捞针。

　　武汉市内名叫"王红梅"的人共有 385 个，网上只能查到部分人的工作或家庭住址，而她家附近能抵达的地方都已经飞遍了。以这台无人机的性能，如果想找到更远地方的王红梅，她必须出门。

　　但那是不可能的。余蕾叹了口气，费劲地起身给自己换了一个退热贴。贴好新的退热贴后，她又躺回床上，找了个比较舒服的姿势。

　　五年前的一场火灾使余蕾全身 40% 烧伤，到现在她依然是一身后遗症，烧伤区域不排汗，关节皮肤粘连活动不便，左脚严重变形无法行走，身上总是疼，而且免疫力下降容易生病，动不动就发烧，一场感冒就能让她进重症监护室……更不要提容貌的改变了。

　　余蕾曾经是芭蕾舞教室里最优雅的小天鹅，而现在不光家里的镜子都被布盖住了，就连她手机的前置摄像头也贴上了贴纸。

她的人生目标只剩下一个，就是找到王红梅，查出真相。

无人机还在到处飞，飞着飞着，余蕾觉得有些口渴，一手拿着遥控器，一手费劲地去够床头的水杯。水杯被手指截中，但还握不到，再够，水杯就歪了。

眼看着水杯要掉下来，余蕾也没办法去接。

但余蕾没有听见水杯的碎裂声，甚至没有注意到自己的意识出现了短暂的空白。她只觉得自己依然注视着手机屏幕中由无人机摄像头传来的画面。

但渐渐的，她发现眼前的画面……是不是太直接、太近、太清晰了一点儿？

余蕾试着低头，没有看到自己的身体，想要说话，却发不出声音，也听不到任何声音，然后她又试着转身，正好身边是一栋大楼的玻璃幕墙，她一扭头就看到，玻璃幕墙中映出的"自己"是那台廉价无人机。

什么？我变成无人机了？

余蕾悬在半空中原地打转，竭力冷静了三秒，然后暗自欢呼：这也太棒了吧！她终于不用被那个又丑又疼的肉体拖累，也不必受限于无人机的遥控操作距离极限了！

无人机，或者说是余蕾，在空中肆意地划出优美的曲线，飞过车水马龙，飞过阳光下明亮而红艳的晴川桥，飞到了空旷清爽的汉口江滩，正想继续朝长江对岸飞过去，突然——

一只鸽子猛地撞上来，余蕾只觉得天旋地转，随即掉进江滩的荒草丛中，再也飞不起来了。

[〇二]

开学好多天了，时玖中学的新任外教仍未到岗。他不但是麻省理工学院毕业的物理学博士，而且长得非常英俊，据见过他本人的女老师形容，"真的在闪闪发光，就像《指环王》电影里的精灵族一样帅的人。"

外教失踪，校长等人好不着急，事先和电视台、网媒约好的采访工作只能全部取消。没人知道这位银发金瞳的大帅哥已经直挺挺地在奇遇办的地板上趴了三天，没有呼吸，没有心跳，瞳孔没有扩散却变成了诡异的白色。

而时玖中学高二（8）班的纪律委员言正礼就坐在他旁边写作业，却对他不管不问。言正礼心里想的是，我只是个普通的高中生，能拿来自异世界的人形机器人怎么办呢？

好吧，会认识这种华而不实的机器人好像已经不太普通了。如果时间倒回到一年前，作为同学们眼中"全宇宙最正经的中学生"言正礼是绝不会相信"外教是机器人"这种事情的。然而现在在奇遇办的管辖领域，什么事情都可能发生。

超时空全次元青少年奇遇协调处驻自治街办公室，以下简称奇遇办，是一家专门协调错误奇遇的公益机构。高一开学没多久，言正礼就被迫成为奇遇办的临时工。暑假快结束时他一时热血决定转正，结果之后一直在后悔自己脑子里进了水。以前的同事要么被抓了要么在休养，新来的这个机器人说故障就故障，自己就是奇遇办唯一在岗的员工。这种日子和临时工时期有什么区别？

言正礼一边写作业一边琢磨着该不该给奇遇办主计算机打报告申请招新，正想着，"齿轮"的提示音响起。

任务来了。

"余蕾，友谊路中学高一学生，身体多处烧伤，一直在家通过视频直播学习。奇遇内容：意识附体到无人机上十天。错误奇遇：无人机……坠毁了？"

言正礼拿出齿轮，火速赶到了"案发现场"。

"齿轮"是每个奇遇协调员都有的工作设备，兼具随意门、通信器、飞行器、武器等多种功能，并且尺寸可大可小。言正礼做临时工时通常是借用同事的，转正之后才有了自己的齿轮，他感觉这齿轮除了多了个积分系统，操作起来和以往并没有什么不同。具体体现在余蕾这个案子上就是，齿轮没有比从前更好用或者说更智能。

言正礼通过齿轮随意门抵达江滩之后，从荒草丛中找到了坠毁的无人机，发现它已经摔得四分五裂。

"余蕾！余蕾！你还好吗？能回应一下吗？"

没动静。

他现在最担心的是余蕾的身体和意识之中有一方会死，甚至一起死。他的第一反应是想让齿轮扫描一下余蕾的意识还在不在无人机上，结果齿轮的操作系统表示自己并没有这种功能。

于是言正礼只好让齿轮调出了对余蕾的监控录像。

画面分为两部分齐头并进。一边是余蕾的身体失去意识躺在家里，家人以为她昏迷了，已经把她送到了医院；另一边是余蕾的意识附在无人机上自由翱翔，不幸坠毁，挣扎了一段时间也没能再度起身，然后有个十一二岁的男孩经过江滩，惊喜地捡起无人机，把它的摄像头给拆走了。

摄像头丢失与"无人机余蕾"不回应自己之间有什么联系吗？言正礼想着。可不管怎么说，还是先从小男孩那里拿回摄像头比较好吧？于是言正礼打算先通过齿轮去找那个男孩，可这时齿轮中又传来提示音——故障机器人同事醒了！

【〇三】

言正礼回到奇遇办的时候，外教也在使用自己齿轮的随意门功能——他正费劲地扶着那个齿轮的边缘往外爬，爬向齿轮另一侧的纯白色房间。

"你自动开机了？硬盘没烧坏吧？"言正礼问。

外教没有回答，只是缓慢而艰难地挪向纯白色房间里一张看起来像床的东西，平躺上去之后终于长舒了一口气，然后抱怨道："这能量板越来越不经用了。"

"能量板是什么？"言正礼也跟了过来，四处打量。

他知道，自己现在所处的地方并不是武汉，而是科技水平很高的异世界"阿尔法城"。外教房间里的家具和摆设都是纯白色的，看起来很高科技，却缺乏生活气息，这一点和言正礼上次来的时候所见相同。不同的是，现在他的桌子和柜子上还摆满了高仿真的机器人身体零件，从假发、眼珠、牙齿到手臂都有，使得这里看起来活像一个凶案现场。

他要这么多零件做什么？给自己换着玩吗？言正礼刚想到这里，就听看起来恢复正常的外教缓缓地说："你可以把'能量板'理解成电池，代用体的电池。虽然我私下做了很多改装，但这代用体毕竟是个便宜的二手货，经常出问题。"

说着，他从口袋里摸出一串钥匙，把钥匙扣上的一个小挂件指给言正礼看："理论上来说，当代用体的能源量只剩 3%，它会自动关机，将最后一点儿能源用于维生。如果关机时间超过三天，我的大脑可能因缺氧而死亡，这时代用体就会紧急重启，给我最后一分钟的时间寻找能源接口……但一切的前提都是，它系统没出故障。所以如果你下次看到我的代用体突然关机了，就赶紧找到钥匙扣上这个紧急启动装置按一下，我就能提前重启。"

你到底用的是什么能源？"缺氧脑死亡"是个比喻吗？言正礼想着，开口却是："铁桶，没人教你拜托别人做事时要说'请'字吗？"

"如果你贫瘠的发声器官发不出'替束 φ 斿 - 懋る蚀Ⅱ'这么复杂的音，至少也叫我束蚀Ⅱ吧。"外教就是不说"请"，显然是认准了如果真出现紧急情况，言正礼绝对不会放着他不管。

"行行行，你充好电了吗？充好了就赶紧回武汉做任务。"言正礼懒得和他争辩，转身离去。

早在外教束蚀Ⅱ还使用铁桶状身体的时候，言正礼就知道这破桶个性冷漠又执拗，所以一直不喜欢他。今后的同事之路只怕更加难走了。

[〇四]

余蕾梦见了她最后一次上台表演时的事。

那时候她才十一岁，却已经参加过大大小小十几场芭蕾比赛了，各种表演更是数不胜数。这么一场小小的校内新年演出对她来说轻松得如同庖丁解牛，她只需要像平时练习那样随便跳个十分钟，就可以尽情收获欢呼与掌声。站在光炫夺目的舞台上往下看，人们的眼睛就像夜空中的繁星，繁星化为无垠的银河，只为衬托她这颗太阳而闪烁。

而她站在无比明亮的聚光灯下抬头看，天花板上镶着镜子，能映出舞台上的一举一动。当她像天鹅一样高高仰起她优雅的脖颈时，自己就是视线所及之处唯一的花朵。

她骄傲吗？当然！听，《胡桃夹子》熟悉的旋律又响起来了。

余蕾熟练地旋转、飞舞，然而台下的银河黯淡了，掌声变成了窃窃私语，她在些许不安中跟着旋律仰起头——

天花板上镶着镜子，可镜子里迎面扑来的究竟是什么怪物！它的四肢变形了，活像四根难看的胡萝卜，蜷曲的双手仿佛鸡爪；它的头发枯结错杂，如同美杜莎头上的毒蛇；它的脸仿佛被树根紧紧缠住，连耳朵都是残缺的，只剩下一对熟悉的眼睛……

它的名字就是——余蕾。

她就是烈火燃尽后剩下的一团煤渣。

余蕾惨叫着从梦中醒来，却发现这一次自己并没有"叫"出声。她不是第一次做这样的梦，每次都会大喊着吓醒，可现在……

她首先想起的是自己现在是一台无人机，然后发现自己正待在一个陌生房间里，一个瘦小的男孩正戴着电焊工面具，背对着她忙碌着。

男孩看起来十一二岁的年纪，应该是这个房间的主人。余蕾四处打量了一下，只见室内摆满了金属零件和组装工具，墙边的柜子里还摆着一些奖杯和机器人。

我是被他捡回来了吗？余蕾想着，她试图像之前那样用思维操控自己的"身体"，结果她只看到自己的视野中出现了一只钳子状的机械臂。我的无人机有机械臂了？

余蕾愣了一下，扭"头"看向身后的穿衣镜，只见镜子里映出的根本不是无人机，而是一台有着红色圆球状身体、四只机械臂和三条带轮子的腿的小机器人。圆球的正上方还镶着一个可以旋转的摄像头与一盏小灯。我现在到底是什么玩意？

她看向镜子里的自己，差点儿晕了过去，只是现在的她似乎没有"晕"的功能。她想尖叫，却发不出声音，然后她试了试对"身体"发出"跑"的指令，三条腿上的轮子便飞速旋转起来。

咦，我能走了吗？余蕾喜出望外，在屋内转了两圈，意外发现自己可以操控摄像头旁的小 LED 灯，于是她旋即驶向门外，但没跑出几米远却又感觉到"身体"不听使唤地被召回……

她被迫转过头，只见那男孩摘掉了面具，拿着一个像无人机遥控器的小玩意站在门口，疑惑地看着余蕾，也就是看着那个小机器人。

男孩又按了两下那个小玩意，余蕾的"身体"就不由自主地驶回了室内。

果然是这个身体的遥控器！

余蕾恍然大悟，却见男孩的嘴巴一张一合。她的机械身体没有声音输入设备，听不见男孩的声音，只能从他的口形来辨认——他似乎说了"失控""纠错"等词。难道他以为我失控或中毒，要对程序纠错？可万一他纠错之后把我给删了怎么办？

其实余蕾这会儿并没搞明白自己到底怎么了，只是直觉不能让小男孩乱来，可她没法说话。要怎么跟他沟通呢？用机械臂写字吗？笔在哪里？

余蕾急得在房间里直打转，这让小男孩越发觉得机器人出了问题，不停地用遥控器与余蕾争夺机器人的操控权。

情急之中，余蕾突然想到一个办法——

她操控摄像头旁的 LED 灯，不断发出闪烁的灯光，闪烁时间时长时短。

男孩恍然大悟："是'SOS'，你在求救！我……难道写出了超级人工智能？"

"他们在用什么黑话交流？"奇遇办小黑屋的显示屏前，束蚀 II 问言正礼。

"我猜是利用灯光时长间隔来表达摩斯密码，'SOS'可以表达为三短三长再三短……男生喜欢这种东西倒是挺常见的，没想到余蕾也懂，看来她的日常生活真的很无聊。"言正礼叹了一口气，又对束蚀 II 说，"你虽然是异世界来的，但好歹也是个机器人，赶紧把摩斯密码表下载一份到你脑子里，再转换成汉语拼音，就可以迅速破译他们在说什么了。"

"我是人类。"束蚀 II 冷冷地反驳了一句，但还是认真按言正礼说的去搜索了什么叫摩斯密码，现场翻译了起来。

余蕾告诉小男孩，她不是人工智能，而是一个魂魄，现在不知为什么附体在他的机器人身上。尽管目前她没有听觉也不能说话，但好歹有了身体，因此她想去实现一个愿望——找到王红梅，查出真相。

"真相？我帮你啊！"听到这种设定，小男孩的眼睛都亮了。

男孩叫留燧明，是个机器人爱好者，除了喜欢组装机器人还在自学编程。接下来他打算给余蕾附体的小机器人装上声音输入和输出系统。

"事情一目了然。"小黑屋里的束蚀Ⅱ看到这儿，觉得自己已经理清了思路，"余蕾说自己是个魂魄，是出于对残病身体的厌弃，但实际上她的身体还活着，只是她的意识附在了无人机上，准确地说应该是附在那个摄像头上。"

束蚀Ⅱ现在拥有一副面无表情的白种人外貌，却讲着一口标准得像播音员的普通话，并且声调毫无起伏，显得非常怪异，他自己倒是浑然不觉。

"我们只要把摄像头拿回来，修好无人机，就可以结束这个错误的奇遇了。"束蚀Ⅱ说。

"我觉得没必要这么急，还要再观察一下，看她说的'真相'究竟是指什么？"言正礼皱着眉说，"《奇遇协调员基本守则与注意事项》第一条，必须确保奇遇当事人在一个月之内的生命安全。就算我们把摄像头装回去了，但以她的身体情况，如果依然执着于真相甚至采取过激行动，可能会在一个月内害死自己，还会给奇遇办添麻烦。"

"你说得有道理。"束蚀Ⅱ回答得出乎意料的干脆，可他下一句话也出乎言正礼的意料，"但我刚预约了回阿尔法城返厂换电池。你也看到了，我这个代用体随时可能关机。所以就由你来继续观察吧，我换好电池就过来。"说着就通过齿轮离了奇遇办。

言正礼一脸难以置信："为防止关机而换电池？你是快报废的旧手机吗？"

[〇五]

现在奇遇办里又只剩下言正礼这一个劳动力了，这让他想起了做临时工时的那些"美好回忆"，他叹了一口气，继续观察余蕾。

这会儿余蕾原本的身体已经在医院里经过了一番初步检查，只能判断出是原因不明的昏迷。她的父母正守在病床边，非常担忧。

留燧明那边的气氛却是十分愉快，他把余蕾附体的小机器人带到了他爸爸留教授任职的华中科技大学，找到了爸爸的学生李渺渺，她正在实验室里折腾自己的机器人。

"渺渺姐的技术越来越好了！"留燧明闪着星星眼，嘴甜极了，"能不能请你帮个忙，给我的这个小家伙装上声音输入和输出系统？"

"有必要吗？你又在折腾什么新玩意？"李渺渺是个大一女生，有着一头乌黑长发。她打量了一会儿留燧明的小机器人，然后以一桶冰激凌作为交换条件，答应了他的请求。

留燧明屁颠屁颠去买冰激凌了，李渺渺则把小机器人端上桌，连上自己的平板电脑，把一套人工语音系统复制到机器人的硬盘里，又把留燧明不太会调的语音输入输出设备调试了一番。

余蕾全程假装自己是个真正的机器人，只在李渺渺发出调试指令后才出声，直到留燧明进贡了冰激凌把她带回家之后，她才流露出了本性。

余蕾站在留燧明的操作台上，身体像跳舞似的原地转了几圈："换了身体，连声音也换了，感觉自己焕然一新！"

"你不喜欢原来的身体吗？"留燧明好奇地问，"既然现在你说话方便了，快告诉我你到底要查什么真相吧！"

"你直接搜我的名字就能搜到关于我的旧闻，还有我的照片。"余蕾说这话时满心都是悲哀与自嘲，只可惜机器身体的合成音表达不出来。

留燧明依言照办，查到了一条五年前的旧闻——因某男做菜不慎失火，邻居少女余蕾被烧成重伤，报社呼吁社会各界为她捐款。配图是余蕾住院时的照片，从照片中看不到余蕾的脸，只能看到她从头到脚裹得像木乃伊一样。

余蕾的照片让留燧明心情很是沉重，他又问："报道里说火灾肇事者当场死亡，你还要查什么真相？"

"你再仔细看看那篇报道。"见留燧明仍不解其意，余蕾只好直接点明，"他是午夜十二点开煤气炉做菜引发的火灾，你觉得这件事正常吗？谁会在这个时候开煤气做菜呢？想做什么夜宵用微波炉热一下不就好了吗？"

"你的意思是……"

"事发前不久，因为他们家半夜吵闹，我向居委会投诉过他们。我觉得这场火灾可能是他妈妈王红梅蓄意报复，结果意外烧死了自己的儿子，就用儿子顶罪。她儿子很少出门，是个很没存在感的宅男，平时大家都只看见王红梅出入。她脾气不好，看到家附近有小猫翻垃圾觅食都要吓唬、驱赶。我觉得这种人干出这种事也不奇怪。"

"但是……"留燧明想了想，问，"你不觉得'半夜在自己家里放火想烧死隔壁邻居却不慎烧死了自己的儿子'这个设想很奇怪吗？"

"觉得。"余蕾说出这两个字之后沉默了一会儿，又说，"所以我要找到她问出真相。最好是能留下证据，将她绳之以法。"

"好吧，我会帮你帮到底的。"留燧明说完，把双手往脑袋后一抱，换了个轻松的语气，"不过蕾蕾姐，你查完真相后打算做什么？"

"我都是个魂魄了，就让我附体在你的机器人上，能混几天是几天吧。"余蕾自嘲地说，"说不定哪天我就烟消云散往生极乐了呢。"

怎么话题突然变得灵异起来了……留燧明勉强接话："你去世多久了？不想用这个新身体回去看看父母吗？"

"我觉得我应该是刚死吧,正好让他们断了念想。"余蕾说得轻松,心里却有点儿难受,沉默片刻后她主动转移了话题,"我们来研究一下该怎么找人吧!"

余蕾摆脱了行动不便的身体,还有了留燧明这么一个机灵可靠的小伙伴,找起人来效率应该会大大提升。

留燧明的思路是模仿《名侦探柯南》,利用小孩子不会被怀疑的优势,摆出天真无辜的嘴脸,自称是王红梅失散多年的亲戚,直接去向王红梅当年的邻居和社区居委会打听她的去向。几经辗转后他们终于得知,王红梅现在搬到了附近的黄石市。

"难怪武汉市内怎么都找不到她!"余蕾恍然大悟。

他们辗转打听到王红梅在黄石的住址,留燧明决定在这周六以"参加社团活动"的名义离开家,带着余蕾附体的机器人去黄石。

[○六]

"虽然我的目的是伸张正义,可我真没想到打听别人的住址等隐私会这么容易,我自己以后也得防着点儿。"黄石某个老旧的居民楼内,留燧明一边严肃地说着,一边用望远镜望向对面那栋楼五楼的王红梅家。

王红梅的家是布置简单的两室一厅,陈旧的家具摆设看起来都是二十世纪的产品。她儿子的遗像就摆在门口的鞋柜上,遗像前还放着香炉和一个游戏机手柄。

看到家里没人,余蕾操控机器人顺着墙爬到了五楼,用机械臂精确地把一个带蓝牙的小麦克风藏到了遗像背后。刚藏好,王红梅就回来了。

余蕾连忙操控机器人爬出房间,躲在阳台上,只见王红梅进了门,放下购物袋,首先给儿子遗像前供的香炉换了一炷香,然后把购物袋拎到厨房案台上,将刚买的菜一样一样拿出来。

几年没见,这个中年女人看起来更加臃肿而颓丧了。哪怕是择菜切菜这么普通的家务活,她也干得没精打采的,一举一动都透着一股死气沉沉的灰暗。

余蕾觉得时机差不多了,决定开始装神弄鬼,她用机械臂推倒了阳台上的一个花盆。

突如其来的声响吓得王红梅脸上的赘肉都抖了一下,她吃惊地走到阳台上,也没看到什么异状。她舒了口气,拿起地上的花盆。

余蕾趁机用蓝牙麦克风说话了:"妈妈……我好疼……你为什么要害我……"

"小伟?"王红梅瞠目结舌,手中的花盆顿时落在地上摔得粉碎,可她现在已经完全不在乎那个花盆了,而是飞快地转过身去捧起了遗像,"小伟,是你吗小伟?"

看来王红梅并没有思考"声音为什么不一样"这个问题。余蕾对这个反应感到满意，决定继续以王红梅儿子的口吻说话，她想套出火灾那晚的真相："妈……你跳舞跳得好开心啊……可我到现在……还很疼……"

"小伟……"王红梅腿脚一软，抱着遗像跪坐在地，"小伟啊！是妈妈对不起你……"

她承认了！虽然是再俗套不过的话，却让余蕾大喜过望，她正想进一步套话，却突然眼前一黑，意识就此断线。

[〇七]

不知过了多久，余蕾终于恢复了意识。

她感觉自己正躺在病房里，能闻到消毒水的味道，熟悉的疼痛感又出现了，身边似乎摆着许多嘀嘀作响的仪器。一个戴眼镜的陌生少年看着她说："啊，你回来了。"

回来？回哪里？我真的死了吗？可我还没有查出真相呢！余蕾心里一急，眼前再度一黑。

等她再次恢复意识时，她发现自己待在一棵梧桐树下，留燧明坐在一旁捣鼓着什么。

"我是没电了吗？"余蕾问。

听到这个机器人的男声声音她就明白，自己的意识又回到机器人身上了。

"你醒了？太好了！"留燧明一把捧起她的"身体"，"我在外面观察到你们那边突然没动静了，试着遥控了一下你的'身体'，发现你竟然没有和我抢控制权。我猜你可能晕过去了。现在我正在用跟渺渺姐借的无人机监视王红梅！她好像去道观烧香了。"

"我感觉我好像有那么一瞬间回到原来的身体里了……"余蕾喃喃，"还是这个身体好，至少不疼。"

"咦？你不是死了吗？"

余蕾正在想该怎么解释，梧桐树下突然出现了一个一人高的黑色窟窿，刚刚那个眼镜少年从黑窟窿里爬了出来，急匆匆地说："搞什么啊，你为什么还不回去？十天到了，你的身体已经病危了你知道吗？"

他是在对我说话吗？他知道我是谁？

余蕾非常惊讶，与留燧明面面相觑。

见他们一脸呆愣，言正礼扶了扶眼镜，指着那个红色的小机器人，说："我是你的奇遇协调员。"

言正礼用了五分钟的时间讲解什么是奇遇办及余蕾所经历的错误奇遇，又花了十分钟

奇遇办②机器人 JI QI REN

拒绝留燧明的一系列热情要求，比如"能让我进奇遇办看看吗""那个齿轮能不能给我摸一下""我想当奇遇协调员该怎么申请"等，最终把话题扯回来。

余蕾附在摄像头的十天时限已经到了，现在她是靠自己的意志强行附在摄像头上，如果不尽早回到自己的身体里，她的身体就会死。

"蕾蕾姐，你赶紧回去吧，我来帮你找证据！"留燧明自告奋勇。

可余蕾却不太情愿："你不是当事人，怎么找得出来？再说那个身体我早就不想要了，不如以后就用这个机器人身体生活。"

"生什么活？你现在附在一个摄像头上，摄像头的寿命能有几年？摄像头坏了之后你怎么办？"言正礼着急地说。

"那也比继续用怪物一样的身体苟延残喘好！"余蕾怒道。

言正礼无话可说，转身用齿轮的通信功能联络束蚀Ⅱ："在吗？电池换好了吗？你能不能帮我改写一下当事人余蕾附体的那个机器人的程序，逼她回到原来的身体里？"

言正礼自己也觉得这要求听起来很离谱，可束蚀Ⅱ来自高科技世界，说不定真能办得到呢？再加上他记得刚认识束蚀Ⅱ时那个铁桶就自称"我的个性就是不允许出现任何错漏"，所以言正礼觉得束蚀Ⅱ一定能理解目前的情况和自己的苦心。

"我拒绝。她有自由选择的权利，包括选择放弃肉体。难道在你看来，没有肉体就不算人类了吗？"束蚀Ⅱ这么回复他。

"可如果过几年她的灵魂就跟着摄像头一起报废了呢？"

"那已经超出你的职责范围了吧！"束蚀Ⅱ冷漠地结束了这次通话。

言正礼很想骂人，这时身后响起了余蕾的合成音："你不是可以偷窥我的生活吗？那你知不知道我到底有多疼呢？"

[〇八]

烧伤之后什么时候最痛苦？

如果被问到这个问题，余蕾会回答——每时每刻。从被烧伤的那一刻起，她就生活在地狱里。芭蕾女孩引以为傲的修长优雅的身体变成丑陋的怪物，粘连成萝卜状的双手是做手术硬生生"剪"出五指的，妈妈为她涂抹药膏时她总是疼得咬破嘴唇……最可怕的是复健，必须日复一日地去活动身上那些皮肤粘连最紧、动起来最疼的部分，起初几次她直接在复健时疼晕了过去……

可这么努力地忍痛复健换来的是什么呢？是她在烧伤后第一次和妈妈一起出门时，吓哭了遛狗的邻居小妹妹，也吓坏了她的小狗。不是说人不管变成什么样子，狗都能靠味道辨别出谁是主人吗？为什么现在的自己在狗的眼里都是怪物呢？

满心郁结的余蕾渐渐连哭都哭不出来了。这样的日子过得久了，她有时会有一些比较极端的想法，比如说如果可以选，她宁可选四肢全断成为人彘也不想选烧伤，因为在她看来，四肢全断无非痛在一时，还可以换上帅气酷炫的义肢，烧伤却是无比漫长的折磨，看不到未来，只不过是求个苟活罢了。

余蕾把这样的想法写在 QQ 空间里，过去鼓励她、祝福她的同学们没有一个敢过来互动。

只有妈妈在第二天给她买来了新的舞蹈服和舞蹈鞋。

父母从小鼓励她跳舞。优雅的舞裙与粉红色的舞鞋，在过去都是她最喜欢的东西，可现在摆在她面前，她却觉得是讽刺，是羞辱。

"我现在要那些东西有什么用呢？穿起来看看我到底有多丑吗？"余蕾在妈妈面前哭着烧掉了那套新的舞蹈服和舞蹈鞋。

妈妈似乎有很多话想对她说，可最后只是叹了一口气。

"我对父母来说不就是个累赘吗？那样的身体我为什么不能放弃？"此时余蕾虽然用的是没有感情的合成音，但语速快音量大，痛苦之情还是显而易见。

留燧明都听愣了，不知道该说什么才好。

言正礼皱眉沉思片刻之后方才开口："我们直接看事实吧。"

他指向齿轮显示屏——

显示屏里面出现了病房里的画面，余蕾正在床上沉睡。爸爸守在一旁，神情憔悴，满脸焦虑。妈妈告诉爸爸，她向余蕾的舅舅借了八万五千块钱，是舅舅临时能拿出的极限了。爸爸则告诉妈妈，他把家里的车卖了。

正说着，爸爸的电话响了。

从爸爸的回应中听出打电话的是余蕾的叔叔，叔叔在电话那边说了很多，爸爸却一直沉默，最后大声喊了一句"不生！二胎不是蕾蕾的替代品"，就把电话挂了。

"你该明白了吧？"言正礼耸耸肩，"你的父母没有放弃你，对他们来说，你是无可替代的。"

"可我宁可他们……不要这么看重我……不要每天那么小心殷切地帮我复健……"余蕾断断续续地说，"一个无可替代的废物……不也还是个废物吗？"

"你现在痛苦绝望的心情我能理解，可我觉得，生活在这个时代，不妨多往前看一下。

虽然你目前过得很艰难，但当代科技水平不断进步，随时都有可能出现某种能治疗你身体、帮助你生活的新技术，你如果不信，可以问留燧明或者李渺渺。"

"对啊，蕾蕾姐。"留燧明赶紧接口，"如果你放弃了原本的肉体任凭它死亡，不就等于放弃了一切可能性？再说你总不能用我家那个长得像废旧扫地机的机器人身体回家见父母，告诉他们你是余蕾吧？"

"可……可我……"余蕾突然间不知道该说什么好。

长期以来，病痛折磨使她的个性冲动偏激、自怨自艾，甚至对父母逼迫她复健和给她买芭蕾舞服装的做法心怀怨恨，可她并不是不爱他们。只是当她说出"不如以后就用这个机器身体生活"时，一时间没有考虑到父母的感受，她更没有想到，在父母的心里，自己的分量如此之重。现在听言正礼这么一说，余蕾越想越怕。如果她真的只能随着这个摄像头的寿命活几年，对父母来说，岂不是要逼迫他们经历女儿身体和灵魂的两次死亡？

余蕾怔住了，沉默不语。

见她有些动摇，言正礼趁热打铁："这样吧，我设法帮助你尽快从王红梅嘴里套出当年的真相，然后你就赶紧回到自己的身体里，好吗？"

"嗯。"余蕾同意了。

言正礼松了一口气，而留燧明表现得比他们更加兴奋："怎么套，言哥哥你快告诉我呀！"

真麻烦啊，言正礼默默地想，每次看到留燧明这种被卷入他人奇遇却特别投入的家伙，就会不忍心在结案之后消除他们的记忆。

[〇九]

然而此刻的王红梅又在哪里？言正礼刚夸下帮忙套话的海口，就不得不面对一个新问题。

他们等了两个小时王红梅都没有回来。道观离她家并不远，但奇遇办小黑屋里挂的那些显示屏只监控适龄青少年的生活画面，所以通过奇遇办没办法找到她。

言正礼想了想，决定还是先靠比较"普通"的方式解决问题。他又联络了束蚀Ⅱ，让他通过技术手段找到王红梅的手机号。束蚀Ⅱ之前和他抬杠，这次倒是很配合。拿到手机号后，言正礼就扮作推销员给她打电话，同时让束蚀Ⅱ追踪信号源，从而确定了她的位置——她在道观附近的一间快捷酒店住下了。

王红梅进道观，一是烧香祷告，二是想请一位道长回家做法事，可她来得不巧，能做法事的道长都外出开会了。她觉得家里闹鬼不敢回家，就想在这里等道长们回来。

"那我们现在就去酒店装鬼套话？"留燧明摩拳擦掌地问。

"没了遗像这个重要道具，会比较缺乏说服力吧。再加上她在酒店里被吓到，大喊大叫惊动了旁人，会很麻烦。"言正礼想了想，说，"我有一个新方案，她需要一个道士，就给她一个道士。"

言正礼指挥余蕾留在酒店附近监视王红梅，派留燧明去戏服店租道士服装，自己则回到奇遇办找刚换完电池回来上班的束蚀Ⅱ。

"快把你的遥控代用体借一个给我假扮道士！"

"道士是什么？等我搜索一下。"束蚀Ⅱ正在用右手调试自己左臂皮肤下藏的某种设备，手上的活儿根本没停，只是金色的双瞳略转了两转，嘴里喃喃道，"已存储道教相关所有百科词条，已开始下载《道藏》。"

他抬起头，看着言正礼："我已经知道什么是道士了，但我买不起专业的语言分析插件，用免费程序分析并习得民间社交场景中道士的语言习惯还需 48 小时。"

"你的意思是说你因为没钱所以没法模仿道士的说话方式？"言正礼皱起眉，觉得束蚀Ⅱ真的很像一个只有手机壳好看的便宜破手机，"那这样吧，你在遥控代用体里放一个内置的蓝牙耳机，我教你说。"

于是束蚀Ⅱ带着言正礼回到了那个放满机器人零件的房间，从柜子里搬出一具中等身材的男性代用体，给它换上一张亚裔中年男性的脸，接着按言正礼说的给它贴了胡须、做了发髻，再换上留燧明租来的衣服，可以开始行动了。

"遥控代用体"是个什么意思？其实言正礼也只看懂了前面两个字。

前几天参观束蚀Ⅱ那个仿佛凶案现场的房间后，束蚀Ⅱ告诉他，那些机器人零件来自他的各种代用体，在之前观鸟少年与小鹦鹉的案子里，自己就是利用"遥控代用体假扮工作人员"的手段，伪造出一整个科研机构的假象的。

所以言正礼的理解是，束蚀Ⅱ是个高科技机器人，不但以人类的身份自居，还能操控其他一些机器人的身体。而现在呢，束蚀Ⅱ那个高鼻深目的外国人身体正躺在奇遇办的懒人沙发上，看似闭目养神，实际上正在操控道士的身体。

只见一身长袍的道士飘飘然走到王红梅面前，故作惊讶："这位善信，可有心事？"

这几句话当然出自言正礼之口。

其实言正礼也不太清楚道士会怎么说话，担心自己从各种故事和影视作品中学到的所谓道士语气会听起来更像骗子，但为了达到目的，也只能硬着头皮上了。

奇遇办 2 机器人 JI QI REN

不过言正礼本人并不在现场，他正抱着余蕾的机器人身体站在奇遇办小黑屋里，通过那些有着齿轮状外缘的显示屏监视着"道士"的行动。

留燹明也终于满足了参观奇遇办的愿望，睁着圆溜溜的眼睛左顾右盼并不断吐槽，这让言正礼下定决心要在结案之后消除他的记忆。

当然，当务之急还是忽悠王红梅。

王红梅惴惴如惊弓之鸟，看到眼前这个卜卦如神的游方道士简直是一拍即合，很轻易就相信了他，请他回家做法事。

到了王红梅家，道士先装模作样地四处走动摆了几个姿势，然后轻捻长须，叹了一口气："适才我已见过令郎，令郎之灵黑气缠绕，怨念丛生，好不可怜！可令郎对我哭诉说……他是在五年前的深夜里，被您亲手烧死的？"

果然，王红梅上套了。

"我没有……我真没有……他是自己……"此刻的她显得又难过又惊慌，但看起来并不像是在撒谎。

言正礼看着她那可怜的样子都有点儿信了。

余蕾却不信："哼，上次我装鬼时她明明就招了，她说'是我对不起你'！"

这么说，疑点也确实存在。言正礼想着，循循善诱地说："那令郎上次显灵说他身上好疼的时候……您为什么会回答'我对不起你'呢？"

王红梅痛苦地捂住了脸："因为……是我害了他。"

言正礼感觉王红梅心里似乎藏着一个无人可以倾诉的故事，便让道士拍了拍她的肩："您慢慢说。"

【一〇】

王红梅小时候学习成绩还不错，老师都夸她将来是读大学的料，然而由于爸爸重病拖垮了家庭，她无法实现大学梦，十几岁时开始打工养家糊口。后来她又经历了结婚生子与丈夫早逝，只能把儿子托给爷爷奶奶抚养，她则成了一个没时间照顾孩子但控制欲很强的单亲妈妈，她一心想着怎么攒更多的钱让儿子好好读书，考个好大学……

可就在十年前她春节回家时，才从老人口中得知，孩子大了，爷爷奶奶管不了他，他无心向学，每天就知道蹲在网吧里打游戏。

那时的王红梅并不能理解儿子其实是喜欢上了电子竞技，并且还取得了不错的成绩。当时的她只觉得儿子沉迷网游，几经思量后，在亲戚的建议之下，把儿子送进了网瘾戒治中心。到现在她都还记得儿子被带走时绝望的眼神，她虽然心疼，但觉得自己是为了他好。

一个暑假过去，儿子回来了，可人也傻了，双手还总是微微发抖。他每天什么都不干，只是坐在卧室里对着空白的墙壁摆弄手中的游戏手柄，发呆、发笑和自言自语。

王红梅这才意识到事情的严重性，但已经晚了。她带儿子去医院看病，儿子被医院确诊为精神分裂症。和余蕾做邻居的那几年，她已经放弃了工作，每天都在想方设法地给儿子治病。治病的钱是她原本为儿子攒的上大学的款项，两人就靠着领低保度日。

治疗几年后，儿子的精神状态渐渐稳定了下来。虽然有时病发了也很可怕，会打她，甚至会跑出门去用石头砸外面的野猫，这也使得王红梅不得不提前把野猫赶开。可大多时候，儿子就像个正常人。

媒体上关于电竞的报道渐渐多了，这让王红梅渐渐理解了儿子当年的热情与才能所在。为表歉意，在儿子过生日的时候，她特地定做了一个蛋糕。因为蛋糕店业务繁忙，特殊定做又费劲，蛋糕很晚才送过来。

蛋糕上摆了一个翻糖雕塑，虽然做得有点儿走形，但能看出是儿子最喜欢的游戏角色。

儿子笑了，他原谅我了。

王红梅忙用手机录下了这个珍贵的时刻，可等她放下手机，转身去厨房找打火机点生日蜡烛时，儿子却把她的手机从窗户扔了下去。就在她下楼找回手机准备返家的时候，自家已经火光烈烈、浓烟滚滚。

悲剧就这样发生了。儿子葬身火场，隔壁的余蕾烧成重伤。

"我真糊涂啊，那时候我还惦记什么手机呢，我该看着他才对……"王红梅抹着眼泪说。

道士问："那个手机呢？"

王红梅闻言愣了一下："开不了机，我收起来了。"

"拿给我看看吧。"言正礼借道士之口说，"您与令郎所言相抵之处颇多，贫道以为，只怕是手机遭邪灵作祟，污染了令郎的心智。"

言正礼这会儿已经相信了王红梅的话，他打算用束蚀Ⅱ的技术开机找证据，看看能不能说服余蕾相信这件事。束蚀Ⅱ心知肚明，接过手机后装模作样摆了几个手势，其实是把藏在指尖的数据接口插进了手机里。

手机唰地一下就亮了，道士找到图片文件夹，调出最后的两个视频。

第一个视频内容是一个病态消瘦、双眼无神的青年手捧蛋糕，露出了一个意味复杂的微笑。而第二个视频内容是那个青年对着前置自拍摄像头说着话。

"我的朋友已经拿到世界冠军上新闻了，我却是个精神病废物。我的手永远在抖，连个普通游戏都打不了……妈，你把我害成这样，为什么还要买这种蛋糕羞辱我？"说完这话，手机就被他大力扔了出去，镜头里的画面一片模糊。

"天啊……"就连一直怀疑王红梅的余蕾此刻也忍不住发出了这样的感叹。

她终于相信了王红梅的话，可谁都没想到的是，王红梅口中那个"儿子原谅我，笑着接过蛋糕"的故事，真正的结局其实是这样的。

那么厨房失火事件的真相，只怕也是蓄意自杀。

"小伟啊……"王红梅掩面啜泣，全身瘫软，跪坐在地。

小黑屋里的余蕾长长地叹了一口气："原来真的不存在什么阴谋，我就是随机倒霉的，凶手也真的死了，我痛苦忍耐了这么多年，根本无仇可报……哈哈，人生真是毫无意义。"说完她又觉得难受，心中却感到了微妙的共鸣——憎恨蛋糕的青年，不正像当时烧掉了舞衣舞鞋的自己吗？她能理解他为什么痛苦，可此刻她心中却有一丝庆幸。

"人生本来就没有意义，意义都是自己找的。"言正礼平淡地说着，"对你来说，虽然烧得手指都粘连变形了，但你对无人机的操控水平远胜于一般人。这难道不可以是你人生的新意义吗？"

"对啊，余蕾姐你附体机器人之后的微操水平也非常厉害啊！"留燧明附和道。

"说得倒轻巧。"余蕾哼了一声，"不过还是谢谢你们，我要回去了。"

"我们直接去病房送你回'身体'吧，免得又生事端。"言正礼说着拿出齿轮随意门，正要钻进去，突然听到王红梅又开口了："小伟……现在说什么都晚了，我只能……"

她翻过阳台栏杆，纵身跳了下去！

[一一]

生死攸关的瞬间，言正礼他们离得太远，束蚀Ⅱ的道士代用体来不及伸出手，没有任何人救得了她。可当王红梅的身体落到三楼高度时，突然有什么东西轻柔地托住了她。

一片愕然之中，只听一个年轻人的声音温柔地响起："妈妈，你要好好活着，我才能放心离开，好吗？"

"小伟，对不起……"王红梅在泪眼蒙眬中逐渐失去了意识，她并不知道托住她身体的其实是数个蓝色的蜘蛛形小机器人，而操纵机器人的就是之前帮余蕾装发声系统的李渺渺。

"现在到底是什么情况？"言正礼愣了，虽然他很想去了解一下现状，但想到余蕾的身体实在是不能再等下去了，只好用齿轮随意门把留燧明送过去打听消息，自己则照原计划带着余蕾去病房。

余蕾现在也很担心王红梅，对机器人身体也有些留恋，但还是选择了集中注意力回到自己的身体里。等她再次睁开眼睛时，看到久违的父母热泪盈眶的笑脸，感受着他们双手的温度，再想起王红梅母子之间的爱恨纠葛，她突然百感交集。她从没想过，自己这平凡普通的家庭关系，对别人来说，却是可望而不可即的珍宝。

"我回来了。"余蕾微笑着说。

父母没听明白她的意思，正在茫然，只见余蕾坐起身来，抱住了他们："妈妈，你那个时候……为什么要给我买新舞裙舞鞋呢？"

妈妈一边抹眼泪一边说："因为我不希望你忘记芭蕾……我觉得，你就算不能跳舞了，也可以画下舞者的样子，甚至做舞者建模、舞者动画……"

爸爸拍了拍余蕾的肩："你的爱好，应该是能照亮你一生的东西啊。"

三天后，留燧明和言正礼以"余蕾的网友"的身份去余蕾家里探望了身体情况趋于稳定的她。

余蕾觉得自己太丑了，不好意思见他们。留燧明却毫不在意，见到她如同见到多年老友，像竹筒倒豆子一样滔滔不绝地讲述起来。

原来，李渺渺是受留教授之托盯着留燧明的，她借给他的无人机里有定位装置。李渺渺跟着留燧明到了黄石，于是也派出了自己的监视机器人，碰巧听到了王红梅和道士的对话，机缘巧合之下救了王红梅，并且现场就以她儿子小伟的语气编了个谎。

余蕾一愣："那她以后就要靠这个谎言活下去吗？"

"没办法，也不一定每个人都能靠自己找到人生的意义，这种情况下，哪怕是谎言也有存在的价值。"言正礼说到这里顿了顿，"但我觉得，你是能找到自己的意义的人。"

"说到这个，我现在就有一件事想拜托蕾蕾姐！"留燧明的嘴还是那么甜，"我前天和渺渺姐聊了一下，觉得她说的外骨骼系统和类似遥控代用体的远程交互系统这两个方向非常有趣！蕾蕾姐，等我做出东西来了，你能不能帮我测试啊？"

余蕾一愣，恍然大悟，留燧明放着好好的机器人不做去研发这种辅助系统，不就是为了帮助像她这样的人吗？那她是不是也可以做些什么为自己找到新的意义呢？

不知为什么，明明是开心的场合，余蕾突然眼眶一热。那些使用机器身体时感受不到的痛苦与酸楚，此刻也显得如此珍贵。

"谢谢你，我愿意当你的第一个试验志愿者。"余蕾缓缓地说。

也许，她真的可以找到新的意义，就像灰烬之中也能长出新的花朵。

【一二】

言正礼坐在自家书桌前写完了结案报告，钻进奇遇办打算发送给主计算机，正好碰上束蚀Ⅱ也在。于是他不禁摆出了老前辈秋后算账的嘴脸："你调职过来有几天了，我本来觉得磨合是难免的，许多小事也没太在意。可之前我请你帮忙让余蕾的意识回到她的身体时，你为什么那么急着拒绝？"

"因为你否定了她使用机器身体生存的自由。"束蚀Ⅱ理直气壮地说。

言正礼更不高兴了："亏你还以理性自居，能不能不要把你的那套机器人人权理论代入我们的世界观？"

没想到束蚀Ⅱ闻言站了起来，一字一顿地说："我已经说过几次了，我不是机器人。"说着，他那张过分英俊的面孔分成三瓣打开，直接向言正礼展露了金属颅腔的内容物。

那是一颗被透明保护层所包裹的肉粉色大脑。

那真的是人脑吗？言正礼愣住了，甚至思考了一下那个看起来像人脑的东西会不会是某种用来骗他的障眼法。然而当面提出这种质疑未免太没礼貌，所以他只是说："非常抱歉，我收回之前说的话。你……你也是遭遇了重大事故才放弃了原本的肉体吗？"

束蚀Ⅱ分成三瓣的脸又合了起来，恢复成正常的样子，摇摇头，只说了两个字——

"卖了。"

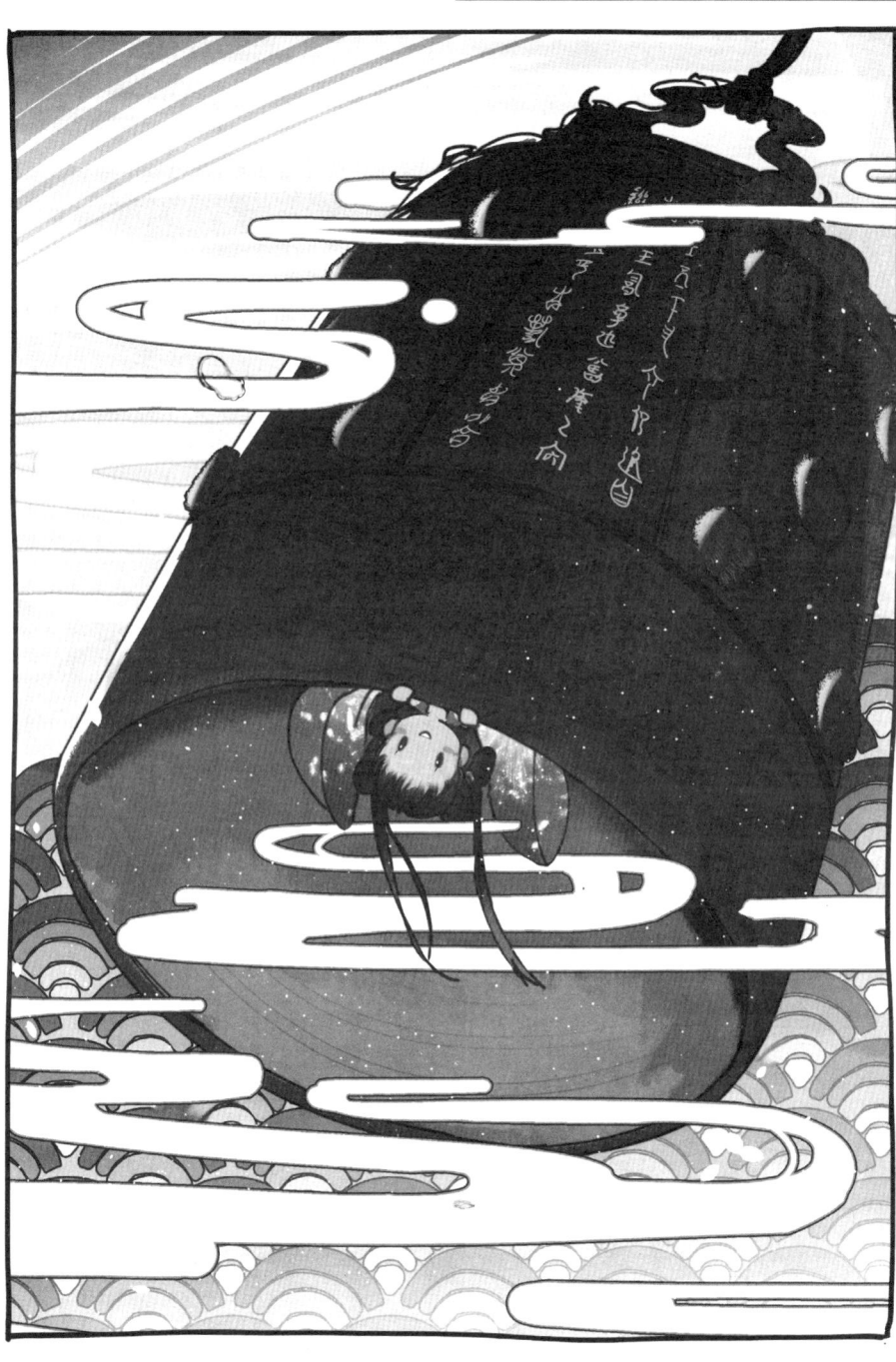

奇遇办 ② 与▶ 楚随遗珍

我们短暂的人生就是这样，
难免充满了来不及和求不得。

[〇一]

难得的周末，陈怀哉从大学宿舍回到家中，正遇上表妹一家来访。

聊了两小时后，爹妈总算带他们出去逛街了。吵吵闹闹的一帮人丢三落四，出门之后又回来两次，家里才彻底安静下来。陈怀哉觉得十分惬意，哼着小曲儿泡好红茶，然后端到桌前，打开了网课视频。

陈怀哉个性斯文懒散，功课不太忙，业余喜欢历史。社交的喧闹总让他觉得格格不入，他最大的爱好就是在大吉岭红茶的香气环绕中看书或相关视频，今天看的内容是《湖北青铜器发展史》。

然而好景不长，才看了五分钟，有人"砰砰砰"拍门。

"你们又忘记什么了？"陈怀哉老大不乐意地一把拉开门，却谁都没看见。他愣了一秒，视线下移，这才看到门口站着一个两三岁的小女孩，大眼睛，长睫毛，圆嘟嘟的小脸蛋儿，粉妆玉琢，十分可爱。

陈怀哉以为她迷路了，正要问她找谁，小女孩抢先一步开了口："爸爸，我总算找到你了！"

"啥？"潜意识里突然涌出的不祥预感吓得陈怀哉一把关上了门。

我长这么大连女孩子的手都没牵过，为什么会突然有小萝莉上门认爹？是什么不负责任的网媒真人秀还是有同学在整我？不过真的是找我吗？会不会是走错门了？最恐怖的可能性是，难道我爸在外面做了什么对不起我妈的事……种种念头在陈怀哉脑子里打转，他一时间不知该如何是好，直到捶门的声音越来越大，声如洪钟，其间混杂着小女孩奶声奶气的呼喊："爸爸！爸爸！爸爸你快开门呀！"

再不开门，整栋楼的人都得被她吵出来。一个两三岁小女孩敲门怎么会敲出这么大动静？

陈怀哉疑惑地透过猫眼看了一眼。她实在太矮了，根本看不到人，但砰砰拍门的震动却是那么真实清晰。

他只好再次打开门，蹲下身小声问："小妹妹你找错人了吧。你爸爸叫什么名字呀？"

小女孩扑闪着大眼睛："我也不知道你叫什么名字，我只知道，你就是我爸爸。"

陈怀哉眼前一黑，差点儿没晕过去。

［〇二］

为避免谣言扩散，陈怀哉把小女孩拉进了家里，并且给她冲了一杯奶茶。

"小妹妹，你多大了？家住哪里？是不是有什么奇怪的人逗你玩，跟你说叫我爸爸就给你好吃的？"

小女孩摇摇头，一脸天真无辜："爸爸，你还记得你昨天做了什么吗？"

陈怀哉努力回忆："我昨天去了省博……"他实在想不起自己干了什么能导致自己被萝莉认爹的坏事。

昨天上完课他就去参观省博物馆的埃及文物特展了。虽然是工作日的白天，但博物馆里依然人头攒动。参观完埃及文物后，他又逛进了省博最有名的曾侯乙墓文物展厅，中途博物馆还突然停电了，一片黑暗中人群推搡，他感觉自己的手似乎按在了保护展品的玻璃上，可紧接着玻璃不见了，导致他一直担心自己是不是摸到了展品。如果展品被自己给摸坏了，不知要赔多少钱，搞不好还会被学校记过呢！

"原来爸爸你是真的不知道呀，"小女孩咯咯笑着，"昨天你摸过的东西都'成精'了。玻璃和照明灯在走道里扭来扭去地跳舞，有一口小编钟都跑到隔壁展厅啦！不过它们过几分钟之后就恢复原状了，没有恢复原状的只有我、大编钟，还有鹿角立鹤。"

"成精"？复原？玻璃跳舞？变成小女孩？短短几句话里的信息量太惊人了，陈怀哉从没想过传说故事里那些怪力乱神的事情会和自己有关系。他茫然地问："你不是编钟？那……你是什么？"

"你们人类给我打的标签是'楚王熊章镈'呀，不过爸爸你叫我西阳就好了。"

〔〇三〕

"我听我妈说，昨天省博意外停电，期间连监控摄像头都坏了，你说怪不怪？"

"听起来像有怪盗出没的桥段！没丢东西？"

"没有。虽然是好事，但是感觉真平淡啊，没劲。"

时玖中学高二年级周六补课，午休时间，纪律委员言正礼一边吃饭一边竖着耳朵听同学闲聊。听到大家都以为"没出事""没丢东西"，他不由得松了一口气。在座的只有他知道，现在省博物馆里摆的那些曾侯乙墓出土文物，有三件是丹璃用魔法制造的幻象。

刚想到丹璃，"齿轮"里便传来了她的声音："言殿言殿，快过来！"

言正礼收好碗筷，在校园里找了个没人的角落，拿出齿轮，让它变化到随意门大小，然后穿过齿轮孔抵达了奇遇办，眼前是一个月不见的熟悉景象。

幽暗的小黑屋里只有一名穿着水手服的少女，她正独自坐在满墙大大小小的圆形显示屏前，高高兴兴地吃方便面。

超时空全次元青少年奇遇协调处驻自治街办公室，以下简称奇遇办，是一家专门协调错误奇遇的公益机构。虽然听起来好像很厉害，但此刻却飘满了老坛酸菜的香味。

言正礼不满地皱起了眉："你病假休了一个月，身体还没完全恢复好，现在就吃这种垃圾食品？扔掉！"

丹璃是言正礼的同班同学兼奇遇办同事，单看脸是个明快开朗、长得像混血儿的长卷发美少女，一开口却是个满嘴"伪日语"的资深中二病，但真的会魔法。她早就习惯言正礼这种过于正经的说话方式了，吐了吐舌头，把泡面往身后一藏："呀哒，我们赶紧谈案子吧！"

言正礼的另一名同事束蚀Ⅱ，对外身份是本校英语外教。昨天上课时他的机械身体突然故障砸伤学生，只好回厂抢修，所以现在奇遇办又只有两个人干活了。

他们手头的这个案子是昨天发生的，奇遇当事人陈怀哉是武汉大学一年级学生，家住在时玖中学对面，所以被同事推给了言正礼他们。奇遇内容是"双手碰到的无机物获得五分钟自主行动的能力"，而奇遇出错的地方是省博物馆的编钟、镈钟在五分钟后没有恢复原状，而且还失踪了。

言正礼和丹璃紧急赶到现场制作出了"文物还在"的幻象，之后就回到奇遇办观察陈怀哉——奇遇办的主计算机能监控所有奇遇当事人，却无法监控乱跑的青铜器去了哪里，这就是这次案件的麻烦之处。言正礼考虑过找他们认识的一对猫妖姐弟帮忙，但一时也联系不到那两只黑猫。

就是在这种情况下，**镈钟**化身的小女孩西阳自己找到陈怀哉，进入了奇遇办的监控范围，简直是自己送上门来。

"很好，我这就把她抓回去。"言正礼摩拳擦掌。

"啊喏，我们还是再观察一下吧，也许能用她当饵钓出其他两件青铜器？"丹璃嘟着嘴说，"有件事人家很在意耶，主计算机提示的'错误奇遇'是'**镈钟**和编钟跑了'，可实际情况是为什么鹿鹤也跑了？"

［〇四］

"西阳？你为什么给自己起这个名字？是因为喜欢夕阳吗？"陈怀哉明知故问，因为他不相信面前这个两三岁的小女孩会懂。

"因为我身上的铭文就是'楚王熊章作曾侯乙宗彝，奠之于西阳'呀。"西阳非常自然地给出了正确答案。

可这份自然越发让陈怀哉觉得怪异了。别说小女孩，哪怕一般大众也不一定知道曾侯乙编钟的全套 65 件里有 1 件是楚惠王熊章赠送的**镈钟**，更何况钟身上的铭文？

"到底是什么无聊的真人秀节目为了玩我这么抠细节啊……"陈怀哉扶额自语。

西阳见他不信，于是站在他面前轻盈转身一甩裙摆，随即变成了一尊接近一米高、两百七十斤重的青铜**镈钟**，吓得陈怀哉一屁股坐在了地上。他愣了好几秒，依然无法相信自己看到的是真的，他忍不住伸手摸了一下上面那些精美的花纹，冰凉、有锈感，确实像青铜器，而非全息投影或 3D 打印之类的恶作剧产物。

两千四百岁的**镈钟**！改变世界音乐史的伟大发现！中国首批禁止出国展览文物！现在在我家！

陈怀哉内心疯狂尖叫，还想再摸一下，可西阳又变回人形，让他的思绪回到了现实。他摸了摸桌椅，又摸了摸地板，问："你说我摸到什么就能让什么'成精'，可我现在怎么没这个功能？"

"爸爸你回忆一下嘛，"西阳笑眯眯地说，"当时除了摸，还有其他什么附加条件吗？"

"附加的……"陈怀哉努力回想。

当时一片黑暗，人群推搡，他手里的水杯掉到了地上，他也摔倒在地，蹭了一手的茶水。是茶水吗？陈怀哉连忙起身把茶杯里的红茶倒了一点儿在自己手上，然后摸了一下木茶几，什么事都没发生。他又摸了一下木茶几上的玻璃垫，只听"呲溜"一声，玻璃垫像银光一闪的带鱼般从茶几上飞了出去，然后立在地板上且歌且舞，而且哼的旋律怎么听都是《小苹果》。

这画面和家里凭空出现一尊**镈钟**一样极具冲击力，陈怀哉完全愣住了。他目瞪口呆地看着眼前的这一幕，直到玻璃垫停止歌舞，恢复到硬邦邦的原状，他连忙接住差点儿跌碎的玻璃垫，把它放回了茶几上。

"哇，果然正常情况只能维持几分钟！"西阳晃荡着双腿说。

"那你为什么现在还能动，而且还是人形？"陈怀哉觉得自己差不多要接受这个设定了。

"我也不知道……"西阳耸了耸肩，"而且和那些玻璃之类的小年轻相比，我本来就有意识、有记忆，你的能力对我来说，也只是一个契机吧，爸爸。"

"什么契机？"

陈怀哉只觉得一阵恶寒，她一叫"爸爸"他就有不好的预感！

"我想享受现代社会的人类生活，可大家看到我就问我是不是走丢了……于是我用我两千四百岁的智慧琢磨了一下，最后得出的结论就是，爸爸，人家要爸爸抱嘛！"西阳说着一把抱住了陈怀哉的大腿。

陈怀哉一时没防备，竟被她扑倒在地。天啊，难道她变成人形时的体重也是向**镈钟**看齐的吗？

[〇五]

"总之你就是需要我给你当你到处玩的挡箭牌是吧……"好不容易挣脱西阳，陈怀哉思考了一下，尽量冷静地说，"但我们成年人的社会是讲究法治和理性的，所以呢，如果你是小女孩，我就要送你去派出所；如果你是**镈钟**，我就得送你回博物馆。"

陈怀哉竭力用自己身为成年人的理性去应对眼前的情况，最直接的问题就是，私藏两千四百岁的著名文物是什么罪，要判多少年。他根本不敢想。

听他这么一说，西阳小嘴一瘪，酝酿了两秒情绪，随即声泪俱下："可是人家……两千多年来都泡在冰冷漆黑的墓室积水里……出土后热闹了几天，就被关了起来，到现在已经有三十多年没离开过博物馆了……每天只能默默地看着游客进来围观我们……你们这些人类穿的衣服越来越漂亮，我却永远就是这么一口不会被奏响的**镈钟**……我……我……"

两千四百岁的**镈钟**化为人形，哭起来的样子和普通小女孩似乎没什么不同，一样是红着眼圈，一把鼻涕一把泪。她这副模样让陈怀哉只觉手忙脚乱，不知道该怎么办才好，雪上加霜的是，偏偏这时门铃又响了。

陈怀哉连忙跳起来透过猫眼一看，糟糕！父母和表妹等五个人站在门口，见没人开门，父母已经开始找钥匙了。他一把抱起西阳……不，他根本抱不动！

他只好求她："快，快躲到我卧室里去！变回原形！"

"你的家人回来了？"西阳顿觉抓住了他的把柄，粉嫩的小脸蛋上露出狡黠的笑容，"答应我带我出去玩！不然我就让你全家都知道你是我爸爸！"

电光石火间，陈怀哉在脑中飞速权衡了一下得失。就算被西阳诬告，他还是能向父母慢慢解释清楚的，可有表妹一家这样的亲戚在场，谣言难免传得沸沸扬扬，现在是网络时代，如果传进学校他就完了！没办法，他只能委曲求全。

"行行行，好好好，你快进去吧！"陈怀哉几乎是跪在地上把西阳推进了卧室。

父母进来的时候只看到他趴在一口青铜大钟前面气喘吁吁，不由得诧异地问："你在干啥？那是什么？"

"健身！波比跳！那是微博抽奖中的，我这两天转卖掉！"

关键时刻急中生智，陈怀哉成功化解了一场人生危机。然而更多危机正在组队赶来的路上。

[〇六]

当晚，父母入睡之后，西阳再次变成人形，和陈怀哉商议要去什么地方玩。

第二天是周日，下起了淅淅沥沥的秋雨。陈怀哉担心雨水会对西阳的镈钟本体造成伤害，坚决不肯带她出门，好不容易才说服了她。

"我已经请好假了！明天一定带你去欢乐谷。"陈怀哉说完就继续捏着茶看他的视频。

西阳起初嘟着嘴生闷气，可过了一会儿就凑了过来。因为身高不够，她本想坐在陈怀哉的腿上看屏幕，结果被陈怀哉惊恐地拒绝了，她只好趴在电脑桌边缘踮着脚指出视频里的知识性错误，讲得头头是道，能看出她除了了解自己诞生的那个时代的事情，还通过省博物馆的讲解员吸收了不少知识。

"我感觉你好像也不是很讨厌待在博物馆里啊。"陈怀哉疑惑地问，"为什么不愿意回去呢？"

"不是说了吗，这次有机会出来就是想看看外面的变化……可我妖力有限，只能变成这副不方便行动的小女孩模样……"西阳叹了一口气，往陈怀哉的床上一倒，床架随即发出不堪重负的声响。

陈怀哉很想提醒她快把床压塌了，这时西阳又说话了："另一方面也是因为我并不是曾国铸造的编钟，而是楚王赠送的镈钟，我不能像其他编钟那样一钟双音，人们演奏时总是忘记我。一直以来，我是最格格不入的那一个，就算我不吊在那个木架子上，也影响不了谁。"

"可与众不同正是你的存在价值啊！"陈怀哉连忙说，"楚惠王为什么会送钟给曾侯乙，你知道吧？"

西阳虽然不太高兴，但还是点了点头。

故事要从春秋时期的名人伍子胥说起。因受费无极谗害，伍子胥的父兄都被楚平王所杀，伍子胥一夜白头，逃到吴国。他立志复仇，终于在楚平王病逝十年后率吴、唐、蔡三国联军大败楚军，直捣国都，却没找到继位者楚昭王，于是愤怒地掘开楚平王的坟墓，鞭尸三百。

而此时年少的楚昭王带着妹妹辗转奔逃，最终得到了随国庇护。随国虽是小国，却是西周开国重臣南宫适的后裔。吴王对随人开出了优厚的条件，但随人并没有交出楚昭王。楚昭王在随国藏匿了一年之后回国，重建家园，复兴大楚。

昭王奔随一事，使楚随两国结下了深厚的情谊，因此才有了六十多年后曾侯乙去世时，楚昭王之子楚惠王熊章赠送的镈钟，也就是西阳。

"你的存在，就是两国之间友谊的象征哦！"陈怀哉摆出苦口婆心的说教嘴脸，严肃地说。

"后来随国还不是被楚国灭了。"西阳不屑地撇了撇嘴，然后伸了个懒腰，"爸爸，你们人类反正只有几十年寿命，向前看不好吗？为什么成天惦记着我们这些老古董？"

听她这么说，陈怀哉反而笑了："有句流行语叫'人类的本质就是复读机'，不知道你听过没有，换个角度说就是，人类确实非常容易重复前人犯过的错误。正因如此，我们才需要牢记历史、重视文物，因为传递历史就是传承和平的可能性。"

西阳还想反驳，可这时陈怀哉的父亲回家了。西阳忙又变成镈钟的样子。

【〇七】

第二天一早，陈怀哉开始发愁怎么带西阳去游乐场："您这个体重，不论自行车、的士、公汽还是地铁，我都不敢啊！"

"你不早说。"西阳嘟着小嘴翻了个白眼，两百七十斤的妖竟然当场双脚离地飘浮起来，"这点儿妖力我还是有的！"

就这样，陈怀哉带着西阳乘上了公汽，并且和她约定："不许叫我爸爸！叫哥哥就行了。"

这一路上西阳左顾右盼，看什么都觉得新鲜有趣，下车后更是大老远望见游乐场五彩缤纷的摩天轮和过山车就大呼小叫地跑了过去。

陈怀哉手里拿着一瓶冰红茶正要喝，见她这么激动，忙不迭地跟在后面，嘴里喊着"你小心点儿！你可是文物"，却见西阳跑了没两步，就被一个和她差不多高的小男孩拦住了。

"救救我！鹿鹤……鹿鹤追来了！"

陈怀哉一时间还没反应过来他在说什么，紧接着就是乌云蔽日狂风大作，半空中响起了一个高亢的声音："礼！崩！乐！坏！"

"那是什么？""啥东西？"这条路上行人不多，此时纷纷抬起头。

陈怀哉顺着人们的视线看过去，只见一只奇怪的大鸟飞在空中，它不但脖子特别长，还长着一对鹿角，那过于独特的形象一看就是……曾侯乙墓出土文物之一，铜鹿角立鹤。

此刻鹿鹤双翼扇动，地面飞沙走石，行人们都被它所掀起的妖风迷住了视线、阻碍了行动，陈怀哉也不得不低头避开风沙。可他担心西阳，还是艰难地抬起了头，只见西阳的脸涨得通红，顶着风伸出双手，面前形成了一个看起来像透明防护罩的东西，勉勉强强地挡住了鹿鹤的攻势，保护着她和那个小男孩。

现在该怎么办？陈怀哉完全搞不清目前的状况，心中的第一要务还是保护文物不受伤害。他竭力想要靠近西阳，但逆风而行实在费劲，满眼满嘴都是沙土，几乎快要呛死。

就在这时，鹿鹤一声长唳扑向西阳，锋利的鹤嘴随即啄破了她的防护罩。西阳连忙伸手去挡，却立即被它啄断了一条手臂！

"哇！你没事吧！"看到西阳被鹿鹤甩到一边，陈怀哉连忙赶了过去，却发现她虽然断了手却没流血，不由得松了一口气，"哦，忘了你不是人……"

然后他就看见西阳掉下来的手变成了一块有花纹的青铜，这件事让他再次紧张起来："镈钟！你的本体碎了！"他指着那块青铜碎片，语无伦次，"我、我要被判几年？"

"你先管管他吧……"西阳皱着眉，剩下的那只手指向半空中，"他如果碎了，你也……"

陈怀哉这才想起那个小男孩。

这时，小男孩已经被鹿鹤叼在嘴里飞到了空中，只听鹿鹤问道："随侯珠！随侯珠在哪里？"

"我不知道！其他编钟也不知道！"神情痛苦的小男孩大声喊。

"你一定知道谁知道！"鹿鹤凶狠地说。

小男孩没有回答这个问题，于是鹿鹤松开了嘴，任由他从空中跌落在地。小男孩摔得四分五裂，睁着眼睛的脑袋径直滚到陈怀哉面前。

"哇！杀人啦！"

紧接着，小男孩的脑袋就在他面前变成了一根有花纹的青铜短柱，再一看，其他几块身体也变成了几大片有花纹的金属片，难道他真是编钟的化身？

来不及细想这个问题，半空中又是一声长唳，鹿鹤再次扑向西阳！

所幸天公相助，一棵被狂风吹倒的大树暂时挡住了鹿鹤的视野，为陈怀哉争取了几秒钟时间。陈怀哉突然想起自己手里还握着那瓶冰红茶，连忙拧开瓶盖，将茶水倒到自己手上，然后抓住人行道边的铁栏杆和路灯。

那些原本纹丝不动的金属制品立即叽叽喳喳地活动起来，陈怀哉见状大喊："快！抵挡鹿鹤！"

结果路灯在伸懒腰，铁栏杆在跳舞，根本没理他！

这下完了！眼看着鹿鹤轻松掠过那些障碍物，尖利的鸟喙再次朝着他们袭来，陈怀哉心里紧张极了。

突然之间，一个巨大的黑影挡在了他和鹿鹤中间，野兽般的嘶吼随即响起："滚开！"

与此同时，他身后的半空中又出现了一男一女两个年轻人的声音。

"总算赶上了。"

"啊咧咧，编钟酱已经变得破破烂烂了！"

[〇八]

现在到底是什么情况？陈怀哉抱着西阳，茫然又紧张地看着周围发生的一切——

鹿鹤与那巨大黑影对峙了几秒，居然丢下一句"礼崩乐坏"就飞走了。巨大的黑影转过头，竟是一只比大象还大的黑猫，然后就当着陈怀哉的面缓缓化为一个西装革履的青年。

至于出现在陈怀哉背后的一男一女，看起来只是两个中学生，落地之后第一件事就是去收拾编钟的碎片和西阳的碎片。

这条路上本来还有几个同样惊讶的路人，现在似乎都晕了过去。陈怀哉觉得自己也快晕过去了，一切恍惚得像一场梦。

那个戴眼镜的中学生走到陈怀哉面前，清了清嗓子："长话短说，我是你的奇遇协调员。"

言正礼像以往一样面无表情地交代了什么是奇遇办，本以为又要被吐槽"没想到你长得这么正经却是个中二病"，结果陈怀哉飞速地接受了这个设定，看来养了几天**镈钟**，他的适应能力得到了显著提升。

"所以为什么鹿鹤会跟**镈钟**、编钟一起跑出来？"陈怀哉问出了他的疑惑，"我印象中只摸到了大钟，鹿鹤在另外一个展厅，我根本不可能摸到啊。"

"那就涉及我的工作范畴了。"黑猫化身的青年走过来，戴上一副眼镜，"我也长话短说，我叫李弩，在追捕一只名叫'却尘犀'的古老妖怪，它把自己的意识转移到了鹿鹤上，然后为了找随侯珠盯上了那尊出逃的编钟——简单说来，就是你的错误奇遇碰巧卷入了我的追捕工作。"说完他就匆匆离去，说是要就现在的情况和任务委托方沟通一下。

陈怀哉听清了"随侯珠"这个词，记得它是传说中与和氏璧齐名的先秦珍宝。可一个妖怪找随侯珠做什么？对这件事，他不是没有好奇心，但在见识过鹿鹤的厉害之后，强烈的求生欲战胜了好奇。

"那……只要你们帮我把西阳送回博物馆，或者保护起来，我的错误奇遇就结束了，我是不是就可以安心回家？"他望着言正礼说。

言正礼点了点头，拿出齿轮，让它变大，齿轮孔的另一侧随即出现了陈怀哉的卧室。

陈怀哉正想和西阳道别，西阳却用仅存的一只手抓住了他，显得很不情愿："爸爸，你说好要带我去游乐场的！"

"你可是个文物啊！"陈怀哉烦恼地挠挠头，"你都丢了一只胳膊了，如果鹿鹤再袭击你怎么办？你还是和专业的人待在一起比较安全吧？"

"没关系啊！"西阳伸手指着丹璃，"那边那个姑娘说她能把编钟复原，当然也能把我复原！"

陈怀哉顺着西阳的手看过去，只见编钟的所有碎片都被聚到了一起，那脑袋变成的青铜柱还在说话："要开始复原了吗？疼不疼啊？"

"疼倒是不会疼啦，不过人家有点儿担心，我们莱克德大陆的魔法，与'能变成人形的青铜器'这种介于有机物与无机物之间的奇妙存在，可能会不太兼容……"丹璃说这些话的时候，手心里出现了一张白色的光网，而编钟的碎片正渐渐聚拢、成型，"但也没办法，还是得赶紧把你还回博物馆才行呀。"

说完这句话的时候，编钟已经恢复了原状。于是她问："编钟酱，现在感觉怎么样？"

没有回答。丹璃又伸手在编钟的钟体上弹了两下。编钟还是没有开口。

丹璃正疑惑，西阳走过去，把手放在编钟上两秒，惊恐地瞪大了眼睛："他……他的意识消失了！你杀了他？"

"呐哩？魔法和妖怪真的不兼容？"丹璃有些为难，随即又拿起西阳身上掉的那块碎片，也就是她的"胳膊"看着她，"那你……"

"我不要复原了！你、你离我远一点儿！"西阳一脸害怕。

陈怀哉不解，问："意识消失就等于死了？我的那种能力能让他的意识重新出现吗？"

西阳摇摇头："你并不能赋予物品意识。你碰到的玻璃和路灯只会乱动，而我和编钟变成了人形，其间的差别很明显吧？"她似乎有点儿累了，顿了一会儿才继续说下去，"之前我也说了，我们这种古老的青铜器本身就有意识，也就是有所谓'元神'存在，你的能力对我们来说只是一个契机。而现在，他被她杀死了！再过两千年，这尊编钟里才可能出现另一个意识……"

"可是西阳酱，你不复原就不能回博物馆呀。"丹璃拿着西阳的碎片又想靠近她。

西阳想往陈怀哉身后躲，可陈怀哉也劝她："为了保护你的本体，你还是尽早回博物馆比较好。"

听他这么一说，西阳顿时双唇微颤，眼圈泛红，声音也带上了哭腔："那站在你面前的这个我，对你来说又是什么呢？我的意识被她杀死也没关系吗？"

"没错呀，对我们人类来说，你的意识确实不重要，重要的就只是青铜身体而已哦！"丹璃笑嘻嘻地说。

陈怀哉在理性上同意丹璃的观点，可看着面前泫然泪下的小女孩，他却答不出口，因此陷入了难堪的沉默。他正想说点儿什么转移话题，西阳突然身体一歪，倒在了他的怀里。

"喂！你没事吧？"陈怀哉的肩膀差点儿被她压脱臼，"哪里不舒服？"

"我……身体残缺……意识受损……需要休息恢复……"西阳艰难地挤出这几个字之后就晕了过去。

青铜器居然会晕倒？

"哦呀哦呀，镈钟酱真的昏过去了，"丹璃走过来，一脸无辜地说，"不如就趁现在把她给复原了。"

说实话，这个提案让陈怀哉有点儿心动。不必再面对西阳谴责、难过的眼神，立即就能毫无心理负担地摆脱这个麻烦，以及因为文物而坐牢的风险了！可一旦他的视线触及她的脸庞，他就难免同情心泛滥，把她视为弱小可怜的人类幼儿……啊，妖精们就是明知会这样才喜欢变成人形的吧，太可恶了！

陈怀哉满脑子胡思乱想，陷入了自我否定的反复循环中，这时只听怀中一声脆响，低头一看，竟是西阳的另一只胳膊也掉了下来，化为一块青铜。

"嘛，再不复原要碎得更多了！"丹璃捡起碎片，随后手中出现了白色光芒，然后就听见了李弩的声音："等一下，我还有办法救她。"

不知他是什么时候回来的，看来已经掌握了现在的情况。

"她现在这个伤情，本体会逐渐破碎，放着不管就会死，用魔法修复也会死。好在我认识能治疗她的妖……"

"谨慎起见，我想问问，"言正礼说，"你们妖怪的治疗方式能保证她的镈钟本体外形不变吗？"

"怎么可能！"李弩大手一挥，"我们以妖为本，正好顺便给她笨重又脆弱的本体做个升级改造！"

"那只怕我们人类接受不了。"言正礼回头看了看陈怀哉和丹璃，他们都点了点头。

"那有没有可以两全的……"

陈怀哉的话被李弩不耐烦地打断了："先晕着吧，暂时没事。当务之急是，你跟我去一趟随州找曾侯舆编钟聊天。"他指着陈怀哉说。

"'曾侯鱼'编钟？不是'曾侯乙'吗？"丹璃茫然道，完全没听明白李弩在说什么。

"他说的应该是同样来自古随国的另一件文物'曾侯舆编钟'，现在摆在随州市博物馆。"言正礼记性好的优点又派上了用场，连陈怀哉都对他刮目相看。

可陈怀哉也有疑问："为什么是我？找它做什么？"

李弩叹了一口气，从头说起。

却尘犀是冲破封印逃走的，委托方原本不知道它的目的，只是给了这么一点儿信息就让李弩去抓它。现在却尘犀跑了，但留下了"随侯珠"这个关键词，李弩自然要去找委托方打听，那边又在妖界辗转打听，终于给了一个模糊的消息："随侯珠归于灵蛇之口，现存楚地。"至于更具体的位置，委托方说让李弩去联系曾侯舆编钟，说它是见证者，最熟悉情况。

说到这里，李弩翻了个白眼："这时我就不得不提出异议了，曾侯舆编钟又不会说话，我要怎么和它沟通？我才一百多岁哪儿有那种本事？委托方这才说给我找个帮手，但得花三到七天才能说服它出山，我心想有这几天工夫，鹿鹤说不定都毁了半个武汉了。"

"怎么会有这么烦人的委托方，是报酬很高吗？"言正礼问。

"我爸我妈。"李弩又翻了个白眼，"这小子不是摸啥啥开口吗？赶紧给我帮个忙！"

奇遇办
②
楚随遗珍
CHU SUI YI ZHEN

[〇九]

就这样，陈怀哉被李弩拉着，通过奇遇办的齿轮迅速赶到了两百公里外的随州市博物馆，直接进了展示曾侯舆编钟的玻璃罩。

"这地方怎么这么窄？曾侯乙编钟的玻璃罩可是比我家客厅还大。"李弩不满地四处打量着。

这罩子简直不比淋浴间大多少，罩子中间只放了一件大编钟。

"曾侯乙编钟是一口气出土了65件，曾侯舆编钟2009年出土时可只有8件和一些残片啊。不如就这样单件陈列咯。"陈怀哉说着，小心地往手里倒了点儿红茶。

现在是夜晚，博物馆已经关门了。李弩在进博物馆前用自己的妖力关闭了整个博物馆的电力系统以免他们被监控拍到，然后手中燃起一团荧荧的蓝色火焰用以照明。说实话，这场面十分诡异。

就在这种恐怖片似的灵异气氛中，陈怀哉轻轻地摸了一下曾侯舆编钟，然后听见了一声洪亮的"呃啊"，曾侯舆编钟就在他们面前变成了一个伸懒腰的小男孩："你们一人一妖找我有什么事？"

单独展示的这件曾侯舆编钟突然变成小男孩，看起来特别像一尊放在透明罩子里的手办。从时代顺序来说，曾侯舆应该是曾侯乙的祖辈，正是当年庇护楚昭王的人。所以说，曾侯舆所制作的编钟会知道一些曾侯乙编钟没听说过的秘密也是很合理的。

陈怀哉一是懂历史，二是和西阳相处了几天，情不自禁地就把眼前这个伸懒腰打哈欠的小男孩当长辈看待，恭恭敬敬地向他说明了目前的情况，然后向他请教："随侯珠对鹿鹤来说有什么用，它究竟在哪里，您知道吗？对了，您有名字吗？"

"你们就叫我纯德吧。"小男孩说着一屁股坐下，"随侯珠……楚平王被伍子胥鞭尸的事情你们知……"他话没说完，突然又变回了编钟，陈怀哉一看表，五分钟到了！他连忙又用沾了红茶的手碰触钟体，让纯德变回人形听他继续说。

"楚昭王当时才十几岁，听说父亲被挖出来鞭尸，哭得稀里哗啦的。我们曾侯看他可怜，就把灵蛇珠，也就是你们所谓的随侯珠借给了他。他回国之后，用随侯珠复原了父亲残缺不全的遗骨，将父亲重新安葬。这就是随侯珠的作用。"

"原来是这样！可是鹿鹤它……"此刻的陈怀哉显得非常兴奋，就像在教室里和老师讨论什么重大考古发现，李弩却是满头雾水："等等，你俩聊得开心，可随侯珠到底是啥？"

看到李弩这么一个百岁猫妖对历史与传说的了解还不如自己，陈怀哉心中隐隐有点儿得意。他笑着解释："据《搜神记》记载，随侯曾在出行时救治了一条断成两截的大蛇，过了一年，大蛇衔珠回来报恩，珠子又大又白，夜间亮如明月，所以也被叫作'灵蛇珠'或'明月珠'，是与和氏璧并称的宝物。唉，蛇蜕重生，月亏复盈，在中国传统文化里都是再明确不过的意象，我怎么从没想到呢！"能不能用随侯珠复原西阳？他想。

李弩看起来完全听愣了，发呆片刻之后说："算了，我还是听不懂，你们继续。"

于是陈怀哉又看向编钟男孩："可是纯德老师，我还有个问题，鹿鹤是曾侯乙的随葬品，可曾侯乙是死有全尸的，鹿鹤要随侯珠做什么？"

"等等，这里我得纠正一下。"李弩终于可以插上话了，"之前就说过了，我追捕的妖怪名叫'却尘犀'，本体是一件看起来像牛角的小玩意。为了冲破封印逃走，它的本体已经破烂不堪，逃到省博之后，它就使用意识转移之术，抛弃本体，附在了鹿鹤身上。"

"却尘犀？听起来有点儿耳熟……"陈怀哉习惯性地掏出手机想要搜索，这时纯德打了个哈欠："先说随侯珠吧，它的位置其实挺近的。这博物馆北方就是随侯遇蛇的'断蛇丘'，现在叫平原岗，灵蛇之口就在断蛇丘旁的溠水和略南边的涢水交汇处，那里现在好像是所学校，掘地百尺就能感应到……"

话刚说到这里，纯德又变成了编钟。陈怀哉还想再让它变成人一次，李弩怕他们又要激情讨论学术问题，连忙阻止："问得也差不多了。我们这就去把随侯珠挖出来。"

李弩说着就朝半空中挥手喊："言正礼！把我们弄出去！"

可陈怀哉似乎想到了什么："等一下。"他拉了一下李弩的袖子，"'灵蛇之口，现存楚地'……我觉得有点儿不对劲……"

陈怀哉迅速往掌心倒上红茶，按在编钟外的玻璃罩上，那块玻璃立即灵活地脱离框架，一边哼着"改革春风吹满地"一边扭动起来。

陈怀哉好不容易才抓住它："鹿鹤来过没有？曾侯與编钟有没有告诉它，随侯珠在哪里？"

原本扭得正欢的玻璃突然静了下来，进而微微颤抖，陈怀哉又重复了一遍那两个问题，还是没有得到回答，但他觉得自己已经知道答案了。他转头看向李弩："纯德骗了我们！它是站鹿鹤那边的！鹿鹤已经知道正确位置了！"

这时，言正礼从黑窟窿里探出了头："回来再说吧，李弩记得走之前先恢复电力啊。"

[一〇]

"曾侯與编钟真好意思给自己起名叫纯德啊！满嘴谎话！"回到奇遇办之后，陈怀哉气愤地说。

"大侦探，你到底从什么细节里看出什么真相了？我完全没听懂啊。"李弩不耐烦地用脚敲了敲地板。

陈怀哉叹了一口气，向他解释："随州现在是湖北省的一个市，按我们当代人的观念是可以笼统地算进'楚地'的，连随州十几年前搞的吉祥物鹿鹤都叫'楚楚'。可那里实际上就是古代随国，纯德身为'土生土长'的随国编钟，怎么会把它当作楚地？它就是在骗我们，为鹿鹤争取时间！"

"可是为什么呢？你们初次见面，无冤无仇……"丹璃好奇地问。

陈怀哉扶额："我来自'楚国'，这对它来说已经是原罪了。随国祖上是《封神演义》里都出场过的南宫适，与周王同姓姬，怎么听都很高贵对不对？我们楚国呢，则是著名蛮

奇遇办
② 楚随遗珍
CHU SUI YI ZHEN

夷，四处吞并周遭小国，后来把随国也变成了附庸。"

言正礼忍不住说："那昭王奔随的时候……"

"对，楚昭王感动于随侯的庇护，复国后两国也曾礼尚往来、关系融洽。不过最后，随国还是被楚国灭了，当然楚国后来又被秦国灭了……"陈怀哉苦恼地挠挠头，"我就是没想到，怎么在妖怪打架这种怪力乱神的领域也能牵扯到两千四百年前古人的纠葛，再加上它还不是一般的编钟，是曾侯舆编钟……曾侯舆编钟上刻着一百多字铭文，大意就是讲曾国血统高贵、帮助楚国等等，把自己这个'附属国'的地位抬得很高。可以想见，纯德如果带着这样的立场来看现代世界……我不就是蛮夷加仇敌吗？鹿鹤和我之间它肯定选鹿鹤啊。"

"不是鹿鹤，是却尘……"李弩话还没说完，陈怀哉突然蹦了起来，一把抓住他的手，语无伦次："啊！巨大的盲点！远在天边近在眼前！我猜到随侯珠在哪里了！"

"在哪里？"其他三个人异口同声。

陈怀哉看着他们期待的表情，突然有点儿不好意思，耳朵都红了，他清了清嗓子说："我就不卖关子了。武汉长江大桥两岸有两处地标，龟山电视塔和蛇山黄鹤楼。两座山都不是得名于真实动物，而是山势形态。当年陆游入蜀时行经武昌，就曾写到'山缭绕如伏蛇'。它不是灵蛇，谁是呢？"

李弩沉默了一下，觉得这时候如果问陆游是谁似乎很丢人，不，很丢妖，于是问："那灵蛇之口是……"

"嗯，古人为什么要多次重建黄鹤楼的原因也很一目了然了。随侯珠就埋在黄鹤楼下！"

［一一］

陈怀哉本来以为找曾侯舆编钟说过话，他的任务就结束了，没想到竟然遭到欺骗，反倒激发了他心中的责任感与危机感，于是他主动提出要和李弩一起去黄鹤楼。但在离开奇遇办前，他还不忘和西阳道别。

这时候，西阳没精打采地窝在奇遇办的懒人沙发上，脚边放着她的两块碎片和失去意识的编钟。看到陈怀哉特地过来看她，她很勉强地张开嘴："爸爸……"

"你好好休息，别说话了！"陈怀哉连忙说。

但西阳没有听他的，而是非常艰难地继续说："在我被复原前，带我去一次游乐场……好吗？"

陈怀哉一怔，几乎落下泪来。她都已经这样了，心心念念的还是那个小小的愿望。这一刻，他完全忘记了西阳到底是什么身份。在他看来，现在的她就只是一个奄奄一息的小女孩，心中只惦记着那个最单纯的梦想。可他曾经却想趁她昏迷杀死她的意识！

陈怀哉顿时无比悔恨，他本想摸摸她的额头，却见她的一只耳朵也掉了下来，脸上还出现了裂纹，只好收回手，轻声说："再坚持一会儿就好了，我也许有别的办法可以复原你……"

不远处传来了李弩的催促声，陈怀哉告别西阳，匆匆穿过齿轮，到了黄鹤楼下，还不忘对李弩说："一定要帮我救西阳！"

"就看你是想以妖为本还是以人为本了。"李弩满不在乎地耸耸肩。

此时已经是深夜了，整个黄鹤楼公园都静悄悄凉飕飕的，站在黄鹤楼下望向四周，依稀可见近处黑漆漆的山林，以及远处的长江大桥与滔滔江水。

"如果这栋楼下真有几千年的宝珠，我集中精力感应一下应该就能找到。"李弩闭上眼睛屏息静气。

陈怀哉不知道他在做什么，只能默默等候。

等了一会儿，李弩睁开眼睛："没感应到。但是大桥那里好像有什么东西……"

不会是因为你"只有"一百多岁妖力不济吧？陈怀哉正想吐槽，突然听到头顶传来了大鸟扑扇翅膀的巨响。

这种时候会出现的大鸟，莫非……他抬起头，只见鹿鹤像一架英姿勃勃的战斗机一样径直飞向前方数百米外的长江大桥。

百密一疏！陈怀哉突然想起一件事，想通了李弩为什么感应不到随侯珠。

"快！快追！随侯珠在那里！"来不及详细解释，他一把抓住李弩，李弩用手臂夹着他的腰就飞了起来。

"黄鹤楼原本建在江边，一千多年来屡废屡建，最后一次毁坏是 1881 年。1952 年修建武汉长江大桥时，引桥占了黄鹤楼旧址的位置……"陈怀哉被李弩挟在半空中，结结巴巴地向他解释，"所以我们刚才抵达的其实是蛇山山顶的新黄鹤楼，它是 1985 年落成的，而鹿鹤飞向的位置才是埋着随侯珠的黄鹤楼旧址，也就是长江大桥引桥之下！"

虽然夜色中看不清，可陈怀哉能想象李弩这时已经把白眼翻上天了。

没等李弩说话，又是一阵劲风袭来，挟沙带石的强风吹得两人在半空中东倒西歪，连附近的路灯都被沙石击毁！

"鹿鹤妖力增强了，肯定是吃了几个倒霉的小妖。"李弩好不容易才抓稳陈怀哉没让他摔死，于是找了个比较近的地方把他扔在地上，"你自保吧！我上了！"

"我拿什么自保啊……"陈怀哉被李弩摔得头晕目眩满脸尘土，费劲地站了起来，揉了揉眼睛看向半空中，立马怀疑自己眼花了。

此刻的鹿鹤光辉灿烂，秀颀的脖颈与修长的双腿舒展着，头上那对圆弧形的鹿角宏大璀璨，看起来真的仿佛神话生物。但它正在用双翼制造的风刃挖坑。

李弩变成大黑猫径直扑了过去，把它撞倒在地，用利爪按住它的脖子，低吼道："曾侯乙死了两千多年了！你到底想做什么？"

"曾侯乙与我何干？"没想到鹿鹤冷笑一声，"我可不是什么小小鹿鹤，吾乃却尘犀！当年太公派遣南宫大人在义渠找到了我，使我沐日月之精华，元神乃成。为感南宫大人之恩，我必涌泉相报！当今之世，礼崩乐坏、瓦釜雷鸣，唯有挖出随侯珠，复活南宫大人，礼乐盛世才能重耀中华大地！你赶快弃暗投明吧！"

啥？三千年前的礼乐盛世？当时中国还是奴隶制社会吧？躲在角落里观望的陈怀哉正想着，李弩也问出了自己的问题："随侯珠不是只能复原遗体吗？还能复活其他？能的话，我也死过十几二十个好朋友，你能借我用用吗？"

鹿鹤又是一声长唳，似乎是在嘲笑李弩的无知："随侯珠只能复原，复活当然是要靠人牲！以我南宫大人之伟，至少要燎祭二十人！"

"烧烤二十人？"李弩听到这里也惊呆了，"南宫大人到底是谁啊？"

面对李弩的反应，鹿鹤显得更加惊讶："噫！小子，你才一千岁吗？"

"过奖过奖，我才一百多！"李弩决定结束对话，他用双爪抓住了鹿鹤的脑袋，凝神注入自己的妖力，"我不知道什么太公南宫，也不懂什么礼乐盛世，更不关心人类几千年的破事，但人祭会破坏人间和妖界的互不侵犯协议，人祭不行，你赶紧受死。"

说话间，李弩注入的妖力已在鹿鹤头部形成一个红色光球，眼看着就能一击毁灭它的意识！

李弩和旁观的陈怀哉都以为胜券在握了，没想到李弩刚说完最后一个字，鹿鹤就猛地一扇翅膀："小妖大胆！寡廉鲜耻！"

看似无力反击的它，其实是气定神闲游刃有余。

随着"砰"的一声巨响，李弩和陈怀哉都被气浪掀飞了好远。

陈怀哉觉得自己都脑震荡了，他艰难地翻了个身，抬起头，只听得宏大无比的"砰""砰"声还在不断响起，而鹿鹤的两角之间又多了一个闪闪发亮的东西，耀眼得仿佛一轮太阳。他突然想起自己读到过，曾侯乙墓出土的青铜鹿鹤其实是个鼓架，用途是悬挂祭祀通神用的灵鼓。

头顶灵鼓的鹿鹤，才是它妖力大增之后真正的完全形态！也正是灵鼓的鼓声，震得李弩和陈怀哉都起不了身，陈怀哉觉得自己快聋了。

幸而鹿鹤眼里根本没有陈怀哉。它现在的目标显而易见，就是吃掉李弩。

李弩被鼓声震得无法行动，勉强用妖力制造了一个防护罩，可在鹿鹤的利喙面前也只是聊胜于无，很快就被啄出了一道又一道裂纹！

现在该怎么办？陈怀哉正着急，言正礼的声音在他身后响起："快！快进来！"

齿轮黑窟窿出现了，可陈怀哉仿佛被千斤巨石压住，连呼吸都困难，拼尽全力也只勉强往黑窟窿的方向挪动了几厘米，还是言正礼拉了他一把，才把他和附近的一些砂砾一起拉进了奇遇办。

进了奇遇办，鼓声就消失了。陈怀哉连忙问："现在怎么办？我们能救回李弩吗？"

治愈西阳的希望可就寄托在他身上了！

"可我们也靠近不了鹿鹤，能救你都很勉强了。"

"那丹璃的魔法……"陈怀哉转头，却见原来奇遇办里还有一只比老虎还大的黑猫，上半身有一道巨大的伤痕，从左肩一直到右腰。

"她是李弩的姐姐，在你们去找曾侯舆编钟时，她为了保护李弩收留的小妖们和鹿鹤战斗，伤得只剩一口气了……"丹璃跪坐在黑猫身边，神情忧虑，一片银光在她双手间流淌，"我现在在试着保住她的命。"

就是这时，黑猫嘴里发出了属于少女的声音："救救……李弩……"

我也想救他啊！可我现在又能做什么呢？陈怀哉抱着头蹲了下来，双手把蓬乱的黑发揉得像个鸡窝，气恼地说："他们爹妈是不是有毛病啊？面对这种强敌自己不出动，让孩子送死？"

"是代沟。"言正礼无奈地叹了口气，"他们爹妈认为遇到打不过的敌人就该多吃几个小妖增强妖力，而不是保护它们。"

"对了，小妖……"陈怀哉突然起身，抓住言正礼，"你快用齿轮送我去他们的正上方，把我扔下去！"

"'协调员行为规范'要求我们的第一任务是保住你的命，你别乱来。"言正礼很警惕。

"我没事的！相信我！我要赌一把！"

[一二]

陈怀哉从天而降冲向鹿鹤时，李弩的防护罩早就破了。黑猫形态的李弩无力地瘫软在地，身上虽然看不到血，可明显已经是气息奄奄。鹿鹤站在他身上，尖喙每一下都啄向他的心口，那模样竟不像传说中的神鸟，而是像一只食腐的秃鹫。

　　"放开他！"陈怀哉大喊着猛扑向鹿鹤，却随即被鹿鹤双翼扇出的气流吹飞，差点儿一头撞到引桥桥墩上，还好言正礼又用齿轮接住了他。

　　他不肯气馁，眼看着鹿鹤都要把李弩的心挖出来了，这时候怎么能认输？他随手从身边抓起一根废旧钢筋："用它当负重，你再帮我一次！"

　　言正礼只得从命，陈怀哉抱着沉重的钢筋，再一次从天而降冲向鹿鹤，靠着钢筋的负重，他总算没被吹飞，而是抵抗着震耳欲聋的鼓声，硬是骑在鹿鹤背上，双手紧紧地抓住了鹿鹤的脖子。

　　灵鼓停滞了那么几秒钟随即重新响起，鹿鹤却停止了啄食李弩，动作突然变得很怪异。

　　陈怀哉被从它身上掀翻，被灵鼓的鼓声压得动弹不得，却还是清晰地听到鹿鹤在嘶吼："老怪物！滚出去！我曾侯追求和平，金声而玉振，才是真正的礼乐之道！你只是想杀人喝血吧！"

　　"竖子无知！这乱世君不君臣不臣，礼乐何在？"

　　"南宫大人会想要用人牲换来的重生吗？与其让你得逞，我不如与你同归于尽！"

　　听对话是一只鸟在自问自答，看动作是一只鸟在自己打自己，但陈怀哉知道，自己的计划成功了！

　　在之前对鹿鹤的追逐与攻防中，他们一直遗忘了一件事，那就是鹿鹤被却尘犀附体了，但鹿鹤本身也是有意识的。曾侯乙墓文物出土四十余年，从西阳他们的谈吐可知，这批文物饱受当代文化熏陶，因此陈怀哉赌的就是，他可以扑到鹿鹤身上让鹿鹤获得行动自由，而鹿鹤会站在自己这边！

　　果不其然，鹿鹤与却尘犀的意识立即开始了激烈的争吵，并且争夺对身体的掌控权，因此停止了对李弩的伤害。可陈怀哉没想到的是，灵鼓依然在响，他也依然被压在地上动弹不得，根本无法向李弩伸出援手。

　　"快回来！"齿轮的黑窟窿又出现了，可这一次，就连陈怀哉都被紧紧压制在了灵鼓的控制范围内，齿轮根本靠近不了他们！

　　现在该怎么办？

　　陈怀哉使出了吃奶的劲儿，竭尽全力爬向气息奄奄的李弩，想用自己的力量抓住他，再把他带回奇遇办。可这真的太难了，没爬两步他就被碰巧飞过的碎石砸断半颗牙，满脸都是血。

　　鹿鹤的意识虽然还在与却尘犀对抗，可五分钟后它就不能行动了，李弩还是要死啊！如果李弩被却尘犀吃掉了，那它的妖力会增强到什么地步？还有人能与它对抗吗？

种种思绪纠结之间，陈怀哉突然看到，齿轮黑窟窿又一次出现在了半空中，可这一次，从齿轮里探头出来的除了言正礼，还有西阳。

"你真的能救他们？你没事吗？"言正礼问。

"交给我，没问题的！"西阳从半空中一跃而下。

此时的她没有双臂，半张脸上裂纹密布，完全是靠妖力在飞翔、行动。她用妖力结界扛下了灵鼓的威压，一步步走向陈怀哉，咬着他的衣领把他拖出了灵鼓的控制范围。

眼看着她脸上的裂纹越来越深，仅存的那只耳朵也掉了下来，陈怀哉担心极了："够了！到这里就行了！"

岂料西阳放下他，又站起了身："李弩还是个孩子却这么拼命，鹿鹤宁可自毁也要阻止却尘犀，我却只想着去游乐场……对不起。和他们相比，我太自私了。谢谢他们，还有你，让我懂得了自己真正的使命。"说到这里，她看了李弩一眼，稚嫩却布满裂痕的脸上露出了绝不属于小女孩的表情："但我还是很遗憾你只把我当一件文物。"

言毕，她挺身飞向鹿鹤，青铜器相击的巨响回荡在辽阔的江面上，而妖力震荡所造成的爆炸像烟火一样璀璨夺目，点燃了整个夜空，然后归于寂静。

陈怀哉爬起身，怔怔地望着重归平静的江面。至于言正礼他们赶到、李弩获救、镈钟和鹿鹤被丹璃复原……对此刻的他来说，都已经遥远得像是发生在另一个世界的事情了。

[一三]

三天后，省博物馆快下班的钟点。

陈怀哉独自站在编钟厅里，默默地看着楚王熊章镈，直到人群散尽他才开口："其实我也不是纯粹把你当作文物来对待和保护的。和你在一起的这几天虽然短暂，但也很开心。和你们相比，人类是一种短命的生物，却一代代传承着数千年的文明，对这一点，我是很自豪的。可说到底，我们短暂的人生就是这样，难免充满了来不及和求不得。"说到这里，他终于忍不住了抹抹眼睛，"唉，你的意识都死了，我现在说这些，你也听不……"

可话还没说完，突然有人拍了拍他的肩膀，他回头一看，竟然是李弩。

他脸色苍白，看起来精神还不太好，却脸带笑意，手里捧着一个带底座的小编钟，是博物馆里常卖的那种复制品周边。

"怎么？你买的？"陈怀哉不明所以地问。

李弩笑着摇头。

这时，小编钟摇晃两下，清脆地喊道："爸爸！"

"哦呀哦呀，看来李渺渺的意识转移之术施展得很成功，小编钟完全就是西阳嘛！"奇遇办的小黑屋里，丹璃端着泡面碗，盯着显示屏，欢快地说。

"李弩也是被他姐姐带得越来越有人味了，还知道找上门道谢。"言正礼淡淡地说着，然后问丹璃，"对了，你还没有回答我的问题呢。你的业绩攒够了，'愿望'也已经实现了，为什么还要回来上班？你哥哥妹妹那边难道不需要帮忙吗？"

丹璃笑而不语，反问："言殿你才是啊，暑假里为了保护我受了那么重的伤，之后居然主动转正，难道你也有什么迫切想要实现的愿望吗？"

言正礼没有回答，只是重复了一遍陈怀哉的那句话："人生难免充满了来不及和求不得。"

他回到自己的房间，从卧室抽屉里拿出了一本笔记本，翻开标着"方法"的那一页。那一页上整整齐齐地写了许多词组，比如"许愿""那米亚榕""超级蓝血月""时间回溯""德尔塔城"……最新写的两个词是"随侯珠"和"人牲"。

然而此刻，言正礼拿起笔，划掉了它们。

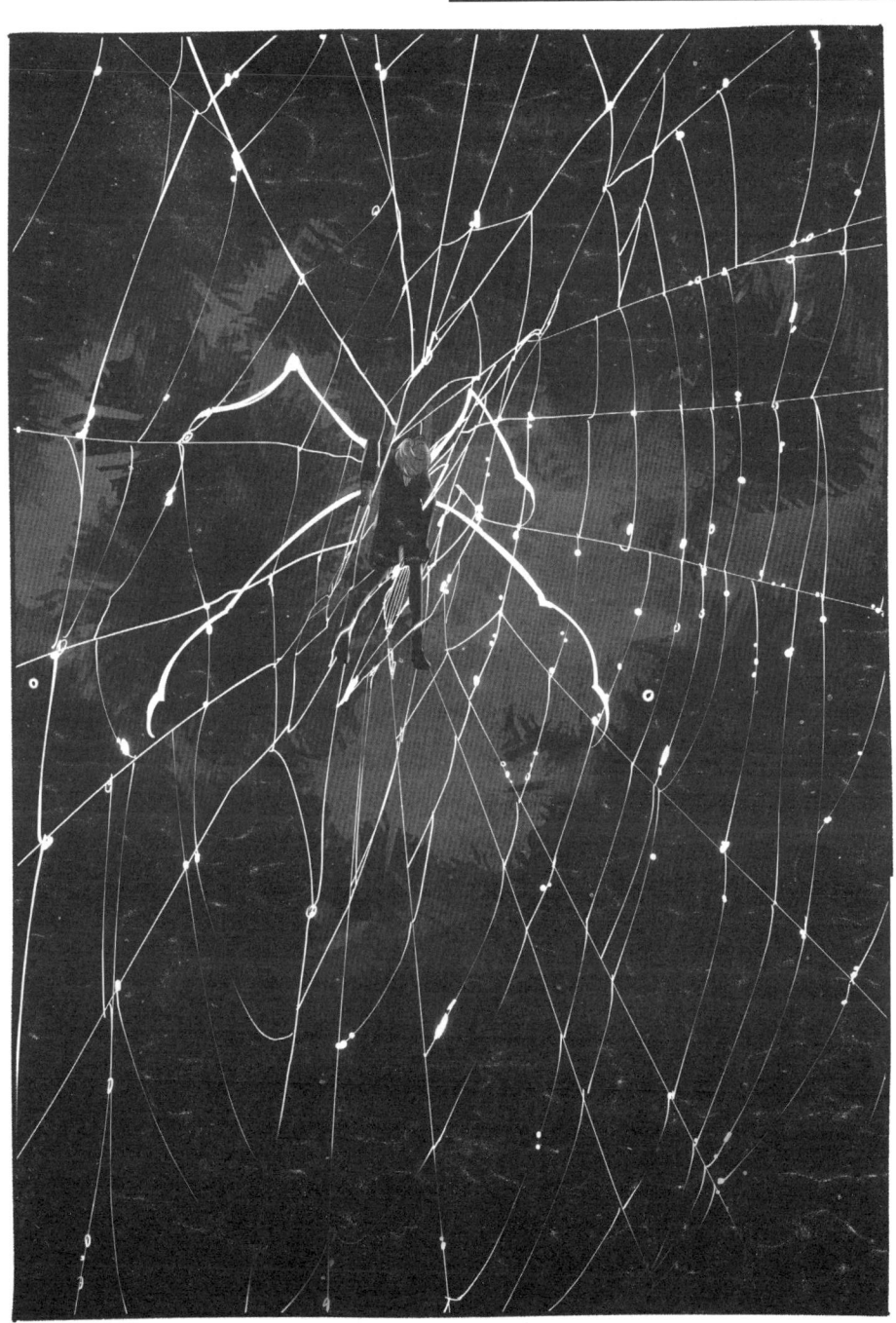

奇遇办 ② 与 人体宠物

我把你当朋友，以此为基础，你的家人、宠物，
对我来说都有特别的意义，你的肉身也是。

[〇一]

"这一切马上就能结束了。"那一天,哥哥朝着他举起了枪。

说实话他并不意外,甚至没有选择自卫或呼叫警卫。

落地窗外是阿尔法城璀璨的夜景,巨大的全息投影模特指尖射出炫目的光芒,划过这间幽暗的卧室,划过兄弟俩有几分相似的面庞,五彩斑斓,五味杂陈。

他抬起空空如也的双手:"来吧。"

哥哥哭着把手按在了射击按钮上。

这时,父亲冲了进来。

[〇二]

晚自习时间,时玖中学的加拿大籍外教肖恩·肖收拾完自己的东西,准备下班回家。

身为学校的明星老师,他没有承担什么硬性教学任务,主要工作是提升学生的英语学习兴趣和口语水平。起初,银发金瞳的英俊外貌和麻省理工学院物理学博士的头衔让他吸引了不少学生的注意力,但几个月过去之后,他经常听到有人在背后说他"言行冷漠、连个笑话都不会讲"。

笑话有什么价值,上网随手就能免费下载五万个。他一边想着一边走出教学楼侧门。

刚一出门，就看到一个奇形怪状的东西向他跑来——只看脸的话，那就是个普通少年，怪就怪在少年的头部以下长着四只胳膊四条腿，奔跑时诡异的姿态活像一只人面蜘蛛。

他愣住了，脑子足足停滞了 2.728 秒才把问题问出口："为什么会是你？你怎么可能有奇遇？"

下一秒，一道灼热的射线从蜘蛛少年的背后破空而来，他忙把少年扑倒在地，同时用隐藏在后脑勺上的三个摄像头侦查。

袭击者一身紫黑相间的合金盔甲，看起来像个紫色调的钢铁侠——是波塞冬工业出品的 Motoko30 型代用体！肖恩·肖的颅内辅助芯片随即提醒他，那代用体进行了多处强化与改装，躯干和四肢里暗藏着很多武器，比如致命的 $\vartheta 7$ 射线枪。

阿尔法城出产的战术级代用体为什么会出现在武汉？袭击目标是谁？他来不及细想，拉着蜘蛛少年竭力奔逃，然而连"齿轮"都没来得及拿出来，袭击者已经腾空跳到了他们面前！

战术级代用体的性能也太好了吧！肖恩·肖暗叫糟糕。

这时，教学楼里有几个学生好奇地探出了脑袋。袭击者立即朝着教学楼射出一枚烟幕弹。肖恩·肖趁机想逃，可袭击者与他使用的代用体性能差异根本不是这 0.347 秒的打岔所能弥补的。

袭击者一个转身，亮出了前臂里藏着的链锯冲向蜘蛛少年！慌忙间，蜘蛛少年惨叫奔逃，腿被砍断了两条，失去平衡的身体骤然扑倒在地，血流了满地，嘴里呜咽不绝。

肖恩·肖也受伤了，金属骨骼与人工肌肉都暴露在外面！不仅如此，颅内辅助芯片还提醒他，他的左眼已经失去了视力，且代用体过热，很快就要关机了。他赶紧从口袋里摸出"齿轮"，在代用体关机前拉着蜘蛛少年穿过齿轮逃进奇遇办，然后就失去了意识。

［〇三］

奇遇办是一家专门协调错误奇遇、到处拯救倒霉青少年的超时空公益组织，办公室的具体位置是在某个地球之外的神秘维度，总之，内部看起来就是一间小黑屋，四角会涌出暗绿色的幽光。

时玖中学的英语外教肖恩·肖其实并不是加拿大人，他来自异世界的阿尔法城，本名 替束 φ 旂 - 懋る蚀 II，简称束蚀 II，这学期刚从阿尔法城调职到武汉来当奇遇协调员。

在阿尔法城，居民的身份分类比较复杂。束蚀 II 的身份是合法人类，但实际上只有大脑和部分脊髓是由血肉组成的，其他躯体都是机械代用体。代用体一旦出问题，他就成了一块体重二百斤的废铁。

这会儿，代用体过热的束蚀Ⅱ还倒在地板上，他的同事言正礼和丹璃已经闻讯赶了过来。他们看到小黑屋里只有过热死机的束蚀Ⅱ和一名长得怪模怪样、全身是血的少年，反应十分冷静——

言正礼拿出两个冰袋放在束蚀Ⅱ的脑袋两边，然后从他口袋里摸出紧急重启装置按了一下，嘲讽地翘起嘴角："这还是三十年前最老的那代计算机的待遇。"

而丹璃一边为蜘蛛少年施展痊愈魔法一边好奇地问："啊喏，你到底有几只手几条腿？"

"啊？我？你们是什么人？这里是哪里？"蜘蛛少年语无伦次，花了一点儿时间才接受了奇遇办的相关设定，也接受了自己意外来到了异世界的事实。

他用四只手揉乱自己的头发，问："那我的错误奇遇……是什么？"

小黑屋的四面墙里有三面摆满了巨大的算盘，还有一面墙上满是大大小小的屏幕。这会儿言正礼要求主计算机提供本次奇遇当事人的资料，屏幕里很快显示了他的档案——

"姓名：ﻡ环ﻭ ﮋ ⑨ ¤ €，奇遇内容：穿过时空裂缝来到武汉。错误奇遇：追杀者也跟了过来……"言正礼读到这里，疑惑地望向蜘蛛少年："你整容了？"

显示屏中出现的男孩看起来大概十四五岁，满脸雀斑，招风耳，一头浅灰色短发，而蜘蛛少年的头发是棕色的，脸形瘦长，鹰钩鼻，还有点儿"地包天"，与屏幕里的男孩一点儿都不像。

"没有没有，这是我租用的身体啦……"蜘蛛少年连忙解释，他没整容，现在用的是自己租来玩的肉身，商品名是"爱蛛"。

他不是第一次租肉身玩了，可只有这一次没玩多久就遭到杀手追杀，他只好死命地跑，跑着跑着就穿过时空裂缝来到了这个城市，发现这里的每个人都是血肉之躯，手里拿的、街上卖的都是真实食物，不少人还出现了明显的衰老征兆，这让他觉得很奇怪——既然吃得起昂贵的真实食物，为什么还会拥有"衰老"这种穷人的特征？

他对这座城市既惊奇，又因遭到追杀而十分害怕，也不知道怎么就跑到了时玖中学。

"上次的案子是量产白化病小男孩卖给变态，这次是把人做成四手四脚蜘蛛的样子，还出租？阿尔法城的有钱人真恶心！"丹璃撇了撇嘴，话锋一转，"对了,你的名字好难念哦,就叫你环⑨吧！"

"你知道是谁在追杀你吗？"言正礼问。

环⑨点点头，断断续续地说："我心中有几个人选，可能是我们家族的竞争对手，也有可能是……我们家的亲戚。"说到这里，他顿了顿，伸手在身上摸索了一番，"我讲话是不是……有延迟？我的信号……中继仪……本来是绑在……左边 2 号腿上……"

"你有两条腿被砍掉了。"这时束蚀Ⅱ醒了过来，平静地说。

"哇！难怪感觉有点儿……疼，那回去要……赔钱了……"此刻的环⑨对一切的感觉都像隔了一层纱，不论听觉、视觉还是痛觉都来得又慢又模糊，就像是买到了清晰度不够高的虚拟体验，可见中继仪多么重要。

"还是先把中继仪找回来吧。"束蚀Ⅱ说，"如果它丢了、坏了，你的意识就会永远卡在这具租来的肉身里，本体会变成植物人。"

那也没什么不好，环⑨这么想着，然后自嘲地翘了一下嘴角，转移了话题："请问，你是JR Ⅶ型模特吗，搭载了我们波塞冬工业的最新型AI芯片？"

"我是人类。"束蚀Ⅱ说完这句话，习以为常地向言正礼和丹璃解释："他的意思是我的脸是个廉价量产品，在阿尔法城一般是服装模特机器人用的。"

言正礼愣了一下："铁桶，如果你的粉丝知道你这么评价自己的脸一定很意外。"说着，他把束蚀Ⅱ的紧急重启装置扔回他手里，"不过你这代用体性能真的不行，你们阿尔法城有没有'双11''618'之类的大型促销日，找机会换一个？"

与言正礼第一次见面时，束蚀Ⅱ使用的是廉价的桶状代用体，言正礼对他印象不佳，之后就一直叫他铁桶。现在束蚀Ⅱ已经成年了，换了个人类外形的半永久代用体，虽然外貌英俊却是个便宜的二手货，经常因性能落伍、频繁死机被言正礼吐槽。

"没钱。"束蚀Ⅱ固然嫌他烦，但从小以铁桶的模样长大，早就习惯了旁人的冷嘲热讽，根本不在意，他现在在意的是另一个问题——"我以前在新闻里看过你的名字。"

束蚀Ⅱ的眼珠一转，通过脑内联网的方式检索信息："你是波塞冬工业董事长的外孙，继承人候补之一。新闻里说五年三个月二十一天前你在一起事故中受了重伤，之后为了治疗被'冻眠'了……被冷冻的人为什么会有奇遇？"

"冻眠只是为了保护我放出的假新闻啦。"环⑨用右边的两只手挠了挠头，"你看……就算这样，还不是有杀手……找我麻烦……"

这时刚才还在嫌变态的丹璃忍不住摸了摸环⑨的手臂："有四只手四条腿是什么感觉？"

"挺新奇的……这个肉身连脊椎都有两条呢，还是男女同体！"说到这个，环⑨精神就来了，"但我还不太会控制动作，跑步时也经常摔……"

"有点儿怪。"言正礼沉吟着，"本学期以来，'穿过时空裂缝'类的奇遇已经很少见了。他从阿尔法城来到了武汉，资料显示那条时空裂缝在五六百米开外的循礼门地铁站，所以他是从那里一路跑过来的。"分析到这里，言正礼觉得胃痛，不禁捂住了肚子，"现在是下班通勤高峰，不知有多少人看到了他，我们需要给目击者消除记忆，这工作量真令人……"

话刚说到这里，显示屏发出"嘀嘀"的提示音，播报了一则新消息："阿尔法城 B-3 辖区协调员朵朵露请求协作。"

言正礼选了"同意"，然后问："这个名字怎么不是乱码？"

"'朵朵露'是我在这边认识的朋友给我取的地球专用名。"随着一道声音响起，奇遇办幽暗的空间里突然出现一个黑窟窿，黑窟窿里钻出一个人。

这人看脸也是普通少女，但体形魁梧得仿佛一只银背大猩猩，肩背肌肉十分雄壮，上臂围和大腿围差不多粗细。

咦，十几岁的女孩子居然是个基因强化人？环⑨觉得疑惑，束蚀Ⅱ却一脸习以为常。言正礼和丹璃愣了一下，也很快就表现出若无其事的样子。

"就不客套了。"朵朵露言简意赅地说，"め环ゎж⑨¤€的本体在阿尔法城，意识却在武汉，但他的信号中继仪原本并不是为了进入异世界而设计的，所以难免有延迟。"说着，她看向环⑨："我查了你使用的中继仪的型号，它是用脑纹锁锁定的，我们无法通过技术手段绕开脑纹锁。如果它丢了、坏了，你变成植物人，按你家那个情况……"她意味深长地停顿了一下，"你一定会死。"

环⑨叹了一口气，说："死了正好。"他本以为会听到其他人问"为什么"或安慰他，没想到这几个家伙竟然纷纷耸肩摊手感慨起来——

"呀哒，又来了。"

"主计算机怎么总给求生欲这么低的人分配奇遇，还老出错？我还不如回去背单词！"

"你想死我没意见，但按照《奇遇协调员基本守则与注意事项》的规定，请你在'奇遇发生后存活时间超过预期寿命千分之一时长'时再死，现在死会导致我被扣业绩。"朵朵露说，"请诸位务必协助我找到中继仪！"

〔〇四〕

朵朵露拿出一个长得像智能手环的小仪器，先向环⑨进行了信号采样，然后逆向追踪中继仪的位置，很快就得到了一个坐标。

束蚀Ⅱ把坐标导入武汉地图，发现就在时空裂缝附近，也就是循礼门地铁站。

奇遇办的协调员们纷纷出发去找中继仪，唯有丹璃与环⑨留下，以确保奇遇当事人安全。在小黑屋里，丹璃和环⑨在显示屏前看他们行动，丹璃甚至拿出了一桶冒着甜香热气的真实食物与环⑨分享，她说那叫爆米花。

深夜的循礼门地铁站人不多，但言正礼还是提醒朵朵露她的体形走在武汉街头过于扎眼，朵朵露便配合地打开了热光学迷彩隐藏身形。

朵朵露带的仪器很好用，束蚀Ⅱ很快在地铁站附近的花坛里找到了中继仪。

那是个橙色的小方块。但就在束蚀Ⅱ要伸手去拿的时候，它突然飘浮了起来。

"糟糕！"奇遇办里的环⑨喊出了声。这样的情景他在虚拟体验里见过很多次，唯一的可能性就是——杀手也能隐形！

"你们怎么没带上那个怪胎？"果不其然，随着听不出年龄和性别的冷漠合成音响起，杀手那紫黑相间、泛着金属光泽的身体渐渐在夜色中显现。

"你们是想要这个中继仪是吧？而我想要的是那怪胎的肉身。"杀手把橙色小方块抛起又接住，"你们把怪胎给我，我就把中继仪给你们，让那个小少爷回到自己的身……"话没说完，杀手突然转身避让，可脑袋还是被削掉了一层装甲！

杀手的反应速度十分惊人，在避让刀锋之际竟还有空抬手朝虚空中射出一道射线，顿时一道鲜血喷涌而出，暴露了朵朵露的位置！

可即使如此，朵朵露仍未解除隐形，而是继续以半隐形姿态与杀手打斗。杀手也隐去身形，只有被削掉装甲的小片区域暴露在外。一时间，只见地铁站附近的招牌、自行车等物件不断被一股无形的力量摧毁，路人一边惊叫一边急匆匆跑过。

言正礼拿出齿轮随时准备参战，却苦于看不清朵朵露和杀手的位置而束手无策，他转头问束蚀Ⅱ："你看得到他们吗？"

"买不起那种摄像头。"束蚀Ⅱ一边把言正礼往自己身后推一边低声说，"你把丹璃叫出来，让她用魔法破解隐形，注意别让杀手冲进奇遇办了！"

在奇遇办里目睹这一切的丹璃连忙拿出自己的齿轮，应声道："我这就……"

突然，一切都安静了。

所有人都疑惑地向前方看去，只见路边一排被两辆车砸垮的店面前，朵朵露解除了隐形躺在地上，手里握着一只机械臂，似乎是从杀手身上硬扯下来的，可她握着机械臂的手也变成了青黑色，看起来像中毒了。

[〇五]

"痊愈魔法的原理是用我的魔力加快人体本身的自愈速度，但解毒完全是另一门学问，更何况是来自阿尔法城的毒药。"奇遇办的小黑屋里，丹璃查看着朵朵露的伤情，表情和语气都难得的严肃，"我治不好她。"

"我的颅内辅助芯片说我还能坚持一会儿，只要平躺不乱动……"可是不能动也就没法战斗了，朵朵露满头冷汗艰难地说，"请你们替我完成交易，用他的肉身和那个杀手换中继仪。当务之急是保住他的命。"

她的眼睛直勾勾地盯着环⑨，让环⑨觉得很不好意思，甚至有点儿眼酸："为了我值得吗？我和你素不相识……"

从小到大，环⑨没几个朋友，他从没想过会在这么危险又混乱的情况下，从一个初次见面的女孩身上感受到这样的好意。

"别瞎想了，我是为了自己的业绩……"朵朵露费劲地笑了一下。

言正礼打断了她："我拒绝交易！我们应该想办法夺回中继仪。你能和那个杀手打得旗鼓相当，为什么现在屈服了？为了用最简单的方法保住你的业绩，就要牺牲那个被奴役、被租赁的畸形少年吗？"

"真没想到你这么浪漫……"朵朵露叹了口气，"它的颅腔里没有大脑，根本不算人类，只是人体宠物而已……你看到有人卡在车里，难道会为了不破坏车就放弃救人吗？"

言正礼陷入了短暂的沉默。没有大脑就不算人类，换句话说，只要有大脑再加上那个什么纳米标记就是人……他转过身，看向束蚀Ⅱ："这个逻辑怎么这么耳熟？"

束蚀Ⅱ没有答话。

"啊喏，既然按照你们阿尔法城的法律，这个肉身只是人体宠物，那为什么杀手的目的不是环⑨酱这个小少爷，而是一个宠物玩具呢？"丹璃举手提问，"就像朵朵露酱刚才的比喻一样——开车的小少爷被绑架了，为什么有人不要少爷只要车？"

"我觉得……可能是因为……它在人体宠物出租市场上还挺红的，"环⑨评价着自己的肉身，"应该有不少有钱人租过它。虽然它的主人宣称每场租借都是完全私密的，绝对不会保留借者使用时的记忆，但是无商不奸，主人也有可能把记忆偷偷保留在了它的颅腔辅助芯片里。也许，杀手是想通过技术手段提取那些记忆，用其中见不得人的部分牟利。"

"见不得人的部分？"丹璃疑惑地歪头。

"嗯，我上网时看到过一些讨论，说有些有权有钱、道貌岸然的大人物其实很变态，会租用这种天然畸形、感官丰富的肉身去做一些恶心下流的事……"

"行了，不用再说了。"束蚀Ⅱ打断了他。

环⑨讪讪地换了个话题："总之，为了我而牺牲谁……都没必要。"

[〇六]

打从记事起，环⑨就知道，自己和哥哥一样，都是外公一手创建的波塞冬工业的继承人候补。

阿尔法城实际上是一座在黑暗海底的城市，类似的城市据说还有几座，至于海面上有什么，环⑨只查到了一些语焉不详的资料。可以想见，这样一座城市，虽然科技高度发达，但资源也非常紧张。

坐落在阿尔法城中心的是一座通往异世界的"大门"，大门的一侧盘踞着无数挥舞八只触手的巨大怪物，但也埋藏着许多价格昂贵的珍稀材料。能从异世界取回那些珍稀资源的机甲驾驶员是整座城市的英雄，环⑨的母亲就是这样一位英雄。可惜，在他年纪很小的时候，母亲就在一次任务中牺牲了，连人带机甲都化为齑粉。英雄遗子的身份并没有提高环⑨与哥哥在"继承人候补名单"中的地位，优势还是掌握在那几个担任公司高管的小姨和舅舅手里。

父亲说，能弥补这份地位差距的，只有不断地努力。因此，环⑨与哥哥很少有机会外出，每天都要为成为继承人而努力学习二十二个小时——这个说法并不夸张，因为除了留给他们休息放松的那累计两小时之外，连他们睡觉的时间都被安排了每天不重样的睡梦教育。

兄弟俩的学习内容大体可以分为文武两类。文这方面，他们要了解各种资料性的知识、学会如何从辅助芯片的离线资料库里迅速检索出自己需要的内容，更要学习各种"方法"，比如思维方法、管理方法、解决问题的方法等，并且不断进行模拟测试。武这方面，两人每天都要进行各种锻炼，以及进机甲模拟舱进行实战练习。据说，成为继承人必须通过一系列考验，其中一项就是驾驶机甲通过"大门"，拿到初级驾驶员资格证书。

理所当然的是，有些领域的知识是不允许被掌握的，但少年的好奇心是谁都压不住的。他俩瞒着所有人，利用自家计算机系统的漏洞，偷偷研发出了一边学习一边匿名登录互联网的方法，然后了解到了许多父亲认为他们没必要了解的知识。比如父亲总说他们家境普通，但其实是比上不足、比下非常有余的水平；比如说，并不是所有人都能像他们那样享受真实食物和定制服装，阿尔法城富人的寿命是穷人的几倍；再比如说，怎么买虚拟体验、怎么用假身份租代用体或人体宠物的肉身，去感受外面的世界……

快乐的日子总是那么短暂，该来的迟早会来。继承人的位置只有一个，继承人候补却有十三个。别说其他候补了，环⑨和最亲近的哥哥其实也一直在暗中较劲。父亲一直鼓励他们互相帮助、取长补短，但在候选人选拔仪式正式来临前夕，父亲决定只让环⑨去参加，把手头所有资源都倾注在为他准备的机甲上。

令人难过和遗憾的是，父亲的决定让哥哥陷入了绝望，他朝着环⑨举起了枪。

说实话环⑨并不意外，这十几年来的日子看似忙碌，实则空虚，"成为继承人"是他们人生唯一的意义，如果哥哥更想要继承人的位置，那就给他好了。他没有抵抗，朝着哥哥举起了空空如也的双手。

哥哥哭着把手按在了射击按钮上，可这时父亲设法炸开了被锁死的房门，带着武装机器人冲进来控制住了他。不久后，哥哥终结了自己的生命。

环⑨虽然幸存，精神却被巨大的虚无感吞没，他甚至迫切地想要结束自我。他租了爱蛛的肉身，想体验一次从没有过的人生感受……

至于穿过时空裂缝和被追杀，完全超乎了他的预期。

"对现在的我来说，我真的已经知足了，就在这里走到人生的终点也不错，没有谁应该为我而牺牲。"环⑨说着又揉了揉眼睛，可这时朵朵露已经晕过去了。

"不行，一定还有两全的办法。"言正礼仍不死心，严厉的视线扫向环⑨，"感到没有意义？想要结束自我？你坐下，我这就给你……"

"你又做得了什么？现在没人能战胜那个杀手，你要让丹璃上吗？你不是说过她再乱用魔法可能会累死吗？"束蚀Ⅱ打断了他的说教。

"可是……"言正礼咬了咬嘴唇，表情纠结。

这让束蚀Ⅱ觉得有点儿想笑。在他看来，言正礼是个善良得过了头的少年，迟早会被自己过重的道德感坑一次，果不其然，言正礼的道德观遇上阿尔法城的伦理观，脑子也要"过热死机"了。

就在这个时候，奇遇办的显示屏里传来了急促的警报声。众人连忙看向屏幕，只见汉口江边出现了闻所未闻的景象——

"呜嗷，天上有三条船，其中一艘是潜艇？"

"那是停泊在武汉港供大家参观的……"言正礼在惊讶之余再次捂住了肚子，"我胃好疼……"

"这也是错误奇遇？场面也太大了吧？"丹璃扫了一眼显示屏上出现的资料，"我们赶紧去现场！"

这时，束蚀Ⅱ却选择了另一条路："你们去吧，我送环⑨回家。"

"随便，顾不上你们了。"言正礼拿出齿轮，和丹璃一起匆匆忙忙地穿过了随意门，可最后又忍不住从门里探出脑袋，一脸担忧，"你该不会……"

房间里早已空空如也了。

【〇七】

束蚀Ⅱ他们抵达的这个街区是个工厂区，街道上不乏外表怪异的基因改造人、代用体造型十分夸张的雇佣兵，爱蛛的肉身混在其中并不显眼。要说显眼，楼宇间时常出现的那些广告投影比它显眼多了。

此时，离他们最近的一处广告投影正在播放"超级人体宠物格斗赛"的宣传片——一个看外貌有五六十岁、头发花白满身伤疤的女人轰然倒地，被对手踩住脑袋狠狠地碾进泥水中，广告字幕适时插入："昔日格斗女王最后的辉煌！全新'V！'修复技术能否让她再次闪耀？"

束蚀Ⅱ仰头看着广告出神，直到环⑨问他下一步计划。

"既然杀手还在武汉，而你想死，那么我们把这具肉身还给他现在的主人不就行了？接下来杀手可能会毁掉你的中继仪，而这具肉身的主人可能会清除掉'肉身'里你的意识，总之，你会死，而这具肉身会回到主人那里得到保护，一切都解决了。"束蚀Ⅱ平淡地说着，"趁朵朵露还没醒，我们赶紧行动吧。"

"说起来是让它回去得到主人保护，可实际上你也知道吧……"环⑨低下头，看着爱蛛的那四只手，"它回去之后的生活也只是继续被更多变态玩弄而已。"

"我知道。可我的理性告诉我，它如果不回去会更惨。毕竟你也要死了，管不了它。"束蚀Ⅱ抬起头，广告重播了一遍，那女人的脑袋又一次被踩进泥泞之中。

人体宠物只是物品，用破了修一下，用坏了就要扔，哪里有什么"生活"可言呢？想到这里，束蚀Ⅱ突然察觉到了什么，猛地推倒环⑨。一道射线滑了过去，他的右臂被打断了。

"怎么回事？"环⑨还在茫然，束蚀Ⅱ已经拉着他跌跌撞撞地冲进最近的一座工厂大楼。

"又是那个杀手！它是怎么回阿尔法城的？"束蚀Ⅱ来不及细想这件事，只是慌忙逃窜。

杀手依然处于隐形状态，射线与冷兵器从虚空中接连不断地袭向环⑨和束蚀Ⅱ。他俩在货堆、车辆与机器间躲躲藏藏，一方面要躲避杀手的袭击，一方面还要应付工厂安保系统派来的防御无人机队，好不容易才跑到了一楼的另一个出口。

束蚀Ⅱ扔出齿轮让它变大，然后和环⑨一起乘着齿轮径直飞出工厂。

"快，告诉我坐标！"眼前已经出现了机体过热警报，束蚀Ⅱ也不知道自己还能撑多久。

所幸，他们很快通过齿轮传送门抵达了爱蛛主人的所在。

那是一艘造型浮夸的飞空艇，他们一落地，就被警报声和安保机器人团团围住，他俩连忙举起手表示没有敌意。安保机器人扫描爱蛛后把它识别为主人的私产，没有发动攻击。

很快主人就闻讯赶了过来。他是个看不出年龄的矮瘦子，配上当季最流行的橙色连体衣和仅有的几根头发，整个人活像一根瘦小的胡萝卜，引人注目的是双眼都是旧式义眼，就像眉毛以下长了两个瓶盖。

"爱蛛？ め环ゎж⑨¤€少爷？你怎么提前回来了？还带了个JRⅦ型旧模特？"主

人看了一眼代用体破损的束蚀Ⅱ，又看向爱蛛，突然大叫，"我的少爷啊，腿呢？腿怎么少了两条？"他一边惊讶地大喊着，一边毫不犹豫地伸手就去撕爱蛛身上破烂的衣物，"你到底租它干了什么？你要是喜欢无麻醉截肢那种重口味，直接买虚拟体验不好吗？爱蛛这么稀有的肉身，我自己都不舍得用，你、你……你给我赔偿！"

"我赔我赔！你别撕我衣服啊！"环⑨都不好意思了。

可主人还是执意要当场验货，看爱蛛的肉身还有没有其他部分受到损伤，直到束蚀Ⅱ拉开他的手。

"先让他赔你钱再检查也不迟，他现在有点儿特殊情况，如果不赶紧赔这笔钱，可能就永远也赔不了了。"他说得极郑重，主人不由得愣了一下。虽然不太信任束蚀Ⅱ这种用廉价假脸的人说的话，可现在最重要的是赔钱。

"稍等，我算一下赔付金额。"环⑨用辅助芯片检索出租赁合同，找到赔偿条款，算出应赔偿金额是押金的五倍，足够买十个束蚀Ⅱ那款代用体了，这对环⑨来说也不是小数目。

确认过金额后，环⑨在脑内操作界面选了"付款"选项，并通过了脑纹锁验证，正要付款，突然听到了奇怪的提示音："您的账户已被冻结。"

什么？账户被冻结？环⑨非常意外，几种可能性飞快地从他脑中掠过。辅助芯片总结说，最大的可能性是他家出事了，也许是无差别的恐怖袭击，也许是有针对性的暗杀。恐袭？暗杀？父亲没事吧？

环⑨虽然不在乎自己的生命，此刻却很担忧父亲的安危。他说："抱歉，赔偿得延后了，我得先回家一趟。"然后又望向束蚀Ⅱ："帮帮我！"

束蚀Ⅱ点点头，拿出齿轮，让它变成了黑窟窿随意门。

环⑨抬腿就想钻进去，却被主人拉住了手："回家？你直接在你家醒来不就行了？还要带上爱蛛？"主人看环⑨弄坏了人体宠物的肉身后竟还要继续强占使用，非常生气。

环⑨只好向他解释："我自己回不去，因为断腿时中继仪丢了……"

"别管他了，快走！"束蚀Ⅱ强行拉开了环⑨，把他塞进黑窟窿，之后他们抵达了环⑨的秘密基地。

【〇八】

一家黑诊所的地下，有一个和时玖中学的单间教室差不多大的房间，里面摆着许多不同款式的遥控代用体、辅助机器人和相关设备，齐全程度让束蚀Ⅱ有点儿惊讶。

"是我在网上打赌赢来的。"环⑨有点儿得意又有点儿不好意思，他用两只右手挠头，然后找出一根信息丝缆插进爱蛛后脑勺上的接口，"好，接下来我就潜回家看看到底发生了什么！"

现在环⑨的本体躺在自己卧室的休眠柜里，中继仪在杀手那里，而他的意识则处于秘密基地内的爱蛛身上，此刻却想"黑"进自己家，可以说是相当曲折。好在他熟知自家安保系统的漏洞和后门，这事儿干得驾轻就熟。

环⑨潜入家中，调出摄像头的存储录像查看情况。结果一切正常。没有暗杀，没有袭击，没有想象中混乱不堪的景象，什么都没发生。那自己的账户为什么会被冻结？话说回来，就算没出事，女仆机器人应该早就向父亲上报自己躺了几天没好好学习的事了……父亲现在在哪儿？

环⑨一边想着一边在监控系统中搜寻父亲的行踪，发现父亲半小时前进了冷藏库。

那是家中少数几个环⑨不能进的地方，也是唯一一个没有监控摄像头的地方，需要父亲的脑纹验证才能进入。

父亲现在在做什么？环⑨正好奇，就看到父亲出了冷藏库的门，身后还跟着两具自走型担架床，床上躺着的两个人是……自己和哥哥？环⑨愣了一下，第一反应是怀疑自己的视觉系统感染病毒看错了，可辅助芯片表示没问题。

就在这时，父亲带着担架床走进了他的卧室，几个女仆机器人静候在一旁。

"把里面那个扔了。"父亲指了指休眠柜里环⑨的肉身，又指向躺在担架床上的"环⑨"，"这是你们的新少爷。"

"不！"在理性崩溃的前一秒，环⑨迅速黑进休眠柜的操作系统强行锁住了它，然后意识脱离安保系统回到地下室，一把抓住束蚀Ⅱ："我、我现在给你进入我大脑的权限！"

给他人进入自己大脑记忆的权限是非常危险的行为，不过环⑨现在没有其他选择。

见环⑨情绪混乱、近乎崩溃，束蚀Ⅱ花了好几分钟才明白他家发生了什么："我会帮你的，你镇定点儿。我没黑进过你家，还等着你指路呢。"

听他这么一说，环⑨也渐渐冷静了下来。

很快，束蚀Ⅱ就找到后门，连进了环⑨的大脑。大约五分钟后，他脱离安保系统，意识回到地下室，抬头望着环⑨："你没猜错。我连进你的大脑后，看到你的绝大部分记忆都被按时间段分类放进了一个个文件夹里，每个记忆文件都有非常规整的文件名，并且修改时间比创建时间还早，这都是'植入记忆'的典型特征。"

"所以我是个父亲非法制作的复制人，我这些年来所做的一切努力都不过是……"环⑨突然笑出了声，"哈哈，只怕根本连'这些年'都不存在，我可能只有半岁。"

"但奇怪的是，你被哥哥用枪指着那段是真实记忆。"束蚀Ⅱ继续说，"也就是说真的发生过你哥哥要杀你的事，而这一点又和你父亲拉出你们兄弟俩的复制人这件事相吻合。"

环⑨沉默片刻，站起身："抱歉，我不想按原定计划去死了。我要查出真相。"

束蚀Ⅱ没有反对，只是问："怎么查？"

"第一步，我要打倒那个杀手，抢回中继仪，回到我自己的身体里！"环⑨一边说一边打开了墙边的一个柜子，里面摆着看起来像小型机甲的东西，"当然在那之前我得把这件外骨骼改装一下保护这个肉身……"他指挥两个长得像扫地机的辅助机器人开始改装作业，然后又回望束蚀Ⅱ，"这一路都麻烦你了，你先回自己家或者奇遇办维修吧，我这里也有一些手臂零件……"

"少只手不碍事，我会帮你到底。"

环⑨有点儿不好意思："虽然很感谢你，可是没必要啊，我的事情和你的业绩没关系吧？"

束蚀Ⅱ摇摇头："你应该已经看出来了，你现在租用的这个蜘蛛一样的怪胎肉身，就是我被卖掉的身体。"

环⑨愣了一下，大声说："我从没那么想过！使用全身代用体的人类那么多，我不会在看到每个人体宠物时都去怀疑它和一个全身代用体使用者有关系的，那太不礼貌了！"

果然啊……束蚀Ⅱ的脸做不出表情，但其实有点儿想笑。

果然在这个世界里，他才是对卖掉的肉身抱有错误感情的那个人吧。

[〇九]

"在正常人看来，对已经卖掉的肉体念念不忘是一件很奇怪的事吧？"束蚀Ⅱ一边在网上检索爱蛛相关的悬赏信息，一边慢慢地对环⑨说，"但我的情况其实是'寄生性连胎'，多出来的双手双腿来自我的双胞胎姐妹——她和我的身体背靠背连在了一起，但头部没有发育出来，可即使如此，我还是觉得她是有'本能'的……我觉得她之所以会从时空裂缝那里一直跑到时玖中学，就是本能在驱使她向我求救，所以……当我亲眼看着她在我面前被切掉了两条腿，我无法坐视不理。"

束蚀Ⅱ的这番话让环⑨想起了自己和哥哥，虽然他们两个可能都是只诞生了几个月的复制人，可他还是觉得那些感情都是真实存在过的，这种感觉真的非常微妙。

环⑨一边想着这些一边继续改装外骨骼，而束蚀Ⅱ则潜入了一个人体宠物维护医师脑中，在她浏览的隐秘讨论区找到了针对爱蛛的悬赏。束蚀Ⅱ破译出了悬赏帖里加密设置的联系方式，经过交叉检索和分析，确认发布悬赏的应该就是那个杀手。于是，他以环⑨的身份给杀手发了一条消息，希望约定地点进行交易，还配了一段真实可信的全息影像为证。

杀手很快给出了回复，约定在一家废弃的夜总会里进行交易。

"那我们这就出动？"环⑨又兴奋又紧张，之前那种缺乏求生欲的忧郁气质一扫而光，现在非常有干劲。

"再等等。"束蚀Ⅱ扫视环⑨的秘密基地内部，"你这里的设备比我家高级多了，我们多准备一下。"

他跟环⑨要了授权，之后就静立不动，环⑨正想问他要做什么，突然发现房间里所有的代用体、机器人和无人机都自主行动起来，有的自我组装，有的在测试身体灵活性，还有两个搂在一起跳起了舞……

"哇，你能一人操控七个身体，还能同时做出不同动作？"环⑨十分惊喜，"你太厉害了，我连好好运用爱蛛的四只手都做不到！"

"幸亏你这里的设备性能好，以我家那些破烂的性能，我只能同时操作三个，还动不动过热……"束蚀Ⅱ刚说到这里，警报声突然响起，环⑨一惊，道："有人从我们的网络痕迹追溯过来了！是那个杀手吗？"

束蚀Ⅱ思考了一秒："现在不宜与他们冲突，先逃。"说着，用齿轮把自己和环⑨连肉身带外骨骼一起送到了自己家。

几分钟后，环⑨通过在网上搜索新闻看到了消息："我的秘密基地连上面的黑诊所都被炸了！"

他沮丧地抱住了脑袋，离交易时间只剩两小时，现在怎么办？

"只能用我家的这些破设备了。"束蚀Ⅱ耸耸肩，"别慌，别忘了我们还有个作弊道具。"

【一〇】

杀手约定的那家废弃夜总会曾经风光无两，装潢豪华，现在也不过是垃圾和小动物的巢穴，满溢着霉斑和灰尘，还有一些老旧的服务机器人像尸体一样被随意弃置在黑漆漆的走道里，仿佛噩梦中的坟场。

这样的景象，环⑨只在惊悚类的虚拟体验里感受过，还是第一次靠租用的肉身穿着外骨骼装甲步入其中，感觉相当瘆人。

更瘆人的是，进门没走几步，他就被两个小机器人拦下了，强迫他脱下外骨骼，用肉身走到走廊的尽头——

那个紫黑相间、代用体泛着金属光泽的杀手，就坐在走廊尽头的大厅里等着他。

爱蛛的肉身那么贵，你们却逼我钻出外骨骼直接呼吸这里腐臭的空气？如果它得了什么病，主人岂不是又要逼我赔钱？环⑨心里抱怨着，直到他看到杀手掏出中继仪。

"我很讲信用。你伸两只手给我铐住，另外两只手可以自己操作中继仪，让你的意识回家。"

环⑨紧张地吸了口气，走到杀手身边，依言抬起背后的两只手让杀手铐住，而前面的两只手接住了中继仪。

然而下一秒，站在走廊另一端的外骨骼装甲自己抬起了双手，向杀手射出数枚榴弹！

"呵。"杀手冷笑了一声，没有出手，榴弹却被什么东西挡住了——他还有同伙！不管同伙是人还是机器，一定都使用了热光学迷彩隐形。

"何必呢？"杀手看着外骨骼装甲被同伙一一摧毁，扼住环⑨的脖子，把他拎了起来，"小少爷乖乖回家不就好了？为什么要跟我抢一个人体宠物呢？"

环⑨被扼得说不出话，眼前一阵发黑，四只手艰难地乱挥，杀手正要从他手中取回中继仪，突然半空中出现了一个黑窟窿，三具型号各异的代用体从洞里涌出，径直扑向杀手！

"派一些垃圾过来有什么用？"杀手一手抓着爱蛛，一手轻松应战，加上有同伙帮忙，两具代用体很快就被打倒在地，四分五裂地在地上挣扎。剩下那具代用体是前几年流行过的"格斗款"，动作迅捷地摆脱了那些隐身人，挥舞着带爪的双臂冲向杀手，眼看就要一击命中，岂料杀手坚硬的合金身体仰身就是一个后空翻躲过了攻击，随后手臂中伸出锯刃，将格斗代用体劈成两半！

环⑨依然被杀手抓在手里，他害怕极了，而这时黑窟窿又从另一个角度出现了，这次没有代用体涌出，只沉默地伸出了两只金属机械臂，静悄悄地伸向爱蛛……

"别做梦了。"杀手的另一只手臂突然伸长、反转，抓住了机械臂往外拉，"给我出来！"

机械臂断裂，黑窟窿消失，杀手把机械臂扔在地上，不屑地哼了一声："我讲信用你不讲，那我就没办法了。"他一只手抓着环⑨，另一只手的手背上冒出铳状热兵器的射击口，直指中继仪，"原本我就只想要这个怪胎，根本不在乎少爷你的死活啊。"

就这么完了？环⑨紧张地闭上了眼睛。从筹备到排演，再到刚才遥控外骨骼装甲，为了爱蛛和自己的性命，他已经尽了自己最大的努力，可这一切就到此为止了吗？

杀手还来不及射击，地板突然震了一下。

"什么情况？"杀手收起热兵器，谨慎地观察周围的情况。

"这房子……要垮了！"环⑨觉得脖子上松了一点儿了，连忙喊道，"你不放开我，我们全都得死在这里！"

"不可能……"杀手话没说完，现场的情况已经说明了一切。

天花板崩落，地板碎裂，自己的同伴也被击毁或控制，而完成这些行动的，竟然是这间废弃夜总会里那些残尸般的服务机器人！它们看起来破破烂烂的，此刻倾巢而出，却发挥出了惊人的力量，足够让环⑨这具人体宠物拿着中继仪全身而退，穿过那个黑窟窿悠然离去。

杀手奋然起身，尽管没能甩开服务机器人，却还是以最快的速度冲向环⑨，想要抓住他的手。

黑窟窿里又出现了一个人——束蚀Ⅱ拿着一架微型手持炮对着他的脑袋。

杀手迅速评估了这次对峙的胜率，很快得出了结论："好吧，下次再见。"

这次轮到束蚀Ⅱ吃惊了。

那个全身合金、看起来像紫色版钢铁侠的杀手，一脚站在即将崩毁的夜总会里，一脚踩进了一个有着齿轮状外沿的黑窟窿，然后消失不见了。

"成功了！你真是太厉害了！"束蚀Ⅱ一回到自己的房间，环⑨就扑上去用两只手激动地抱住了他，还有两只手高兴得乱摆。

"一般吧，我本来想直接黑进杀手的大脑，但失败了。"束蚀Ⅱ一边平淡地说着，一边在脑内清晰化处理并慢速循环播放了那几秒的影像，"他会输主要是因为没想到有人擅长遥控废旧机器人。"说到这里，他又忍不住自嘲了一句，"我是用我的贫穷打败了他。好了，我们赶紧解决你家的问题吧。"

与此同时，经过清晰化处理的影像呈现在他脑中，那个黑窟窿……怎么看都像是奇遇办的齿轮随意门啊！

[一一]

环⑨再次睁开眼睛时，是在自家卧室的休眠柜里。他一打开休眠柜，就听到房间里警铃大作，守在休眠柜旁的女仆机器人发出了惊讶的警报音。

环⑨不以为意，端出平时的少爷架势："饿死了，给我弄点儿吃的。"

趁着女仆被支开的工夫，环⑨打开保险柜，里面的东西果然已经被清空。他叹了一口气，掀起墙上的古董装饰画，画框后面有他和哥哥淘气时挖出来的通话孔，里面藏着母亲的首饰盒，盒里有一枚防身用的戒指，藏着迷你射线枪。

"虽然我也不知道我是第几个'我'，可我还是感谢您，母亲。"环⑨说着，戴上戒指转过身，父亲已经站在他身后了。

父亲的脸色阴晴不定："你这些天到底在做什么？"

"我还想问您呢，您不是想把我扔了吗？"环⑨把戒指的射线发射口对着父亲。

他知道父亲的颅内辅助芯片马上能识别出这是什么武器，也知道因为住宅安保系统的限制，父亲不可能随身携带武器，所以目前是他占了上风。

没想到的是，父亲沉默片刻，换了个口气："我想你是不是误会了。你锁住休眠柜的这几天，我刚好在忙你哥哥的复活实验。"

言毕，一辆自动轮椅缓缓驶入，闭着眼睛半躺在轮椅上的那个人正是哥哥。

环⑨愣住了。

他戴着戒指的手缓缓放下，视线完全锁在了哥哥身上，这时父亲又说道："我现在也想通了，继承家业并不重要，等他恢复意识，我们又是过去那幸福的一家人，不好吗？"

环⑨沉默片刻，抬起头："不好。"

恰好是这个时候，几名女仆机器人已经从包括天花板在内的各个方向悄无声息地包围了他，只待父亲一个手势，立即就要出手！

随着一阵冷风拂过，卧室里凭空出现了一个黑窟窿，束蚀Ⅱ出现了。

"取证完毕。"他扫了一眼周围的情况，有点儿疑惑地问环⑨，"你怎么还在陪他演戏啊？"

"怎么回事？"父亲忽然发现自己做出手势却无法操控女仆机器人，非常诧异。

"你家的安保系统，包括冷藏室的独立安保系统都瘫痪了，只是你还不知道而已。等我加上'公证水印'和'无篡改认证'就开始全网直播，你自己交代一遍真相吧。"束蚀Ⅱ装腔作势地说，"不然我就要请你试用三十六种不同强度的精神拷问程序了。"

[一二]

环⑨在父亲面前踌躇犹豫的表现实际上是为了分散父亲的注意力，让束蚀Ⅱ有机会潜入冷藏库和计算机主控室等地取证，大致拼凑出事情的真相。

哥哥想杀死环⑨的事情确实发生过，不过是发生在五年前。当时的哥哥和环⑨都是本体。哥哥死后，环⑨的本体按父亲的安排去参加继承者考试，结果死在了机甲启动实验的意外中。可父亲利用规则漏洞宣布环⑨没有死，只是重伤冷冻治疗，一旦治好，他依然有参加选拔的资格，然后父亲就开始暗中制作环⑨的非法复制人。

"可我不明白，你为什么还要复制他哥哥？"束蚀Ⅱ问。

"因为脑纹锁啊……"对方无奈地说。此时，他后脑的接口被插上了一个据说内置了多种拷问程序、能让人在5.32秒内疯掉的装置。

环⑨也不知束蚀Ⅱ说的拷问程序是真是假，只知道一贯高高在上、从容又威严的父亲这会儿狼狈不堪，满头冷汗。

由于启动实验涉及脑纹锁，而人的脑纹会受后天的经历影响不断改变，所以制作复制人的这五年里，最大的难点就是怎么通过人工刺激在复制人环⑨的脑中制造出与本体相符的脑纹，这难度就像往数杯白开水里滴墨汁，还希望每次制造出的墨纹都一模一样。总之，为了制造出一样的脑纹，必须让复制人以为自己经历了与本体完全一致的一生，比如每天学习二十二小时，暗中偷偷上网，有个嫉妒自己的哥哥，有一天哥哥要杀自己却被父亲阻止了……

起初，父亲试图通过直接给复制人植入本体的记忆来制造出相符的脑纹，但没能成功。再后来，父亲发现关键点在于"哥哥拔枪"的那一幕，于是决定直接重演。他做了哥哥的复制人，并且亲自参加了每一次重演，终于成功制造出可以通过脑纹锁验证的脑纹，本来打算过几天就让环⑨去进行启动实验，没想到出现了唯一的变数——环⑨租用爱蛛的肉身，并引发了之后的一切。

"你绝大部分偷偷上网的记忆都是假的，包括打赌赢下秘密基地这件事也是本体留下的记忆和基地，没想到我百密一疏……"说到这里，父亲露出了一丝苦笑。

"就是说，你、你复制了一个哥哥仅仅是为了让他拿枪指着我？那个'哥哥'呢？被你杀了吗？我们兄弟俩到底被你杀死了多少次？"环⑨怒吼道，"你的亲生孩子在你眼里就只是用来继承外公财富的工具吗？"

"反正现在你肯定继承不了了……"父亲苦笑着看了一眼束蚀Ⅱ，他知道束蚀Ⅱ肯定把自己的视觉共享到了互联网上进行直播，"不管怎么讲，如果你真的成为继承人，对你并没有坏处。毕竟你是个用技术催熟的复制人，现在才三个月大，如果后续不大量砸钱的话，你活不了多久的。"

"父亲！"环⑨最后一次用了这个称呼，"你把你儿子的记忆剪辑编辑复制粘贴了那么多次，就没有一次看到，我或者说'他'，是真的从来都不想当继承人，不想成为你的傀儡吗？我不如现在就在这里结束这个罪恶的循环吧！"他戴着戒指的手在微微颤抖，双眼血丝密布，颅内辅助芯片不断提醒他避免情绪波动过大影响健康。

旁观的束蚀Ⅱ也察觉到了问题，他的辅助芯片分析判断，环⑨早熟而脆弱的肉体现在在崩溃的边缘。他按住环⑨的手劝阻他："你冷静点儿，把他交给法律审判，一样可以结束这一切。"

"可是我……"环⑨看了一眼静坐在一旁的"哥哥"，放下了戴戒指的手，"好吧，但是……不能只有我们痛苦！我……我要让所有协助他做复制人的同伙，和他一起受到惩罚。"

[一三]

就这样，环⑨揭发了父亲，警方搜查了他们家，环⑨也被警方派来的医务工作者带去检查身体了。

束蚀Ⅱ暂时闲着没事，正想联系言正礼他们，朵朵露的同事赶了过来。听说当事人没事，对方也松了口气，还向束蚀Ⅱ道歉说，自己刚从"大门"那一侧出差回来，也是九死一生。束蚀Ⅱ表示理解，推荐你们也招个临时工，他心想。

这时，环⑨笑容满面地回来了。

"他们说会照顾我和'哥哥'，尽量延长我们的寿命，看来我至少最近不会死，能保住朵朵露的业绩啦！"

"最近不会死"是多久？两周？一个月？你为什么还能说得这么开心呢？束蚀Ⅱ看着环⑨的笑脸，不知道该说什么好。

而这时，环⑨又露出了不好意思的表情："不过因为家里的资产被冻结、秘密基地被炸——对了，我查出来它其实是被父亲炸的——我现在手里没什么钱，也买不起爱蛛，甚至连它日常的开销都负担不起，只能把它送回去了，对不起。"

这又有什么好对我道歉的呢？束蚀Ⅱ一言不发地拿出齿轮随意门，和环⑨一起回到自己房间里带出爱蛛，等到主人赶过来把爱蛛带走。

远望着爱蛛上了飞艇，主人还在边走边骂连违约金都收不到这次出租真是倒了血霉，束蚀Ⅱ心情很复杂，他忍不住问站在身边的环⑨："你会觉得它是人类吗？"

环⑨想了想，说："我把你当朋友，以此为基础，你的家人、宠物，对我来说都有特别的意义，你的肉身也是。但如果换成别的肉身，也就是我在租赁店里见惯了的那种，没人租用时眼神呆滞、满脸口水的肉身，我无法有这种认识。"

看吧，果然这才是正常想法。

看着飞艇渐渐远去，束蚀Ⅱ的思绪又飘回了夜总会崩塌前的那一刻，他冲着杀手大声喊："你也是协调员吗？你抓爱蛛的目的究竟是什么？"

杀手只回答了第二个问题："我要让自然的秩序再一次得到尊重。"

ISL-02

奇遇办 与 机甲大战

我不需要靠别人取暖啊！

[〇一]

如果不是为了做命题演讲《黄鹤楼》的配套 PPT，冷天然和关壹绝对不会在这么冷的天坐轮渡过江。

冷天然个性活泼，喜欢机甲类的游戏和动漫；关壹则是他们高一（3）班的班长，三好学生，个性稳重，幸好还有追星这个小爱好，不然会显得过于呆板。他俩是一对互补型好友，平时做什么都腻在一起。

隆冬时节的江面上寒风凛凛，他们冒着冷风找了很多角度拍黄鹤楼的远景照和江滩全景照，拍完哆哆嗦嗦地往船舱里钻。正要进门时，江边突然传来了刺耳的防空警报声，紧接着是女声广播："警报，警报，全市立即进入紧急状态，请各位市民马上进入最近的避难所！警报，警报……"

"怎么了？"冷天然紧张又有点儿兴奋地四处张望。

关壹指向不远处："快看那边！"

就在他们眼前，武汉长江大桥的西侧，原本一直默默矗立的龟山电视塔正在移动、变形，白色的塔身分裂、舒展，变成了白色蝙蝠般的怪物，虽然没有飞起来，却一步步地爬过龟山，朝着汉口闹市区振翅前进！

"这一定是做梦……快打醒我！"关壹朝着冷天然喊道。

冷天然大张着嘴巴摇头，不知该说什么好。

正是这时，江面上传来一个熟悉的声音："冷天然！关壹！快跳过来！"

冒着寒风站在小快艇船头、拿着大喇叭喊话的，竟是班主任石琴老师！

冷天然更茫然了，难道他俩做了什么坏事，以至于班主任要乘着小快艇追过来吗？但来不及细想了，他和关壹先后拉着石琴的手跳上快艇，然后快艇便径直掉头开往长江南岸。

快上岸之际，石琴拉住冷天然的手说："没时间换制服了，快进驾驶舱。"

冷天然又一次惊呆了。

武昌地标黄鹤楼不见了，取而代之的是一架与它相同色调涂装的人形机甲，就屹立在蛇山之巅！它的造型十分华丽，头顶金色鬃毛，背负洁白双翼，足部还设计了角度十分陡峭的高跟，显得威风凛凛，完全就是冷天然梦想中的完美机甲！

什么？我当驾驶员？开黄鹤楼变的巨大机器人去打龟山电视塔？有大约十秒钟的时间，冷天然脑子一片空白，这也太夸张了……不，太棒了吧！

[○二]

就这样，同学们眼中的中二死宅冷天然成了人形机甲"HHL-01"的驾驶员。

初次作战，他又震惊又高兴，情绪过于激动，操作也不熟，甚至差点儿连人带机淹死在长江里，但最终他还是在同类机体"ISL-02"的帮助下打败了龟山电视塔所化身的怪物，拯救了整个武汉市。

战斗结束后，石琴带着他穿过时玖中学地下室里一扇隐藏的门，通过静脉识别，又乘坐了二十分钟升降梯，抵达了一个庞大的、迷宫般的神秘基地，然后在这里见到了HHL机甲的研发者——自己的父亲。

啊？父亲怎么从没跟我说过？冷天然的下巴都快掉下来了。

石琴告诉他，冷博士研究的秘密项目是为了保卫武汉，而自己看起来是个年轻语文老师，实则是这个项目的执行负责人，而且是一位少校……

啥项目？啥少校？信息量也太大了吧？冷天然持续震惊中。

冷天然的母亲出国访问了，父亲长期在实验室加班不回家，父子俩关系很生疏。几个月没见，父亲看起来还是老样子，头发蓬乱，胡子拉碴，黑眼圈深重，像有一星期没睡觉了。可他这时不知该说"您辛苦了谢谢您"还是该撒个娇说"老爸快夸我，我是不是好厉害"……

相比满脸困窘的冷天然，石琴倒显得和冷博士很熟，朝他行了一个军礼。

冷博士朝她点点头，没和儿子寒暄，直接说："袭击还会陆续发生，为了**确保驾驶员**

的安全，以后你就住在基地了，可以通过远程直播的形式上学。"说完就离开了，留下依然在发蒙的冷天然。

冷天然忍不住问石琴："为什么选我当驾驶员啊？你们是找不到人了吗？我今天的表现是不是很尴尬？父亲是不是生气了？"

没想到的是，石琴摇摇头告诉他："你天赋很高，表现很好。其他驾驶员经过六个月培训才能达到你第一次驾驶机甲时的灵活度。"

"天赋？原来我也是有天赋的？原来我不是靠父亲是冷博士当选的！"作为一个成绩平平、其貌不扬、爱好小众、平时玩的梗都没几个人能听懂的宅男，冷天然还是第一次听到"天赋"这两个字落在自己身上。他高兴得挥舞起了双手，可这时背后传来一道冷冷的声音："您是苕吧？"

冷天然扭头，只见一个高挑的混血少女正朝他们走来。她身高怕是接近一米八，比冷天然高出一个头。黑色马尾辫里挑染了几缕红色，橙黄色的眼睛有一只被绷带挡住了，属于走在哪里都能引来百分百回头率的类型。

"驾驶员，荒原。"石琴老师介绍道，"你未来的战友。"

机甲驾驶员、混血美少女……冷天然不禁握紧口袋里的胸针，喃喃道："你真的……能带来奇遇啊……"

只不过，他这点儿激动很快就被训练的严酷压得烟消云散。

驾驶员训练的强度相当于要求冷天然一会儿坐过山车一会儿坐跳楼机，与此同时还要灵活操控机甲双臂做一些精细度类似于绣花和包饺子的事。

光是训练本身已经够累的了，更累的是荒原看他非常不顺眼，动不动就仗着自己精通八国外语的语言天赋，用刚掌握的武汉方言对他发动"你是苕吧？体面苕！夹生苕！嘎巴子苕"三连击。冷天然只觉莫名其妙，探究了一下原因，发现不过就是荒原训练成绩没拿第一而已。

之后，武汉关、汉秀剧场等地标性建筑物陆续遭到怪物机体的破坏，冷天然和荒原天天一起训练、并肩作战，了解渐渐增多，之间的气氛也不再像刚开始那样微妙了。

有一天，冷天然上了一下网。

因为之前他们一次又一次地打败强敌，但同时也造成了很多破坏，为了缓解舆论压力和安抚市民，石琴指示对战斗过程进行全网直播，驾驶员因此成了网络红人。

看到很多人对两位驾驶员的赞美和感谢，冷天然忍不住对荒原感叹："太夸张了吧，我是不是红了？"

荒原看了一眼他的手机："你是苕吗？这才几句你就飘了？"

"对你这种天才来讲可能是很普通啦。"冷天然不好意思地笑了笑,"可我从小爹妈不管,又受同学排挤,从没被这么多人喜欢和感谢过,一直都只有关壹一个朋友……"

这一次,荒原竟难得地没有嫌他"苔",而是淡淡地说:"有一个就不错了。"之后,再也没骂过他。

而在战斗过程中,他们也渐渐注意到怪物机体也是有"驾驶员"的。

那天,长江中突然出现了一个全身被火焰包裹的巨人,有十几二十米高,身边还飞舞着一只火焰大鸟。

冷天然和荒原按惯例迎击,却发现这次的敌人和以往的不太一样,他们从没见过那种打法!

"荒原,小心后……"冷天然的话还没说完,荒原的机体就被火焰巨人一撕为二。

冷天然内心茫然,自己的能源仅剩13%,市内各处设立的辅助战斗设备也被大量毁坏,这种情况应该怎么打?

他决定破釜沉舟。

他从机体背后的羽翼状武器收纳格里拔出专用战斧,靠着最后那点儿能源,冲向火焰巨人和大鸟——他明白,如果它们稍微有点儿什么特殊能力,他必死无疑!

所幸并没有。巨鸟很快消失了,而巨人像没睡醒一样胡乱地挥动拳头,打得毫无章法,在与冷天然搏斗了几下后,就轰然倒下,沉入江水之中。

而就在火焰巨人倒下的前一秒,覆盖它面部的那些装甲般的烈焰消散了部分,冷天然看见了非常奇怪的景象——装甲下并不是什么外星人或者奇怪生物,而是一张巨大的年轻女孩的脸。

那是个普通人类。

这番战斗之后,HHL-01几乎到了极限——它在与火焰巨人的战斗中多处破损,连驾驶舱内部都受到损害,变形的金属部件刺穿了冷天然的肺,可它此刻甚至无法提供紧急医疗措施,冷天然只能半跪在江边的泥沙里,静待善后小组前来救援,残破不堪的身躯被逐渐浓重的暮色徐徐包覆。

[〇三]

冷天然再醒来时,眼前是陌生的天花板。

他躺在基地的医院里,医生说他虽然肺被捅了一个洞,但现在已经得到了妥善救治,没有大碍。

父亲和石琴很快赶过来，向他介绍现在的情况。荒原还在重症监护室，机体的维修工作在缓慢推进中，这几天暂时没有其他怪物出现。另外，父亲还提到了那个火焰巨人，雷达探测显示，火焰巨人沉睡在长江江底，身上形成了一层类似于凝结的火山熔岩的硬壳，他希望冷天然能主动出击，尽早消灭它。

　　冷天然有些犹豫。不久前他还是个普通高中生，成为漫画男主角的兴奋感散去后，想到自己是在进行"杀死一个无辜者以拯救更多无辜者"的战斗，他觉得难以接受。

　　"害怕了？"父亲面无表情地问。

　　"害怕。但也不仅是害怕。"冷天然攥紧了拳头，微微颤抖，"他们……过去的那些'敌方驾驶员'，也都是人啊！"

　　"她是人，需要你保护的一千万市民就不是人吗？"父亲留下这句话就离开了。

　　父亲还是老样子，只关心自己的事业，对他要么不闻不问，要么上来就是一堆新要求、新目标，从来没有一句表扬，连一句"再接再厉"都没有。

　　苏醒过来的荒原对此表现得很冷漠："不行就靠边站，做好后援支持，别拖后腿就行。"

　　冷天然内心纠结："难道就没有可以同时拯救所有人的办法吗？"

　　"你……"荒原没有说完口头禅，而是戴上了训练头盔，"到模拟战斗的时间了，先好好训练吧。"

　　刚痊愈的荒原都这么说了，冷天然只好匆忙跟上，戴上头盔，眼前出现了计算机模拟出的城市街景、随机生成的怪物，还有荒原的 ISL-02 的虚拟机体。

　　这原本是一次普通的模拟战斗训练，冷天然却因为情绪不佳加上粗心大意，在训练时不慎违规操作，脑中突然出现了一片奇异的景象——

　　背景是冰天雪地的山野，寒冷静寂，仿佛《冰雪奇缘》的外景地。他看到了一些第一人称视角的不连贯碎片，先是看到几个五六岁的孩子朝"自己"扔雪球、扔垃圾；继而看到一个面目温和的女人对"自己"说"不要害怕你的能力，你很出色"；然后是一些不可思议的景象，比如长着蝴蝶翅膀的女孩、在天上飞的鲸鱼、火红色的大鸟……

　　训练一结束，荒原一脸嫌弃地说："你曾经全身只穿纸箱站在马路上喊'我就是高达'？"

　　什么？她怎么知道我最丢脸的事啊？冷天然窘迫极了，突然想到自己刚看到的难道是荒原的记忆？

　　晚上冷天然找关壹倾诉："荒原一会儿帮我一会儿骂我，到底是什么意思？"

　　"如果说你看到的是她的记忆的话，她很显然是从小因为天赋遭受嫌弃，所以对你同病相怜啊！"关壹拍了拍大腿，"天才难免是傲娇的。"

　　"你这么一说，我倒是觉得她好懂一些了。另外，她的故乡不知道是哪里，看起来好美啊……"冷天然念叨着。

"可能是北欧吧。"关壹说。

冷天然很感谢关壹，虽然关壹在"电视塔战役"后就被送回家了，但一直通过视频聊天的方式鼓励和开解他，可以说是帮助他撑过所有艰苦训练的大功臣。

只可惜平静的时光未能保持太久，新的强敌又出现了——

这次，变成海豚状怪物机体的是位于江边的武汉科技馆，它潜入江涛之中，不断掀起惊涛骇浪，意图毁坏长江大桥！这对冷天然他们来说倒是显得有些异常，不寻常之处在于，它居然还有"僚机"！停泊在武汉科技馆旁边的两艘驱逐舰和一艘潜艇全部飞到了空中，不断向冷天然他们的机体发射导弹和鱼雷！

"科技馆变成怪物还附赠飞空战舰啊……"冷天然一边抱怨一边硬着头皮上，好不容易和荒原的机体一起突破了三艘飞空战舰的压制，正要一击打倒眼前的怪物，却突然发现它的驾驶员竟然是……

关壹？

"为什么会这样……"冷天然怔住了，但战斗还在继续，很快他不得不在"一个人"与"更多人"之间做出抉择。

深夜时分，三艘飞空战舰已经跌落，貌似海豚的怪物也停止了行动，面对包裹着关壹遗体的怪物残骸，冷天然颓然地坐在驾驶舱中，满腔悲痛愤懑无处发泄，最终只是握紧了口袋里的那枚胸针。

胸针主体是一块五色缤纷的椭圆形宝石，镶在一个古朴而小巧的金属底座上，精美得像从《权力的游戏》片场溜出来的拍摄道具。

冷天然一直喜欢这种精巧而稀有的小玩意，天天在网店里过眼瘾，一眼就看出这样的胸针怎么也得是私人订制款，起价三千块，搞不好还只是制作费。可关壹却送给了他，说是逛冰雕展时捡到的，要用它换冷天然新买的动画音乐CD里附送的"银河少女队"人气投票券。

"你果然最懂我！"冷天然记得自己当时很高兴，珍而重之地随身携带，并且坚信是这枚胸针为自己带来了奇遇。

可这奇遇，却给他的朋友带来了死亡。

[○四]

冷天然与敌方激战时，言正礼他们原本在处理另一个案件，结果处理到一半警报响起，奇遇办小黑屋的显示屏出现了"飞空战舰对着长江大桥发射导弹"的画面。

言正礼和丹璃一起匆匆忙忙赶过去，正好见证了冷天然亲手击爆关壹的驾驶舱的场景。

"主计算机为什么不早点儿发出警报啊？"言正礼气恼地一拳捶在齿轮上。

"啊喏，言殿，你好像不太对劲？"丹璃拉拉他的袖子让他回过头，只见几个少年男女扒在一个黑窟窿边缘朝他招手："进来，开会！"

紧接着，武汉市其他几个辖区的奇遇办协调员把他们拉到另外一间小黑屋，一边快进播放冷天然的奇遇经历，一边让他们看主计算机提供的当事人资料："强度预判是1~2级，奇遇内容是'经历一场真实的梦'，错误的奇遇是意外得到特殊物品使得梦境持续并且扩大化……"

言正礼把监控画面的进度条往前拉："特殊物品是指那枚胸针？"

"啊咧咧，我们现在也在他的梦里？"丹璃问。

"他父亲冷博士是武汉大学生物专业的，我查了他的公开简历，人生轨迹清晰明确，研究方向是水稻遗传育种，根本不可能去研究神秘机甲。"来自武昌区的协调员说，"他母亲本来是父亲的同事，现在是基地二把手，常驻加拿大。"

"石琴的背景也很普通，而且真实可信，她从小到大参加过的比赛、演讲、表演、公开课的视频都能找到，不太可能还有个隐藏身份。"汉阳区的协调员说，"不过现在再上网搜就搜不到那些视频了。"

把信息这么一综合，言正礼他们心中大致有了眉目。

冷天然原本的奇遇是做一个很真实的梦，强度I级，但那枚胸针导致梦的范畴扩大化，相当于有一个类似结界的东西笼罩住了武汉，结界之内，他梦见的事情都会成真，其他人的身份也会随他的梦发生变化。

"如果说这一切都是做梦就好理解了。"梦境的设定让言正礼觉得一切都还有挽回的余地，他松了一口气，忍不住吐槽，"这梦里眼熟的内容可真多啊，他的机甲居然直接叫'黄鹤楼'，还长着翅膀、穿着高跟鞋？他怎么不干脆在战斗前大喊一声'黄鹤美少年，飒爽登场'呢？"

"那么怎样才能让结界消失、死者复活，一切回归正常呢？"丹璃举手提问。

但没有得到回答——言正礼等人都处理过不少错误奇遇了，丹璃现在问的这个问题有无数种可能。

就比如说，冷天然第一次迎战龟山电视塔化身的怪物时，身处武汉的任何一个奇遇办协调员都不知情，现在却连石琴的过往经历都搜不到了，有可能是因为当时他的梦境还没有扩大化，属于正常奇遇，然而很快出现偏差，扭曲了现实。

另外，冷天然的奇遇才开始几天，但他在梦中已经训练很久了，并且陆续消灭了七八个怪物，可见梦中的时间流速也比较快。

种种混乱因素加在一起，使得奇遇办协调员们不敢在找到突破点前轻举妄动。奇遇协调员默认规则第一条是"常识无用"，所以唤醒冷天然使得梦中的一切都永远变成现实这种事情也不是不可能发生。

另外，还有一个令人在意的问题，为什么主计算机现在才给协调员们发出警报提示，而不是在他第一次作战时提示呢？

[〇五]

"在你们眼里，死去的人命和留下的人命都只是战果和数字吗？"

面对石琴再一次让他去杀死那个火焰中的女孩的柔声规劝，冷天然一时激愤，抓起她随手放在桌上的佩枪，用枪口对着她愤怒地质问。

冷天然没有持枪经验，擦枪走火，子弹击碎了石琴身边的金鱼缸，水、玻璃碎片和垂死的金鱼溅了一地。

石琴有些惊讶，又有些生气，还有些悲哀地看着他。

冷天然也不知该说什么好，扔下枪，没出息地跑了。

他在迷宫般的地下基地里漫无目的地徘徊，他觉得自己应该很快就会被送上军事法庭，心下惴惴。

反抗是一种勇气，可仅存的理性告诉他，在目前的情况下，那不过是可笑的勇气，再说抢了枪还走火了，这么丢人算什么反抗啊！

他苦恼地徜徉在灰色调的街景与虚拟的蓝天白云里，突然听到一声猫叫，回头一看，一个戴眼镜、绑小辫子的男人正在逗弄街边的野猫。

男人看起来三十岁左右，胡子拉碴，胡乱地系着领带，一副懒散随意的模样……咦，那不是言大叔吗？

冷天然一时忘形地打了个招呼："哇，言先生，好久没见了！"

言正礼闻声抬起头，正想开口，就发现有几个穿黑西装戴墨镜的男人追了过来。

冷天然转身就跑，偷了一辆微型电动车，闯进了一栋等待拆除的废楼，勉强算是摆脱了追兵，却意外碰见了荒原。

糟糕！荒原都发现我了，岂不是等于石琴他们也知道我在哪里了？外面该不会站满了要抓我回去的特工吧？冷天然心下忐忑。

荒原似乎知道他在想什么，摇摇头说："我遇到你是巧合，也没有告诉任何人。我压力大的时候喜欢找这种'鬼屋'一样的地方散心。不过我确实很好奇，像你这样的大英雄为什么要袭击长官然后逃走呢？你是想叛逃吗？"

荒原现在说话的语气和之前高傲又别扭的态度判若两人，让冷天然有些意外。不过，澄清"叛逃"这么严重的猜测显然更加重要，他挠挠头，说："我生在武汉，长在武汉，最爱的就是家乡，怎么可能叛逃？我只是……"

他只是从小就有一种感觉，觉得自己非常渴望得到他人的肯定。父母和老师简单地将之盖章为"爱表现"，可他认为不完全是那么一回事。如果要说缘由的话，他觉得大致可以归结为，自己的父母都是科研工作者、业内精英，对他要求很高，从小很少表扬他。从上幼儿园时就是这样了，别的家长夸张地大喊着"哇,你真是太棒了! 爸妈给你双手点赞"，然后给孩子一个大大的拥抱时，他的父母只会理性地微笑着说"继续努力"。哪怕是老师当面说他有什么优点，爸妈的回应也不过是"您不要把他夸坏了，他还有很多不足呢"这样的客气话。在他的印象中，自己甚至没怎么被拥抱过。

但可能是天性使然，他虽然这样长大，却没有成为那种畏缩自闭的少年，而是一如既往地积极乐观，敢于展现自我。只不过大部分同学和老师都对他的爱好不以为然，认为高中生还幻想开机器人很幼稚，喜欢什么"复联""正联"之类的才有品位……在这样的环境里，能包容他的所有胡思乱想、奇装异服和奇谈怪论的关壹无疑是他最好的朋友。

可他却亲手杀死了他!

或许在父亲和石琴他们看来，关壹也就是一个数字吧……

"话虽这么说，对于用枪指着石琴还走火这件事，我还是觉得很后悔……"说到这里，他突然抬起头，"你会不会觉得我很好笑啊？"

他曾经是饱受嘲讽的中二少年，虽然现在变成了捍卫世界的大英雄，但此时在这座肮脏混乱的废墟里，在拿下了高傲天才面具的荒原面前，他才觉得可以放下一切包袱，说说心里话。

荒原摇摇头："那不就等于笑我自己？我小时候也是这样啊，如果我想得到一个拥抱，最好的方式是堆一个雪人。"然后她又说，"我只是没想到，原来像你这样拥有正常校园生活的孩子也有这么多烦恼。"

只能抱雪人？她也太惨了吧……冷天然想起曾经看到的她的记忆，又问："你这种天才不用上学吧，学的肯定都是量身定制的精英课程……"

"我是作为'怪物标本'被导师带走的,却被当作人看待,我很感激,但也不是没有压力。"

荒原叹了口气，"我身上其实有其他任务，导师派我送一个重要物品回故乡，这就意味着我得见到那些从小畏惧我的能力、还弄伤我眼睛的人，还得装模作样地跟他们和解……说实话，我想不明白导师为什么要这么安排。"

"哇，是什么重要物品？"冷天然感觉自己似乎听到了某件机密。

可荒原的回答却大大出乎他的意料："导师让我运送的是梦之石，也就是关壹给你的那枚胸针。梦之石的能量耗尽时会破碎，届时你的梦境就会成真。唯一的解决之道就是在能量耗尽前说服你自己醒过来。"荒原恳切地说，"梦之石还有三十分钟就要破碎了，请你醒过来吧。你只要集中注意力想着'我要从这个梦中醒来'就可以了！只要你自愿提前醒来，一切都会恢复原状，就连关壹也会复活。"

"那也太棒了吧！"冷天然的双眼闪闪发光，握住了荒原的手，"这么好的事……怎么可能是真的呢？"

荒原神色陡变，但已经来不及了。

冷天然的动作矫捷如豹，三两下就制住了她，然后从背后用双臂绞住她的喉咙，使得她缺氧失去了意识。

"对不起，虽然我也很想关壹复活，可你说的话我不敢信。"

因为，冷天然打掉火焰巨人的面部装甲时所看到的少女的脸，和荒原一模一样。

[〇六]

"荒原酱的战斗力，目测可是和笛衡大人差不多的水平啊，居然被他空手制服了？"丹璃在奇遇办的小黑屋里发出了惊讶的叫声。

"他的梦里当然是他最强啊，这梦如果继续做下去，他说不定还能徒手拆高达呢……"言正礼扶额吐槽。

言正礼之所以会出现在冷天然的梦中，原本是为了和其他协调员一起进行入梦实验。实验结果是言正礼一出奇遇办就发现自己的外貌变成了一个懒散大叔，内心非常不爽，然后听到冷天然喊他"言先生"，他还来不及说什么对方就跑掉了。

这时，大家聚集在奇遇办交流刚才的实验感受。

"我不光外形变老了，身份也变成了冷博士的副官，而且连性格和想法都变了，差点儿就去强迫冷天然穿女装了，幸好半路被丹璃拉了回来！"武昌协调员说。

"我外形变了，但想法没变，看来是因为我手里拿着齿轮。"汉阳协调员说。

"总之现在可以确定,错误奇遇的'篡改人设'效果还包括扭曲他身边每个人的意志，"

丹璃总结道，"而协调员只有在拿着齿轮的情况下才能保持自我。"

"那我们现在到底该怎么……"言正礼话还没说完，小黑屋的显示屏里传来了一位异世界协调员的联络信息。

对方穿着一身厚重的防寒服，说他的辖区有个女孩在战斗时和敌人一起穿过时空裂缝来到了武汉，按主计算机的安排，这原本算正确的奇遇，可那条时空裂缝随即弥合了，所以他现在想通过齿轮随意门把她和敌人都带回去。

"女孩？什么样的女孩？"

言正礼当时想的是，如果她不巧被卷进冷天然的梦中成了遇难平民就麻烦了，结果情况比他想的更加麻烦——

"她是我们冰之国度'塔拉斯加'有史以来诞生的唯一一位火系技能使用者，武器是一把火红色大刀，使用时能召唤出一只火鸟。她的外貌特征是黑色高马尾辫，橙黄色眼睛，有一只眼睛被绷带蒙住了，名字叫……"

"是不是叫荒原？"言正礼再一次捂住了胃。

据防寒服协调员介绍，荒原当时正在执行一个任务，从圣都运送梦之石去一座偏僻山村里的神殿，结果路上遇到袭击，战斗中意外抵达了武汉这边的冰雕展，她的能力来不及收回，融化了现场的冰雕造成了一片混乱，梦之石也就此遗失。

梦之石有个复杂的全称和一堆更复杂的设定与历史，对方讲了半天，言正礼终于理解了，那就是必须在梦之石的能量耗尽前，说服冷天然自己醒过来。

这时，另一名协调员拿着一大卷羊皮纸闯进了言正礼他们的视野："我算出来了！结合古籍上的公式和塔拉斯加星历，梦之石还能撑一小时！"

之后，防寒服协调员就来到了武汉，试图说服傲娇天才少女荒原相信自己其实有着完全不同的人生，她应该跟着这个全身着防寒服的怪人回去——这怎么可能说服成功？

荒原和防寒服协调员大打出手，言正礼从天而降："我现在把我的齿轮授权给你用！"

荒原摸到被授权的齿轮，因此恢复了自我意志和原本的个性，总算相信了他们的话。防寒服协调员对言正礼的操作啧啧称奇。

防寒服协调员本想立即带走荒原，荒原却说："现在与冷天然最熟的人显然是我，不如让我去说服他。"

协调员们又开了个会，举手表决通过了这个提案，结果他们都没想到冷天然会因为"荒原长得和火焰巨人一样"这种原因而不相信她。

"那个火焰巨人到底是什么东西？"通过显示屏目睹了冷天然制服荒原之后，言正礼问防寒服协调员。

"是跟着荒原过来的敌人，一种雪怪，经常会变成人类的样子袭击附近村民……至于体形为什么会变得那么大，就要问你们的当事人冷天然了。"

刚说到这儿，基地里传来刺耳的警报声，只见人造穹顶被一脚踏破，火焰巨人竟直接攻进了基地！

言正礼他们这会儿都已经懒得吃惊了，一个个脸上都写满了冷漠、窒息、麻木……以及胃疼。

只有丹璃故作可爱地举手提问："啊喏，我想不明白，难得的美梦成真型奇遇，他的梦为什么不能一帆风顺一点儿？为什么尽是这么虐的内容？"

言正礼耸耸肩："可以看出他平时都看什么风格的动画吧，大概是经历无数痛苦和磨难之后成为孤独的大英雄之类的。"

武昌协调员眼睛一亮："虽然很虐，但是充满悲剧美，我喜欢！"

"别悲了，要是任务失败，我们所有人的业绩都从你头上扣！"

[〇七]

冷天然最初看到火焰巨人的装甲下有着荒原的脸时，其实是不忍与她战斗的，还琢磨了几天火焰巨人会不会是敌人特地制造的荒原的克隆人，专门为了针对人类的情感软肋。结果荒原亲自来和他聊，反倒让他觉得这一切都很可疑，关壹给他的胸针里可能有秘密，但未必是荒原说的那样。总之，他认为应该先把荒原关起来，同时确保胸针的安全，其他的事情之后再说。说不定，关壹还有什么来不及告诉他的真相呢？

可紧接着，他就目睹了比发现战友和巨型敌人长得一样更惊悚的事——

火焰巨人攻入基地，就像《哥斯拉》等作品里的反派怪物一样，缓慢地迈出沉重的脚步，震耳欲聋的脚步声一步步接近，然后就在他面前掀起废楼的屋顶，直接从他手里抢走了荒原！

那烈焰熊熊的巨掌靠近他时，他并没有感受到灼热的痛苦，只是全身发颤，本能地觉得害怕。

没了机甲，他只是一个渺小的普通人，那个庞大的怪物甚至不屑于杀死自己。

火焰巨人那样轻而易举地带走了荒原，然后径直朝着驾驶员宿舍走去。

那枚胸针在宿舍里！火焰巨人和荒原果然是一伙的！说好的十三层装甲保护的地下堡垒呢？说好的应急安保系统呢？

冷天然没办法了，只能拼命地跑向宿舍那边，可跑了几步又停下来喘气，心里觉得很无助、很徒劳——火焰巨人脚边是一片火海，就算他能追上去，又有什么用呢？

刚想到这里，他就看到一位抱着孩子的年轻母亲仓皇躲闪，却被火焰巨人一脚踏平，化作一团焦炭。

冷天然看不下去了，他竭力跑到最近的基地工作站，要求工作人员走紧急通道送他去装备仓，修复率73%的HHL-01随即从备用发射口弹出，直面强敌。

"荒原，你到底是什么人？巨人是你的姐妹吗？你给我住手啊！"冷天然坐在驾驶舱里朝着火焰巨人大喊，但没有得到回应，对方还是执着地走向宿舍区，想要得到那枚梦之石胸针。

冷天然拼尽全力想要阻止火焰巨人，可机体残缺、电量不足，终究是力有不逮，颓然倒地。

眼看着火焰巨人就要把手伸向宿舍，冷天然只觉得心都凉透了。忽然间，不知哪儿来了一股力量，电量只剩7%的机体竟飞速冲了过去，一个突然出现的半透明护盾不但保护了宿舍楼，还震得火焰巨人踉跄几步，跌坐在地。

"成功了！他终于激发出了精神立场！"指挥室里的石琴激动地喊道。

紧接着是父亲的声音："把所有无人机都调过来，直播，特写。"

"啊？什么？什么是精神立场？"冷天然茫然道。

这时石琴大声喊："快给那个怪物最后一击！你马上就要成为全世界的大英雄了！"

好吧，那些事情回头再说！

冷天然操纵机体转过身，只见火焰巨人也爬了起来，巨大的火鸟再度出现，将周遭的大片废墟化为新的炼狱。

有那么一瞬间，荒原说过的那句"想拥抱只能自己堆雪人"从冷天然脑中飘过，让他觉得她也挺可怜的。可他想起无辜受害的市民们和惨死的关壹，不由得下定了决心，冲向火焰巨人。

"荒原，不管你是出于什么理由，都不该伤害这么多无辜的人！"

这时，驾驶舱里突然出现了一个黑窟窿，言正礼从黑窟窿里钻了出来："等一下！我是你的奇遇协调员……"

冷天然一愣，十九米高的机体来了个急刹车。

言正礼受惯性作用差点儿撞在驾驶舱内壁上，还好扒住了齿轮边缘，他狼狈地扶了扶眼镜，尽量保持从容的姿态，然后开始例行讲解。

已经只剩十八分钟了。

[〇八]

"太酷了，我能当奇遇协调员吗？"冷天然的反应完全在言正礼的意料之中，不过接下来这句比较少见，"齿轮也好棒，有周边吗？限量收藏版多少钱？"

"没有！请尊重我们作为一个神秘组织的神秘性好吗？"言正礼喊完这句后迅速恢复了冷静，"只剩十三分钟了，谈正事。"

"行。"冷天然连忙点头，"所以说，荒原说的那些都是真的？只要我选择醒来，一切就会恢复原状，妈妈会回来，关壹也会复活，我也会变回普通的中学生？"

"梦之石很快就要破裂了。"言正礼看了一眼自己的手机，"再不醒来，你梦中的一切都会成为现实。"

"也包括我成为拯救世界的大英雄这件事吗？"

"你醒来也一样能拯救这个世界，只是不会成为大英雄而已。"说实话，言正礼心里有些忐忑，自己都觉得这番话没什么说服力。

毕竟冷天然成为梦寐以求的机甲驾驶员，在梦中当了几个月的大英雄，赢得了荒原的好感，就连他们现在能在这儿对话，都是靠着他最新习得的"精神力场"的力量，那片半透明的护盾挡住了火焰巨人的一切攻击，也使他的机体显得璀璨又威武，张开的硕大无朋的羽翼飘浮在一片火海之上，仿佛拯救一切的巨神降世……这么美的梦，为什么要醒？

"嗯，我又会变成那个爹不疼妈不爱、平平无奇、爱好小众、被班上同学当作中二神经病的冷天然了。"冷天然露出了自嘲的笑容。

"可你要明白，这世上本来就不可能有完全顺遂的人生。"言正礼苦口婆心地说，"你现在就像……"

然而冷天然打断了他精心准备的说教："我明白的，言先生，不，言学长，谢谢你。"他的笑容不带一点儿阴霾，"且不说醒来能让多少我不认识的人复活……就算为了关壹，这一切也是值得的。"

这率直的回答反而让言正礼愣了一下："等等，你和荒原关系都那么好了，她讲半天你都不信，我讲了几句你就信了？"他就差直接问你脑子是不是有毛病了，"我在你心里不是一个衣冠不整的邋遢大叔吗？"

冷天然瞪大眼睛摇头："哪里邋遢了？你的胡子超级有型好不好？全基地哪里还找得到像你这样身份成谜、谈吐从容不迫、气质洒脱不羁、一身帅气伤疤、和什么高人逸士都能谈笑风生的神秘间谍啊？"

齿轮通信器的那一边随即传来丹璃过分夸张的笑声："你以为他讨厌你，结果他是崇拜你，太好笑了哈哈哈哈哈哈！"

言正礼的脸刷一下就红了，幸好被胡须挡住了看不出来，他只好尴尬地轻咳了一声："别瞎给我加人设！赶紧醒来吧。"

冷天然点点头，神情沉静下来，闭上眼睛，默默念着："我要醒来。"

刹那间，一切都消失了。

火焰巨人、机甲、周遭的废墟和烈火……全都烟消云散，化为一片晴朗的夜空。繁星满天，烟花不断绽放，四周洋溢着夏夜庆典般的热闹气息。

父亲、母亲、石琴、荒原、言正礼等人的笑脸逐一从冷天然脑中闪过，然后他睁开眼睛，发现这只是个普通的清晨，父亲在洗碗，母亲似乎是在书房里通宵赶稿直到现在，再一看钟，自己马上要迟到了。

"糟糕！"冷天然急匆匆地开始洗漱，父亲在他身后抱怨："这么大的人了连自律起床都做不到吗？"

我熬夜做PPT了你没看到？我上次月考排名前进了五名，石琴老师在微信里告诉你了吧，你对我一句表扬都没有？冷天然心里这么想着，但什么都没说，他现在没时间浪费在这些习以为常的失望上。

冷天然叼着两片面包出门，一路冲刺到时玖中学，这时早自习都结束了。

关壹！

他就在那里！

冷天然扔下书包冲上去，一把抱住了正在座位上整理课本的关壹："你还活着！太好了！我跟你说我做了一个超可怕的梦，梦见你被坏人洗脑了，我只好杀了你……"

"哇，你们看他又犯病了。"

"冷天然，你和班长到底是什么关系啊？"

同学们的笑声不断传来，可冷天然没太在意，关壹复活了！自己放弃了成为拯救全世界的大英雄，不就是为了这件事吗？

然而关壹不耐烦地推开了他："你今天迟到的理由是你在梦里杀了我？"

冷天然愣了一下，就算是傲娇也不至于语气这么生硬吧？

这时旁边有个男生调侃道："看不出来啊，班长，原来你和冷天然这么熟？"

关壹站起身来，尴尬地扫了一眼四周，但唯独没看冷天然："我有事去一下学生会。"他扫视四周的那一眼，是冷天然最熟悉的那种"不想被人误会我和这种人是朋友"的眼神，是每一次他以为找到了新朋友、兴高采烈地向对方推荐自己喜欢的作品时会遇到的眼神。

冷天然突然想起来了，是他自己弄混了梦和现实。

从梦到自己和关壹一起坐轮渡的时候起，不，甚至可能是关壹给他胸针的时候起，他就在做白日梦了。

诚然，关壹个性稳重友善，又是班长，对谁都很好，但那并不意味着他想和自己做朋友啊……那枚胸针，真的只是用来交换投票券的而已。就连他唯一想要保护的这段友谊都是梦吗？

太好笑了，还不如让梦之石破裂呢。

冷天然尴尬而失落地在教室里坐了一上午，放学时还听到一直以嘲笑他为乐的那几个同学嘴里又有了新梗。

他垂头丧气地走出校门，心想只怕并不存在什么奇遇办，不存在什么放弃梦想回归现实，一切都真的只是一场逼真的梦，下午干脆破罐子破摔旷课算了，结果刚出校门就看到丹璃站在门口买炸鸡排。

"啊，你是总跟言正礼在一起的中二学姐，你难道也是奇……"

丹璃调皮地眨眨眼睛，做了一个"嘘"的手势，转身就走。

冷天然连忙跟上，在小巷子里堵住了她："学姐等一下，胸针现在在荒原那里吗？她回异世界了？她会不会有危险？我能不能过去帮帮她？"

"不能哦，以你的水平在那边可能活不过五分钟。"丹璃笑眯眯地说。

"可我真的很担心她啊，学姐，求求你了……你喜欢炸鸡排？我承包你一个月的鸡排好不好？"冷天然死缠烂打。

丹璃黑了脸："不生气，不违法，不用刑，不杀人。女神在上，做个好人……"

"算了，让他去吧。我负责保证他的安全。"言正礼突然出现了。

丹璃有点儿意外："言殿，你不是我们办公室第二遵纪守法的人吗？让他去那边，已经逾越主计算机的安排了吧？"

"我现在想法变了。有些人看起来能接受我讲的道理，其实只是从自身的经历中得到了领悟，他就是这种人。所以，还是得让他自己经历一次。"

说着，一个黑窟窿从天而降罩住了冷天然全身，当他反应过来现在到底是什么情况时，他已经被送到了一片冰天雪地之中。

[〇九]

"冷天然和荒原聊天时说，同学们因为觉得超级英雄题材比机甲题材高贵而排挤他，可在一般人眼里，《环太平洋》和《复仇者联盟》有什么区别？不都是不切实际的美国科幻大片吗？所以，这根本不是喜欢机甲还是喜欢超级英雄的问题。你应该也看出来了，冷天然心中的自己和真实的自己其实有点儿差距。"

丹璃歪头道："我可没看出来，我昨晚和笛衡大人组队打游戏了。你熬夜看他的生活画面了？"

"怎么转不转正都只有我做事啊……"言正礼抱怨着，"总之，父母很少表扬他是真的，可他自己都没注意到的事情是,这样长大的他渐渐成了一个过于喜欢彰显自己存在感的人，他有时会忍不住在其他同学谈喜欢的动漫影视或书籍时冲上去推荐自己喜欢的作品，或者直接说'你喜欢的那个东西档次很低'……这哪儿是别人对他有偏见，哪儿是什么积极乐观敢于展现自我，他与人相处的方式根本还是幼儿园小霸王的水平好吗？"

丹璃露出促狭的笑容，说："言殿好上心哦，难道……"

"不是我。我刚转学到武汉时只是天天被人嘲笑爱好老土而已。"言正礼连忙撇清关系，但沉默片刻后又说，"但也有点儿像。我没留下他那么多黑历史，只是因为我那时候不太爱说话，直到……"

直到荆樊出现。

言正礼没说出最后几个字，他指向显示屏："好了，让我们看看冷天然还活着吗。"

冷天然回过神来的时候，发现周围的环境似曾相识，白茫茫的天地间散布着一些牢固的石屋，很有异国风情。

气温很低，寒风刺骨，还好自己穿了羽绒服，言正礼还给他披了一件看起来很有欧洲中世纪风格的斗篷，说这样打扮他就不会太显眼。

荒原在哪里呢？

他在这个石屋村落里左右张望，看到一座高大巍峨、似乎是祭祀场所的建筑物前，几个穿着厚重冬装的孩子站在祭坛前，一名成年祭司正在为他们讲解。

"请看，这就是梦之石，是雪神谕旨与圣都技术的结晶，每年都由圣都派遣的信使大人送到各地的神殿。在雪神祭典上，我会通过梦之石将自己的梦分享给在场的每个信徒，我们会在梦中一起见证气候温和、无病无灾、雪怪沉眠的美好新一年。等到仪式结束，梦之石破碎，这个美梦就会成真。"

"感谢雪神，感谢圣都！"孩子们发出了训练有素的赞美声。

"原来梦之石是这么用的。"躲在不远处的冷天然说，"他们为什么不做点儿发现石油天然气、开掘出远古黑科技之类的梦啊？那就不必生活得这么原始了，至少能烧个暖气……对了，为什么不梦到雪怪灭绝？"

"不要试图干涉其他世界的历史发展。"言正礼的声音从齿轮通信器中响起，"你会去问大象为什么不吃肉、蓝鲸为什么不上岸吗？"

"行行行我错了。荒原呢，她在哪里？"刚说到这儿，冷天然就看到不远处出现了一辆马车。

拉车的是两头白熊，驾座上坐着一个类似祭司打扮的女人，车厢里传来了小女孩嘶哑的哭喊："我一辈子都不会忘记你们这些垃圾！总有一天我要把你们都烧死！"

是荒原？

冷天然惊讶地凑近了一点儿，只见荒原握着车窗栏杆嘶吼，祭坛上的孩子们在回骂"煤渣""异端"，有几个孩子似乎有异能，还变出了雪球砸她，而祭司只是摆出看似悲悯的冷漠表情说："希望圣都早日给你解脱。"但随着荒原的哭喊声，一只小小的火鸟凭空出现冲向孩子们，驾车的女人赶紧下了车，试图阻止这一切……

一片混乱之中，冷天然注意到了三件事，一是荒原有只眼睛受了伤，看起来像个血窟窿一样，非常可怕；二是这个荒原貌似不到十岁……

"不小心把你送错时代了。"齿轮通信器里传来言正礼平静的声音。

冷天然正想吐槽"学长你该不会是故意的吧"，黑窟窿再一次从天而降罩住了他。

还是那片冰天雪地，还是那个祭坛，不同之处是现在夜色浓郁，四顾无人。

荒原在哪里？

冷天然哈着白气往前走，拐过一个拐角后，感觉自己走到了村落的边缘，视线的尽头是夜色中一片冷白色的山峦，而近处燃着几盏青色的灯火，几个村民打扮的男人正手持武器冲向荒原，荒原的火雨长刀已经挥下，烈焰如雨般倾泻而降，三两下就将他们拦腰斩断！

天啊，荒原终于忍不住杀人复仇了？

冷天然有些害怕，又不忍心，只好大喊着冲上去阻止她："荒原，别……"

话没说完，他突然发现那几个男人一滴血都没流，而是化为无数雪粒，随风消散。

荒原回过头，神色惊讶，毫无戾气："你怎么来了？你还回得去吗？"

"我来一是为了向你道歉，对不起，你被拉进我的梦里不说，连个人意志都被扭曲了……"冷天然低着头，有点儿不好意思，"第二是为了帮你，不过，我好像误会了刚才的情况……"

荒原哑然失笑，从头向他解释了她回来之后发生的一切。

她继续送梦之石到村里，坦率地承认由于自己的失误导致梦之石的能量几乎耗尽，无法进行仪式。村民非常激愤，认为圣都疯了才会派一个"异端"来送梦之石，甚至有人认为圣都是在故意侮辱本村。

荒原不为所动，只是让掌心燃起一束青色的火焰："说到底是我的错，我会负责赶走它们。除了我，你们从没见过火焰能力者。对我，你们也只有厌恶，没有了解，从不正视，所以你们当然也不会知道雪怪其实害怕火焰，但只怕青色的这种。"

祭司等人当然不相信她，但害怕她的能力，也不敢拒绝。于是荒原在村边设起青焰的长明灯，让雪怪远离村庄，自己则负责巡视，扫荡漏网之鱼，确保长明灯不灭、雪怪不会再出现，直到明年的梦之石送来。

"原来是这么一回事。"冷天然挠挠头，"之前言学长把我送错了时代，我看到了你小时候哭着喊'我要把你们都烧死'的样子，我还以为你会……结果你真的和他们和解了，我很佩服你。"

另外，他知道青色火焰代表着燃烧温度超过3000℃，再往上就不是人能看到的颜色了……可3000℃也不是人能承受的温度，对她来说也太轻松了吧？

"你看到我小时候了？"荒原有点儿惊讶。

冷天然连忙道歉，可荒原却说："没关系，我现在无所谓了。另外我也没有与他们和解。到这里之后，我懂了，是我误会了导师的意思。导师只是想让我知道，我已经可以不在乎了。我去过很多地方，长了很多见识，就连做个任务都会意外抵达你的世界。相比之下，这区区一村人的肯定和否定，对我来说，已经不重要了。我现在决定留在这里，也只是为了担负起自己应尽的责任。"

"我留下来陪你吧。"冷天然忍不住说。

"你留下来……又能做什么呢？"荒原露出了难得的微笑。

"我和你很像，都从小就被人嫌弃，我觉得……我们可以一起取暖。"说是这么说，可冷天然这会儿其实已经很没有底气了。

起初他死皮赖脸地求丹璃送他来这个异世界，是因为在班上又丢了脸，想起曾经在荒原记忆中见到的奇异景色，所以想要远离那讨厌的一切开始新的生活。可过来一看，原来异世界的人也是一样，只要找到一个理由看你不顺眼，他就有权否定你的一切，践踏你的尊严。要说不同的地方，大概就是荒原是真的很成熟很帅气，又有异能又看得开，而自己什么都没有。

"可我并不需要靠别人取暖啊。"荒原自嘲地笑了笑，"你也是，如果你真的学会了该怎么与人相处，也学会了不要那么在意世人的眼光，那你在自己的世界一样可以过得很好，一样有许多美景与目标值得追求吧？"

荒原的话就像夏夜烟花的尾巴，照亮了冷天然的双眼，却又让他觉得怅然若失。

他的理性告诉他荒原说得对，而感性告诉他，美梦真的要结束了。

冷天然沉默片刻，咬了咬嘴唇，终于开了口："谢谢你，那……我要回去了。"

奇遇办的随意门应声出现，言正礼冒出半个脑袋："下定决心了？赶紧，明早轮到我英语演讲！"

冷天然点了点头，却又有些依依不舍地望向荒原："我们以后还能再见面吗？"

荒原沉思片刻，说："如果你能做出类似奇遇办的那种技术的话……"

"我一定可以的！"冷天然握拳，"不管花多少年，不管需要付出多少努力……"

"我提醒你一下，高中生立誓为了做出随意门而好好学习，俗称中二病。"言正礼泼下来一盆冷水。

冷天然嘿嘿一笑："如果能实现这个誓言，就不叫中二病了，叫'把少年时的梦想贯彻到底'！"

【一〇】

"这个案子总算是结束了。"

把冷天然送回家后，言正礼回到了奇遇办的小黑屋，看到丹璃难得勤快，正在亲自写结案报告。

言正礼想起最近一直在琢磨的几件事，向显示屏提出要求："主计算机，请统计出最近时空裂缝出现的次数，再对比去年同期数据。"

主计算机很快给出了数据，相比去年同期，时空裂缝的出现次数下降了64%。

"为什么会出现这种情况？为什么就连已经出现的时空裂缝都会迅速弥合？还有，为什么这次的案子那么晚才给通知？"言正礼直白地问。

自去年夏天登上紫辉之月直接见到主计算机的拟人形态之后，言正礼确信它应该能理解这种直截了当的提问。

然而主计算机这一次给出的回复是："人们在不同世界、不同时空之间的往来会带来能量的交换，奇遇办分配、协调奇遇的主要目的是维持各世界间的能量平衡。"

搞什么啊！这不是转正时观看的协调员入门教学视频内容吗？

言正礼开始觉得不对劲了，他转身看向丹璃，丹璃也同样全神贯注地盯着显示屏。

言正礼说："主计算机会不会又出事了？我们直接登上紫辉之月看看情况吧？"

丹璃摇头，说："言殿你还记得吧，用齿轮是无法直接登上紫辉之月的。我们得用魔法飞上去，但我现在的身体情况……说实话我不敢用那种强度的魔法。"

言正礼一怔，想起她的病情，欲言又止。

这时丹璃又说："另外，自去年发生 Mr.PH 3 的事件后，主计算机加强了安保设置，现在也许转移到其他时空了，我不确定我们'登月'之后会不会扑空……"

奇遇办 ② 机甲大战 JI JIA DA ZHAN

刚说到这里，束蚀Ⅱ就回来了："我有一个怀疑对象。追杀环⑨的那个杀手，它有'齿轮'！"

ZHI SHAN ZHI XIN

奇遇办 与
② 至善之心

你觉得自己善良，就有权剥夺它们的生命吗？

[〇一]

　　丹璃只觉得眼前一片昏黑，手脚失去知觉。她看不到言正礼焦虑的表情，只能勉强听清他故作冷静的声音。

　　"我去找医生。别怕，别怕，你会没事的。"然后，他的脚步声就渐渐远了。

　　我本来就不怕啊，害怕的人是你吧？丹璃默默地想着，而且你们这个世界的医生也帮不了我啊。

　　喧闹嘈杂的急诊室里，丹璃安静地坐在角落，等言正礼回来。外面淅淅沥沥的落雨声就像她的生命力一样，轻手轻脚地流逝着。

　　作为超时空全次元公益组织"奇遇办"的奇遇协调员，丹璃的日常工作就是协调出错的奇遇并拯救因此受害的人。几小时前，她在独自处理一桩错误奇遇时，使用魔法修复了一座即将垮塌的大桥，拯救了数百名路人的生命，但使用魔法过后没多久，那些熟悉的症状便如约而至，胸闷、高烧、失明、四肢失去知觉……这就是圣女病，是她们齐纳什卡圣女与生俱来的诅咒。

　　在丹璃这个阶段，圣女病发作还不会危及生命，无非是各人身体条件不同，病症消失耗时长短有所差异。言正礼知道，但一得知她发病，还是陷入了焦虑之中，他一边联系丹璃老家的炼金术士协调员赶快做药，一边送她来了医院挂急诊。

　　等着等着，她听到一个温暖平和的女声。

"发烧了啊？还有暂时性失明？可怜的姑娘，希望你的自愈力能增强一点儿，赶紧好起来吧。"

"谢谢，您是医生吗？"丹璃的问题没有得到回答，可她却惊奇地发现，等到言正礼回来时，她的视力已经恢复了，手脚也有了知觉。

医生给她开了一剂退烧针，针还没挂完，她的体温就恢复正常了——这是她痊愈得最快的一次。

"似乎有个好心的超能力者帮助了我呢。"路上，丹璃对言正礼说。

他们本可以通过齿轮随意门直接回奇遇办，这会儿之所以穿行在小巷里，是因为丹璃要去一家网红奶茶店买奶茶。言正礼双眼一亮："这么说，你的圣女病有救了？能联系她长期帮你治病吗？"

"我不敢抱太大希望。"丹璃摇摇头，神色平静，"如果她的能力正如她所言，是提升我的自愈能力……那等到我的自愈力低到怎么提都提不起来的那一天时，该怎么办呢？"

言正礼的眼神又暗了下去，但仍不死心："说不定她还有其他能力呢？我想……"他想先回奇遇办查清楚这个超能力者，可刚拿出齿轮，眼角的余光就瞟到有个东西从天而降。

言正礼一手把丹璃往自己背后拉，一手以迅速变大的齿轮为盾牌弹开了那东西。

"啪嗒"一声掉在地上的，是一只球鞋。

谁的？

丹璃和言正礼抬起头，只见身边这栋居民楼的楼顶护栏上坐着一个短发女孩，看不清脸，但能看出那女孩似乎也很意外，她用带哭腔的嗓音喊了一句"对不起"。

"那女孩是坐在护栏上哭？"言正礼问。他怀疑她要么是想自杀，要么是遇到了坏人，于是火速使用齿轮随意门抵达楼顶，可登上楼顶平台时，那女孩已经不见了。

"呀哒,她难道已经……"丹璃连忙扒在栏杆上往下看，但也没有看到有人坠楼的痕迹。

言正礼想了想，又拿出齿轮："她穿的好像是隔壁地颐中学的校服……走，我们回奇遇办查一下，顺便看看能不能找到帮助你的那个超能力者。"

｜〇二｜

林希泽觉得自己上初中以来就没遇到过好事。

一上初中，常年在国外打工的父母就回来了，一直跟着爷爷长大的林希泽终于回到了父母身边，然而长时间的分离使得这一家三口间缺乏了解，相处不是过分客气就是发生冲突，她更怀念和爷爷在一起的时光。

可不久前，爷爷也病逝了。一切来得太快太急，林希泽觉得自己都还没来得及理清思绪，爷爷就已经下葬了。葬礼过后，爷爷的几个子女约好一起去爷爷生前居住的房子打扫，顺便各自拿点儿小件遗物回家当念想。结果当天下午，她被老师留校批评，离校时又遇上晚高峰堵车，等她进门时其他人早就走了，爷爷房里的东西也被清得差不多了。

几天后，父亲给她看了中华遗嘱库送来的遗嘱。遗嘱是手写的，署了爷爷的名字，盖着中华遗嘱库的公章。遗嘱里面写了一些人生感悟和财产分配方面的安排，最后一条提到："比德玉佩留给希泽。"父亲把遗嘱上的这条指给她看，是以为她已经拿了，想确认一下。可林希泽只记得小时候听爷爷说这是一块"祖上传下来的奇玉"，却从没见过这东西。

当天去爷爷家的人，除了林希泽的父母，还有叔叔和姑妈的女儿麦西。叔叔一家都说没见过，那"嫌疑人"就只剩一个了。

周六下午，林希泽冒着雨敲响了麦西家的门。

"你怎么来了？没打伞吗？"麦西惊讶地打开门。

麦西和林希泽是表姐妹，名字里还有同音字，气质却是天差地别。麦西苗条白皙，像优雅的天鹅；林希泽却像一只炸毛的小野猫。

麦西看她湿漉漉地站在门口，连忙把她迎进屋，正要给她找干衣服和干毛巾，就听林希泽问："麦西姐，爷爷遗嘱里写的那块玉佩在你这里吗？"

"遗嘱？"麦西有点儿惊讶，"外公留了遗嘱？可以给我看看吗？"

林希泽拿出手机调出她给遗嘱拍的照片，把玉佩那句指给麦西看，解释道："一式三份，你不信可以问问姑妈，遗嘱上是不是这么写的。"

麦西沉默了一会儿，似乎是在酝酿措辞，然后抬头看着林希泽，说："外公不会是写错了吧？他不知道你以前做的那些事吗？希泽，希望你好好回忆一下过往的那些……"她没有继续挑明，而是顿了顿，"你真的觉得自己适合那块玉吗？"

她说这话的语气并无恶意，看神色甚至还带着一丝同情。

可林希泽一听，脸色立即变了，她甚至不知道自己是什么时候离开表姐家的，又是什么时候失魂落魄走到了她家那栋楼的天台上的。

她坐在天台的废弃铁架上，想起过去那些事，越想越是消沉，越想越觉得自己一无是处，不知不觉已是满脸泪痕……直到脚上的球鞋不小心掉下去差点儿砸到人，她才回过神来。

"原来是这么回事。"

奇遇办的小黑屋里，言正礼指示系统调出地颐中学初中部所有女生的资料，用排除法找出了刚才坐在天台上的女孩林希泽。据系统提供的资料，林希泽今年13岁，奇遇正在发生——数天前，她刚刚过世的爷爷留给她一块特殊的玉佩。

然而实际情况是，林希泽没有拿到那块玉佩，她的奇遇没有发生。

"这不就是错误的奇遇吗？为什么主计算机没给提示呢？"言正礼觉得很奇怪。

丹璃听懂了他的潜台词——奇遇办的主计算机每天会给无数青少年分发奇遇，正常奇遇都是在协调员完全不用出场的情况下完成的，而协调员们日常的工作也很多，像林希泽这种情况，如果主计算机没给提示，谁都不会发现。

"很显然，林希泽认为拿走玉佩的人是表姐麦西。"

"可人家觉得麦西不是去抢奇遇的那种人哟。"丹璃嘟起嘴，"言殿你有没有注意到，麦西房里有印着'中心医院'的环保袋，我觉得麦西的声音听起来有点儿像……"

言正礼一愣："像帮助你的超能力者？那她不就更可能和玉佩有关系了吗？"

〔〇三〕

丹璃和言正礼争执不下，最终决定分别去林希泽的父母、叔叔和表姐四个"嫌疑人"那里打探消息。丹璃负责叔叔和表姐，得知叔叔是的士司机后，她制定了一个简单的打探计划，那就是坐叔叔的车去中心医院……然后在路上又堵了两个小时。

好不容易到了目的地，下车走进医院，丹璃正在琢磨该怎么找到表姐麦西，就看到她穿着护士服站在大厅里。

丹璃高兴地走向她，一时没留神脚下还有台阶，当场被绊倒。

这时，一双手将她扶起来，丹璃一抬头，还没来得及张嘴，就听见熟悉的声音："啊，你不是前几天急诊室里的……"

果然，麦西就是之前帮助自己的人！丹璃正想着，麦西扶她起身，温柔地说："疼不疼？希望你的淤青早点儿消散。"

"哇，你要我不疼我就真的不疼了！"丹璃夸张地惊叹着，"小姐姐，你是有超能力吗？"

麦西给人的感觉优雅温暖，此刻露出了温润的笑容："超能力？超想帮助别人算吗？"紧接着她又问丹璃刚才摔倒是不是因为疾病发作，还说她觉得丹璃的症状很奇怪、很少见，建议她平时不要大意。

虽然丹璃觉得自己在"超能力"这个问题上被转移话题了，可与麦西说话的感觉太愉快了，她只觉如沐春风，也就没有继续追究下去。

丹璃一直在医院等到麦西下班，她看见麦西哼着小曲儿愉快地进了更衣室，然后换掉制服出来，在医院侧门上了一辆摩托车。

见麦西抱着那青年的腰，丹璃恍然大悟，这对小情侣是要去约会啊！

111

一直跟到水族馆，丹璃才找了一间没人的女厕所，拿出齿轮，回了奇遇办。

言正礼早就等在那里了。他在林希泽父母开的奶茶店和她家附近逛了一圈，然后回奇遇办查看了林希泽过往的生活画面。奶茶店里工作很忙，林希泽的父母看起来就是普通中年人，没什么疑似与奇遇有关的异常行为。林希泽是爷爷带大的，和出国打工多年、近年才回武汉的父母关系不太好，有暴力倾向和虐猫嫌疑。邻居说她平时总在试图抓附近的野猫，老师批评她是因为她最近和同学打架。

丹璃则认为林希泽的叔叔很可疑，坐车的路上他一直在骂人，一会儿骂交警一会儿骂路人，一会儿又骂前前后后的其他司机，不知是他本来就有反社会倾向，还是那块玉佩影响了他的性格。

言正礼哑然失笑："这不就是路怒症吗？司机常见病，很普通，何况还堵车了。"

"人家平时不坐车所以没注意。"毕竟是用齿轮或魔法上学的人，丹璃耸耸肩。

那目标就只剩下麦西了。

可丹璃觉得麦西只是一个普通的超能力者，人很好，不像是会私吞外公遗物的人。

言正礼不以为然："我们找出她当年的奇遇档案，就知道她到底有没有超能力了。"

麦西青春期的生活画面和发生奇遇时的档案依然存在主计算机里，言正礼调出了当时的档案，档案显示，麦西从前没有什么超能力，奇遇强度也只有1，内容是梦见和外婆安详地告别。

"很常见的奇遇，她现在看起来也只是个普通成年人。"

这么一看，言正礼觉得玉佩在麦西那里的可能性更高了，可丹璃还是不同意。

"就算真的在麦西那里，可人家还是觉得应该不是抢，而是意外捡到，或者是玉佩主动选择了麦西。"丹璃嘟着嘴说，"林希泽有暴力倾向，拿了那个有治愈能力的玉佩之后，也许会打架打得更任性，倒是麦西姐姐总想帮助人，岂不是正好？搞不好，这个奇遇并没有发错人。"

"可我不觉得只有'好人'才有资格得到奇遇，当然我也不觉得林希泽是'坏人'。"言正礼说，"我想主计算机发了这么多奇遇，比起'锦上添花'，更重要的还是'雪中送炭'吧。"

丹璃沉默不语，奇遇办这个幽暗的小房间一时间陷入了寂静之中，只听得到三面墙上那些齿轮状的算珠在缓慢挪动。

言正礼却没注意到这微妙的沉默，他琢磨起另一个问题——能不能通过奇遇办的系统查一下，辖区里有多少人得到了特殊能力并依然留在这个世界？其中一定有人能帮丹璃治病！

得知言正礼的想法，丹璃笑了，她低下头轻声说："谢谢你哦，言殿。但是没关系的，我并不害怕早已注定的命运。"

"可是……"言正礼还想说点儿什么，齿轮通信器里突然响起了同事束蚀Ⅱ的声音："我发现有个奇遇出错了，但主计算机没有提示。"

束蚀Ⅱ这会儿本来应该在指导高一学生跳集体舞，可他觉得太无聊了，所以顺便在颅内辅助芯片的帮助下整理了一下最近的奇遇档案。束蚀Ⅱ一直有浏览奇遇档案挑毛病的"爱好"，近期发现主计算机不太对劲之后，他浏览得更仔细了。这次的错误奇遇也许是个突破口。

"她从地垫底下找到备用钥匙，潜入了麦西家。"这时束蚀Ⅱ又说，"有学生来找我了，你们盯一下监控。"

［〇四］

潜入麦西家？是为了找玉佩吗？丹璃和言正礼一起看向显示屏。

麦西家一看就是出租屋，地方不大，家具、家电都很简陋，但布置别致，整体风格很小清新。林希泽进了屋，首先从自己包里拿出爷爷的遗像，放在鞋柜上那张奶奶的遗像旁边，然后就在屋里东翻西找，还检查了厨房，甚至翻了垃圾桶，却一无所获。

"不可能啊，她把证据都处理了？"林希泽喃喃自语着，蹲在地板上发呆。

这时，麦西推门回来了。

"希泽，你是怎么进来的？"麦西惊讶地问。

出租屋就那么大，进了门一览无余，林希泽没地方躲，只好结结巴巴地回答："我、我是来给你送遗像复制件的……"她指了指鞋柜。

"送遗像需要把我家翻成这样吗？"麦西问。

林希泽干脆不再掩饰了，梗着脖子生硬地反问："我是来找罪证的！我认识的流浪猫群护的小伙伴说，最近你家这一带经常有老弱病残猫暴毙，是不是你给他们下毒了？"

"下毒？"麦西满头问号，"我为什么要毒杀流浪猫？"

"别装了，"林希泽大喊，"你一直都是这种人，我还记得奶奶病危时你想做什么！"

麦西一愣，气极反笑，不再用过往那种温柔娴静的语气说话了："希泽，你到底是什么道德楷模啊？读小学就害死了邻居小孩，现在成天想着怎么阉割流浪猫，你这种人居然嫌我在外婆病危时表现得不够好？希泽，希望你……"

麦西的话没说完，林希泽就像炸毛的小猫一样冲过去一头撞倒了麦西，夺门而出。

"搞不懂林希泽这孩子到底想做什么。"显示屏前的丹璃十分疑惑。

而言正礼正在用手机记录刚才听到的几个关键词："流浪猫暴毙、玉佩的能力、外婆病危、害死邻居小孩、阉割流浪猫……从哪个关键词入手好呢？"

丹璃看着林希泽冲出麦西家，转头跑进了附近的小公园，忍不住拿出齿轮跟了过去："直接看看她要干什么好了！"

[〇五]

"咪咪，咪咪过来过来，这边有好吃的……"林希泽戴着一双破旧的劳保手套，手里抓着一把干猫粮，试图诱惑路灯黑影中的一只猫。

猫不出声，只有一只金色的眼睛在黑暗中幽幽发光。林希泽靠近它一点儿，猫踩着杂草往后退，一瘸一拐地跑掉了。看着猫跑远了，林希泽耸耸肩，叹了口气，转身离开。她藏在背后的手里，握着一个大麻袋。

林希泽不知道的是，那只独眼猫逃走后跑了没几步，就因为伤痛和疲倦不得不驻足休息。而这时丹璃出现了，朝着它施了一个小魔法，它就动弹不得了。

丹璃这才得以凑近它仔细打量。那是一只衰老的黑猫，失去了一只眼睛，本该油亮顺滑的皮毛凌乱不堪，而且仔细看，左后腿似乎折断了，伤口溃烂流脓，发出腐臭的味道，还有苍蝇围着飞来飞去。

林希泽是想把这可怜的老猫抓去阉割虐待？那她指责麦西毒杀流浪猫又是为什么呢？

丹璃从直觉上相信麦西，所以她决定做一个实验——她让言正礼配合她，从半空中钻出齿轮随意门，把麦西晾的衣服从衣架上"吹"到了街上，麦西不得不下楼找衣服，然后就"正好"遇上了匆忙抱着黑猫跑过的丹璃。

"啊，护士小姐姐！好巧啊！又遇到你了！你、你能不能帮我救救这只猫？"

"怎么回事？"麦西一边安慰丹璃一边查看黑猫身上的伤。

丹璃说是路过附近公园时发现它的，当时有个穿着地颐中学校服的女生想抓它，她直觉那女生不怀好意，所以救了这只猫。

"地颐中学的……难道是……"麦西说到一半不说了，丹璃故作疑惑："小姐姐，你认识她？十几岁的女孩子为什么要虐猫呢？"

麦西显然不愿多说："不好意思，我明天早班，今晚还想抓紧时间做点儿湿猫粮喂流浪猫，我们下次有空再……"

"哇，你做的好事也太多了吧？"丹璃夸张地说，"那你忙吧，我去报个警！"

114

"啊，这种事需要报警吗？小心被派出所请家长批评你浪费警力哦！"

丹璃摇摇头："我在网上看过科普，虐待动物的人心理变态，下一步可能就会伤害人类，虐猫也算危害公共秩序！"

"可我觉得没必要吧，希泽她是受过点儿刺激，也不是真的有那么坏……你别忙着报警啊。"麦西欲言又止，看了看时间，"我急着回去做湿猫粮，要不，你去我家聊吧？"

结果丹璃的反应超乎她的预想，丹璃答应得很爽快："我看那小姑娘的校服像我们隔壁学校的，我也许能救猫，也想帮帮她。再说……"她假装挥舞魔法棒的姿势夸张地转了个圈，"人家可不是一般女孩，是魔法少女哦。"

麦西忍不住笑了。

"希望你的伤能尽快痊愈。"麦西对着黑猫温和地说出祝福，目送它从丹璃怀里轻巧地跳落在地，消失在黑暗中。

丹璃跟着麦西来到她家，看着她从冰箱里拿出之前准备的鱼、肉、菜，井井有条地摆在厨房案板上，熟练地开始处理。

"希泽是我的表妹。"麦西一边切鱼肉一边说，"她是由爷爷，也就是我的外公带大的。外公去世，她心里难过，所以上门和我吵架。可我没想到她到现在还会因为自己的情绪波动而迁怒于无辜的小猫……"

"'到现在'？她以前也迁怒过？"

"希泽她啊……"麦西叹了口气，"她小时候投喂家附近的流浪猫，结果流浪猫生了小猫，繁殖了一大群。后来有一天邻居家小男孩逗猫，被流浪猫抓了一下，家人当时没留意，因为他们不知道猫也能传播狂犬病……几天后，孩子就病发去世了。"

"所以她现在恨猫？"

"对，我上次去她家拜年还听邻居说她有空就在附近抓流浪猫，大家都觉得这小姑娘挺让人担心的。有机会我要和她好好谈一谈，我并不认为她应该被当作变态犯罪者对待，如果在档案上留下什么记录，岂不是会影响她一生？"

说话间湿猫粮已经做好了，麦西把湿猫粮装进一个塑料盒里，带着丹璃去了家附近的一个流浪猫群护点。

丹璃忍不住问："啊喏，你就不怕得狂犬病吗？"

"我不是有'超能力'吗？"麦西微笑着说，"我会教它们的。"

果不其然，到了群护点，麦西放下湿猫粮，一群健康活泼的流浪猫就凑了过来，大家都快吃完时，又来了一只肥壮的橘猫，一看就是个"猫霸"，凶横地想要赶走其他小猫。

麦西两三步赶了过去，拦在猫霸面前："希望你不要欺负别的猫。"

猫霸的尾巴都竖了起来，竟真的没有再向前一步。麦西笑着摸了摸它的头，猫霸一翻身露出了肚皮任凭麦西抚摸。

"哇！你果然有超能力！"丹璃朝着麦西露出星星眼。

麦西笑着说："没想到你做猫粮还挺拿手的，以后有空也可以来帮帮我。"这话让丹璃陷入了沉默，于是麦西又体贴地说，"生病了就不用来。"

丹璃抬起头，嘴唇动了动。麦西问："你是什么时候知道自己的病治不好的？"

丹璃的眼睛瞪得大大的："小姐姐，你的超能力里还包括读心术吗？"

麦西摇头："我只是在实习的时候见过很多……眼神和你一样的人，看似淡然又无谓，可偶尔会藏不住悲伤。不过，你是年龄最小的一个。"

这时，明亮的路灯下，吃饱了的猫咪们愉快地打闹着，并不吵闹，倒显得很安逸。

丹璃的头低了下去："其实我是真的觉得没关系的。我曾经经手过一个……"她原本想说经手过一个奇遇，但话说到一半改了口，"我曾经经手过一本书，书里有个女孩叫云尼娅，她有和我一样的病，有一天她得到了一个机会，可以放弃职责，换一种生活，甚至有望活过三十岁。"

"但她放弃了机会？"

"嗯，她觉得职责更重要。"

"可你不是书里的女孩，你只是个普通的高中生。"麦西握住了她的手，"如果哪天你又生病了，真的很痛苦，甚至觉得坚持不下去了，可以联系我。"她细致地说，"给你留个手机号吧。你平时也可以和我聊天。"

听完麦西这番话，丹璃觉得三月潮湿的夜晚似乎也没那么凉了。

[〇六]

和麦西分别时已经八九点了，之后丹璃回到了自己家，一夜无事。第二天是周日，雨又下了起来，一早言正礼就喊她去奇遇办的小黑屋，说是出事了。丹璃听言正礼说得郑重，连袜子都没穿就跳过来了，结果言正礼第一句话是："工作之前，我想先和你谈一下。"

丹璃一愣，她看到的是一张沉静、关切，又带着一些疑惑的脸。

"我真的不太懂你。你肆意使用魔法，任由圣女病发作，还不打算积极治疗，就因为云尼娅的奇遇？去年你攒够业绩许愿的时候，为什么不许愿治好圣女病？"

丹璃转过头，不看言正礼，也没有回答。奇遇办那个小房间里幽暗的光线几乎掩盖了她脸上的表情。

"丹璃，丹里尔雅娜，看着我，回答我。"

丹璃还是没有回答。可言正礼凝神注视着她眼角眉梢细微的变化，渐渐露出了惊讶的表情："你知道许愿也不能治好圣女病，你早就知道了。"

"对不起，言殿。"丹璃终于开口了，"我知道，你之所以要转正，是因为陪我实现愿望时，误以为攒够了业绩就能让荆樊复活，可是……"

"你不要拿荆樊转移话题，我现在担心的是你！"言正礼脸上写满了少有的急切，他一贯平静的双眸像静谧的深潭，而此刻深潭里翻涌着漩涡与惊涛。

谢谢。这一刻的你，值得我永远记在心里。

丹璃垂下眼帘，把双手交握在胸前，在心中这样想着，但什么都没有说。再睁开眼睛时，眼前还是言正礼那一脸的忧虑。但他似乎被丹璃油盐不进的姿态打败了，长长地叹了口气："算了，说正事。虎鲸死了。"

丹璃没反应过来："什么？谁死了？"

"水族馆的官微发了消息，昨天还有目击者发了视频。"言正礼直接举高手机给丹璃看。

视频中的画面是一条虎鲸在水池里随意游弋，许多游客隔着玻璃幕墙为它拍照。它黑白相间光滑圆润的外形看起来像水中的熊猫一样可爱，可突然间，虎鲸不动了，在游客们的惊呼声中，它静静地沉向水底，马上有工作人员穿着潜水服跳下去救它，但已经没有任何意义了。

"水族馆说死因是心脏骤停。你昨天是不是遇到麦西和她男朋友去水族馆约会了？"

"你的意思是说……"丹璃非常惊讶，言正礼点了点头："对，我认为是她用玉佩的力量杀死了虎鲸。可她为什么要杀虎鲸？"

丹璃十分惊讶，立即掏出了手机搜索"虎鲸"的百科条目："虎鲸性情凶猛，是海上霸王，别名杀人鲸……她是想为谁报仇吗？"

"首先'杀人鲸'这个说法是错的，其次你为什么要以麦西有'合理目的'为默认前提？你能不能换个思路？"言正礼不满地说，"如果林希泽说的杀死野猫和在奶奶病危时'做了什么'都是真的，那她为什么不能因为恶念而杀死虎鲸？"

"那你又为什么要以'林希泽的话都是真的'为前提呢？"丹璃和他针锋相对，"麦西刚好昨天去看虎鲸，也许只是时间上的巧合！再说，玉佩不是只有治愈能力吗？说不定是虎鲸突然发病、麦西抢救它却没有成功……"

"至少奇遇当事人的生活画面都被保存下来了，总比麦西这样的成年人容易了解吧！"

"麦西以前的生活画面还在呢！"丹璃撇撇嘴，说着就联系当时负责麦西奇遇的协调员，结果那边用他习惯的紧张刺激的语气说："我们都在德尔塔城！很危险！不说了，回来再联系！"

丹璃耸耸肩，又调出了林希泽的生活画面。

实时直播，戴着口罩的林希泽正蹲在某条偏僻小巷的垃圾桶后，把两只流浪猫的尸体往麻袋里装。

言正礼不禁一只手按在了胃上。丹璃嘟着嘴："仇猫虐猫'实锤'了吧？"

刚好这时，言正礼的齿轮通信器里响起了束蚀Ⅱ的声音："我按你说的黑进了麦西的手机，定位显示她又去水族馆了。"

言正礼和丹璃对视了一眼，异口同声："我去跟踪麦西，你去找林希泽！"

话是同一句话，动机却截然不同。

两人忍不住都笑了，然后言正礼赶紧说："关心则乱，当局者迷。我相信林希泽，你相信麦西，所以我们应该反过来行动。"

这一次，丹璃觉得他说得也有道理，于是拿出了齿轮："好吧。保持联络！"

【〇七】

阴沉沉的天空飘洒着淅淅沥沥的小雨，林希泽戴着口罩、手套，披着雨衣，拎着一个装着流浪猫尸体的麻袋走在背街小巷里，这场景实在是有点儿诡异又有点儿凄凉。

而这时，半空中出现了一个黑窟窿，黑窟窿里钻出一个穿着隔壁时玖中学校服的女孩，一开口就是："啊咧咧，你就是传说中的虐猫狂魔吗？"

"什么？谁？"林希泽一愣，分不清这是恶作剧还是噩梦。

"你啊。"丹璃用食指划着小圈圈指向她，"麻袋里那两只流浪猫是你杀害的？"

"你怎么知道里面有两只猫？"林希泽一怔，大声说，"我没杀它们，我是做流浪猫群护义工的！尸体可能感染了猫瘟，我要送它们去我们的合作医院火化啊！"

"哦？"丹璃露出夸张的怀疑神色，"那我陪你去动物医院。"

"你又是谁啊？"林希泽警惕地说，"离我远一点儿，不然我要报警了！"

"那好吧。"丹璃退回了黑窟窿中，反正在奇遇办也可以看直播，她刚才只是想看看林希泽的反应而已。

回到奇遇办的显示屏前，只见林希泽看到丹璃消失，愣了一下，拎着麻袋继续前行，她进了一家动物医院，把麻袋交给了工作人员。除了他们，动物医院里还有其他几个戴着义工徽章的人在给流浪猫包扎伤口，大家看起来都和林希泽很熟的样子，可见她确实经常在这里出没。

有人笑嘻嘻地问她："希泽啊，你们小区那个'爸中爸'，你说了半年要抓它来绝育，还没成功吗？"

"它太谨慎了，我要先和它培养好感情才行。"林希泽耸耸肩。

咦，绝育？麦西说的"把猫抓起来阉割"其实不是指残忍的虐待行为，而是指正规的绝育手术吗？林希泽不是坏孩子？那么她的话里有多少是真的？麦西才是危险的人吗？那言殿现在……丹璃想着，决定为了节约时间还是不要拐弯抹角了，看到林希泽离开医院，她立即通过齿轮随意门出现在她面前。

"又见面啦！正式介绍一下，我是你的奇遇协调员。我们先回奇遇办再说吧！"丹璃举起齿轮，麻利地往林希泽头上一套，下一秒，两人就进了小黑屋。

林希泽差点儿以为自己被绑架了，正要挣扎，却被眼前那些齿轮状的算盘和显示屏里奇怪的画面吸引了注意力。

丹璃趁机给她例行讲解相关设定，包括"你的奇遇可能被麦西抢走了"这件事，结果林希泽的第一反应是："你们监控我？我做什么你们都看到了？这是什么变态组织啊？"

"隐私画面不监控啦，比如洗澡、上厕所。"丹璃眨眨眼睛，"总之，我们还没搞清玉佩的能力，如果你知道了什么，希望你能赶紧告诉我们，我同事在跟踪麦西，他和水族馆里的动物都可能有危险。"

林希泽冷静下来，想了想，说："我觉得玉佩既然是爷爷的遗物，应该有来历，所以查了族谱，又查了我们乡下老家的地方志……文言文有点儿难，我拍了照请语文老师给我讲解，他说那段话的意思是，一百年前，我的高祖父持有一块祖传的玉佩，上面刻着'比德'两个字，当时瘟疫泛滥，高祖父用这块玉佩救了很多人的命。使用方法是戴着玉佩对病人说'愿君早日康复'之类的话，对方就会加速痊愈，但有两个限制条件，一是病人在痊愈前必须不间断地待在高祖父周围的百里之内；二是只能用一百次，之后要间隔一百年才能再次使用。"

听林希泽这么一说，丹璃觉得松了一口气，拿起齿轮通信器放在耳边："言殿，都听到了吗？玉佩的能力是许愿加速治愈。人家还是觉得麦西姐姐不是坏人！"

"听到了。"齿轮那边传来言正礼沉静的声音，"因为昨天虎鲸突然死亡，水族馆今天闭馆了。可我看到麦西在一个年轻男性的带领下走员工通道进了水族馆，可能是她男朋友吧。玉佩没有危险能力的话，她到底想做什么呢？我先跟去看看。"

"啊？你们在跟踪麦西？她去水族馆了？"林希泽从他们的对话中猜测大意。

"嗯，言殿觉得麦西昨天用玉佩的能力杀死了虎鲸，今天听你说玉佩只是用来治愈的，我们就放心啦！"

"可我觉得……未必吧？"林希泽边想边说，"难道不是因为高祖父只用它来救人，所以我们才只知道它有治愈的能力？"

她这么一说，丹璃皱起了眉："所以你觉得麦西用玉佩杀死了流浪猫狗？可在你看来，她的动机是什么？"她一边说一边试图用齿轮联系言正礼，但没有得到回应，不由得担心了起来。

"我以前就觉得麦西这个人看起来好像很善良，但其实有点儿……"

林希泽的话没说完，心急的丹璃已经一个齿轮套过来，把她带到了水族馆。

〔〇八〕

一向热闹的水族馆里此刻很安静。丹璃轻手轻脚地走在极地馆里，走了几步没看到麦西，正想问林希泽知不知道她会去哪里，一回头却发现林希泽不见了。

林希泽跟麦西熟，远远就认出了一晃而过的麦西的背影，于是不禁跟了过去，浑然不觉什么时候和丹璃走散了。她的注意力全在麦西身上，看到麦西去了极地馆，连忙跟上。

极地馆和林希泽以前来的时候看到的差不多。毛色干枯的北极狐总是缩在角落里打盹；瘦骨嶙峋的北极熊在狭窄的行动空间里重复刻板动作，焦虑地走来走去；笼子里的粪便和垃圾不知多久没清理，动物们没精打采的样子仿佛死囚。以往游人如织的时候，总会有一帮喧闹的小朋友拼命拍玻璃试图吸引它们的注意力，园方也从不阻拦。

麦西为什么想杀死这些可怜的动物？为了嫁祸给馆长或饲养员吗？那动机又是什么呢？帮助男朋友？林希泽一想一边气喘吁吁地追上了麦西："西西姐！你等等我！"

"你追过来了啊。"麦西慢慢地回过头，神色还是那么温和优雅，"我就跟你说实话吧，这块比德玉佩，确实是外公传给我的没错。"

"啊？"林希泽不能理解她为什么那么笃定，"遗嘱里不是这样写的，你忘了吗？"

麦西没有理会她的惊讶，从容地说："去给外公收拾房间的那天，我拉开床头柜的抽屉，发现了一个小木盒。本来是出于好奇才打开的，可我随即听到了一个缥缈的声音说，'君子比德于玉，唯愿结缘在场至善之人。'于是我看到了那块玉佩，然后抬起头，看着周围那些蝇营狗苟的大人——大舅和二舅正在争执外公留下的房子和存款该怎么分，吵得唾沫星子横飞；大舅妈正在电话里骂你没能及时赶来，并表示他们不会等你，毕竟奶茶店赚钱更重要；至于你没能及时赶来的原因，我听出来了，是因为和同学打架被老师留校批评了。"

"这么一圈看下来，在场最善良的人显然就是指我吧？而且很显然，在场除了我，没有人听到那个缥缈的声音。于是我收下了玉佩，当晚做了一个梦，虽然忘了梦的具体内容，但醒来后就知道该怎么运用玉佩的力量了。"她温和却轻蔑地望向林希泽，"而这时我母亲告诉我，大舅二舅争执不下，终于想起来世界上还有遗嘱这种东西，于是打电话给中华遗嘱库问问外公有没有留过遗嘱，再然后，你把遗嘱的照片送到我面前，我才知道遗嘱上写的继承人是你……你一定是哄骗或逼迫外公立下这份遗嘱的，对不对？"

"我哄骗逼迫？"林希泽气极反笑，指着麦西的手都在发抖，"西西姐，我可没忘啊！当年奶奶病危的时候，虽然每天都很痛苦，却挣扎着想活下去……可你在走廊里对我说，你想拔掉奶奶的氧气管让她解脱！你真的觉得这叫善良吗？"

"不然呢？"麦西露出了意外的表情，"帮助痛苦的生命解脱不是善良吗？我当护士不就是为了帮助更多人？你知道被水族馆囚禁的虎鲸有多么痛苦吗？我让它停止心跳，不就是帮它解脱？这块玉佩与我的身份和技能相结合，可以帮我填补当年没能帮助外婆的遗憾，也能帮助更多痛苦不堪的生命得到拯救与解脱……"说到这里，麦西恳切地看着林希泽，"希泽，希望你……"

"闭嘴！"林希泽早就防着她这招了，听到"希"字时立即随手扔出一袋干猫粮打断了她的话。

麦西下意识地躲开，顿了顿："也罢，算了。"她转过身，身后就是北极熊区的饲养员通道。她拿出钥匙，打开了栅栏门，把林希泽锁在门外。

林希泽只能扒在门外大声叫嚷，想要惊动附近的工作人员，但没人回应。闭馆日的水族馆并不是空无一人，但馆内员工可能在做日常维护或开会检讨虎鲸的死，都不在这个区域，而这些显然都在麦西和男朋友的计算之中……

林希泽眼睁睁地看着麦西穿过通道，进入了北极熊居住的那间堆积着人造冰雪的玻璃房。她拉开最后一道栅栏，两只北极熊立即抬头看向她，缓步向她走来。

以它们的尖牙利爪之强悍，三两下就可以把她撕得稀巴烂。可显然，麦西一点儿都不害怕，她的背影透着一股傲气……

林希泽终于懂了，麦西不是一般意义上的邪恶，她是真的相信自己善良！她是为了"给予解脱"才杀死了病猫和虎鲸，现在还想杀死北极熊，以后还会用玉佩来杀人！

可解脱与帮助难道就只有剥夺生命这一种形式吗？麦西，你醒醒啊！

林希泽想撞开栅栏门，但都没成功，这时她眼前一黑又一亮，黑漆漆的走道里突然出现了一个人影，喊："护士小姐，帮帮我。"

麦西诧异地回过头来，林希泽也觉得很奇怪。现在这个情况下，他是怎么出现的，又为什么会说出这种话？

那人站在黑暗中，问："如果我身患绝症，每天都很痛苦，肯定治不好，却还想活下去，你会怎么帮助我？"

"你想得到怎样的帮助呢？"麦西谨慎地问。

"如果我是个重刑犯，杀过很多人，现在生病了，但治愈概率很大，你又会怎么帮助我？"

"我会遵循道德的指引提供援助。"

"你还真是个诚实的人啊，换成别人，哪怕装装样子，都会说'道德、伦理和法律'吧。再说，道德标准也不是那么客观的东西。"那人说着走出走道，林希泽和麦西终于看清了他的脸，是个银发金瞳的外国人，长得十分英俊。

不知为什么，北极熊没再走向麦西。

麦西往后退了一步，连忙说："希望你站在原地，什么都不要做！"

可那人竟置若罔闻，一把抓住她的手，紧接着，一个黑窟窿从天而降！麦西和外国人都消失了。

在铁栅栏另一边焦急旁观的林希泽总算反应过来现在是什么情况了。很快，她也被黑窟窿"套"到了奇遇办，看到麦西被捆住了手脚，而奇遇办幽暗的空间响起一声叹息："我真的……原本很想相信……"

［〇九］

丹璃和林希泽走散后没多久就遇到了言正礼，她本想问他跟踪麦西有什么发现，没想到他却扑向自己——平日最熟悉最信赖的少年竟然想扼住自己的脖子！

可即使如此，少年的眼里写满了自责与难过，牙缝里艰难地迸出几个字："快跑……别用魔法……"

现在该怎么办？丹璃愣了那么一两秒，还好她记得林希泽说过，玉佩只在方圆一百里也就是五十公里的范围内生效，且效果不能被打断，所以她拼尽最后一点儿力气，用齿轮把言正礼拉到奇遇办。

一回到奇遇办，言正礼立即恢复了正常，他长呼一口气，赶紧道歉。

丹璃摇摇头，又轻又快地抱了他一下，嗓音还有点儿哑："别道歉，我该谢谢你才对。"

这时束蚀Ⅱ拎着麦西回来，麦西以为自己被绑架了，有点儿蒙，大喊："你们是什么人？这里是什么地方？"

丹璃从她身上搜出了玉佩，同时很好奇束蚀Ⅱ为什么能不受玉佩控制。

束蚀Ⅱ依旧面无表情，但态度非常高傲欠扁，说自己发现麦西是用声音发动能力的，就关闭了听觉系统，用读唇插件理解她讲话的内容。然后他又嫌弃言正礼："你为什么拖拖拉拉地搞到自己的肉身都被人控制了？"

言正礼坦承是因为顾虑丹璃当时在奇遇办，怕节外生枝害她病情加重，本来想先抓住麦西再说，没想到被她和男朋友二打一了。

"不过这次确实怪我没权衡好利弊，谢谢你及时赶来。"

看到他这么坦率，束蚀Ⅱ反而不好再继续挖苦他了。刚好麦西的手机响了，丹璃拿出来一看，通信录头像显示是她男朋友。

丹璃和言正礼讨论他是不是被麦西控制了，结果麦西不屑地哼了一声："我对他不需要用那种手段！"

"那反而更麻烦。"言正礼说，"他也许会报警。"

那消除记忆的工作量就更大了。束蚀Ⅱ会意，转身就走，一会儿就把男朋友也拎了回来，往地上一扔："她是胁迫了你，还是给了你什么好处？"

结果男朋友进了奇遇办首先也是发蒙，以为自己被绑架了，认为这群"坏小孩加坏老外"的目标就是玉佩，接着就声泪俱下地控诉他们妨碍他尽孝："求你们行行好吧，麦西和我约好了，拯救了北极熊就去帮我母亲解脱！"

"解脱什么？"这回轮到言正礼想报警了。

细问之下得知，麦西的男朋友是水族馆的工作人员，没有被麦西胁迫或洗脑，而是真心在帮助麦西，让她有机会直接接触虎鲸和北极熊，而麦西也承诺，会帮助他肾病晚期的母亲"解脱"。

话说到这儿，大家都明白了，玉佩的使用原理就是持有者要说出祈使句，比如林希泽老家地方志里记载的"愿君早日康复"，又如麦西说的每一句"希望你如何如何"。

"麦西小姐姐，我本来觉得让你错误地获得这样的能力，并不是一件坏事……"丹璃看着麦西，惋惜地说。

没想到麦西却不以为然，大声抗议："哪里错了？我做了什么坏事？我本来以为你是可以理解我的！帮助能帮助的，解脱该解脱的，才是这世上最大的慈悲，不对吗？"

这时，一直没说话的林希泽终于忍不住了，她冲上前去，一把拎起麦西的领子："君子比德于玉！你做的这些事算什么'君子'？西西姐，你拿着爷爷的遗物，到底害死了多少人？"

"害人？"麦西冷笑一声，"我们家的那些大人整天蝇营狗苟，为一些鸡毛蒜皮的事争执，而你成天想着把猫抓起来阉割，你还觉得我是在害人？我都是诚心想帮助他们！托你们的福，我到现在也只帮助了一些流浪猫狗和一条虎鲸而已，那两只北极熊被困十年了我都救不了它们，更不要提那些痛苦的病人和侥幸的罪犯！"

麦西说着说着，两行眼泪淌了下来，她真挚地问林希泽："希泽，你还记得外婆临死时有多么痛苦吗？如果我们能拿着这块玉佩回到当时……"

"我当然记得，可我也记得她有多想继续活下去，多想再陪爷爷一会儿！"林希泽的脸都气红了，"我也记得每一只流浪猫流浪狗眼睛里的求生欲！我还知道有多少动物保护组织在为了改善虎鲸和北极熊的生活环境而努力！可你却只想让它们'一了百了'……你觉得自己善良，你就有权剥夺它们的生命吗？"

"到此为止吧。"言正礼拍了拍林希泽的肩，"你不可能说服她，她的道德观太异常了，扳不回来的。就说你爹妈他们，中年人养家那么辛苦，为鸡毛蒜皮的事情吵吵架很正常，她都二十多岁的人了，就为这个嫌他们不善良？"

束蚀Ⅱ接着说："我刚才检索了你们这个世界的相关法律，她到目前为止做的事情要么谈不上犯罪，要么没有留下证据，你也不能拿她怎么样。"

听他这么一说，麦西的男朋友冷哼了一声，倒是麦西还在坚持："我本来就没犯罪！"

"我们只能按常规操作。"言正礼说着拉出一张书桌，"我现在就写结案报告，结案了立即给他们消除记忆，他俩都不会记得曾经接触过比德玉佩的事。"

"消什么？凭什么！"

"还给我！"

麦西和男朋友终于炸锅了。

气极的麦西大声喊道："你们这些小屁孩哪里懂什么叫至善！希望你们都停止呼吸！"

"西西姐，"林希泽难以置信地捂住了嘴，"因为你觉得我不够善良……我就应该死吗？"

"人就是这样，一旦相信自己绝对善良或绝对正义，所作所为就会走极端。"言正礼面无表情地评论着，但完全没有呼吸要停止的意思。

"真是气极了呢，连人家当着她的面搜出玉佩都忘了。"丹璃耸耸肩，给吵闹的麦西和男朋友施了一个小小的睡眠魔法，然后双手捧着那块玉佩，送还到林希泽手里："也不知道它被用过多少次了，不过，现在努力去做你想做的事也还来得及。谨慎、认真地使用它吧。"

没想到的是，到了这个时候，林希泽反而犹豫了："真的应该给我吗？我虽然不希望西西姐使用她，可我拿到玉佩之后……会不会也变成她那样？君子比德于玉，我拿什么比啊……我、我以前……"

【一〇】

林希泽固然不想让麦西拿到玉佩，可她也从不认为自己是个善良的人，到现在她还记得邻居家的小男孩刚去世时的事情。

居委会的"扑杀行动"和狂犬病防治宣传火速展开，院子里的二十多只流浪猫很快消失无踪，那时她才知道，猫也是可能传播狂犬病的。她觉得自己做错了，是自己的所谓善良害死了那些鸟儿，以及那个可爱的男孩。

但是林希泽也在思考，猫会传染狂犬病，可它们就该被一笼一笼地装起来"销毁"吗？

这件事一直梗在林希泽心里，使她每次想"做好事"时都会犹豫一下，因此在旁人心中留下了一个"冷漠"的印象。最近这次和同学打架也是因为班上有人组织向一个定时投喂流浪猫的爱心活动捐款，林希泽不愿意，被同学说她冷酷无情，还有人说曾看到她追着野猫跑，是"只怕经常吃猫肉烧烤吧"，言语冲突之下就打了起来。

同学们不知道的事情是，林希泽这几年来认真搜集了很多关于流浪猫的资料，懂得了由于猫的繁殖能力和杀戮能力都很强，还能传播多种疾病，流浪猫的过度繁衍会对生态造成更大的破坏。所以，林希泽认为无条件地投喂流浪猫并不是真的关爱。

领养流浪猫、给它驱虫打疫苗、让它待在铲屎官家里当"主子"是一种好方法，但一个人能领养的流浪猫数量毕竟有限；捕捉流浪猫，先绝育再放生也是一种可取的方式，可进展到现在，林希泽刚攒够一次绝育手术的钱，还连一只流浪猫也没捉到……

打击也不光是这方面的，林希泽还遭到过其他质疑，比如把猫关在人类家里圈养十几年就是对猫好吗？那把猫开膛破肚绝育之后再扔回大街上会更好吗？林希泽无法回答这些问题，总之越想越觉得自己不好，思绪总会绕回最初那只可怜的小猫、邻居弟弟的笑脸和他母亲放声大哭的样子……

"我爸妈最近几年回国后，只听说我是个到处抓猫的疯丫头，也不支持我干这些事。回想起来，能理解我的只有把我一手带大的爷爷，爷爷当初也是最早劝阻我乱喂野猫的人，只可惜我当时没听进去……"林希泽说着说着就哭了，越哭越伤心，"爷爷把比德玉佩留给了这样的我，我真的非常感动和高兴……可我还是觉得……我根本配不上它！"

"我倒是比较愿意相信像你这样总是自我怀疑、自我反省的人。"听完林希泽的倾诉，言正礼推了推眼镜，"如果相信自己善良的人就是真正的善良，那世界上最善良的人一定是邪教头子或变态杀人魔。"

林希泽一愣："啊？真的吗？原来善良的人……也是会犹豫和自我怀疑的吗？"

"你呀，自己想想吧。"丹璃用手指戳了戳林希泽的额头，"人类呢，就是这点特别有趣哦——我们痛苦的时候，总会幻想世界上有一个从不迷惘沮丧的'别人'。"

林希泽一时间陷入了沉默，坐在奇遇办的地板上托着下巴思索着，眉头深锁。

奇遇办里暂时安静了，丹璃和束蚀Ⅱ去送麦西和男朋友回家了，言正礼迅速写完了结案报告，并通过了主计算机的审核。然后，他带着林希泽通过齿轮抵达麦西男朋友的房间，消除了他的记忆，接着又来到麦西的房间。

麦西这时还没醒，言正礼抹消了她的相关记忆，转头又对林希泽说："但你还是要当心麦西。只要她的道德观没变，就算忘了玉佩的事，也依然是个不定时炸弹。"

林希泽眼睛还是红通通的，但情绪已经稳定下来，眼神也变了，似乎是下了什么决心。

她摇摇头说："没关系，我想明白了。确实，如果真能像麦西那样做一个一辈子相信自己善良又正义的人，是一件很舒服的事情。做一个多思考多反省的人要痛苦得多，但对社会更有益。所以，我想好我的第一个指令要怎么用了！"

她一手拿着玉佩，一手握着刚刚醒来、迷迷糊糊的麦西的手，认真地说："西西姐，希望你每次想以'善良'的名义杀害其他生物时，心口都会疼一下，提醒你多想想它们活着的不易与快乐。"

【一一】

丹璃的圣女病又发作了，这一次，她不但发烧，甚至连满头浅棕色的长卷发都变得枯白如纸。虽然喝了炼金术士送来的药，可一时半会儿烧还退不下来。言正礼认为病因是她催眠麦西的那个小魔法，于是喋喋不休地唠叨了很久，让她以后别再用任何魔法。丹璃持不同意见，但烧得全身没劲，也无法反驳。

三月的春雨依然淅淅沥沥，就像言正礼连绵不绝的说教。

后来言正礼懒得继续批评她了，但怕她烧到昏迷失去意识，又絮絮叨叨地没话找话说："你也不是什么幸福长大的傻白甜小公主，坦白说，你在这个案子里表现出的天真程度让我意外。"

相处了这么久，丹璃能从言正礼这短短的一句话里听出万把字的潜台词。言正礼当然也知道丹璃大部分时候是在故作天真，可这一次，丹璃心里清楚言正礼早就发现她是在"认真地天真"了，而原因是……

"只是我想不明白……"言正礼没等她回话，继续说，"从古到今有很多病人寄希望于迷信、邪教，既然你不指望能够被治愈，又为什么要相信麦西一定是个好人呢？"

"这个啊……"丹璃露出了自嘲的笑容，"因为我想相信会有那么善良的人啊。"

CHANG FA SHAO NIAN

奇遇办②与长发少年

不要瞎评判别人的外貌，你要是对我的辫子好奇，
我可以把它借给你。

[〇一]

午饭时间，看到崔腾穿了一条花花绿绿的新裙子迎面走来，伍得思托着餐盘，故意用对方绝对可以听到的音量说："辣眼睛。"

在体校这种环境里，怎么会有个成天穿裙子的男教练?

伍得思想不通，他一贯觉得男的打扮成女孩的样子最恶心了，尤其是在凭实力说话的体校，穿这么花哨给谁看啊!

伍得思不给崔腾好脸色，崔腾自然也不会讨好他，互相冷嘲热讽是两人之间的常态。

这不，崔腾停下脚步，瞟了一眼伍得思的餐盘，冷笑："伍同学，你下周就要赛前称重了吧，还吃这么多?"

"关你什么事?"伍得思脸色不好。

伍得思是65公斤级散打比赛的选手。在这种分重量级的竞技比赛中，如果体重超标，就不得不参加更高重量级的比赛，被惯于打那个级别的选手按在地上摩擦。但现在，谁看得出来他超重不少，"春节膘"至今没减下来。

"教练关心一下学生不对吗?"崔腾耸耸肩，"按说男生要减重应该很容易啊，你这体脂率……目测有30%?"

他声音不大，但还是被不少学生听到了，大家忍不住转过了头，围观伍得思肚子上那层脂肪。

"体脂率30%? 练散打的怎么能吃成这样啊!"

"哈哈哈哈，伍得思，要不你改练相扑算了！"

伍得思气得脸一阵红一阵白，可校规摆在那里，他也不能浪费粮食当场扔餐盘啊！

当晚，伍得思做了一个"被崔腾用长裙勒住脖子"的噩梦。第二天一早，他迷迷糊糊站到镜子前，发出了震撼全宿舍楼的惨叫。他这才明白过来，梦里到底是什么勒住了自己的脖子，以及刚下床时是什么东西差点儿把他绊倒的。

"什么鬼啊？"

此时他眼中的自己，就像恐怖故事里的贞子一样，又黑又长又粗的头发从脑袋上一直拖到脚背。

伍得思的惨叫声惊醒了室友们，然后他们就看到一个酷似"巨型黑色拖把"的东西在宿舍里一边惨叫一边蹦，蹦了几下竟还把自己绊倒了。

有人狂笑，有人拍视频，有人下床一探究竟，伍得思一边怒骂一边想阻止室友拍视频。这时宿管和其他寝室的同学们都闻声赶来了……

这一天，史称"伍得思长发公主日"，足以记进这所体育学校三十年的校史。

言正礼坐在书桌前，一手托腮，一手下意识地敲着桌面，心情烦闷。

不久前他发现，主计算机实现协调员愿望的范畴其实很小，小到连丹璃的圣女病都治不好。既然如此，自己到底还有没有必要当协调员，毕竟明年就要高三了……要不设法找主计算机确认一下，它到底能实现什么程度的愿望？

这时，齿轮里传出束蚀Ⅱ的声音："任务来了。"

之前一直不太正常的主计算机这次发来了一个明确的任务提示——本次的奇遇当事人叫伍得思，十六岁，浓眉大眼，黝黑健壮。

[○二]

一个一直以自己的硬汉形象引以为傲的人，却被一群同学围着喊"长发公主"是什么感觉？

伍得思觉得自己惨到家了。使用武力手段把所有人赶出宿舍之后，他摸出剪刀开始咔嚓咔嚓剪长发，结果地上铺了一地头发，头上的头发却随即以肉眼可见的速度长了回去。

怎么回事？这是在演什么恐怖片吗？伍得思抱着乱糟糟的脑袋，怀抱一点儿侥幸心理，抓起剪刀再次"挥剑斩青丝"，结果头发又一次迅速重生，而地板上活像铺了一张黑色地毯。

他没法想象自己顶着这么一头长发去参加比赛的场景，应该会成为全场最佳笑话吧，还很有可能被对手扯住暴打，太可怕了！

"太可怕了！我要去医院！"

伍得思思考了从宿舍到医院的所有关卡——离校看病需要开一张经过班主任和校医两个人签名的请假条，所以目前最可怕的事情是，他必须在这样一个喧闹如常的早晨，走出宿舍抛头露面。

不得已，他把长发像围巾一样在脖子上绕了三圈才出了门，沿途用冰冷的目光杀死所有想和他搭话的人，忍受完班主任和校医的反复询问，终于要到了两人的签名。

温柔的校医李老师还拿出梳子和橡皮筋，心灵手巧地给他梳了一根大麻花辫，又把辫子末端向上弯折再扎起来，说这样头发就不会随意飘散缠在手上了，伍得思也感觉清爽多了。

就在伍得思要感谢李老师的时候，麻烦又出现了——

一个瘦得皮包骨的板寸小平头女生冲进医务室，大声质问伍得思："你把崔腾教练怎么了？"

"我能把他怎么样？"伍得思觉得莫名其妙。

眼前这家伙外号"八四一"，和自己同年级，是练体操的。之前半个学期他都没看到她，还以为她去外地参赛了，今天忽见，只觉她外形大变，几乎认不出来——原本骨肉匀称的体操少女，现在乍一看简直像个男的。

假小子似的体操选手和成天穿裙子的娘娘腔教练，倒是物以类聚。

"你真的因为他发现了你长发的秘密就对他下毒手？"八四一暴躁地说，"我在学校里问了一圈，大家都说他失踪前干的最后一件事就是和你吵架！"

这么说，崔腾失踪了？

"听说崔腾教练寝室地板上有血！"几个在门外偷窥他扎辫子的同学八卦道。

"不可能吧？伍得思打得过他？再说打架动静那么大怎么会没人注意到？"顿时有人反驳道。

"偷袭啊，一样会出血，还不会闹出大动静。"有人开始剧情分析了。

听到这些，伍得思觉得自己快要窒息了，恨不得用那根大辫子勒住自己的脖子。

"可崔教练不回来……"八四一的语气很是急切，"我就要断药了啊……"说着说着身子一晃，突然倒在地上。

李医生迅速去查看，八四一虽然没晕过去，却出现了明显的低血糖症状，手抖加冒冷汗。

"什么药？你该不会在吃禁药吧？"身为运动员，伍得思在这方面有些敏感。

八四一自觉说漏了嘴，顿了顿方才回话："是……治痛经的药。"

男教练会有治痛经的药？骗谁呢！

上课铃声打断了他们的对话，但没有打断"崔腾教练因为伍得思失踪了"这一八卦的传播。下课后、训练间歇、晚餐时分……总有人在伍得思面前议论崔腾的去向，还时不时瞟他一眼，让他觉得压力山大，晚饭一不小心吃了三个包子，打嗝的时候才顿悟这两天算是白饿了。

必须赶紧解决崔腾的问题，不然他是没法好好减重参加比赛了。

|〇三|

"没有查到相关报警记录。"派出所的民警说。

崔腾都失踪一两天了，居然一直没有人报警。他家人可能不知道情况就算了，学校都风言风语传那么久了，校方一直都没当真？八四一那么急着找他，居然也没报警？

更奇怪的事情出现了——

民警还告诉伍得思，叫崔腾的人有很多，但没有任何一个"崔腾"的信息符合他的描述！

伍得思脑中天人交战，突然急中生智，摸出手机刷了两下，抬头傻笑："哇漫画更新了！崔腾又出场了！谢谢您，我不用找他了！"

民警不说话了，朝伍得思投来"我不是第一次见到你这种中二病"的犀利眼神。

伍得思在这种目光的注视下离开了派出所，他甚至都没心思去觉得丢脸了。

本校教练居然用的是假名？或者说他其实是个黑户？那他的失踪是因为卷入了什么不可描述的事情吗？那我……

我一个大老爷们当然应该挺身而出见义勇为啦！

伍得思思考了一番，打算先去学校附近的猫咖蹲守校长——校长会在下班后去猫咖撸猫是全校皆知的秘密。

结果刚走到猫咖附近的小巷路口，一桶凉水迎面泼来，电光石火间，伍得思引以为傲的反应速度竟然没起到任何作用，他不但被泼得浑身湿透，还摔了个屁股墩儿，起身时又不慎踩到辫子，头皮都被扯疼了。

"对不起对不起对不起！"对方连忙向伍得思道歉。

肇事者是个二十多岁的眼镜男，头发蓬乱，穿着理工男最爱的格子衬衫。此时他正手忙脚乱地把一个大塑料桶扶回一个带轮子的机器上，看来刚才就是这个东西泼了他一身水。

"我怎么这么倒霉，好不容易取的水样……"眼镜男嘴上嘟囔着，抬头一见伍得思就眼睛一亮，激动地凑上前摸了摸他惊人的长发："你的头发也长得太好了吧？留了几年了？有什么生发秘籍？"

伍得思看着对方的发际线，瞬间明白了，但也只能茫然地摇摇头。

"抱歉，我只是急着寻找新的课题方向。"

眼镜男姓吴，自称是一位生物学博士，他说他的合作伙伴失踪了并带走了所有的课题资料，他一查才发现对方的身份资料都是假的，如今校方怀疑他是在为骗科研经费找借口。所以他现在正在一边收集证据，一边寻找新的研究课题，比如防脱生发。

失踪？假身份？这两个关键词让伍得思觉得有点儿耳熟，而且这人刚好在体校附近收集证据……

伍得思问吴博士：“你的合作伙伴是什么人？”

“是个体校教练，自称姓崔，喜欢穿裙子。我们在合作开发一种加速修复运动损伤的新药……”

破案了！

伍得思精神一振，拉着吴博士去路边的快餐店详谈。

当伍得思说到自己头发突然变长和八四一暴躁又容易晕倒的情况，吴博士说，他们可能被崔腾当成了实验品——崔腾可能通过某些手段在学校的饮用水或饭菜里下了药，另外，学校里也许还有他的同伙。

那现在该怎么办？

被吴博士这么一说，伍得思简直不敢回校了。吴博士却劝他先回去，假装什么都没发生，不要打草惊蛇。

“如果还有其他同学受害呢？”

“也没办法，先忍忍吧！你不是一直和崔腾关系不好吗？你说他下毒也不会有人信的，说不定反而引来同伙对你下毒手呢！”吴博士担忧地说，“总之你不要再吃学校提供的饮食了！早点儿抓住他就是早点儿拯救大家！”

又要回学校，又要保守秘密，又要不吃不喝，好难啊！吴博士离开后，伍得思独自坐在快餐店里思考，然后意识到，其实最容易实现的反倒是“不吃不喝”，只要有钱。

该怎么弄到钱呢？

对了，小时候邻居家姐姐缺钱时就是这么做的！

[〇四]

“再卖一次？”理发店店员叹为观止地看着刚剪短的头发迅速长到原有长度。

“我怎么觉得你们在薅我羊毛？”伍得思严词拒绝。

他拿着卖头发得来的两千块钱，去超市买了一箱饮用水和一箱自热饭回学校——当然，吃自热饭这种方便食品就更不用指望减重了，但现在也没办法。

伍得思还是不太适应长发，经常压到踩到被门夹到，睡觉时翻个身也会被勒住脖子，这让他明白了动漫游戏里那些头发超长还能活动自如甚至投身战斗的美少女都是骗人的，画师根本不考虑合理性！

除此之外一夜无事，第二天早上，伍得思已经做好了心理建设，又是一条能在众人注视中泰然自若地晨跑的硬汉了！

伍得思的计划是先装模作样地跑两圈，然后趁着教学楼里没啥人，潜入崔腾的办公室寻找证据和线索。所幸崔腾的办公室在一楼，他觉得从窗外翻进去应该算是一条监控盲区线路。

结果"英雄所见略同"，刚到窗边他就看到有个穿着运动服、戴着棒球帽挡着脸的瘦小少年蹲在崔腾的桌前。

这又是什么人？伍得思决定先按兵不动，躲在窗边观察一下。

紧接着，校长走了进来。

少年慌忙回头，竟然是过分消瘦又留着平头的八四一。

一看到校长，八四一尴尬极了，校长却笑眯眯的，十分和气："我不是和你说了吗，你这孩子怎么还……"

"之前大声嚷嚷是我不对，可您确定他是有急事回老家了吗？是什么样的急事？"八四一脸色苍白，咬了咬嘴唇，看起来有些紧张，"他打工的那家水族馆的人说他欠了很多钱，所以最近一直忧心忡忡的……"

"老师的事情你就不要操心太多了。"校长依旧笑眯眯地说，"你身体也还没恢复好吧，要不要去医务室休息一下？"

"谢谢校长，我没事……"八四一低头说着，这时又进来两个身强力壮的男教练，竟强行架走了八四一！

校长也是同谋！

伍得思躲在窗外，只觉得冷汗都要下来了。

难怪教练失踪了学校却没有报警，作为校长，想在学生饮食里安排可疑药物肯定也轻而易举。

眼看着八四一被校长带走，为免成为下一个囚徒，伍得思决定不去冒险了，他要去八四一刚才提到的水族馆打探消息。

[〇五]

武汉有三家大型水族馆，该怎么确定崔腾在哪里打工呢？

伍得思想了个办法，他从门房领出自己的手机，给每家水族馆的官方微博都发了私信，自称是某校报时尚版块的责编，说前几天看到他们园里有个穿裙子的男员工酷炫时髦，想要采访他。

伍得思一直看不上崔腾的裙子，"崔腾的造型很时尚"等说法都是平时听女生说的，但这会儿还真起了作用。

很快，"21世纪海洋乐园"回话说员工个人隐私不便透露。伍得思顿时明白，就是这家了，于是买了一张门票，进了海洋乐园。

这天是周六，海洋乐园里人山人海。

自从竞争对手"海洋大世界"因明星虎鲸意外死亡遭到舆论谴责，海洋乐园的游客就更多了。伍得思本想趁机潜入，但壮实黝黑又留着油亮大辫子的他一不小心就成了水族馆里最显眼的人，还被游客当作表演人员拉着合影，小朋友们争相抚摸着他的头发喊"辫子哥哥"……

伍得思夺路而逃，慌不择路地跑到餐厅后面的僻静处才有机会喘口气，却好巧不巧看到一个满脸雀斑的男青年正蹲在那里抽烟。

伍得思自觉打扰了人家，尴尬静立了一秒，转身想走，不料那雀斑青年叫住他："等一下，你是不是来找崔腾的？"

这次轮到伍得思惊讶了："你怎么知道？我说了吗？我没说吧？"

雀斑青年哼了一声："大哥穿裙子，二哥留辫子，小妹剃平头，一看就是一家的！"

"我一个大老爷们哪里像和他们是一家的？"伍得思情急之下怒吼道，但想起那句"小妹剃平头"顿时冷静下来，解释道，"刚才太激动了不好意思，你是说之前有个女孩子来找过他？"

雀斑青年扔掉烟头，不屑地又哼了一声："你替他还钱我就告诉你。五千。"

卖一次头发能赚两千，那五千好像也不难啊。伍得思正准备应下，雀斑青年又补了一句："每人五千，我们共有四个人被他骗了钱，然后他就和他的好姐妹于姣一起跑了。"

两万还是算了！

雀斑青年见状要走，伍得思抓住他的手，真挚地说："这位大哥，虽然我还不起钱，可我讨厌崔腾是发自内心的！如果你肯告诉我点儿有用的消息，我找到他后先帮你把他打一顿，拍照发给你，再报警告他诈骗，行吗？"

"成交。"雀斑青年露出满意的笑容，"你比那个一来就大吵大闹的妹子强多了。"

雀斑青年是一位潜水教练，而崔腾和他刚说的那个"好姐妹于姣"都是做人鱼表演的演员。崔腾虽然是兼职，但之前表现一直还不错，所以他跟同事们借钱时，大家都没什么防备就借了。没想到，借钱后没几天，他和于姣就双双失踪，手机也打不通，显然是跑路了。愤怒的同事们报警之后，警方把崔腾储物柜的东西都拿走了说是当证据，所以更衣室里现在也没留下什么崔腾的痕迹。

"破案肯定还是警方专业，不过你的心情我也理解，随便看看吧，也许能让你想起啥呢。他骗了你们多少钱？"雀斑青年问伍得思。

他骗的不是我的钱，是我的健康和名誉！不对，这话怎么听着怪怪的……

伍得思还没想好怎么回答，雀斑青年就自己转移了话题，指着屏幕上正在播放的海洋乐园的宣传片："你看，和海豚一起表演的就是崔腾和于姣。"

宣传视频中，两人穿着华丽多彩的表演用鱼尾，和海豚一起默契配合，在水中摆出花样百出的各种造型。

崔腾游得不错，不过在学校里没见过他游泳。

伍得思又开始在更衣室里四处打量，他发现崔腾的储物柜下边缘处露出一个红色袋子的一角，努力把它拽出来后，发现是个空薯片袋子，但袋子里竟然塞着一张被揉皱的地图。

地图中涉及的范围大概就几条街，还印着几个地名，但伍得思和雀斑青年都认不出那是哪儿。

这张地图会和崔腾有关吗？

伍得思正琢磨着，手机铃声响起，一看来电人，是吴博士。

吴博士的声音很紧张："你、你还好吧？你没事吗？"

出什么事了？

伍得思听出不妙，只听吴博士继续说："我们找个隐蔽安全的地方见个面吧。"

〔〇六〕

他们约定晚饭后在学校附近一家电玩城见——光线暗又吵闹，应该足够隐蔽。伍得思一见吴博士就发现自己想多了……根本隐蔽不了好吗，吴博士鼻青脸肿的还裹着绷带！

"你没事吧？崔腾找到你把你打了一顿？"

吴博士摇摇头："是崔腾的那个好姐妹，也可能是女朋友吧，叫于姣。"

于姣潜入吴博士的实验室打算毁灭崔腾的行迹或者说罪证，意外被他碰上，于是将他暴揍一顿。但对方早有准备，他查过监控，摄像头都被破坏了。

"不过我趁她逃走时偷偷往她身上粘了一个我自己研发的追踪器……"吴博士掏出手机看了一眼，"她现在往武汉东南的梁子湖方向去了。"

伍得思凑过去看吴博士的手机，屏幕中显示的那个 App 大概也是他自己研发的，地图上有一个代表追踪器的红点。

"啊！就是这里！"

伍得思忽然发现，手机上的地图地形和自己刚从崔腾储物柜找到的那张地图完全一致！

"那就都联系到一起了。"吴博士费劲地站了起来，"你回学校吧，注意安全，我这次一定要抓住他们……"可话都没说完，他就虚弱得一脚踏空，摔在了地上。

"你都这样了能抓谁啊！"伍得思再一次挺身而出，"你注意安全，我去抓！"

吴博士一脸愧疚："你还是个中学生呢，和崔腾也没什么深仇大恨，我怎么能让你……"

"当然有仇啦！我一个大老爷们最讨厌被人当作娘娘腔了，何况是被一个娘娘腔下毒陷害成娘娘腔！"

别看伍得思现在长得黝黑健壮，备赛期间还曾瘦到八块腹肌块块分明，但其实他小时候是个胖子。

小时候，伍得思皮肤白，加上胖，就被班上的男生喊"胖妞"。有一次，男生们把他推倒在地上，要扒衣服扒裤子，说是"要看看你到底是不是男的"，还好闻讯赶来的老师制止了他们，但当时的屈辱感，伍得思至今难忘。

之后他受电视剧启发，冲进了故乡小镇的唯一一家武馆拜师，伍得思一方面调整了饮食，一方面努力训练，不但考进了省城武汉的体校，人也高了壮了黑了，再没有人敢喊他"胖妞"。

在体校这种"实力至上"的气氛里生活，伍得思觉得非常愉快，唯一看不顺眼的就是成天穿裙子的崔腾教练。

但看不顺眼归看不顺眼，两人平时也就拌拌嘴罢了。伍得思怎么也没想到，崔腾会给自己下毒，害得他天天被人喊"长发妹""小公主"，真是太不要脸了！

"我一定要抓住他，然后把我的头发剪下来缠在他脖子上，让他看到底有多热！"伍得思越想越气。

见伍得思说得这么气愤，吴博士觉得拦是拦不住了，只好嘱咐他小心为上，最好拿手机拍个视频，留作证据。

伍得思立即拿出手机，对着摄像头说："我是伍得思，今天是4月13日星期六，我要去梁子湖湖光别墅区找崔腾教练。"他顿了顿，"如果我回不来了，凶手就是崔腾！"

吴博士连忙捂住他的嘴："呸呸呸，不吉利！"

〔〇七〕

电子地图上能查到"湖光别墅区"这个地方，但伍得思坐车抵达后才发现，这里是一片修到一半就被搁置的烂尾工程，现在整个小区荒无人烟，仿佛恐怖片中的"鬼镇"。

吴博士自制追踪设备的定位功能也不是很准，进了小区之后，伍得思觉得要找崔腾和于姣还是得靠自己。

可他们现在会在哪里呢？

伍得思正四处打量，就看到一辆送外卖的小摩托开了出来，然后绝尘而去。

咦，"鬼镇"怎么会有人叫外卖？

伍得思决定沿着摩托车车轮留下的痕迹去搜寻一下。

很快，他找到了一栋破败的未完工别墅，门半掩着，外卖餐盒装在塑料袋里，整整齐齐地摆在门口。

没人出来拿外卖吗？

伍得思张望着，脑中闪过一个念头。他拿出手机，点开录视频软件，压低了声音，说："我是伍得思，现在在梁子湖的废弃别墅区，我所在的这栋别墅门前有外卖餐盒，这说明里面有人，可能就是疑似非法制药的崔腾教练，我现在准备潜入别墅！"

说完，他举起手机把别墅的大概位置和周边概貌录了进去，然后将视频发给了吴博士。

做完这一切，伍得思拎起外卖袋，轻手轻脚地走了进去。

别墅里满地垃圾和枯叶，还有小动物的粪便，可以说不是人住的地方。

伍得思走过整个一楼都毫无发现，直到在一楼走道的尽头，看到了通往地下室的台阶。虽说地下室总会让人产生一些恐怖或灵异的联想，但伍得思还是毅然决定前往。

他想了想，又掏出了手机，打算再录一个视频。一调出摄像头，他就发现背后有个人影正逆着光冲向他！

谁？崔腾？

来不及细想，伍得思拎起外卖袋猛地横扫过去，岂料对方手中也有武器，大喊着"你是来做什么的"一击打飞了外卖袋。

伍得思这才看清，对方是八四一，手里拿着一把扫帚。

她从校长那里逃出来了？她一个练体操的妹子居然能拦下我的摆拳？崔腾到底给她吃什么药了？

"放过什么？你是来找药的还是找崔腾的？你到底吃了什么药才变得这么不男不女？"

"那只是治厌食症的药！再说了，"八四一露出嘲讽的笑容，"你一个辫子姑娘说别人'不男不女'是认真的吗？"

俩人可以说是冤家相见，分外眼红。

伍得思认为八四一是药物成瘾，为虎作伥。八四一认为伍得思是小肚鸡肠，意图谋害崔腾，才跟在她后面进来的。

伍得思连忙掏出地图，嚷嚷道："谁跟踪你了！我是在崔腾的柜子底下搜到这张地图才找到这里的！"

看到地图，八四一皱起了眉，沉默片刻后，说："你这个地图有什么用？难道上面显示了崔腾的位置？"

伍得思摇摇头："没有！但我一个大老爷们有的是肌肉和智慧！我自己找到了！很有可能就是这个地下室！不过被你这么一吵他可能已经逃走了！"

"进去看看不就知道了？"八四一依然握着扫帚柄，一脸跃跃欲试。

可伍得思这时候反而变卦了："我怎么知道你不是打算和崔腾合谋害我？"

听他说得这么直接，八四一倒也没生气："加个微信，开视频通话，我直播给你看。"

于是伍得思就坐在地下室门口看八四一给他现场直播。

地下室里一片阴森荒废，看画面仿佛都能闻到那种破旧腐臭的味道。

本来地下室里空空如也，但渐渐地，画面里出现了一个用白色帷幔搭建的无菌室，就是美剧中的坏人在荒郊野地里搞制毒工厂用的那种！

八四一勉强没有尖叫出声，依然在默默探索，伍得思光看着屏幕都觉得有点儿激动。

在地下室的另一个房间里，摆着一个大玻璃缸，玻璃缸里满是浑浊不清的灰蓝色液体，而液体中赫然漂浮着一条……

"人鱼？是活的吗？"八四一极力压抑着惊讶的声音。

"你眼花了吧？光线那么暗……"伍得思不以为然，他怀疑八四一看到的可能是崔腾表演时用的鱼尾。

可紧接着，通过屏幕里微微摇晃的画面，他看到一个似曾相识的身影出现在那个大玻璃缸前。

虽然光线昏暗还隔着屏幕，影像也有延迟，但高大健壮却穿着长裙的男性轮廓实在太好认了。

崔腾正在那个大玻璃缸旁操作着什么。他起初没发现躲在另一个房间的门边看着他的八四一，但几秒后他抬起头，朝八四一看过来。

伍得思只见手机屏幕中的画面激烈抖动，继而转黑。

八四一发生了什么事？崔腾会对她不利吗？他该怎么办？伍得思正准备起身冲进去，但转念一想，等等，这会不会也是陷阱的一部分？但如果八四一真的因为他的怀疑和犹豫而遇害了呢？

伍得思没有再犹豫，冲进了地下室。说是冲，动作也尽量静默和谨慎，眼观六路，耳听八方。走了没几步，他就看到了刚才的大玻璃缸，正准备往前走，就听到身后有什么东西破空而来。

伍得思条件反射地一躲，却没想到回过头，赫然看到了一张熟悉的脸。

"怎么会是……你……"伍得思惊讶得瞪大了眼睛，手里的拳却依然本能地攥在胸前护住下颌。

在战斗这方面，伍得思根本不需要思考。

对方虽然虚张声势地握着金属球棒，在他看来却是破绽百出，他抬起右腿，朝着对方的左腰就是一记凶狠的侧踢！对方连忙举起球棒去挡，但已经来不及了，伍得思志在必得，这一腿踢过去，球棒必定被震飞离手！

却没想到这一腿绵软无力，弱得连他自己都感到吃惊。

对方握紧球棒的手只被震得抖了一抖，随即在伍得思惊讶的注视中狞笑着一棒敲在了他头上。

[〇八]

伍得思再醒来的时候，发现自己正坐在一把椅子上，双臂被绑在身后，头还很疼。

他身边躺着一个人，捂着肚子很痛苦的样子，是崔腾，似乎也是刚遭到偷袭。

而吴博士就站在他们面前，抱着双臂，一脸胜券在握的表情。

"八四一呢？"伍得思大声喊。

"关在其他地方。别操心她了，我又不傻，我不会杀'人'的。"现在吴博士脸上的表情完全不似初次见面时的无辜和可怜，他用脚踢了踢崔腾的脑袋："你赶紧给我打开那个鱼缸，再自己站进圈里，我就按约定放他们走。"

崔腾叹了一口气，捂着肚子爬了起来，走到那个关着人鱼的玻璃缸前，把双手都按在盖子上。原来那上面有个操作面板，通过崔腾的掌纹验证，盖子随即打开了。

然后，崔腾脱掉鞋袜，依言踩到吴博士指的一个圆圈里。

吴博士在他的手机上点了一下，圆圈随即缓缓升起，变成一个由透明薄膜建成的圆柱形牢笼，仅够崔腾一人容身。

同时圆圈底端有水涌入，很快就淹没了崔腾的脚背、膝盖、肩膀、头顶……

伍得思瞪大了眼睛，他终于知道崔腾为什么天天穿裙子，以及为什么从不在学校里游泳了。

因为此时此刻，就在他面前，崔腾的双腿变成了一条鱼尾，双颊上显现出鱼鳃，他正悬浮在水里自由呼吸。

"吴博士！"伍得思忍不住大声喊道，"玻璃缸里那条人鱼是于姣吗？你对我说的话有多少是真的？"

"你比我以为的要聪明一点儿嘛。"吴博士笑了笑，"让我想想要从哪里说起……"

在吴博士看来，崔腾会走到今天这一步完全是因为太贪心。

之前，崔腾注册了一个名叫"健身猫"的私教约课平台，发现平台监管不甚严密，如果他自己购买自己的课时，不但可以赚到课时费，还能拿到平台提供的课时补贴。

平台默许甚至诱导教练们刷单，不少教练四处借钱投入平台，崔腾也忍不住跟风借了钱。可不久之后，平台突然不让他们提现了，并自称遭到了恶意金融攻击。崔腾四处借的钱都被套牢了，于是他不得不找其他人借钱去"拆东墙补西墙"。

于姣为了帮助他还债，打起了卖鳞片的主意，最终使得吴博士注意到了鳞片的特殊药效和这两条人鱼的存在。

吴博士先抓住了于姣，但崔腾假意说要和吴博士合作研发药物，还举了帮助八四一治疗厌食症这个例子，说只有自己知道正确的药方配比……然后他就把于姣往玻璃缸里一锁，跑了。

"我那是为了保护她！她可以自行休眠！我才方便潜伏起来琢磨怎么对付你！要不是你把两个学生骗到了这里，我才不会出来呢！"崔腾在水里咕噜咕噜地说。

"你的潜伏方式就是给他们下药？"吴博士戏谑地说，"找体校学生试药这个思路不错。"

"什么药？虽然伍得思很烦，可我真没给他下药啊！"崔腾在水中努力地摇头。

但吴博士没理他，转头看向伍得思："现在真相你都清楚了，想赚点儿零花钱吗？我是在网上看到有人发你一头长发的视频才注意到你的，生发这个方向很不错，不过我们原本的研究方向主要是用人鱼鳞片粉末的神奇功效修复身体和增强代谢。你们体校学生应该经常受伤吧，以后崔腾去不了学校了，正好你可以帮我……"

伍得思只觉得毛骨悚然，用力摇头："我一个大老爷们才不会帮你做这种事呢！你别做梦了！"

"那我只好洗去你的记忆，反正你录的那些视频可以证明坏事都是崔腾干的……"吴博士的眼镜片上寒光一闪，"但这个药没怎么测试过，我也不清楚会把你洗到几岁的水平啊。"

哇，这不就是最标准的威逼利诱？

伍得思紧张地咽了口口水，眼看着吴博士已经转身在配药了。

现在怎么办？要不我先假装答应他？可我演技这么差，感觉谁都骗不过啊！

纠结犹豫之际，伍得思突然想起第一次见面时吴博士"失误"泼下来的那桶水，那其实是用来判断自己是不是人鱼的吧？那么被于姣打伤也是他自导自演的苦肉计？

果然，一切从一开始就是阴谋！

而这时，吴博士已经握着一根盛着淡蓝色液体的试管走向他："我想起来你本来就很傻，不知什么时候就会被抓，还是直接'洗'了更保险。"说着就握住伍得思的下巴要给他灌药。

伍得思挣脱不开，崔腾在水柱里拼命挣扎也只是无用功，眼看着药水已经送到了伍得思嘴边，吴博士突然被人猛地推了一下，药水洒了一地。

是八四一！

伍得思惊喜地大喊："你是怎么逃出来的？"

"我根本没被他抓住！你拿出地图时我就觉得有问题了！"

八四一连忙奔向伍得思，想要替他解开捆绑他的绳索。

这时吴博士又爬了起来，手里攥着他的金属球棒："有点儿本事啊。但以你们三个现在的水平，只怕加起来都打不过我一个技术宅吧？"说着就一棒挥向八四一。

伍得思见状，立即连人带椅子撞向吴博士，大喊着："谁说我打不过！"

毕竟被捆着难以行动，再加上辫子又不识时务地飞了起来，吴博士一把抓住他的辫子，他就轰然倒地。

吴博士冷笑一声，又举起了球棒。

就在这时，崔腾大喊了一声："伍得思，核心发力，稳住别动。"

啥？我不动？那能做什么？

伍得思震惊地回望崔腾，吴博士也愣了那么一秒。

刚刚，趁伍得思和吴博士缠斗的时间，八四一割破了囚禁崔腾的透明牢笼，这个突破口让崔腾从内部撕破了整个"牢笼"。

可此时崔腾正处于鱼尾状态，根本无法站立，他只能趴在地上，像濒死的咸鱼。

伍得思叹了口气，准备双手迎上去。

这时，只见原本趴在地上的崔腾硬是用上肢爬到了伍得思附近，然后双手握住椅子腿，依靠强大的肌肉控制力，做了个像钢管舞运动员一样不可思议的动作——他以椅子腿和伍得思为支点核心支起全身，鱼尾迅疾地横扫过去，一尾巴拍在吴博士脸上！

吴博士的树脂眼镜片当即全碎，来不及出声就被拍晕在地。

伍得思一脸的难以置信。

直到八四一把他捆牢，三人才松了一口气。接下来的问题是，该怎么处理他？

八四一去水族馆的时候因为大吵大闹被赶了出来，但她冷静下来后也不是没有付出努力。

她偷偷跑到更衣室那栋楼的楼顶平台上，发现那里还有崔腾晾晒没收的裙子，然后从裙子口袋里找到了一张湖光别墅区的局部地图，因此正好和伍得思碰上。

一看到伍得思掏出一样的地图，她就意识到事情不对劲。

崔腾为什么会需要两张地图？那些地图真的是被崔腾放在那里的吗？如果崔腾是坏人，

暗中潜伏在这里，他会傻到点外卖暴露自己的位置吗？

　　抱着这样的想法，八四比伍得思多了一分警惕。看到崔腾时她虽然惊讶得遗落了手机，但随即发现吴博士也跟过来了，立即拔腿就跑，找到玻璃碎片等武器后又杀回来解救他们。

　　而伍得思的反应一如既往地简单直白："没想到他是这种人，我们赶紧报警！"

　　然而崔腾却犹豫了："不行，我真没户口。我不是你们这个世界的。"

　　伍得思一愣："还有什么世界？"

　　"我老家是莱克德大陆的月殆海，去年和于姣一起穿过时空裂缝来到了这个世界……"崔腾的鱼尾这时又变回了腿，他站了起来，"来了一段时间后，有个自称奇遇协调员的人问我要不要回去，可我们那边的人类在打仗啊，波及人鱼，我们本来也没几个族人了，觉得就在这边生活也挺好的，唯一的问题是你们这边对身份的管理很详细，我们生活不太方便。不过后来我遇到校长，他很好心，收留了我在学校里工作。"

　　啥？人鱼？时空裂缝？奇遇协调员？

　　伍得思朝着崔腾露出了民警看他时的那种"原来你是个中二病"的眼神。

　　八四一却在想别的事情："难怪校长叫我别乱嚷，原来他是为了保护你……"

　　崔腾挠挠头："我们不如先想想怎么对付吴博士？又不能报警，又怕他报复，总不能把他扔进梁子湖吧？"

　　这时半空中响起一个声音："警还是可以报的。"

　　伍得思他们抬起头，只见一个一人高的黑窟隆凭空出现，里面爬出一个没精打采的眼镜少年，崔腾首先大喊："啊，奇遇办！可你是谁啊？"

　　"分管你的是其他辖区的同事，我是来管他的。"眼镜少年看向伍得思："我是言正礼，你的奇遇协调员。"

［〇九］

　　伍得思的正确奇遇本该是有天早上醒来，发现自己突然拥有了一头拖到脚背上的粗黑长发，就算剪断了也会马上还原到那个长度，与此同时他的体脂率不断下降，也就是说，他化脂肪为长发了！

　　然而错误奇遇却是，"减重失败就不能正常参赛"造成的心理压力使得他内分泌失调，脂肪岿然不动，化为长发的是他作为运动员最宝贵的财富之一，也就是他的肌肉——剪发次数越多，肌肉流失得越多。

　　其实伍得思一直没发现这件事，遇到身体控制力下降、出拳无力等情况，都以为是崔腾给他下药导致的。

"你的意思是说我本来突然获得了可以永远当个瘦子的超能力，结果却掉了肌肉？那怎么办？我还要比赛啊！"

"消除压力，也就是找到崔腾和真相。"言正礼一如既往面无表情地说，"本来我们早就应该干涉了，可你是我见过的最有干劲的错误奇遇的当事人，就交给你自己解决了。谢谢你，节省下来的时间让我多做了一套模拟卷。"

伍得思挠挠头，用直觉提问："那既然我都解决了，你为什么还要出现？"

"好回去写结案报告。"言正礼扶了扶眼镜，"你今晚好好睡一觉，明早起来剪头发，应该就会发现错误得到匡正，自己的体脂率也显著下降了。"然后他又望向崔腾："至于你，虽然你的奇遇早就结束了，也不是我辖区的，但毕竟被卷入了伍得思的案子，我也为你想好了解决方案。我想请你和于姣暂时回莱克德生活一段时间，就当是避避风头，伍得思他们可以照常报警，吴教授到时候说什么都无所谓，反正警察不会相信有人鱼的。"

崔腾一愣："那我们还能回来吗？"

"可以，过段时间赶上人口普查还能给你们办户口呢。"言正礼说着又拿出齿轮，"好了，先送你们回家吧。"

崔腾点头同意，去唤醒了于姣。

于姣休眠这么久，意识还不太清醒，动作无力。八四一和伍得思正要扶起她，可八四一突然两腿一软，先晕了过去。

"糟糕！她有多久没吃饭了？有多久没吃药了？你知道吗？"崔腾急忙问伍得思。

伍得思茫然："我还想问你呢，她……到底怎么回事？"

【一〇】

崔腾遇到八四一是在宿舍和围墙之间的小巷子里，当时他只是想抄近路，却没想到有个女生蹲在地上哭。这女生骨瘦如柴，肤色苍白，黑眼圈深重，头发稀疏，基本就是秃了，手里握着一顶帽子，可见本来还想遮掩一下……

崔腾连忙问她怎么了，女生却不愿意说，崔腾好言相劝，慢慢才得知，她是减肥减成这样的。

去年参加体操比赛的时候，她有个动作没发挥好，手臂不稳以至于从平衡木上跌了下去。赛后对着比赛录像总结时，她把原因归结为自己当时太胖了，如果自身体重能再低一点儿动作就会稳了，而如果更苗条一点儿，外形更好，得分一定会升起来吧？

怀抱着这样的想法，她开始了艰难的减肥大作战，每天大量进行有氧运动，全部饮食就是八杯黑咖啡、四根生黄瓜和一个全麦面包，因此得到了"八四一"这个外号。

如此极端的减肥法，很快就让她的身体出现了问题——免疫力下降容易生病，手脚冰冷、脱发、耳鸣、月经不来，连牙齿都松动了，厌食症更使得她的生命在死亡的边缘徘徊。

崔腾遇到她的时候，她之所以蹲在那里哭，就是发现自己突然听不见了。

"啊？有那么严重吗？"伍得思很疑惑，"我减脂期间吃得比她还少呢，她好歹还吃了一个面包，我是几乎断碳水化合物的，主要吃高蛋白食物和绿色蔬菜，连碳水成分略高的蔬果都不吃，效果挺好的，人虽然有点儿晕，但也没事啊？"

"我也是来你们的世界之后才学到的。男女不一样，女生的内分泌系统比较复杂。简单来说，女生适合慢慢瘦下来。像八四一这种根本谈不上'胖'的女生，减脂越发需要耐心。如果女生自己没什么健康知识，一味去模仿那些男性网红的所谓'高效甩肉减肥法'，99%会生病，就像她一样。"崔腾说。

八四一发现自己身体出问题之后，鼓起勇气去看病，被诊断为神经性厌食症，却发现治疗所需费用她负担不起，又怕遭到父母责骂，加上突然失聪，种种压力之下，她觉得自己的人生完蛋了。

崔腾得知之后提出了一个建议："我有一种祖传的药，不要你的钱，你按疗程定期吃，体质很快就能恢复到健康时的状态……"

崔腾当然没说药的原料是自己的鳞片，而八四一毫不犹豫就答应了。

吃完崔腾给的药物之后，八四一感觉身体确实明显恢复了，她干脆剃了个光头让头发重新生长，但还是经常吃不下饭，也时常会出现暴躁和低血糖的症状，就更不要提这会儿又是逃走又是战斗了。

"真是病急乱投医。"言正礼闻言感慨，"要是她这时遇上什么别有用心的人，也许真的一生都毁了。"

"怎么办呢？"八四一这时悠悠醒转，很吃力地说，"人只有到了快丢命的时候才会明白，形象和成就其实没那么重要……"

"也会明白不该贪那么多钱。"崔腾捂脸，"不过我去年还在海里游呢，真的不知道你们这个世界的人类有这么多套路！"

"所以她是因为生病了才变成假小子的，你也是有特殊原因才穿裙子的……"伍得思挠挠头，诚恳道歉，"对不起，我不该嫌你们不男不女……"

"我也不明白你的思路。"这次轮到崔腾疑惑了，"因为我穿裙子，她剃平头，你觉得我们像异性，就讨厌我们，为什么？以我来说，穿裙子或者像女的影响我的实力了吗？刚才打晕吴博士不也还是靠我？"

伍得思一时无语，仔细想想，崔腾说的好像真没错。

[一一]

半个月后，红润了不少的八四一在学校里见到了比赛归来的伍得思，但当时的场面非常诡异——

茶水间门口，伍得思把自己带蝴蝶结的大辫子绕在一个男生的脖子上，双手按着他的肩，神情严肃地说："我心平气和地和你说，不要瞎评判别人的外貌，你要是对我的辫子好奇，我可以把它借给你。"

八四一注意到伍得思脸上有一大块淤青，连忙叫他们住手："喂，你们打架是想被关禁闭吗？"

伍得思闻声回头："没打架啦，那是比赛时受的伤，我们在谈人生！"

"谈人生需要用辫子缠住别人的脖子吗？"八四一忍不住笑了。

伍得思放走了那个一脸愕然的男生，和八四一一起进了茶水间。

"比得怎么样？"八四一问。

"输了。"伍得思耸耸肩，"虽然体重达标了，但流失的肌肉一时来不及长回来，出拳还是没劲。"

"啊……真遗憾。"八四一低声说。

"没关系的，下次再比。"伍得思倒是显得很无所谓，"我现在有了永远不会长胖的'超能力'，少了减重这个大压力，下次一定会赢！"

"可你之前说比赛时辫子会乱飞，被所有人盯着看……"

"乱飞的问题，把辫子压在上衣里就解决了！全场盯着看嘛，也没什么，我是因为小时候被人嘲讽过所以才特别在意硬汉形象，现在我想明白了，无所谓了。不过要是有人废话特别多……我就把我的辫子缠在他脖子上和他聊人生！"

"哇，你还真是挺适应的。"

"说实话，我一个大老……"伍得思顿了顿，突然发现自己已经好久没用"大老爷们"这个惯用自称了，一直强行坚持硬汉人设似乎也挺无聊的，"我还不太适应洗一次头要花三小时晾干。不过我也想通了，福祸相依嘛，享受它带来的好处，当然也要接受它带来的不便。现在我还经常把辫子剪了捐给为化疗病人做假发的公益组织呢。而且，平时也可以用辫子做其他事情。"伍得思说着指向泡面碗，随手抓过辫子垫在碗下，然后捧起它，"很烫对不对？头发可以当隔热垫！"

八四一又笑出了声。

这时，一个打水路过的男同学对伍得思喊了一声"辫子姑娘"，他都没理，而是很自在地跟八四一说："给我推荐一点儿护发精油？"

言正礼在奇遇办的小黑屋里看他们聊得挺开心的，点了点头，又看向另一个显示屏，屏幕中的画面是崔腾和于姣在海战区域里救助人类伤员。虽然言正礼起初觉得莱克德的人鱼卷进武汉的金融案件也太离谱了，但现在一切似乎又都回到了正轨，让他觉得比较满意，隐隐作痛的胃部也舒服了不少。

最后，他看向一台平板电脑中的画面——

以成年人为主角的监控画面不是主计算机提供的，而是束蚀Ⅱ弄来的。

在这个画面中，吴教授正在做笔录，怒吼"都是两条人鱼坑了我！我说这些你们也不会信对不对"，民警憋着笑问他是不是沉迷周星驰的电影……

看来，没人发现言正礼从别墅地下室的那个实验室里偷拿了几瓶药。

理性告诉他，这么干是不对的，而且可能已经被主计算机扣业绩了。可感性在质问他，如果业绩本来就没什么用，而人鱼鳞片制成的药可以治好丹璃的病呢？在比德玉佩的案子之后，丹璃经常发低烧真的很让人揪心。

想到这儿，言正礼转头问束蚀Ⅱ："你攒够业绩之后想许什么愿？"

"很普通的愿望，我想帮助一下那些不幸的人体宠……"束蚀Ⅱ话没说完，突然双瞳变白，整个人扑倒在地。

"又没电了？"

言正礼叹了口气，不慌不忙地扶起他，从他口袋里找出紧急重启装置，然后送他回房间充电——对于该如何拯救束蚀Ⅱ那个重达两百斤、动不动过热关机的破旧代用体，言正礼已经很熟悉相关的操作了。

这时，束蚀Ⅱ身体僵硬，一动不动，胳膊搭在言正礼肩上，右手看似巧合地碰到了言正礼的脸颊。

言正礼突然听到一个声音："保持冷静，假装什么都没发生。我在用骨传导技术对你说话。"

啊？骨传导技术倒是不稀奇，可他为什么要把自己的手指改装成骨传导耳机？就为了这样跟我说话吗？他这次"过热关机"是假的？他想瞒着谁？

言正礼一边这么想着，一边面无表情地继续掏束蚀Ⅱ的口袋，同时下巴轻微地点了一下。

然后他听到束蚀Ⅱ说："我一直想问，你知不知道自己在奇遇办的档案有问题？"

奇遇办②与时空旅人

人性就是总会后悔，总会忍不住想象选其他路会不会更好。

[〇一]

逢悠悠怎么都没想到，当 13 岁的她见到 33 岁的路一言时，路一言竟然告诉她，本该 33 岁的她已经是个老奶奶了？

事情要从她 13 岁那年说起。

那天中午放学，逢悠悠飞快地出了校门，第一个冲进租书店，租下了老板为她保留的《新世纪福音战士》漫画版，然后就站在店里等路一言。

她和路一言通常一起上下学。中午放学时，路一言突然被班主任叫走，所以逢悠悠和他说好在租书店等他。

她翻了一会儿漫画，一眼瞥到收银台上放着的报纸的头条新闻——《中国第十五次南极科学考察队十名队员进入冰穹 A 地区》。

哇，进冰穹 A 了？那可是海拔四千米、干燥严寒又缺氧、自然环境比青藏高原还恶劣得多的"不可接近之极"啊！不知什么时候能登顶？

逢悠悠兴奋极了，拿起报纸逐字逐句仔细看起来，连路一言进门都没有察觉。

"久等了。"

"快看快看！"逢悠悠兴奋地把报纸举到路一言面前，"我国终于进冰穹 A 了！太厉害了！"她眼睛里闪着星光。

路一言却是一脸没精打采："哦。"

"怎么了？"逢悠悠不解地问好友。

她和路一言是青梅竹马，从小一起看动画一起翻墙一起挨骂，还有一个共同的愿望——长大了一起成为科考队员去南极。她不明白为什么路一言看到南极的新闻时，会表现得这么冷淡。

"我不想去南极了。"路一言低着头说，"太危险了。"

"危险？"逢悠悠惊讶得瞪大了眼睛，"和梦想相比，危险算什么？"

再说了，他又不是第一次知道去南极很危险，他们可是一起做了一整本"南极剪报"的。

"不做梦不会死，但做危险的梦就不一定了。"路一言扔下这句话，转身离去。

逢悠悠气得鼓起了腮帮子，出门去追，却发现路一言不见了。她只好气鼓鼓地一个人回了家，进门时还不忘把漫画书收进书包——如果被父亲看到，绝对会上演现场撕书。

这会儿逢悠悠回来稍晚了点儿，父亲难免追问原因，逢悠悠支吾了几句，搪塞不过，最后还是说了实话："都怪路一言那个苕货，突然说什么南极好危险，不想去南极了！"

"他说得不对吗？"父亲哑然失笑，"女孩子最重要的是稳定，去南极你还回得来吗？好好读书考个师范，会计也行。"

逢悠悠母亲早逝，父亲有慢性肝病的隐忧，于是总担心唯一的女儿有一天无依无靠，因此对她的教育和管束非常严格。

逢悠悠敢怒不敢言，只能腹诽，女孩子为什么不能去南极，难道南极只有男厕所吗？

父亲以为自己的思想教育取得了显著成效，十分满意。

〔〇二〕

逢悠悠和路一言的南极梦想诞生于 1998 年秋天。当时他们刚上初一，学校举办了辩论赛，有各种稀奇古怪的辩题，他们抽到了"人类应该先探索月球还是先探索南极"，站的是"探索南极"这一方。

为了准备辩论赛，他们收集整理了大量关于南极的资料，还想方设法上网查资料再打印出来。

那时网络不发达，收集资料可是个大工程，需要挤出很多时间跑图书馆，复印或手抄论据。

逢悠悠好不容易做出的"南极剪报 Ver1.0"，随着父亲的一句"惦记南极有什么用？能给你中考高考加分吗"被付之一炬。

逢悠悠气得离家出走，还是路一言把她找回来的。他当时平心静气地和她说："没关系，

奇遇办 2 ◇时空旅人 SHI KONG LV REN

149

我请班主任去说服你父亲。资料本我也有办法补救。"

"其实去南极还是去月球根本不是重点，重点是辩论赛能锻炼学生的思辨能力与口才，对逻辑思维和写作训练都大有裨益，当然也有利于加强学习兴趣，进而提升学习成绩。"班主任有条有理地说服了逢悠悠的父亲。

路一言则去武汉大学找了正在读博士的表哥，借他的电脑上网，收集到了当时网上能找到的最齐全的关于南极的资料。没钱打印，路一言就坐在表哥那里把资料工工整整地抄了下来，再由其他队员各自誊写。大家把南极的发现史、建立长城站和中山站的故事、探索南极的战略价值等倒背如流，连"中山站前竖着一个方向标"这种细节都知道了。

那时候，逢悠悠和路一言就觉得，"一起去南极科考"成了一个理所当然的约定。

最终他们成功在辩论比赛中取得了胜利，班主任高兴得拿出吉他给他们唱了一首老歌。

"'啊亲爱的朋友们，美妙的春光属于谁？属于我，属于你，属于我们八十年代的新一辈！再过二十年，我们重相会，看看伟大的祖国，该有多么美！'——二十年后，你们一定能成为南极科考队员！"

再后来，他们一起看了《新世纪福音战士》，对片中描绘的"2000年在南极发现光之巨人、巨人展开巨大双翼"等骇人景象又好奇又害怕，反而更想去南极了。

想想看，乘着"雪龙号"穿过咆哮西风带，战胜冰雪苦寒，抵达"不可接近之极"冰穹A的最高点，近距离观测企鹅，亲眼看见极光的壮美，探索世界最后的净土……这不是科学与浪漫相融合的极致吗？

虽说南极科考队队员选拔很严格，但对充满希望的初中生来说，没有什么事是以后办不到的。

可路一言却突然说不想去了，难道是最近考试没考好打击了他的信心？

逢悠悠整个人情绪低落，一边想一边注意到自家茶几上多了几样新东西。父亲说是订牛奶的赠品，别人挑剩下的，让她随便拿。

逢悠悠扒拉几下，挑了一个旅行颈枕。她第一次用这个长成"U"字形的东西，感觉还有点儿新奇，干脆就戴着它午睡了，开始她最喜欢的"想象式入梦法"。

窗外传来了一首老歌："向西去，有风和沙的地方……"

逢悠悠闭着眼睛念出这句歌词，然后就感到有干燥的风卷着细沙吹过脸颊。

家里怎么会有卷着细沙的风？

逢悠悠惊得睁开眼睛，同时感觉自己身体悬空了，随即一屁股跌在了沙地上，她四下打量，远处还能看到城镇和绿地，近处则只有被沙丘环抱的一片月牙形小湖，湖边还有一片古风建筑物……

这不是课本上出现过的鸣沙山月牙泉吗？这里是敦煌？是因为我念了歌词吗？

逢悠悠揉了揉眼睛，拧了拧脸看自己是不是在做梦。

很痛！真的不是做梦！是颈枕的功效吗？

[〇三]

这是逢悠悠第三次尝试去找路一言，但不知道这个神奇的颈枕是出了故障还是故意这么设计的，抵达的位置永远和她想的目标有偏差，每次都把她送到奇怪的地方。

当她在好几个不同的世界冒过险，逐渐摸清颈枕的使用方法后，第一时间想到的就是路一言。这么好玩的事，当然要跟好朋友一起分享！

颈枕的使用方法十分简单，只要闭着眼睛说出想去的地方，再睁开眼睛就会发现自己到了另一个时间和地点。另外，颈枕还自带语言翻译功能，只要颈枕和她的身体接触，她就能听懂四周的语言，简直是每个梦想冒险的人的必备法宝啊！

可当她说出"我要去路一言身边"后，见到的路一言要么只有三岁，要么还含着奶嘴。这一次，她对颈枕说的是"送我去一个成熟点儿的路一言身边"，结果刚一睁眼，紧接着光明而来的，是数只长满吸盘的触角！

"哇！那是什么？"

逢悠悠看清了大章鱼的全貌，从口袋里掏出了在塔拉斯加买的万能冰刀想要进行战斗，但不太成功，冰刀没两下就被打飞了！

"喂！很贵的……"逢悠悠的话没说完，就被大章鱼勒住了脖子，呼吸逐渐困难。

千钧一发之际，眼前出现了一个熟悉的黑窟窿，一个面无表情的眼镜少年乘着齿轮飞了出来。

他拿着一把长剑，三两下解决了大章鱼，可开口第一句话就是抱怨："你都跑过八九个辖区了，为什么奇遇出错时却算我辖区的活儿？"

自打通过颈枕获得穿越时空的"超能力"，并在多个时空穿行后，逢悠悠已经见过不少奇遇协调员了，深知他们都是些性格别扭的怪人，因此也没太在意，反倒是笑着对他说"谢谢"。

"我是你的奇遇协调员言正礼，刚才那只在时空罅隙里攻击你的大章鱼就是你的错误奇遇。走，我带你去主计算机提示的正确目的地。"言正礼一本正经地说。

等他们通过齿轮传送门抵达时玖中学大门口时，望着校门口的铁艺栅栏围墙和不远处跳着舞的布偶黑熊，逢悠悠感到十分惊奇："咦，门口那排出租门面什么时候拆的？"

言正礼扶了扶眼镜："忘了说，现在是 2019 年。"

"不会吧？路一言怎么可能 2019 年还在时玖中学读书啊？"逢悠悠觉得颈枕又在瞎带路了。

正埋怨着，她突然发现了一件更让她慌乱的事——颈枕竟然不见了。

奇遇办的小黑屋内，显示屏回放了刚才的画面。在她与大章鱼的激烈战斗中，颈枕滑落，在那片混沌的空间里飘浮、游荡，然后顺着一条时空裂缝滑了出去。

言正礼调整画面，放大、再放大，从那细细的裂缝里勉强能看到的建筑物、铁栏杆和附近商店等细节判断出，颈枕就落在了时玖中学门口！

时玖中学校门口有不少学生出入，布偶黑熊还在商户门口跳舞招揽生意，人来人往的。这时，天空出现了一道几乎没人能看到的半透明裂缝，一个颈枕从中掉了出来，落在地上……

有人经过，并捡起了它。

再后来，逢悠悠和言正礼就出现在画面里了。

"回放，暂停，放大，增强清晰度。"言正礼皱起眉，"主计算机和你的颈枕这次都没出错，捡起颈枕的人就是路一言。"

"他留级留了二十年？"逢悠悠瞪大了眼睛。

言正礼懒得吐槽她奇异的脑回路，任由她凑近显示屏，几乎是要把脸贴上去了。

"对……真的是他……"

男人的长相虽然成熟了不少，体形也更高大了，但五官却没怎么变，绝对就是当年那个理性又爱笑、稳重又会帮助自己实现疯狂梦想的路一言。

"路一言现在是我校高二年级的老师。"言正礼说。

逢悠悠忙不迭地问："教什么的？地理吗？他去过南极没有？"

言正礼摇摇头："教语文，平时没听他提过南极，应该没去过。佛罗伦萨、巴黎、东京之类的地方他去旅游过，还有假期支教去过的地方，倒是会在课堂上提一下。"

完全不提南极了？

逢悠悠一愣，突然想起她开始奇遇之前，路一言的那句"我不想去了"。

难道……现在的他已经完全放弃了年少时的梦想？

她不敢相信，他为什么会这样？

"肯定有哪里不对劲，不然他为什么会放弃呢……"逢悠悠思索着。

见言正礼不解，她解释道："有个老动画叫《新世纪福音战士》，简称《EVA》，你听说过没有？那个故事里的南极是一片红色的大海，非常神秘。我和路一言一直梦想着成为科考队员去南极看看……我不相信他会放弃我们共同的梦想，我想见见他，顺便找点儿线索，然后回到过去，帮他走上正确的道路。"

言正礼抚额，觉得眼前这位来自1999年的少女可能无法理解《EVA》为什么到现在还没完结，于是决定先说正题。

"第一，其他协调员应该告诉过你，不能更改历史和改变已发生的事；第二，首要问题是从路老师那里拿回颈枕，而不是他为什么没去南极。不然的话，如果他拿着你的颈枕胡乱穿越，遇上什么危险……"

逢悠悠听懂了言正礼的潜台词。

神奇颈枕非常有趣，但也非常危险。这件事，靠它旅行了近一个月的她最清楚不过了。

起初，她说想去大唐盛世感受万邦来朝，结果被送到了日本遣唐使的船上，经历惊涛骇浪，九死一生。然后她说想去神秘外星，结果来到"长满"美少女的那米亚榕树林里，差点儿被抓起来当实验品，幸好有一个自称奇遇协调员的双头人救了她。后来她说要去南极，结果被送到了武汉大学南极中心，几乎被当成贼。她还说要去高科技世界，结果抵达了一个叫阿尔法城的奇怪地方，虽说是有高科技，可那里绝大部分人连"饭"都没见过。对了，她还说要回家，倒是被送回了武汉，但她看到的，是年轻的父母和儿时的她一起坐在竹床上吃饭，竹床前的黑白电视机里正播放着《圣斗士星矢》，她想要靠近，却眼前一黑，一切又都消失了……

奇遇办 ②
时空旅人
SHI KONG LV REN

这些遭遇让逢悠悠很清楚地知道，自己的旅途会受到颈枕的干涉，还好有时常出现的奇遇协调员让她脱离各种险境，毕竟他们总说"这是你的奇遇，我们负责保护你一个月的安全"。

但她听说过奇遇办的规则之一，"成年人不受奇遇办保护"，所以路一言这位33岁的大叔如果遇到危险，应该没有人会去救他吧？

"那现在怎么办？"逢悠悠急得团团转，看向言正礼，"你能帮我找到路一言、阻止他用颈枕冒险吗？虽然他是成年人，可你能不能就当是在帮我这个奇遇当事人？"

"我作为协调员没办法找他，因为奇遇办不监控成年人的生活画面。"言正礼郑重其事的表情使得逢悠悠心灰意冷，可他随即又说，"但我一向喜欢管闲事，还有许多其他手段。"

说着，言正礼拿出手机，打了两个电话。

不一会儿，猫妖李渺渺找到了路一言的大致位置，而烧伤少女余蕾让遥控机器人爬上了离他最近的窗台监视他。

只见路一言戴着那个颈枕说着什么，只听清后半句是什么"地球上最美的地方"，然后就消失了。

言正礼问逢悠悠："地球上最美的地方是哪里？普罗旺斯、香格里拉之类的？"

逢悠悠的心情突然有点儿悲喜交集："我知道他去了哪里。"

[〇四]

路一言心中"地球上最美的地方"，逢悠悠相信，肯定是南极大陆。

于是她和言正礼在奇遇办换上了"全副武装"，裹得像两个爱斯基摩人，准备以变大的齿轮作为飞行器，在寒季南极无垠的黑暗中搜寻路一言的踪迹。

逢悠悠很好奇，这 20 年间，路一言到底经历了什么呢？

南极现在是极夜时节，漫长的黑夜笼罩了辽阔无垠的皑皑雪原，能见度很低，再加上南极大陆的总面积比整个中国还大，他们要去哪里找路一言？

"他应该会去科考站，我们挨个找吧，反正中国就两个科考站。"逢悠悠曾经是最了解路一言的人，她最有发言权，但问题是——

"20 年过去了，现在有五个科考站，其中一个还在建。"言正礼指出问题所在。

好在有齿轮，他们按建成时间首先去了 1985 年建成的长城站，一无所获；然后是 1989 年建成的中山站，站前还有一个方向标，上面钉着数十个标牌，每一个都写着中山站与某个国内大城市间的距离。

逢悠悠忍不住驻足看了一眼："啊，找到了！距离武汉 11518 公里！"

这将近一个月以来，她曾在那么多千奇百怪的地方思念家乡，而此时此刻，站在她一直向往的南极，感受这里与家乡的距离，心头别有一番奇妙的滋味。

这里是世界上最荒凉和冷酷的大陆，被惊涛骇浪与厚重冰层所环绕，氧气稀薄，异常干燥，还有着永不停息的暴风雪。

逢悠悠还记得，曾经有一位亲手建立中山站的老前辈说过，"进入南极圈后，每前进一步都要付出高昂的代价，甚至是血的代价。"她觉得自己在 1998 年时就有这个心理准备了，只要和路一言在一起，她什么都不怕。

可现在，她就这么轻轻松松地来了南极，虽然感受到了严寒，但没有艰辛，没有冒险，没有和路一言捆在同一条安全绳上……总觉得缺了点儿什么。

逢悠悠这么想着，然后遥望四周，看到不远处的中山站屋顶上，有一个男人坐在那里。

那不就是路一言？

言正礼连忙用齿轮带着逢悠悠飞上屋顶，路一言还是优哉游哉地坐在那里，丝毫没有要离开的意思。

这一次，逢悠悠终于真真切切地见到了路一言。昔日那个稳重又带着点儿青涩的少年，现在已经是个微笑不语的大人了。

看到依然是 13 岁模样的逢悠悠出现，他看起来并不惊讶。

而她忍不住一把抱住了他："才一个月不到……我怎么感觉……和你分开好久了呢……"说着说着，眼里都泛起了泪花。

"而我觉得二十年前的事情就像发生在昨天。"路一言拍拍她的背为她平顺呼吸，轻声说。

然后他推开了她，抬手让她看天："极光来了。"

尖利而单调的"大气哨音"响起，逢悠悠闻声抬起头，只见璀璨银河之下，火焰般的黄白色极光灼灼欲燃，澹然浩荡地席卷了整片天空，如恣意汪洋。

"据《史记·天官书》记载，这种火焰型脉动极光叫格泽，它'如炎火之状，黄白，起地而上，下大上兑'。不过考试不考，记不住这段话也没关系。"路一言现在说话的语气完全就是个老师，让逢悠悠觉得很不习惯。

"只希望你能记住这永夜格泽的美景。"然后他站起身来，闭着眼睛说，"接下来，我要去我一生中最美好的那一天了。"

"等等！我……"逢悠悠还来不及把话说完，路一言就消失了。

逢悠悠这才意识到，他对颈枕的用法是不是太熟练了？面对来自 20 年前的自己，反应也太从容了吧？

逢悠悠转过头，气呼呼地望着袖手旁观的言正礼："你们协调员不是有各种本事吗？为什么不帮我阻止他啊？"

"不好意思，我只是个普通的纪律委员。"言正礼耸耸肩，"而且，他第一次用颈枕时我也以为是偶然，但这第二次……似乎是在故意留下一些线索。我们不妨跟过去看看。"

［〇五］

然而新问题是，路一言心中最美好的一天是哪天？

逢悠悠认为是辩论赛得奖的那天，于是他们脱掉防寒服，通过齿轮回到了 1998 年，却一无所获。

"也就是说，他心中最美好的一天和我心中最美好的一天……不是同一天？"

突然冒出的这个念头让逢悠悠非常惊讶，甚至很有挫败感。

但想想也是，如今的他已经 33 岁了，这个年龄一般都结婚生子了，他的一生怎么可能还束缚在那区区十几年里呢？

对于这个意外，言正礼显然很头痛："伤脑筋，你都找不到的话，那他可能去的时空坐标几乎是无限的，只好发全时空通缉令了。"

逄悠悠一愣："有这么简便的办法你怎么不早说？"

"一旦发出来，就等于让超时空全次元所有的奇遇协调员都知道'有个弱鸡解决不了手头的案子'，所以我们尽量不发，发了丢人。"

然而"全时空通缉令"虽说丢人，却也取得了立竿见影的效果，言正礼很快就收到一条消息，得知了路一言现在的时空坐标位置，使用齿轮追了过去。

他们抵达了1995年夏天的某处小山村，夜色正浓，村子中间燃起了篝火，还飘荡着烤肉的香味。人们围着篝火欢声笑语、载歌载舞，而其中就有11岁的路一言和他的父母。

"我想起来了……"逄悠悠轻声说，"只有那一年暑假我们不在一起，他跟着他爸妈去参加'送医下乡'了。原来这就是他心中最美好的那一天……"

得知真相后，她反而释然了。

也是，路一言与父母聚少离多，是由爷爷奶奶带大的，她亲眼见过多次他与父母重聚时明明喜不自胜却又拘谨别扭的态度，难得能有这么一次全家团聚，毫无芥蒂地纵情欢笑，当然是他最美好的记忆。

不像自己家，虽然她和父亲天天见面，却要么冷战要么吵架。说实话，出来玩了这么久，她现在第一次想起父亲。

"路老师现在在哪里？"言正礼的声音打断了逄悠悠的思绪。

他们乘着齿轮躲在附近的屋顶上四处眺望，好不容易才在昏暗的夜色中发现了他——他就站在人群中，面带微笑，静静地注视着手牵手跳舞的自己与父母。

逄悠悠轻手轻脚地走到他身后，拉了拉他的袖子："有时间和我谈谈吗？"

路一言回头看到她，神色略显惊讶："你居然追到这里来了。"然后他再次转过头看着篝火那边，"等他们把最后这支舞跳完吧。毕竟，再也没有这种机会了。"

村庄附近有一条河，河上架着一座古老的廊桥。村民们都在篝火边跳舞，言正礼说有其他工作便离开了，此时的廊桥边只有路一言和逄悠悠。

"你是怎么知道那个颈枕怎么用的？"逄悠悠顿了顿，鼓起勇气问，"而且，你看到我……怎么一点儿都不吃惊？"

路一言微笑："因为，就是2019年的你告诉我该在今天去校门口捡颈枕，以及颈枕怎么用的。"

啥，2019年的我？

逢悠悠终于发现她来到 20 年后的最大盲点——2019 年的路一言是时玖中学的老师,那同年的自己又是什么人呢?

她迫不及待地问:"为什么? 20 年后的我在哪里? 我要见她!"

"不行。"路一言摇头,依然是微笑着,"我刚遵循你的遗愿,把你的骨灰钻石留在中山站了。"

[〇六]

什么? 我死了? 我才 33 岁就死了吗?

逢悠悠倍感震惊,一时间不知道接下来该问些什么。

路一言掏出了手机给她看。

那是一张合影。

合影中的两个人,一个是路一言,另一个是一位老奶奶。路一言看起来和现在差不多,而老奶奶却认不出来。

她满脸寿斑,身形佝偻,皮肤像树皮一样千沟万壑,然而奇怪的是,她脸上有复杂的刺青,有一只长得像瓶盖的合金义眼,额上长着两只红色的角,角尖还开花了,脖子上戴着一个逢悠悠在阿尔法城见过的古董级合成音扬声器,用两只长得跟树枝似的机械臂抱着一个老旧的企鹅娃娃……简而言之,除了那个眼熟的企鹅娃娃,这位老奶奶身上没有一件东西像正常地球老人的配置。

"这是你去世前和我的合照,抱着你的企鹅娃娃。娃娃一直保存在我这里。"路一言轻声说着,又在手机上划了几下。

所以我不但 33 岁就死了,而且死之前已经老成这样了?

逢悠悠再次震惊得说不出话。

路一言再次把手机递到她面前:"这是我们同学会后做的纪念相册。"

逢悠悠看向手机,屏幕中出现了一个有花边和音乐做点缀的电子相册。

封面是合影,有些人年纪和现在的路一言差不多大,看轮廓勉强能猜出他们是当年的谁。坐在最中间的是班主任,他头发花白,抱着吉他,乐呵呵地看着大家。还有几个完全不认识的成年人和孩子,想必是同学们把家人也带来了。

至于路一言,他身边只有那个企鹅娃娃。

路一言在屏幕上点了一下,封面消失了,接下来是大家各自提供的照片逐一闪现,有结婚照、孩子满月照、博士毕业扔学位帽的纪念照、情侣旅游照、大家庭的全家福……还有一张是路一言的，他被一群晒得黝黑又很开心的孩子簇拥着。

"这是我暑假支教的照片。"路一言简短地说，然后又指向其他照片，"2019 年的你看到这一切，感慨自己错过了所有同龄人该有的幸福人生，所以后悔了，然后希望我阻止你，带你回归正轨。'你'也告诉了我时玖中学有个奇遇协调员，但'你'已经忘记他的名字了……'你'只是说，他可以把 13 岁的你送回 1999 年，让你过上升学就业结婚生子的正常生活。"

逢悠悠陷入了短暂的沉默。

33 岁的路一言放弃了梦想，而自己不但变成了老奶奶，并且后悔了，还想改变过去？

"我不明白啊……只有按部就班地升学就业结婚生子才算正常生活吗？"逢悠悠苦恼地抓着脑袋，"过去的这一个月，我去了很多地方，开心极了……未来的我是把这一切都否定了吗？我还想带你一起去冒险呢……"

"我想你这一辈了肯定开心过。"路一言微笑着拍了拍她的脑袋，"但难免会遇到伤痛、折磨、灾难、错过和遗憾……"

逢悠悠闻言突然抬起头："对了！你还没告诉我，那天中午，我给你看科考队的新闻时，你为什么突然说不想去南极了？"

事到如今由不得她不去想，他到底经历了什么样的伤痛、折磨或遗憾？

"一言今天开心吗？"不远处传来了熟悉的声音，是路一言的母亲。

"开心！"

"可你还是不想当医生？"父亲用假装不满的夸张语调问。

"悠悠想当冒险家征服世界，我得看着她啊。"

13 岁的逢悠悠和 33 岁的路一言倚在廊桥边缘的栏杆上，假装他们只是两个普通的游客，静待 11 岁的路一言一家三口走过。

然而就在那一家三口从他们背后经过的那一刻，33 岁的路一言还是忍不住转过头去，朝着母亲的背影伸出手。

只是他伸晚了，什么都没抓住，也什么话都没有说出口。

一家三口手牵着手出了廊桥，路一言再回头，猝不及防地对上了逢悠悠泪汪汪的一张脸。

"你说我要去冒险所以你要看着我……我也从不怀疑，一直以来，我的梦想就是和你一起去冒险……"

路一言叹了一口气。

逢悠悠在租书店等路一言的那天中午，他之所以被老师叫走，是因为班主任接到了一个越洋电话，告诉他，他母亲在援非医疗期间感染了急性传染病，不幸殉职了，父亲会在近期带骨灰盒回国。

突然之间，路一言觉得周围的一切都失去了光彩，除了兴高采烈举起报纸给他看的逢悠悠——那么灿烂，那么刺眼。

那一刻的路一言已经意识到，"去遥远而危险的地方实现梦想"这种事情，并没有他们想象中的那么浪漫。

"不做梦不会死，但做危险的梦就不一定了。"

"所以，你就放弃了梦想？"听路一言讲到这里，逢悠悠鼓着腮帮子一握拳，"那我们去1999年的非洲拯救你母亲不就好了！"

"这样可以吗？"路一言话没说完，逢悠悠已经扑过来抱住了他，闭着眼睛说："我要去染病前的路阿姨身边！"

［〇七］

下一秒，他们已经站在了一个尘土飞扬的乡村公汽站旁。

公汽站和附近的墙壁上涂写着看不懂的文字，周围是高大的热带树木，眼前是坑坑洼洼的泥土路。两个长得很眼熟的年轻人正把一个孩子往一辆小面包车里送，面包车破破烂烂的，孩子看样子受伤了，头上还裹着绷带。

"那不就是你爸妈吗？他们只有二十几岁？"逢悠悠意识到，神奇的旅行颈枕又一次把他们送错了目的地。

她正琢磨着要怎么办，路一言已经走上前问："车轮卡住了吗？需要帮忙吗？"

他乡遇老乡，分外亲切，路一言的父亲非常感谢他们的帮助，听路一言自称是个考古学家，带着学生来做田野调查的，便主动提出顺路送他们一程。于是路一言就拉着逢悠悠上了车，坐在路一言的母亲江月对面。

江月凝视着他们许久，突然说："您长得和我爱人有点儿像呢，大哥，您贵姓？"

年轻的江月烫着短卷发，戴着红色宽发箍，看起来就像八十年代电影海报上的女孩。

33岁的路一言被亲妈喊"大哥"，不由得愣了一下："我……我姓万。"

一旁的逢悠悠憋笑憋得脸都红了。

这时路远在开车，江月的注意力又回到了她怀中的孩子身上。江月告诉路一言和逢悠悠，这孩子在修补自家房顶时摔下来，不慎被一根长长的铁钉扎进了颅骨。他们是来这里做医疗支援的，小村镇上医疗条件太差，所以他们给孩子做了紧急处置后，正要送他去大医院。只是这路途颠簸，天气炎热，她很担心这孩子撑不到医院。

159

逢悠悠皱起眉，随即想能不能用颈枕带这孩子去医院，可万一被送到了23世纪的大医院里怎么办？如果她又和路一言走散了，难道就这样把他留在八十年代的非洲？

刚想到这里，路远突然踩了刹车。

车辆正行驶在一座桥上，桥面出现了明显的裂痕。再往桥梁两边看，两边都是深深的山谷。

路远试图谨慎地把车倒回去，可车刚退了没几米，整座桥就垮了！

"啊啊啊！"江月抱紧了怀里的孩子，尖叫着。

建筑的残渣与面包车一起坠落，短暂的失重状态中，路一言一手抓住江月，一手抓住逢悠悠："悠悠！颈枕！"

"不行，我试过，两个人一起用是极限了！"逢悠悠把手伸进口袋里死命翻找，"但我不慌，我、我、我还有办法的……找到了！"

逢悠悠往车窗外扔出一个小圆球，几秒后，面包车跌到了一团果冻般的巨大半透明物质上。

惊魂未定的众人诧异地望向逢悠悠，她抹了一把汗："在莱克德被一个炼金术士强卖的'瞬发史莱姆爆弹'居然也能派上用场啊。"

见大家都没听懂的样子，她连忙改口："外国高科技救援设备，很棒吧！"

之后"巨大果冻"缓缓消失，面包车渐渐驶离了溪谷，重新找到了去城市的路。

江月忍不住回望着刚刚经过的陡峭峡谷，对逢悠悠说："真是太谢谢你了！刚刚我们掉下去，绝对会粉身碎骨！"

"大姐姐，你们来非洲之后每天都这么刺激吗？"逢悠悠忍不住问。

江月摇摇头："也没有啦，我们很小心的，大部分时候只是比较艰苦。"

逢悠悠沉默片刻，抓住江月的手，装模作样地打量了一番："大姐姐，你不要怪我说话不吉利，我学过算命的，你这个事业线和生命线啊……最好尽早回国，如果一直待在非洲……"

江月忍不住笑了："你小小年纪怎么讲话跟我们楼下的王半仙一样？我大学毕业被分配到一家市级医院，家里人都说好，可我不想要一成不变的生活。这时出现了另一个选择，那就是援非，可以去一个遥远的地方，每天接触千奇百怪的民俗文化、各种各样的病人和天南海北的同行……如果换成你，你会怎么选呢？"

逢悠悠没有回答，她只是看向路一言。

路一言沉默不语。

这时江月又说："何况我还在这里遇到了我现在的爱人……"

这会儿，面包车已经开进市区，很快就到医院了，眼看着到了分别的时刻，逢悠悠连忙又拉住了江月的手："大姐姐说得好棒！但是答应我，1999 年左右不要去非洲，好吗？"

"谢谢你。但我觉得，不论是你救了我们一车人，还是我们即将要救这个孩子，都说明命运不是写在掌纹里的，而是靠双手付出行动去改变的。再说，就算你算得对，能帮助这么多人，我也不后悔。"江月说完一笑，便拉开车门，抱着孩子下了车，只留下一个匆忙离去的背影。

〔〇八〕

"看到没有，如果不是机智英勇的本姑娘救了你爸妈，你根本就不会出生！"

热浪滚滚的赤道长夏，逢悠悠和路一言漫步在五彩斑斓的非洲城市街头。

逢悠悠叉着腰，得意极了："江月阿姨说得对，命运是要靠自己的双手付出行动去改变的，我绝对能破解那个 33 岁变成老太婆的未来！"

路一言微笑："你随机应变和胡说八道的水平确实有明显长进。"

"那你要不要和我一起去冒险呢？"

逢悠悠再一次朝着路一言伸出了手，笑容依然是那么灿烂，就像一个月前，或者说二十年前，她朝着路一言举起报纸的那一天。

见路一言没有作声，她又说："或者我也可以请言正礼把我送回 1999 年，暂时不用颈枕，好好上学，重点是要告诉你这些江月阿姨说过的话，扭转你的想法……这样，我们既可以实现一起去南极科考的约定，也有一天，可以一起再次靠颈枕四处冒险。"

"你确实可以这么做，但我不希望你这么做。"路一言停下脚步。

天色有些晚了，他们已经走到了这个陌生而热情的小城的边缘，周围渐渐荒僻。

他站在杂草丛生的十字路口凝望她的样子，好像离她很近，又好像离她很远。

"第一个问题，从实际操作上来说，这个颈枕选择的目的地并不是完全由你的主观意志决定的，所以就算可以两人一起用，但如果哪一天我们不小心走散了，就可能在浩瀚无边的时空中再也找不到对方。而如果我继续作为一个普通人在武汉生活，至少你知道，我和你的企鹅娃娃始终在这里。"

逢悠悠一愣。

他又继续说下去："第二个问题，悠悠，一个月没有改变你的想法，但二十年确实改变了我的想法。"

13 岁那年，路一言收到了母亲的死讯。

下午，逢悠悠没有来上学。路一言去了悠悠家，结果看到门大开着，她父亲正抹着眼泪接受派出所民警的安慰——一个午觉起来，女儿卧室的门窗都关得好好的，鞋子和书包也都还在，人却凭空消失了！警方进行了很多调查，也找路一言等同班同学问了话，但始终没有找到逢悠悠的踪迹。逢悠悠失踪案就这样成了一桩悬案。

双重打击之下，路一言的学习成绩暴跌，甚至逃课。但优等生逃课也干不出什么，他只是坐在长江边，看着江水，想起父母每次回国都要带他去看看江边的变化，想起从小就和逢悠悠一起在江边玩沙玩水……

他甚至想起了喜欢的小说里的一句话——"人活着就是看别人死亡"，可他总以为自己还没到那个年纪，但这一天，他生命中最重要的两个人就这样突然消失了。

那天，是班主任找到了他。

"你逃课就来这里？还挺诗意的，别人逃课都去游戏机房呢。"

班主任背着那把大吉他，坐在他旁边。和着江水拍岸的声音，班主任唱了很多歌，讲了很多道理，也成功帮助他走出了低谷。

拼命学习成了让他忘记伤痛的最佳方式。他觉得母亲和逢悠悠都在天上看着自己，坚信自己只有以最努力又最遵从本心的姿态活下去，才能经得起她们的凝视。

"在这个过程中，我发现自己找到了新的人生意义，那就是成为像班主任一样优秀的老师，帮助更多孩子走出困境。寒暑假的时候，我尽量安排时间去偏远地区支教，也是为了实现这个梦想。而且，这么做也会让我想起父母。"说到这里，路一言的嘴角又泛起了微笑，"至于南极，去年我收到了学生从南极寄来的明信片。我自己再攒攒钱，应该也够一趟寒假南极之旅了……时代在进步，冰穹 A 都已经被征服了，我们也不一定非得成为科考队员才能去南极，以旅游的形式去，也算是变相实现愿望吧。不过，还是谢谢你的颈枕，因为旅游档期只会安排在暖季，不可能看到寒季长夜才会出现的极光。"

"我明白了。"逢悠悠低下头，她觉得有点儿难过，"以前父亲跟我说，大家的想法都会变，不是每个人都会一直惦记着小时候的梦想……我觉得我那时候都不小了，我还不信呢……"

"总有一天你会明白的。"路一言拍了拍逢悠悠的脑袋，"我要说的重点是，如果你回到 1999 年，改变了我的人生，那谁来帮助那些本该由我帮助的孩子呢？"

逢悠悠抽了抽鼻子，转过身不去看路一言。

就在这时，不远处响起了摩托车引擎不怀好意的轰鸣声。

逢悠悠诧异地抬起头，发现他俩已经被一群看似强盗的男人包围了，还有人拿枪指着他们。

现在怎么办？

逢悠悠飞速琢磨起了自己腰包里有哪些可利用的道具，还有鞋底下的特殊装置……她想装作身体不适弯腰的样子去碰鞋底，然而对方十分警觉，马上有一颗子弹从她身边擦过，她只好举起了双手。

再然后，他俩就被塞住嘴巴、捆住手脚抓回了不知在哪里的贼窝。

逢悠悠的颈枕自带翻译功能，她听懂了那伙强盗在商量"女的卖给变态，男的卖到矿坑"，但没多久颈枕也被抢走了。

两人都被搜了身，绑着双手吊在一间破草房里，有一个二十出头的年轻强盗负责看守他们。

虽然听不懂强盗的语言了，但逢悠悠能猜出，接下来就是等买家领他们走了。可她也自认为是个熟练的时空旅人了，怎么可能坐以待毙！

逢悠悠用中文对路一言说："按老法子，配合我！"然后就开始哼哼唧唧地装肚子疼。

路一言故作惊恐，用夸张的表情搭配中文和英文对着小强盗喊："帮帮她！救命！SOS！"

强盗有些疑惑，站起了身，犹豫着靠近逢悠悠。

逢悠悠随即利用绑着她双手的绳子甩动身体，双腿踹向强盗，强盗连忙往旁边闪避，同时还想拔枪，却不料中了连环计——路一言从另一个方向甩动身体，一脚踹晕了他！

接下来，逢悠悠利用鞋底的喷射装置不断喷气，冲击这间破草屋的横梁，最终弄断了横梁，使得俩人成功脱险。

"我们真是太棒了！"

逢悠悠刚解开绑手的绳子，就习惯性地要和路一言击掌，而路一言分秒不错地配合了她，随着那一声清脆的击掌声响起，俩人闪闪发亮的目光交会，"二十年"与"一个月"的时间差所撕开的天堑仿佛瞬间消弭得无影无踪。

当然，摆在眼前的第一要事还是赶紧逃走。

逢悠悠拿回颈枕和腰包等装备，警惕地说："小心点儿，外面可能还有埋伏……"

"我们闹出这么大动静，外面全是对着我们的枪口也不奇怪。"路一言耸耸肩。

俩人透过破草屋的缝隙往外看，却见外面此刻像经历了地震一样一片狼藉，地上躺着不少哀号呻吟的强盗。

逢悠悠和路一言有些好奇地出了门，正诧异发生了什么，就看到一个强盗横着从他们面前飞了过去，痛苦地摔进一片废墟之中。

"怎么回事？"路一言下意识地把逢悠悠护在身后。

从强盗飞过来的方向走过来一个女人，她穿着一身黑色紧身皮衣加黑风衣，额上长着两只角，脸上有刺青，肩上还额外装了两只树枝似的机械臂，手里牵着两只怪模怪样的鹿。

女人也注意到了他们的存在，随即开心地说："哇，真的见到你们了！好巧哦！"

啥？逢悠悠愣了一下，发现那女人虽然打扮得复杂诡异，但仔细看看怎么长得有点儿像……自己？

这时，那女人又说："我昨天接了一个'去地球拯救最后一对三角鹿'的工作，然后突然想起来，哇，我13岁的时候好像被来拯救三角鹿的成熟帅气的我自己顺手救过？那不就是今天，此刻、这里？"

说着，她一把抱住逢悠悠："保护好你的颈枕！冒险生活好玩极了！"

这个黑衣女人……就是长大后的我自己吗？

逢悠悠还没反应过来，那女人又转向路一言："这是我们第几次重逢呢？"

路　言微笑："我也想知道。"

那女人还想说点儿什么，可这时，一个白色的圆锥形飞行器缓缓降至在一侧。

"舰长，空间站要我们快点儿回去！"飞行器上有人喊。

"好吧。"那女人耸耸肩，无奈地冲他们笑了笑，然后牵着两头鹿走到飞行器下方，飞行器底盘射出柔和的白色光芒，立刻笼罩了她们。

那女人最后一次看向路一言，笑着说："到现在，我才理解了你爷爷给我们起的名字是什么意思。"

黑衣女人就这样带着两头三角鹿和飞行器一起消失了。

而逢悠悠站在黑暗中出了一会儿神，回头看向路一言，神色变得沉稳和柔和了一些："我明白了。不一定非得一起去冒险不可，能这样经常相遇的话……也不错。"

路一言没说话，只是点了点头。

而这时，逢悠悠熟悉的黑窟窿又出现了。

言正礼像趴在窗边看风景似的，单手托腮趴在窟窿边缘看着他们，打了个哈欠："聊完了？各回各家？"

两人对视一眼，同时点头。

言正礼先把路一言送回了2019年，而逢悠悠就站在奇遇办里目送他离去。

看着他缓步走向时玖中学的大门，逢悠悠突然喊道："你光告诉我会变成老奶奶，没说我长大之后那么帅气啊！一个人摆平一群强盗呢！我绝对会改变命运的！你给我等着！33岁的我绝对不会是个半机械化的老奶奶！"

路一言回过头，没有接她的话茬，只是笑着说："我只希望你记住，只要你想回来，我始终在家乡。"

[〇九]

逢悠悠又一次踏上了她充满冒险与未知的旅途，但言正礼的工作并没有到此为止，他又去找了路一言。

那是一个休息日，在时玖中学附近的很老的住宅区，楼道中都弥漫着古旧的味道。言正礼怀疑路一言二十年前就住在这里了。

进门之后他发现，路一言家中的装潢乍一看很普通，但卧室门口贴着《EVA》海报，电视柜旁摆着企鹅娃娃，玄关、酒柜里放着一些看起来不太像来自地球的玩意……形成了一种奇妙的混搭风格。

"路老师，逢悠悠真的能改变33岁衰老而死的命运吗？"言正礼按自己的习惯，开门见山地问。

"我做这个工作有一段时间了，我有一个直觉，您隐藏了一些事情没说。换个角度说，如果她真的改变了既往的历史，我们就必须进行干涉了。"他想了想，又说。

"我听悠悠说有奇遇协调员这种人的时候，以为会是那种更古怪的孩子，比如丹璃，真没想到会是你。"路一言给他倒了一杯水，慢慢地说，"我可从没说过那个老奶奶是33岁的逢悠悠，是她自己瞎猜的。"

"不是逢悠悠？那她是谁？"

路一言笑了："她不是33岁的逢悠悠，是126岁的逢悠悠……我还是按我感受到的时间顺序从头说起吧。"

路一言觉得，自己会和逢悠悠成为朋友，是因为他们个性互补。他们从一生下来就认识了，连名字都是路一言的爷爷一天翻了两次《唐诗三百首》取的。俩人一起长大，逢悠悠被父亲严加看管，路一言也深受爷爷奶奶的约束，每次逢悠悠想翻墙出去玩都是靠他帮忙，可他自己却时常成为没能翻出去、留下来挨骂的那个人。这时候，偷偷摸摸回来的悠悠就会塞给他一点儿家长不许他们吃的"垃圾零食"。

路一言和逢悠悠彼此喜欢、信赖，又稍微有点儿嫉妒对方，本以为会就这样一起长大，但在13岁时那平凡的一天，他接到了噩耗，在最需要逢悠悠的帮助和鼓励的时候，她失踪了。

经受双重打击的路一言再也没有了可以交心的朋友，从此害怕拥有新的人际关系……

但这种心态持续了不到4年。

17岁时，他见到了60岁的逢悠悠，她开着一辆长得像三角龙的奇怪电动车冲进小区，差点儿把她父亲吓晕，可她说自己是来给父亲送治疗慢性肝病的药的。

19 岁时，他见到 15 岁的逢悠悠，她头上居然长了两只角。

25 岁时，他见到的逢悠悠 40 岁了，她说自己花了七八年的时间在北京读了两个博士学位。

就在不久之前，126 岁的逢悠悠开着一艘小飞船回来了，她用脖子上挂的合成音扬声器告诉他，颈枕坏了，无法维修，她一直在想方设法回到故乡。

她自感时日无多，有一个愿望必须委托 33 岁的路一言完成——她觉得自己扭转了 33 岁变成老奶奶的命运，但她冒险了这么多年，看遍了无数美景，认识了很多奇人，也有救不了的人和赶不上的最后一面，比如她若能更早一点儿把药送给父亲，也许他也不至于去世得那么早……她也有很多遗憾和悔恨。

她还说，经历过这么多事后她才明白，人类的本性就是不论选择哪条路都难免会后悔。但是，悔恨的感觉真的太痛苦了。所以她记录了自己这一生经历过的所有事，在 13 岁的逢悠悠抵达前赶了回来，她希望路一言把这些事情都告诉 13 岁的逢悠悠，让她心中能有所预期，不必再经历那么多痛苦、纠结、悔恨……

之后，逢悠悠就去世了。

不过路一言并不是很赞同她的想法，并且还意识到一件事——从 126 岁的逢悠悠说的那些话来看，她 13 岁时并没有被路一言剧透，她的一生都在与未知搏斗，都在冒险、悔恨、自责与振作的循环中起伏。那么，自己为什么没有这么做？

直到被 13 岁的逢悠悠拉到年轻的母亲面前时，他才知道了答案。

"你看到我母亲说'就算命中注定要牺牲，能帮助那么多人我也不后悔'了吗？"

言正礼点点头："面包车往下掉的时候，我就在溪谷里等着救你们呢，不过是想看看逢悠悠自己能做些什么。"

"其实我母亲最后还是后悔了。她本来是想写遗嘱的，但病情来得很急，去世前已经无法写字了，所以我父亲从同事那里借了摄像机给她录遗言。她开头说了几句'一言你要健康长大、建设祖国、照顾家人'之类的话，还说想再吃一碗热干面……然后她突然就哭了，说非常后悔，如果不参加这批援非医疗队就好了，说很想我，很对不起我……"说到这里，路一言叹了一口气，"我父亲直到我 20 岁第一次打算去支教的时候才给我看这段录像，他说 13 岁时不给我看是怕动摇我的人生观。但同时，我也看到了母亲的日记，大部分时候她还是积极向上的，就算得知自己染病之后也依然乐观、关怀他人……直到最后那一刻。最后，她后悔这一切。"

这个沉重的话题让言正礼一时间不知道该说什么好。

而这时路一言又说："但我并不认为她最后的悔恨就否定了之前一切的积极努力……

我只是想说，活到 33 岁，我渐渐懂得了悠悠最后那番话。人性如此，无论怎么选都会后悔，哪怕不长期悔恨，也可能偶尔思考'如果我选了另外一条路会不会好一些'。我是一个老师，告别青春期后也一直在和青少年打交道，我觉得年轻人只会相信逆天改命，不可能接受这么灰暗无趣的人生哲理。

"看着母亲当年充满自信与希望的样子，我越发坚定了这个想法，最终也让我明白，为什么我没向悠悠剧透她的一生。父女关系一直是悠悠的心结，如果 2005 年的我遇到她时就告诉她，60 岁的她会在 2003 年与父亲和解……那她岂不就少了很多努力与感动？所以我觉得，让她自己领悟效果更好。平静无波的一摊死水不足以被称为人生。"

"所以一切发展照旧，历史形成闭环……"言正礼感叹道。

"对，悠悠还是会活到 126 岁，那时她再交给我这个遗愿，而我还是会拒绝剧透……这一切都曾经、正在，并且即将发生。"

听路一言说完这些，言正礼陷入了沉默。

路一言察觉到他神色有异，问他怎么了。

言正礼踌躇片刻，说："我突然想起去年夏天，我曾经夸下了不得了的海口，说人生就是尽全力不后悔……"

"这很好啊。"路一言微笑着说，"在明白了人性就是总会后悔，总会忍不住想象'选其他路会不会更好'之后，才能真正说服自己不要总是为过去的错误而悔恨，才能明白当珍贵的机会摆在眼前，做过再后悔比没做过就后悔要好。所以，你说得也没错。"

"那，逢悠悠记录的一生，您看了吗？"

路一言摇头："我也喜欢有惊喜的感觉。也许未来的哪天，我还会见到其他年龄段的她……"

刚说到这里，门铃响了，是快递。

路一言打开快递，里面是一封信。

看了几行后，他惊讶地出了声："悠悠为我订制了三人份的南极旅游行程，让我带上父亲或学生……她哪里来的钱？"

路一言又往下扫了几行，很快得到答案，而且忍不住笑了起来："她居然找到了我在中山站留的骨灰钻石，还把它卖了！"

什么？卖了自己的骨灰换朋友的南极旅游？

言正礼无声地瞪大了眼睛，这小姑娘怎么变成沐星焰级的神经病了？

"你说，这封信是几岁的她从哪个时空寄来的呢？"路一言有些高兴，但转眼又是叹息，脸上再度出现了百感交集的笑容，"悠悠说得对，我现在也理解了爷爷给我们起的名字的意思。"

那两句诗分别是——

"远路事无限，相逢唯一言。"

"悠悠天地内，不死会相逢。"

奇遇办 ②　与▶
阿尔法城（上）

人一旦觉得自己非常重要，
就难免把他人都视为更低一等的存在。

［〇一］

晚上七点，寂静空荡的房间里没有开灯，月光穿过树影照进客厅，落在一具剔得干干净净的淡黄色完整鱼骨与半只带着血肉的鸡骨架上。此时，它们正围着餐桌前的少女跳舞。

在清冷的月色下，这幅画面显得相当诡异，但少女却浑然不觉，反倒笑得很开心——谁发现自己拥有有趣的超能力后会不开心呢？

陆缘冰的超能力源自几天前的"博物馆奇妙夜"活动。

那天晚上，她睡在博物馆提供的帐篷里时，梦见自己骑着马门溪龙的骨骼化石在月光下奔跑，醒来后就发现自己真的拥有了操纵动物骨骼的超能力。不论是装饰用的鱼骨标本还是餐桌上吃剩的半只鸡架子，她只要动动念头，骨架就会如她所愿，灵活地行动起来。

这时，客厅里突然凭空出现一个一人高的黑窟窿，一架看起来像紫黑配色的钢铁侠的人形机器人从里面钻了出来。

"你是谁？"陆缘冰惊恐地喝道。

一瞬间，无数念头从她脑中闪过，比如"是不是复仇者联盟或者正义联盟来找我了"。

她还来不及细想，就已经被机器人一把抓住，穿过黑窟窿，抵达了一座高楼林立、霓虹灯炫目的陌生城市。.

"这里是阿尔法城，我叫 barcλ空 § Ý裁 Ψ ‖ Щπ。你们地球人对名字的识别能力好像很低，你按喜欢的方式念吧。"机器人发出冷漠的电子合成音。

陆缘冰一脸蒙。

机器人看着陆缘冰，说："我觉得你很适合成为格斗选手。"

它说什么？格斗？

陆缘冰只听清"格斗选手"这几个字，还没来得及开口问，黑窟窿又是一闪，下一秒，她就被送到了一个空场地上。

陆缘冰一屁股坐在擂台上，周边的阵阵嘘声让她不由得看向四周。

这里是格斗赛场，看台上坐满了观众，而她的正对面，站着一个目测身高超两米、体重超过半吨的巨汉！

看情形，这巨汉就是她的对手了吧？

"疯了吧？你们打格斗不按性别和重量级分组的吗？"陆缘冰崩溃了。

眼看巨汉咆哮着扑向自己，陆缘冰拔腿想跑，可擂台就这么点儿大，她能跑到哪里去？

她慌张地四处张望，四周连个工作人员都没有，没办法喊暂停，看台上的观众们在兴奋地大喊大叫，似乎没有人认为让她这样一个十六岁的普通女孩和半吨重的巨汉互殴有什么问题……

就在她东张西望的片刻工夫，巨汉已经冲到她身前。

那双巨掌眼看着就要击碎她的脑袋！

现在怎么办？

巨汉如泰山压顶般扑来，陆缘冰害怕地闭上眼睛，心里只余下"跪下"的念头。

"轰"的一声巨响，掀起了一阵风浪，吹翻了她的裙摆。

陆缘冰没有感受到疼痛，她慢慢睁开眼睛，却看到那巨汉双膝着地，扑倒在她面前。

绝处逢生，她大喜过望之余转念一想，不会……是因为她的超能力吧？

看台上的观众们发出了不满的嘘声，大概都以为比赛有黑幕。

巨汉爬了起来，再次冲向陆缘冰。

这一次，陆缘冰没有害怕，而是装模作样、且战且退，把巨汉引到擂台边缘，然后在心中命令他："摔倒！"

果然，巨汉脚下一滑，像山体滑坡一样沿着擂台边缘滚了下去。

"叮咚！"

电子裁判宣判陆缘冰赢了！

擂台周围所有的聚光灯全部投向她，在巨汉粉丝失望的抱怨声浪中，传来了一些微弱的掌声与喝彩。

陆缘冰这才松了一口气。

虽然比赛赢得轻松，但这一趟折腾也让陆缘冰倍感疲惫。

很快，她被传送带送回了休息室。机器人早就在那里等着她了。

"我就说你有格斗天赋吧。"

"什么天赋，这不就是作弊吗？"陆缘冰有些不解。

"按你们世界的观点是作弊，但在我们这边，这种格斗比赛里，所有选手都在吃药、进行骨骼强化或改造手术……你的能力也是差不多的东西。"机器人说，"难道你不喜欢这种胜利的感觉吗？"

陆缘冰有点儿怀疑，但又有些暗喜。

坦白说，在刚才的比赛里，观众给予的掌声与喝彩声是她一直以来渴求的。平庸如她，一路灰不溜秋地长大，她从不敢说"我能赢"这种话，但她清楚自己想知道胜利到底是什么感觉，而现在，她很喜欢这种感觉。

要不，先试几场？

［〇二］

陆缘冰成了格斗擂台上的一匹黑马。

她从机器人复杂的名字里挑了认识的几个字，管它叫"空裁 π"。

空裁 π 让她学习一些格斗的基本架势和套路，让她在擂台上可以先像模像样地比画几下，以掩盖获胜的真正原因；又给了她一个类似 VR 头盔的东西，戴上它后，她就可以进行模拟战斗，预先规划该如何操控下一场比赛的对手。

靠着这些安排，陆缘冰一路取胜。

看台上的嘘声渐渐消失，最后只剩掌声与欢呼声，很快她就拥有了许多忠实粉丝。

空裁 π 还把粉丝对她告白的全息视频发给她看。尽管他们长得千奇百怪，有的一半身体是金属，有的多长了几只眼睛，但陆缘冰能从告白视频中感受到他们对她真诚的爱。

原来胜利与荣耀就是这种感觉啊，陆缘冰有些感慨。

比起自己过去十六年的经历——不，自己根本谈不上有什么经历，只是一目了然的乏善可陈而已——在阿尔法城这样的高科技城市里，靠着超能力成为万众瞩目的明星，简直像做梦一样。

这样的生活持续了将近一个月，陆缘冰要么打比赛，要么用"头盔"模拟战斗，很快迎来了本赛季的决赛前夜。

决赛的挑战对象是上届冠军，人称"格斗女王"，是个五六十岁模样的女人，块头不大，但体形精悍、动作敏捷，爆发力与耐力都极强，已经连续卫冕三年了，实在是个不可小觑的对手。

陆缘冰能想到的应对办法只有老办法了——在比赛中控制对手的骨骼，让她"不慎摔下擂台"。

可空裁 π 驳回了她的作战计划："决赛还用这招也太老套了。不如借力打力，推动她的手肘击打自己的肋骨，折断肋骨刺穿心脏，对你来说应该不难。"

这是陆缘冰第一次听空裁 π 说出需要杀死对方的战斗规划。

她不由得愣住了："你的意思是要我杀人？就一个格斗比赛，有必要吗？"

"以格斗女王的水平，你不杀了她，下一秒死的就是你。"空裁 π 用不带情绪波动的电子合成音冷漠地说，"决赛默认就是决死之战，我怕你退缩，所以一直没有告诉你。"

"真不知道你的机器脑袋里装的是机油还是水泥！"陆缘冰觉得空裁 π 简直不可理喻。

空裁 π 充耳不闻，轻描淡写地说："哦对，我好像还忘了告诉你一件事。"

这时，门开了，走出一个有四只手、两条腿的少年。

少年虽然看起来怪模怪样的，但长得精干，站得笔直。陆缘冰记得他，他是她第二场比赛的对手，人称"爱蛛"。

"我买它回来本来是想给你练手的，现在正好做个说明。"空裁 π 对陆缘冰说，"你推它一下。"

陆缘冰对眼前的一切都持怀疑态度，没有照办。

空裁 π 自己动手，手刚推到爱蛛眼前，爱蛛就迅捷地抬手挡开了。

有什么问题吗？陆缘冰不解地看向空裁 π。

"它的颅内辅助芯片开了战斗模式，所以才有应对反应。如果我关掉它的战斗模式，甚至关掉知觉模式……"

爱蛛应声倒地，神情变得呆滞萎靡。

空裁 π 拉起他的一只手，一刀切断了他的手臂，但他仍旧毫无反应，就像那条手臂不是长在他身上一样。

"喂，你在做什么？"陆缘冰急道。

空裁 π 随即叫出几个白色的球形小机器人为爱蛛处理，又对陆缘冰说："还没看明白吗？你的对手跟它一样，不是人类，只是人体宠物。它们没有大脑，能和你战斗，要么是靠战斗模式自行计算，要么就是主人在远程遥控。"

这下陆缘冰完全愣住了。她一直以为自己的对手都和自己一样，是有家人朋友与喜怒哀乐的人类，可现在，和没有大脑的奴隶对战，获得的胜利值得夸耀吗？

"那他们的大脑……在哪里呢？"陆缘冰犹豫地问。

"死了，或者在代用体里，就像我这样。"空裁 π 轻描淡写地说，"你觉得它们很可怜，对不对？那你就更应该帮我杀死格斗女王了，这样是给它解脱，也是帮我女儿报仇。"

女儿？一个机器人为什么会有女儿？

陆缘冰怀疑自己的耳朵出毛病了，一脸疑惑地看向空裁 π。

对方显然没打算解释，转身要走："你要是真想放弃决赛，也行。你有两个选择，回老家，过之前那种无聊的日子；或者待在这里，但我会把你扔出去，你又没有芯片，大概很快会被非法科研机构抓去解剖。你好好想想吧。"

｜○三｜

想什么想？有什么好想的？

当天，陆缘冰毫不犹豫地钻进垃圾通道逃走了。

她早就发现这个通道了，它就像武汉一些老式居民楼里从高处扔垃圾用的通道。只是钻进去她才发现，这种地方竟然没有臭味，看来这座城市还真是没什么烟火气。

陆缘冰不相信空裁 π 的恐吓。她觉得既然自己能靠超能力进入格斗比赛的决赛，那一定也能摆脱空裁 π 自由自在地生活下去。

像坐滑梯那样沿着垃圾通道一路向下滑了大约十分钟后，她听到前方传来某种像电风扇又像马达的声音，又滑了几秒后她终于意识到那是什么了——通道里装了两片像电风扇一样飞速旋转的刀片！难怪垃圾通道里没有任何东西！

陆缘冰连忙把手脚撑在通道壁上想阻止身体下滑，但通道壁坡度较陡，她的努力也只是让自己稍微放慢了一点儿速度而已！

就在她觉得自己要完蛋了的时候，通道壁突然开了个口子，一个金属钩子伸了进来。陆缘冰猛扑了上去，趁机钻了出去。

"今天大丰收……咦？捞到了活人？"

陆缘冰茫然而惊讶地看着捞出她的人。

那是一个左侧身体是美女、右侧身体是机械的怪人。

陆缘冰再看看四周，周围看起来有些荒僻，但抬头就能看到明媚的蓝天白云……可仔细看就会发现，蓝天和白云其实是穹顶型显示屏上的影像，像她正上方这块穹顶显示屏，还出现了明显的破损。

这是她第一次发现阿尔法城的天空是虚假的。

正想着，半身美女就凑了过来："感觉是坏掉的人体宠物，看来可以卖个好价钱。"

陆缘冰有些害怕地后退，突然想起自己有超能力，于是默念"停下"。但那女人毫无反应，继续把手伸向她……

陆缘冰突然意识到，对方根本没有骨骼！

现在怎么办？她转身想跑，刚转过头就看到了那个熟悉的身影——紫黑配色的钢铁侠。

只见空裁 π 抬起胳膊，露出手臂上的射击口。随即，一道炫目的射线扫过，女人的上半截身体就蒸发了，飞溅的碎屑划破了陆缘冰的脸。

"你……你杀了她？"陆缘冰难以置信地问空裁 π。

"对。如果我让你在阿尔法城自生自灭，你很快就会被卖掉肉身，变成这种无用的垃圾。"空裁 π 冷漠地说，又伸手去抓陆缘冰的胳膊，"走吧，跟我回去。"

陆缘冰侧身想躲："你不是说要把我扔出去吗？"

"我改变主意了，因为……"空裁 π 的话没说完，突然不出声了，然后整个人消失不见。又发生了什么？

陆缘冰一脸惶恐，她并不知道，空裁 π 使用的是一种叫"热光学迷彩"的设备。她只知道空裁 π 刚消失没多久，周围就出现了十几个机器人和无人机，阵势让她想起了许多科幻大片里决战外星人的高能场面。

有两个机器人和无人机随即包围了陆缘冰，她有些害怕，正想后退，却发现这些机器人和无人机瞬间也不见了。

一时间，她只看到之前那女人的残骸，除此之外一片空荡荡，空中不断闪现炫目的白光和金属碰撞的声响……

所以，他们穿着隐形衣在战斗吗？这么多机器人，那空裁 π 是不是完了？

"哐当"一声，他们所有的隐形伪装都被解除，空裁 π 的身体被拦腰斩为两截，破烂不堪的下半身掉在了地上。

"已检测到 ɰ空 § Ý裁 Ψ ⼤ Щ π 大脑死亡，无其他生命体征。"一个机器人冷漠地说。

陆缘冰想哭，但更多的是害怕，脸上的伤口隐隐作痛，背后的冷汗浸湿了她的衣服，脚怎么也挪不动分毫。

"让开吧。"说话的声音来自一个少年。

机器人们随即让开一条道路。

一把会飞的椅子缓缓落在陆缘冰面前，飞行椅上坐着一个少年，圆脸雀斑招风耳，是一张邻家男孩般亲切随和的脸。

"别怕，我是来救你的。"少年笑吟吟地说。

[〇四]

"我是め环ゎ҂⑨¤€，你可以叫我环⑨。我是阿尔法城的实际控制者波塞冬工业的继承人。我身体不太好，咳咳咳……"少年边说边接过机器女仆送上来的过滤口罩。

陆缘冰稀里糊涂地被少年请上了一辆会飞的豪车，听他絮絮叨叨地自我介绍。她忍不住从车窗往下看，看到女人和空裁π的半截残骸还留在那里，心里说不出的害怕。

这时，环⑨突然凑近她。

陆缘冰下意识地往后一缩，并在心里喊道："停下！"

环⑨的手臂停在了半空中，他一脸讶异："你真的能控制我的骨骼？"

陆缘冰也惊讶极了："你是人类吗？你是怎么找到我的？"

环⑨开口解释道："我在网络上看到了你的战斗视频，觉得很特别，于是用颅内辅助芯片收集并评估了一下你的其他战斗视频。它得出的结论是，你看起来在战斗，但其实是使用了某种操纵对方骨骼的异能。我又指示芯片在整个阿尔法城的身份数据里搜寻、核对了你的资料，找不到。你被登记为人体宠物，但身份的伪造痕迹非常明显。再加上，我想现在我可以确认了……"

这时，环⑨挥了挥手。

陆缘冰没反应过来，就有机器女仆上来，在陆缘冰手背上快速扎了一下，又为她止了血，整个过程快得陆缘冰都来不及喊疼。

很快，环⑨拿到了检验结果。

"没有身份标识，没有颅内辅助芯片，'二十四合一'疫苗是在一个月之内打的……你不是阿尔法城或同类城市的合法居民，也不是哪个研究者非法制作的人造人，而是来自其他世界。"

他说的有些词陆缘冰听不太懂，但大意还是听明白了。

她抱着胳膊皱着眉，犹疑地问："那你这么大费周章地确认我的身份、能力、来历……是需要我去杀人吗？"

"杀人？"

陆缘冰告诉环⑨刚才自己和空裁π关于格斗决赛的争论，然后问："我觉得难以理解，没脑子的是商品吗？在你们阿尔法城这种情况很普遍吗？"

"该怎么解释呢……"环⑨思考了一会儿，又说，"在阿尔法城，大脑是确认'你'之所以是'你'、之所以是'人'的最重要的东西。我们开发出了'脑纹锁'这种针对大脑的身份识别技术。而大脑之外的部分都可以替换成人造的，甚至可能会更好用。因此，一方面物以稀为贵，在富裕家庭长大的孩子才可能拥有百分百纯天然的肉身；另一方面，设想一下，如果你急需用钱，能卖的都卖了，只剩下这具肉身……为什么不用它换一笔资金？"

"可是……"

这不就和地球上的器官买卖一样了吗？

环⑨猜到她想说什么，笑了笑："凡事有利有弊，在你的世界一定也是这样的吧。"

会飞的豪车停在波塞冬工业大厦的楼顶花园，这是陆缘冰来到阿尔法城之后第一次见到绿色植物。虽然不确定它们是不是真的，但至少看起来不是全息投影。

环⑨说要带她去见他外公，也就是波塞冬工业的掌控者。

那是陆缘冰在阿尔法城见到的唯一一个老人，须发皆白，容貌和蔼，正在主控室里忙碌着。

主控室是一个满是全息投影和操作面板的房间，面积不算大，室内泛着一片幽幽的蓝光，让人一看就知道有极高的科技含量。

看到环⑨带着陆缘冰进来，外公一点儿也不高兴，他像个普通的老人一样念叨着自己的外孙："医生不是说你不能外出吗？阿尔法城没有她也一样能支撑下去，你根本没有必要……"

"可我还是想尽力啊……"环⑨笑着说。

可他的话还没来得及说完，就剧烈地咳嗽起来，最后甚至咳出一口血，身体缓缓瘫软下去。

外公着急地呼唤机器人，让他们立即把环⑨抬上急救床车带去治疗。

一群机器人呼啦呼啦地走了，只留下了一脸惊诧的陆缘冰。

听环⑨的自我介绍，他应该是阿尔法城最有钱的人了，怎么会脆弱得像个19世纪英国小说里的肺痨少爷？这样的小少爷又为什么要救她呢？

她不禁问出口："阿尔法城不是高科技城市吗？他怎么还会……"

"高科技也不是万能的……"这时，外公转过身，长长地叹了一口气，强挤出一个笑容，"你应该饿了吧，先吃点儿东西？"

他把陆缘冰带到了主控室外面的会客厅。

看见一大桌丰盛的食物，陆缘冰不由得"哇"了一声，在得到外公的微笑示意后，她如饿虎扑食般右手抓起一只烤鸡腿，左手端起一盒大樱桃，生怕它们消失不见。

其实也不能怪她贪吃，自从来了阿尔法城，她天天吃的都是寡淡无味的能量块，直到现在她才知道，原来阿尔法城也是有真实食物的！

外公捋着白胡子笑眯眯地看着她。

这时，他接到了一个消息，似乎是什么不好的消息，外公皱着眉，不满地对着空气说："我给你二级安全权限，拦住他！他就这么想死吗？我马上过去！"

"叮咚"，门铃又响了。进来的是一个部下，说请外公去开远程会议。

外公沉默片刻，叹了口气，说："那只能你替我去看看他了。"

我吗？替你看谁？环⑨？

陆缘冰一脸茫然地被请进了一辆无人驾驶的迷你车，手里还攥着没吃完的鸡腿。

经过一番七弯八拐的风驰电掣之后，车门开了。下了车，映入眼帘的是一个巨大的金色三角形框框，似乎是什么地标性建筑物。而正前方的地面上躺着一具人形机甲，机甲看起来破破烂烂的，身上还缠着一根粗大的触手，周围还有一些戴着各种防护设备的机器人在忙碌着。

这时，陆缘冰发现了被机器女仆簇拥在中心的环⑨，他跪坐在机甲前，怀里抱着一个姑娘。

"对不起……如果我们的资源更宽裕一点儿……如果能换成我去……你就不会……"他失声痛哭着。

陆缘冰有些动容，连忙上前。

直到走近了她才发现，环⑨怀里的姑娘满脸紫色淤青，嘴角有血，四肢扭曲成了奇怪的形状，只怕已经死了。

［〇五］

环⑨的情绪稳定下来后，便把陆缘冰带到附近的一间豪华休息室，给她讲起了这座高科技城市繁华背后的秘密。

阿尔法城是一座位于几千米深海之下的移动都市，蓝天白云的穹顶之外是漆黑有剧毒、游荡着危险怪物的海水。每座海底城里都有一个通往混沌空间的大门，也就是陆缘冰看到的那个"大三角"。

英勇的驾驶员们开着机甲进入门内，避开暗流、怪物、其他城市为争夺资源而策划的暗算，采回珍贵的矿石与能源资源。

刚才那姑娘之所以会死，就是因为在混沌空间中遇上怪物，无力抵抗。

类似的城市还有几座，它们是这个世界所有人类最后的庇护所。虽然这些城市的科技都很发达，但资源也非常紧张。可就在这样的情况下，人类依然会进行内斗。

环⑨家的波赛冬工业便是如此。

为了成为波塞冬工业的继承人，血亲们在争斗中自相残杀，家族成员们非死即伤不说，还损害了阿尔法城的研发水平和整体防御能力，最后，整个家族只剩下他和外公了。

他身体不好，自感时日无多，外公又年事已高，如果不趁现在赶紧制止对手德尔塔城的扩张行为，阿尔法城必定灭亡。所以，他才想到找陆缘冰帮忙。

"一方面是因为你的能力，另一方面，我用我的颅内辅助芯片分析了你所有的比赛视频，得出的结论是，在86.3%的比赛中，你如果杀死对手或让他们发生开放性骨折能更快得到胜利。可你没有。你宁肯自己受伤、被追着满场跑，都不愿意重伤对手。辅助芯片提醒我说，你效率太低了。可我不这么认为，我想和一个善良勇敢的人合作。"

"善良勇敢"这几个字，让陆缘冰心里一动。

其实陆缘冰很不喜欢"善良"这个评价。

平庸者的善良，不过是怯弱、保守、胆小。被人欺负时不敢还击算什么善良？看到坏人做坏事时不出手制止只安慰受害者又算什么善良？她一直抱持着这样的想法，可平凡如她，真的遇到什么事时，还是只能"做一个善良的人"。之前她差点儿被那个半身美女抓住，但当她被空裁 π 杀死时，她还是很难过。空裁 π 不怕她的超能力，所以在它面前，她只能表现出这种平庸而软弱的善良而已。

但"善良勇敢"就是另一件事了。

回想起环⑨怀中那个姑娘紫青色的脸，陆缘冰突然觉得，现在摆在自己面前的，或许是她一生中唯一一次成为真正的英雄的机会。

不是在擂台上依靠自己的能力欺负没有大脑的人体宠物，而是实打实地成为拯救一座城市、无数生命的英雄！

再加上，和之前空裁 π 给的任务相比，环⑨的请求有大义却又不需要杀人，她对环⑨这样一个真诚又病弱的小少爷也很有好感。

沉默片刻后，她开了口："那我能帮你做点儿什么？"

"我希望你能在德尔塔城的一位驾驶员进大门时控制他的行动，炸掉德尔塔城的大门，这样他们就暂时不能再侵占我们的资源了……我们才能挣得一线生机。"

陆缘冰一口应允："没问题。"

说完这些，环⑨显得有些疲倦，机器女仆忙给他拿来一瓶口服药物。

房间里暂时安静下来，环⑨一边喝药一边热忱地注视着陆缘冰，让她觉得有点儿不好意思。

环⑨的计划是以"交流机甲驾驶技术"的名义坐潜艇去德尔塔城，陆缘冰以环⑨专属医师的身份跟随。明面上的安排是，环⑨会和德尔塔城的驾驶员一起操作双人机甲进入大门内。但因为环⑨的贵宾身份，受到的盘查相对较少，所以陆缘冰只需在抵达德尔塔城后，两人一起在贵宾休息室休息时，把环⑨的脑袋砍下来并接上维生装置，然后放进配套的盒子里，自己穿上环⑨的制服冒充环⑨，就可以在一些辅助小程序的帮助下，用环⑨的脑袋通过机甲的脑纹锁验证，从而假借环⑨的身份进入机甲……

"什么？砍你的头？"陆缘冰听到这句话吓得嘴里的饮料都喷了出来，"那不还是要杀人吗？"

"别担心，你在外穿机械臂的引导下做出动作就行了，成功率是百分百，也不会满地是血。"环⑨高高兴兴地说。

"不不不，重点不是'成功'，是'砍头'好不好？这不还是要杀人吗？要死的还是你啊！"

环⑨闻言一愣，又笑了："谢谢你的关心，不过我不会死的。完成任务后，我会请外公安排手术，把我的脑袋转移到代用体上，生存时长可能比使用肉身时更久一点儿呢！"

看他认真又热忱的样子，陆缘冰反而不好再说什么了。虽然"亲手砍头"这四个字光是想象就让她觉得很不适，可环⑨那种为了拯救家乡不惜牺牲自我的精神，又让她觉得有点儿感动。

于是，她问了最后一个问题："如果我帮助你拯救阿尔法城……是不是就不会再出现没有身体的人和没有脑子的'人'了？"

这个问题让环⑨沉默了。

"老实说，那种事情在这里属于积习难改，我不敢说100%能制止它，但如果制止那种事是你这个大英雄的愿望，我愿意用余生尽全力去实现。"环⑨诚恳地说。

"一言为定！"

〔〇六〕

出发前夜，陆缘冰紧张得睡不着。

虽然环⑨给她安排了大量的训练项目，如何操作机甲逃生舱、如何操作那个"砍头装置"，还有如何控制德尔塔城驾驶员的行为，她练习了很多次，临到头来还是觉得忐忑，甚至不得不借助药物入眠。

药片刚吞下，房间里就出现了一个一人高的黑窟窿。

黑窟窿里钻出一个面无表情的眼镜少年："我是你的奇遇协调员言正礼。"

少年迅速而流畅地完成了开场必备的一大串介绍后，终于切入了正题："现在我要带你回武汉，你明天要做的那个任务有生命危险。"

陆缘冰毕竟是在异世界战斗了将近一个月的人，非常迅速地接受了奇遇办的相关设定，但这并不代表她会配合言正礼。

"可我不想回去。在武汉那日复一日的无聊生活太没意思了。"

而且，她已经和环⑨约定好了，要做拯救阿尔法城的英雄……

言正礼显然是积怨已深，长吁了一口气："你猜我一个星期能听见几次一模一样的话？之前你骑着马门溪龙在大马路上乱跑，还是靠我呕心沥血通宵加班摆平了才没有上新闻。你们一个个都觉得读书上学无聊，穿越最好玩了，直到被随便什么小恶棍按在地上摩擦、终于发现自己不是'龙傲天''玛丽苏'时才会哭着求……"

话没说完，他突然不说了，而是掏出一个手表大小的齿轮，对着它怒吼："你不是一向以冷静理性自夸的吗？怎么每次一扯到你的肉身你就关心则乱啊？你这个废旧铁桶！"

言正礼气得在墙上捶了一下，抬头对陆缘冰说："明天我再来找你。"然后钻进黑窟窿消失了。

这人怎么回事？你自己不也是看起来冷静理性，但说炸毛就炸毛？

陆缘冰没做多想，助眠药药效发作了，很快她就睡着了。

第二天，在机器女仆的陪伴下，陆缘冰和环⑨两人一起坐车抵达潜艇码头。

环⑨在路上告诉她，外公因为之前驾驶员姑娘的死，感到阿尔法城危在旦夕，勉强同意了他的计划。

但陆缘冰一想到很快就要亲手砍掉环⑨的脑袋，觉得内心很忐忑，不愿说话。

至于潜水艇码头，那是一处高大空旷、看起来像火箭发射舱的地方。那潜艇看起来也并不像地球上狭长的军用潜艇，更像一艘小飞船，长得还挺可爱的。

陆缘冰到处张望，发现这偌大的空间里似乎只有自己和环⑨两个人。

"你先进去吧，我最后确认一次安全措施。"环⑨说这些的时候正坐在潜艇门口的一个操作面板前浏览数据。

陆缘冰依言进了潜艇，潜艇舱壁上没有窗户，所以她没看到之后发生的一切——

环⑨身边的空气中凭空出现了一个一人高的黑窟窿，黑窟窿里钻出一个银发金瞳的英俊男人。

银发男人一把抓住环⑨的脖子，将一根信息丝缆插到他的脑后，从环⑨脑中读取数据，直到一切办完才收起信息丝缆，转身就走。

可这时，又一个黑窟窿出现了，出来的是言正礼。

"我理解你痛恨人宠制度，可你不是最重视规则的人吗？现在搞什么私人恩怨？就算你有冤有仇非报不可，也不能利用协调员的身份！把齿轮交出来！"言正礼怒斥道。

"跟你讲也讲不通。"

束蚀Ⅱ一把抓起言正礼。

言正礼完全挣不开，他第一次意识到束蚀Ⅱ那个破旧代用体的特点不仅仅是"特别沉"。

束蚀Ⅱ二话不说，打开潜艇的门把言正礼扔进潜艇，然后在操作面板上按了几下，将潜艇大门锁死，舱内随即响起"准备启动"的倒计时声。

陆缘冰一直坐在潜艇里，回想之前环⑨告诉她的行动计划和具体细节，忽然听到开门的声音，一回头，看到的不是环⑨，而是被扔进来的言正礼，她非常诧异。

"怎么是你？环⑨呢？倒计时的声音是要出发的意思吗？"

"他还在码头上傻坐着呢！"言正礼连忙掏出齿轮，"我们要赶快……"

然而下一秒，一阵猛烈的摇晃袭来，潜艇整个翻转了90度，言正礼和陆缘冰都摔得七荤八素，失去了意识。

与此同时，环⑨仿佛大梦初醒般抬起了头："我还活着？我都干了些什么啊！"

[〇七]

不知多久之后，陆缘冰醒了过来。

她把言正礼摇醒，言正礼一起来就习惯性地去找齿轮，却发现齿轮卡在了潜艇座椅的角落里。他正想去拿齿轮，潜艇内又出现了一个熟悉的黑窟窿。

从黑窟窿里钻出来的人刚好挡在了言正礼和齿轮之间。

这人居然是空裁π！

"你不是脑死亡了吗？你到底是不是机器人？"陆缘冰一脸茫然。

空裁π的表达方式则更加奇怪，她同时打开了头部装甲和大腿处的装甲，只见头盔内都是一些电子设备，大腿里却藏着一颗肉粉色的大脑。

"其实我的上半身只是伪装，他们检测到脑死亡的大脑是我买的。我的备用上半身多着呢。"空裁π得意地说。

陆缘冰一时间震惊得不知该说什么才好，而言正礼已经警惕地挡在了她身前。

空裁π看他一脸严肃，说："你除了带她逃来逃去还能做些什么呢，奇遇协调员？"

言正礼没有回答这个问题，而是问："刚才的撞击是你制造的吗？"

"唉，真冤枉。你们两个不装芯片的人简直像什么史前生物一样……"空裁 π 抱怨着，"阿尔法城的网络上已经传开了。德尔塔城抢先袭击了这里，阿尔法城直接用主炮还击，现在两城之间已经是明面上的战争状态。虽然我对德尔塔城抢先袭击这个说法持怀疑态度，但总之……"

她转向陆缘冰："你现在不需要去德尔塔城做什么秘密任务了。而且，被你叫作环⑨的那个孩子，他的计划也不是关上德尔塔城的大门，而是让德尔塔城在大门爆炸中整个坍缩掉。如果你照做，你和环⑨都不可能活下来。他所谓的要找一个善良的人合作，不过是看中你对阿尔法城没欲望也没野心，不会趁机采取别的行动而已。"

"怎么可能？"

环⑨不光想牺牲自己，还想牺牲她？

陆缘冰大声喊道："我不信，我看他很诚恳，肯定是你想利用我！"

"我确实是想找你帮个忙，不过是为了另一件事，需要借用你的脑纹锁权限一用。"空裁 π 心平气和地说，"我不需要你去杀人，刚才的袭击造成了许多建筑物倒塌，格斗女王已经死了。"

陆缘冰皱起眉，咬了咬嘴唇："那，环⑨在哪里？"

"没意外的话，他应该是和他外公同归于尽了。"

"什么？"

这一次，陆缘冰和言正礼同时惊叫出声。

空裁 π 打开潜艇的门："正好，我带你们去波塞冬工业大厦，你们可以亲自去确认一下。"

[〇八]

·

关于地震等灾害所造成的惨状，陆缘冰从前在新闻和灾难片里见过，所以对波塞冬工业的灾后惨状做好了心理预期，但是完全没想到，这里是另一派景象——

建筑物内外的角角落落都张开了许许多多蛛网状的防护装置，一眼扫过去，她看不到大厦里有任何地方受损，但还是有不少银灰色的机器在有条不紊地进行修复作业。

"你们运气不错，附近有个区的穹顶破损，海水涌了进来，现在已经被废弃了。十万居民，当然，是十万穷人，悄无声息地死了。将来修复那个区时，他们的尸体可能会被回收，制作成有机肥料。"空裁 π 冷冷地说。

这就是阿尔法城上层社会所享受的最高科技吗？陆缘冰目瞪口呆。

"推行无人化作业，有好处也有坏处。"空裁 π 说着，带他们进了一扇门。

门里是个看起来像会客室的地方，正对着他们的那面墙上还有一扇门。陆缘冰想起自己来过这里，那扇门内就是环⑨外公工作的主控室。

房间的装潢风格和外面差不多，银灰色系为主，简洁干净，但此刻到处都是十分明显的打斗与交火痕迹，左侧墙边还趴着一具无头男尸。

看到那具尸体，陆缘冰有点儿害怕也不想过去，但身边的言正礼立马冲了过去："束蚀Ⅱ！"

他认识死者？

陆缘冰忍不住往男尸那边多看了两眼，才发现它虽然满身弹孔、肢体残缺，却一滴血都没流……她在阿尔法城待的这几天的经验告诉她，那只是一具代用体。

"他是你的朋友吗？"陆缘冰问言正礼。

"是我同事。齿轮还在，但头不见了，也许还活着，但不知能活多久……"言正礼双眉深锁，神情纠结。

而这时，空裁 π 已经站在了房间尽头的那扇门前，天花板上随即垂下一个看起来像头盔的东西。

空裁 π 看看陆缘冰，又指着那头盔，示意陆缘冰把脑袋伸进去："门里就是主控室。现在我需要你接受它的脑纹验证。"

"环⑨不可能给我进主控室的权限吧？再说，你不是有个可以去任何地方的黑宿窿吗？"陆缘冰反问道。

"每个世界都有些地方用齿轮也进不了，不信问问你的奇遇协调员。而且我要的也不是进门权限，而是安全权限。"

空裁 π 说这句话时，周围所有的墙壁突然都变成了门，门里涌出一些"熟人"，也就是环⑨当初用过的那种无人机与机器人，此刻它们正发出警报音："嘀！发现非法侵入者，即将进行清除作业。"

"快点儿！环⑨给你开的安全权限是禁止在你身边使用任何热兵器！"空裁 π 说这句话时，肩部、头部和胸口都冒出了射击口。

那些机器人也一样，但它们火力更足，如果真的对轰，肯定是空裁 π 这边先被打成筛子。

陆缘冰还没听明白她的意思，但言正礼已经懂了，他看了一眼束蚀Ⅱ那具破破烂烂的代用体，说："她说得对，你先验证，其他待会儿再说！"

陆缘冰只好依言把脑袋伸进头盔中，然后就听到了一段短促的音乐。等她钻出头盔再回头看时，只见那些无人机和机器人的射击口已经收了回去，但仍在发出"开始进行清除作业"的警告音。

但现在的空裁 π 已经完全不慌乱了，甚至还卸下了自己的一条腿——当然，是藏着大脑的那条。

然后言正礼和陆缘冰就目睹了一幕非常诡异的画面——

一方面，"三脚猫"状态的空裁 π 火力全开，在大门前那不算宽广的空间里以一敌多、腾挪辗转，那紧张刺激的画面仿佛一部动作大片。

另一方面，她的那条腿里伸出一根信息丝缆，连上了门锁，开始进行破解作业："靠齿轮进不了这个门，但靠我自己也行。"

这条腿居然还装了单独的发声设备？

陆缘冰有些惊讶又有点儿想笑，忍不住问："那环⑨和他外公是不是都在这扇……"

话没说完，言正礼突然把她往地上一按，使她免于被激战中飞来的一块机器人肩甲的残片击中。

飞出来的残片切断了空裁 π 用于破解门锁的信息丝缆。

那条腿气恼地骂了一句，再没有了动作。

"三脚猫"的空裁 π 加大了火力，很快把所有机器人和无人机都打得破破烂烂，悄无声息。这时，她才手足并用地跑过来，换了一条信息丝缆，正打算继续作业，却被陆缘冰拦住了。

"刚才情况紧急，现在可以给我们解释一下了吧？"

"可以啊，但现在时间其实还是很紧，我一边继续破解一边跟你们说吧。"那条腿悠然自得地说。

[〇九]

空裁 π 按时间顺序回顾了她所知道的情况。

第一件事是言正礼也知道的。

环⑨实际上是个复制人，虽然他揭发了他"父亲"的犯罪行为，但自己也命不久矣，在"父亲"被警方带走后，他被送到警方下属的医学机构监管。

第二件事，则和束蚀Ⅱ与空裁 π 有关。

束蚀Ⅱ的肉身是个人体宠物，商品名叫"爱蛛"，就是陆缘冰见过的那个有四只手的少年。爱蛛本来有四手四脚、两条脊椎，在租赁市场上很受欢迎。空裁 π 一直想抓它，甚至在追猎中不小心砍了它的两条腿，导致它身价狂跌，后来被卖到了格斗场。而在爱蛛进格斗场前，空裁 π 真的抓住了它，从它的颅内辅助芯片里提取了本该被删除的记忆，公布到网上，之后环⑨的外公只好辞去波塞冬工业总裁、阿尔法城最高理事会协理等一切公职，宣布退隐。

人体宠物已经够变态了，原来还有为了继承家业被非法制造出来的复制人？陆缘冰简直难以置信，阿尔法城到底是个什么鬼地方？亏她不久之前还以为这里是个有趣的高科技天堂呢！

"等一下，什么记忆？"言正礼问。

空裁 π 闻言沉默了片刻。

言正礼从这不带感情表达的沉默中闻出了不屑的气息。

果然，她一开口就是："真的受不了你们，如果是阿尔法城居民，现在已经可以从网上搜到那段记忆文件了。"

言正礼很想吐槽，这人怎么这么爱抱怨，但碍于场合又不得不将话咽回去。

"简单来说，环⑨的外公，用你们的命名方式，可以叫他外公协理 α。他是爱蛛的第一个主人，它生下来没多久就被他以科学研究的名义买走了，实际上是买回去当玩具，玩腻了才卖给别人。虽然阿尔法城的有钱人普遍喜欢玩人宠，但像这样买婴儿的，依然会被视作变态行为，一旦曝光必然受到舆论谴责，他就只好假装退隐喽。"空裁 π 解释道。

"假装？"陆缘冰追问道。

"这就是我要说的第三件事。协理 α 引退的前几天，去探望了环⑨，指定他成了波塞冬工业的继承人，后来环⑨就总是坐着飞行椅出现在各种社交场合。但是……"

空裁 π 突然转向言正礼："你觉不觉得，现在的环⑨和你当初见到的那个少年，性格有点儿不太一样？"

言正礼想了想后点点头，说："嗯，以前的他向往自由，一点儿都不想当继承人。但我毕竟和他接触不多，也无法断言他的改变是否合理。"

"接下来就是我要说的最后一件事了。之前我在这栋大楼附近遇到了环⑨，他坐着飞行椅，神情很激动亢奋，甚至看到我都不害怕了。他嘴里念念有词，说不知道自己到底都做了些什么可怕的事，还说要找他外公对质。"空裁 π 顿了顿，"于是我就好心地给了他一把射线枪。"

"你这叫好心？这叫教唆犯罪吧？"陆缘冰难以置信地看着空裁 π，她却好像完全不觉得自己的行为有什么问题。

而这时，又一波无人机和机器人涌了进来，空裁 π 再度投入战斗。

"你们两个虽然做不了什么，但这次帮我保护一下那根信息丝缆吧！"

【一〇】

这一次战斗结束时，门锁的破解工作总算完成了，坚固厚实的滑动门轻盈地退向两侧。门内就是陆缘冰之前去过的主控室。

现在，房间里虽然没有了修复机器人，但也布满了蛛网状的防护装置，映着幽蓝的灯光，视效格外诡谲。

尤其是地板上还躺了两具尸体。

"天啊……"陆缘冰连忙跑过去。

环⑨和他外公身上都有很明显的来自射线枪的伤口。俩人眼睛都睁得大大的，但已经没了呼吸。

"应该死了一段时间，就算他们是阿尔法城最有钱的人也救不回来了。"空裁 π 平淡地说着，把一根信息丝缆插进协理 α 后脑的接口，"不过死者的辅助芯片应该还能派点儿用场。"

"那还不是因为你给了他射线枪吗？"陆缘冰愤怒地说。

"天真。我只给了一把枪，他们为什么都死了？"空裁 π 似乎是嫌陆缘冰烦，又伸出一根信息丝缆，插进了最近的一个操作台，"我忙着呢，你们自己看监控画面了解详情吧。"

半空中，一块原本在直播期货指数变化的全息投影消失了，转为这个主控室内的监控录像。

只见协理 α 站在操作面板前操作，时不时还会收到别人通过网络发来的文字、音频信息，也有时是一两个下属进来向他请示、汇报。

这时，环⑨坐着他的飞行椅进来了。他身为指定继承人，自然有最高级的通行权限，因此不会遭到任何安保机器人阻拦。

协理 α 看见他进来，还是有些惊讶："你是怎么进来的……"

"我还记得您去医院看我的那一天，我很意外。可这就是我最后的记忆了，再恢复意识时，就是现在了。"环⑨此刻满头是汗，面色潮红，微微发抖。显然，他的身体快要负荷不住了。

"我通过辅助芯片查了这段时间的记忆，才知道这些天一直是您在遥控我的行动，演戏给一个无辜的女孩看，就是为了让她心甘情愿和我一起去毁灭德尔塔城……"说到这里，环⑨咳了两声，"真是幸亏之前我给过一个朋友进我大脑的权限，他才能唤醒我，不然我连自己是怎么死的都不知道！"

"你还有朋友？"协理α笑了一声，又扭了扭头，"你都跑到这里来了，那谁和小姑娘去德尔塔城呢？总不能现在把你哥哥解冻一个吧？"

"我哥哥的那些复制人您都留着？"环⑨难以置信地怒吼道，"在你们眼里，不光穷人不是人，就连自己的后代都不是人吗？"

协理α耸耸肩，泰然自若地说："波塞冬工业是我一手开创的，阿尔法城的建立也有我曾祖父的功劳，我们家族注定要世代保护阿尔法城，制造后代当然就是为了传承家业。"

说到这里，他无奈地叹了口气："最近一百年的医学技术进展得很快，你看，我还是这么健康能干、年富力强，可我的子女和孙辈却没什么出息，只知道内斗……那我为什么不在对你们物尽其用之余，重新制造一些更优秀的后代储备？"

他说这些的时候，环⑨一直在摇头叹息，神情与其说是愤怒，不如说是悲伤。

"真好笑，我以为我早就终结这一切了，却没想到，我又一次成了傀儡……那么至少，这一次……"环⑨举起射线枪，向着他外公按下了发射钮！

但那一枪射在了操作面板上。

"糟糕！"

协理α在惊叫之余也掏出了自己的防身武器，直接朝环⑨的胸口射击，看见环⑨缓缓倒下，他没有在意，而是着急地去看操作面板和全息投影。

操作面板冒着浓烟，刚才那一枪直接导致外壁防护系统关闭了37.2%，这就意味着阿尔法城马上就会撞上深海中的某些庞然大物……

紧接着传来猛烈的撞击，警报声疯狂作响，外壁破损提示不断传来。

协理α立即指示降下紧急隔离板，舍弃被海水灌注的那个区，然后问系统："现在距离德尔塔城有多远？"

系统给出答复后，他眼珠一转："不如将错就错，主炮充能，准备'还击'德尔塔城！"

这时，他身后传来了环⑨的声音："都这个时候了，为什么您还想着毁灭别的城市呢？"

此刻的环⑨嘴唇发紫，嘴角淌出血来，已经只剩最后一丝力气了。他靠着最后一丝力气抬起另一只手，那只手上还戴着母亲留下的防身戒指。戒指中射出射线，斜着切裂了协理α的胸膛。

"当然是为了保护这座城市啊……你这可笑的复制人……"

协理α咽下了最后一口气，环⑨也停止了呼吸。

与此同时，充能完毕，本该用来防御怪物和开辟道路的阿尔法城主炮，向着另一座城市发出了致命的一击。

[一一]

陆缘冰不知道自己是在什么时候开始哭的，只知道看完这一切时她的衣领已经彻底湿了。

"天啊……这老头子对子女和孙辈就完全没有一点儿亲情吗？"

"环⑨的父亲也是半斤八两的货色，环⑨那么善良倒是显得很异常了。"之前一直沉默的言正礼终于开口了，"或许是因为……他对自己的认识从来就不是阿尔法城的守护者与主宰者吧。"

人一旦觉得自己非常重要，就难免把他人都视为更低一等的存在。

之后，这个闪着蓝色幽光的房间陷入了短暂的沉默，直到原本一直蹲在尸体边忙碌的空裁 π 突然站了起来。

"呵，没想到我做了白工。"

"怎么回事？"言正礼问。

"我想从辅助芯片里搞点儿数据，结果他根本不是本人——他就是个有大脑的人体宠物。"

有大脑的人体宠物是个什么概念？

陆缘冰和言正礼还没反应过来，房间深处就响起了一个声音："你就说他和我外孙的复制人一样是被我遥控的不就行了。"

随着这个声音出现的，是一个看起来大概三十来岁的年轻男人。

男人渐渐走近，让人看清楚他的容貌。他长得和环⑨还有几分相似，穿着一身白色西装，举止优雅洒脱。

"你们难道就没有想过，像我这样一个日理万机的大忙人，怎么会用站在主控制室里东摸西摸的低效率方式工作？还有，像我这样一个长期享受着阿尔法城最先进医疗技术的人，又怎么可能衰老到那个程度？"

这时，空裁 π 身上所有的射击口都冒了出来，时刻准备开始攻击。

而一边的陆缘冰也悄悄使用了自己的超能力——让他自己打了自己一耳光。

"好疼啊！"对方不紧不慢地抱怨着，"小姑娘，我劝你冷静点儿。这一耳光我是无所谓了，但如果我死了，你会立即自爆哦。"

"这不可能，她没允许你们做任何手术，你就根本没机会在她身上装心率炸弹！"空裁 π 说。

"技术又不止那一种。"对方耸耸肩，"你也冷静点儿吧，我可是用我的本体——是的，

189

这是我真正的肉身——亲自见你们了哟，当然不是为了和你们互相残杀啊，我还有事想请你们帮忙呢。"

奇遇办 与 阿尔法城（下）

谢谢你，我只是希望这个世界能恢复到最美好的样子。

[〇一]

空裁 π 坚称自己是人类，可她全身都是合金，只有一个脑子藏在大腿里……

她有怎样的故事呢？

陆缘冰根本没想过，直到那个一身白色西装的年轻男人站到他们面前。

男人宣称自己才是真正的协理 α，然后转向空裁 π，不紧不慢地说：“说起来我们见过面。当时我用的是那个老头的肉身，你用的是一具男性外形的代用体，以商业伙伴的身份过来和我碰了杯。”

男性外形？商业伙伴？空裁 π 不就是个冷血杀手吗？

陆缘冰一头雾水。

“真没想到是你啊。”好像想到了什么好笑的事，协理 α 笑得更灿烂了。

但空裁 π 根本不想跟他废话，一心只想带陆缘冰离开，可她连齿轮都没来得及拿出来，就像被按了暂停键一样停下了动作。

“你没发现自己被我反制了吗？”协理 α 愉快地说。

“你只不过……控制了我的代用体……”空裁 π 咬牙切齿道。

“但足够用你来当筹码了。”协理 α 说完转向陆缘冰，笑眯眯地说：“我想请你帮我完成一个暗杀任务，可以吗？”

“用我当人质？她和我又不熟。”

"又是暗杀？你们这个世界的破事为什么总要让我的当事人去杀人啊！"

空裁 π 和言正礼同时开口，陆缘冰倒是没说话，她一时愣住了。

她愣住的原因不是"暗杀"这个词，而是她发现自己竟然真的在担心空裁 π 的安危。

这时，"轰"的一声，整个大楼被强烈的震动带着晃动起来。所有人都自顾不暇，忙着在身旁找可以依附的东西……

一切恢复平稳后，陆缘冰小心地抬起头打探四周，只见波塞冬工业大厦的外围，蛛网状的防护装置已经喷出，布满了整个墙壁。

这时，有几个小机器人进来了，它们一步步清理道路，顺便拖走了环⑨和老人的尸体。

它们处理别人的遗体真的就像清垃圾一样啊……陆缘冰有点儿不忍心看。

这时，一个女人走了进来。

陆缘冰想起之前见过她，她是协理 α 的第一秘书。

"您没事吧？"她紧张地走到协理 α 面前，想扶他起身。

协理 α 避开了对方递过来的手，自己站了起来，质问："刚才的震动是怎么回事？而且这几个楼层的通信全都发生了故障，这里完全没有网络。"

秘书为难地看了陆缘冰等人一眼，协理 α 会过意来，说："没事，你就在这儿说吧。"

秘书告诉协理 α ，之前的撞击除了造成穹顶破损，还损坏了一个附近的引擎。抢修失败后，那个引擎爆炸了，这才造成了刚才的震动。

"不过阿尔法城的防御系统已经迅速做出反应，放下隔离墙，放弃了那个街区。"秘书补充道。

"应对很正确。"协理 α 给予了肯定，示意秘书先去忙，转而看向陆缘冰他们，开玩笑地说："幸好我没把防御系统的演算核心集成在这主控室里，不然我们就完蛋了。"

陆缘冰一脸愕然："你的意思是……甚至都不需要你下令，就靠防御系统的计算机演算，就决定了那个街区里几万人的生死？居民们不会抗议吗？你到底对阿尔法城的人做了什么啊？奴化教育吗？还是精神控制啊？"她连珠炮似的说出了自己的惊异与愤怒。

言正礼拿着齿轮凑了过来，说："别管这些事了，我们还是先回武汉吧。"

一旁的协理 α 扭了扭脖子："好烦啊，你们真吵。"

这时，有几架无人机飞了进来。

陆缘冰还没来得及反应，就感觉脖子上刺痛了一下。

而一旁的言正礼直接被喷了一身黏液，整个人被包成一个茧径直倒在地上，只有头还露在外面。

就这样，他们都被协理 α 控制了。

至于陆缘冰，协理 α 告诉她，他给她注射了心率炸弹，靠他脑子里的芯片控制，这下她不得不听命于他了。

[○二]

协理 α 一再强调他只是想要和他们合作，还给他们看了一系列全息投影。

整个房间顿时变红了，那些红光来自全息投影里的血，因为全息投影的内容是各式各样血肉模糊的虐杀现场。

协理 α 告诉他们，在阿尔法城，虐杀人体宠物，并把虚拟体验用全息视频分享到个人主页上，是富裕阶层最普通不过的娱乐方式。环⑨的父亲就是虐杀者之一。别人还会感谢他们免费分享呢。

陆缘冰从没见过这样的场面，一时间只觉得想吐。言正礼来了奇遇办之后，虽然见多识广了，但此刻也觉得十分恶心。

"我承认，这里的富人现在毫无出息，远不如我小时候，英雄辈出。但是，穷人也没好到哪里去。"

随着协理 α 的声音，一个新的全息投影出现了，画面看起来很熟悉，是陆缘冰之前战斗了一个多月的格斗擂台。

场地被毁了一半，落在擂台上的半个屋顶都没清走，但格斗比赛依旧进行得热火朝天，观众席座无虚席。场外的赌博区与游戏区也是坐得满满的，进行修复作业的机器人与玩家互不相扰。

"这是实时直播，此时穷人依然在穷开心。我不需要对他们做什么精神控制，他们自己就这样了。我倒是希望有人反抗呢，可这么多年也就出了一个，我还挺珍惜的。"协理 α 指向空裁 π，笑着说，"从贫民窟爬出来的小姑娘，卖了自己的肉身换启动资金，一步步爬到能与我碰杯的地位……这种传奇经历应该制作成 50 小时的励志节目到处放送才对啊。但如今你却只想着杀死格斗女王，抹消自己出身贫寒的痕迹，是不是太亏了？"

他说的人是空裁 π？协理 α 好像随口说出了什么不得不了的事情？

陆缘冰一脸惊讶地看向空裁 π。

空裁 π 毫无否认的姿态："你误会了。我的愿望并不是抹消我自己的那点儿小事，而是毁掉整个人体宠物制度。这个制度根本就不该存在。"

"你这话倒是有些道理。"协理 α 赞同道，"毕竟我小时候，阿尔法城可没有人体宠物这种东西，社会风气也不是现在这个鬼样子。"

这时，网络恢复了正常，他们面前的全息投影中弹出一条新消息——从德尔塔城驶出的一艘大型海底战舰正在接近阿尔法城！

"用船开战也太复古了吧？"协理 α 嘲讽完，随即下令，"准备迎击！主……"

话没说完，他的嘴就不能动了。

是陆缘冰使用超能力阻止了他！她不想再眼睁睁地看着他随意杀人了！

陆缘冰背后的无人机里传出一道电子合成音："识相点儿吧小姑娘，你不过是控制了我的骨骼。你相不相信，哪怕你杀了我的肉身，我依然有办法杀死你和你的同伴……"

他没留意到的是，一旁被裹得严严实实的言正礼正不断蠕动，试图踢中一枚齿轮。

说时迟那时快，言正礼踢中了！

齿轮刚好滚到了协理 α 的脚下。

他还没反应过来发生了什么，齿轮就在他脚下迅速扩展到下水道窨井盖大小，然后他就那么惊叫一声，掉了进去。

"他被送去哪里了？"空裁 π 立即恢复了行动能力，看来是协理 α 断开网络连接后无法控制她了。

"武汉中山公园，就是你上次追杀环⑨的地方附近。"言正礼面无表情地回复道。

协理 α 在深夜的公园里难免迷路，但没有生命危险，就让他折腾一会儿好了。

"谢谢你。保住德尔塔城非常重要。"空裁 π 一边说一边帮言正礼割开茧。

这是陆缘冰和言正礼第一次听到这个冷冰冰的家伙说谢谢，都有点儿惊讶。

之后，空裁 π 找来协理 α 的秘书，胁迫她联系德尔塔城的海底战舰。

他们向对方传达了和平的愿望，并希望双方不要开战，没想到女舰长语气沉重地说："我们没想开战，这是一艘难民船，德尔塔城快要爆炸了。"

［〇三］

就在阿尔法城忙着攻击德尔塔城的时候，万里之外的伊普西龙城和贝塔城不知为何撞在了一起，发生了可怖的爆炸。两座海底城的上千万人几无幸免，而爆炸的巨大威力造成了时空扭曲，使得城市残骸被吸进了"混沌空间"。

舰长讲到这里时，陆缘冰已经听愣了，只觉得对方说的每一个字都听得懂，但凑在一起让她难以相信——怎么可能发生这种事？

舰长说，德尔塔城的中心处理器计算之后推论，"混沌空间"承载不住两座城的残骸，它们即将从一条时空裂缝中坠落。

以两城残骸的质量，坠落威力不亚于一枚核弹，离它最近的德尔塔城肯定会因此毁灭，而稍远的阿尔法城也会被波及。

因此中心处理器建议，把德尔塔城幸存的两百万居民分别送到阿尔法城和欧米伽城，阿尔法城尽全速驶离危险水域，而德尔塔城打开自动驾驶系统，用最后的能源展开能量防壁，扛住那枚"核弹"的攻击，将损失降到最低。

众人听完面面相觑，一筹莫展。

言正礼看向陆缘冰，见她一脸蒙，猜想她是不是被吓坏了。

是啊，他们生活的武汉虽然嘈杂吵闹，但城市是安全的，生活是安定的，何曾经历过这种担惊受怕？

而他们没留意的是，空裁 π 悄然不见了。

直到主控室收到一条来自德尔塔城的消息——

空裁 π 听说德尔塔城即将被毁的消息后，就悄悄穿过齿轮去了德尔塔城。

此时她已经找到了中心处理器，那是一台面包车那么大的机器，是德尔塔城重建的关键。但它的重量大约有两吨，无法通过齿轮，所以她决定把它弄进一艘改装小潜艇里，抄近路从德尔塔城的"大门"进入"混沌空间"，再从阿尔法城的"大门"出来。

她联系主控室的目的，是希望他们帮她保持阿尔法城的"大门"运作。

思索片刻后，秘书同意了，并在监控系统中录入了小潜艇的信号以监控其安全状态。

陆缘冰疑惑地问："既然走'混沌空间'最快，那为什么运送难民的战舰不这么走？"

秘书叹了一口气，很是无奈地回答她："当然是因为这条路太危险啊。"

虽然不知道空裁 π 能否成功，但目前摆在眼前的当务之急，是接收来自德尔塔城的难民。

秘书迟疑地说："无论是接收难民还是全城转向加速驶离危险区域，都需要通过协理 α 的脑纹锁验证……"

言下之意是你们得把他还回来。

陆缘冰面露难色，她想到了那个莫名其妙的刺杀任务，心中有些排斥。

"其实把他还回来也可以，反正现在不需要执行什么刺杀任务了，大难临头，先保住德尔塔城和阿尔法城才是关键。"言正礼像是看穿了她的担忧，安抚道。

"其实我能理解他的做法，我们德尔塔城内部本来也在讨论是干掉近一点儿的阿尔法城还是弱一点儿的欧米伽城，为此都论证一年了。"听说了言正礼他们对协理 α 的看法后，舰长发表了自己的看法。

随后，舰长调出一个全息投影——那是一个外观像圆球体的物体，被分成了五份。

舰长说，圆球体就是"混沌空间"，五座海底城德尔塔城、欧米伽城、伊普西龙城、贝塔城和阿尔法城都拥有"大门"，都靠在"混沌空间"捞资源维生。但"混沌空间"里情况复杂，五座海底城约定每五年抽一次签，轮流换位置。

去年阿尔法城抽到的位置不太好，靠近怪物的巢穴。德尔塔城抽的位置也不怎么样，资源贫瘠。所以他们都想干掉其他竞争者。

听到这里，陆缘冰忍不住说："你们这是抢地盘？说起来都是高科技城市，怎么活得还像小渔村一样啊？"

"你这么说也没错。"舰长露出疲惫的笑容，"我们不过在这个深渊里苟延残喘而已，活下去本身就是最大的意义。"

〇四

人类从地表逃到海底是数百年前的事。

协理 α 是在阿尔法城诞生的第三代人，他小时候从历史课上学到，人类刚刚从巨大的灾难中幸存，躲进了早年预留在深海中的五个避难所。阿尔法城虽然只有一万人，但拥有人类所有科学文明的精华。他们坚信在这里一样能创造出美好的未来，直到地表环境恢复到人类可居住的状态。

那时的阿尔法城人劫后余生，充满了希望，热火朝天地建设着自己的家园。

协理 α 也被教育——你将来就是阿尔法城的守护者，你要为自己的城市奉献终生！

他一直相信这件事，就算妻子为建设"大门"牺牲也没有动摇他的信念。

但是随着时间的推移，希望渐渐消失了。

逃进海底几百年后，地表的状态并未改善，人类依然困守在五座海底城里。人口越来越多，社会阶层固化，但资源只有那么点儿，技术也发展到了极限。生活看不到希望，穷人和富人的心理健康都出现了很严重的问题——穷人沉迷于格斗博彩，富人一心追求享乐、刺激和永生，玩弄甚至虐杀人体宠物都是家常便饭……

协理 α 召集智库团体反复讨论，用阿尔法城的中心处理器演算了多次，最后得出的结论就是，只有毁灭德尔塔城，抢到更多资源，才能让阿尔法城的居民拥有更多的希望，回到往昔健康的状态。

为了实现这一计划，协理 α 准备了许多套方案，其中之一就是牺牲环⑨的复制人。

197

具有特殊能力的陆缘冰对他来说，是个从天而降的惊喜，并因此引出了一套新计划。只是没想到这个惊喜不但没有顺从他，还提前导致环⑨复制人的死亡，甚至他自己也被扔到了一个奇怪的异世界……

但协理 α 并没有慌。

言正礼来找他时，满头树叶和鸟粪的他已经在拆卸改建中山公园的 4G 信号基站了。

协理 α 通过了脑纹锁验证，一边处理接收难民和阿尔法城加速逃离危险区域的事情，一边侃侃而谈，讲述自己的成长经历、阿尔法城如何从充满希望到走向绝望，以及自己毁灭德尔塔城的动机等。

虽然听起来和舰长说的大同小异，似乎有点儿道理，但言正礼还是忍不住吐槽："你们的思路就有问题，越危急的时候越应该深化经济改革、调整发展方向、加强精神文明建设！"

当然，此刻的阿尔法城谈论高中文科知识已经来不及了。但必须承认，在当前惨烈的局势下，人们已经做出了他们能做的最好的选择。

看着眼前井井有条的一切，陆缘冰感觉自己应该没有出场机会了，她想自己要不要趁现在跟言正礼一起回去。

她望向言正礼，正好撞上他的视线。

这时，房间里响起一声警报，秘书提醒："小潜艇的信号断了。"

房间正中央的若干全息投影画面中，原本显示的是空裁 π 驾驶的小潜艇的大致坐标和能源余量，但现在，这些数据全部停滞不变了。系统提示："信号消失。"

信号持续消失 15 分钟以上，就意味着空裁 π 遇到了危险。

"那怎么办？我能不能开机甲去救她？我好歹学过怎么驾驶。"陆缘冰一脸担忧。

"你知道驾驶机甲有多危险吗？环⑨本体和他母亲都是死在机甲里的！"言正礼连忙说。

"劝你放弃。就目前的局面来说，她的生死并不重要，我们现在没有余力去关心……"说这话时，协理 α 原本一脸冷漠，却突然顿住，马上改口，"我马上调派现在所有能用的资源给你，你们一定要尽快找到她！"

因为他刚收到一条新消息，德尔塔城的推进引擎坏了一个。

解决之道是要么通过中心处理器远程修改剩下的引擎的行进速度，要么有人抵达德尔塔城手动调整，否则德尔塔城根本来不及抵达"裂缝"，阿尔法城和德尔塔城的人都逃不过末日。

协理 α 立即联系了战舰，大约十分钟后，他们商量出了解决方案。

"一个方案是，战舰上有一位老科学家愿意自我牺牲，返回德尔塔城做手动调整，但是耗时会比较久；另一套方案就是由陆缘冰驾驶机甲去'混沌空间'救空裁 π，并带回小潜艇上德尔塔城的中心处理器。"

当协理 α 告诉陆缘冰时，她也不清楚自己是高兴还是不高兴，但不想给自己思考的机会。

"我去！"陆缘冰立即跟着协理 α 指派的部下去拿防护服了。

言正礼只好跟上，但又忍不住念叨："当英雄是要付出代价的。"

[〇五]

回想自己过去十六年的生活，谈不上好坏，只是平淡无聊，来到阿尔法城后，陆缘冰第一次明白了什么叫荣耀与胜利。

而遇到环⑨后，她觉得自己的目标升华了——她想当一次真正的英雄，想让这个世界不再有人体宠物的悲剧发生。

然而环⑨的英雄计划是假的，她见到的环⑨不过是被协理 α 遥控的傀儡。她的英雄梦受到了打击，但她不愿就此认输。

她想做一个善良而勇敢的人，而不仅仅是无力又软弱的善良者。

她希望能帮助这些在深海之下痛苦挣扎的人们，像那个矛盾的空裁 π 一样。

抱着这些复杂的心思，陆缘冰进了阿尔法城的机甲仓库。

仓库已经垮塌了大半，机甲被压得东倒西歪，废墟的边缘还隐约可见人类的血迹和断肢，陆缘冰都没敢细看。

协理 α 把所有技术人员都叫了过来，要求他们尽快对现有的机甲组件进行改装，以便让那个两吨重的中心处理器进入机甲。

言正礼看情况紧急，用齿轮叫来了一只黑猫帮忙。

陆缘冰惊奇地看着黑猫上蹿下跳地帮忙，大约半小时后，机甲组装好了。

"驾驶舱"的部分特别大，外形看上去像一台长着手脚的巴士。

黑猫还给了陆缘冰一个罗盘，罗盘里放着格斗女王的部分细胞组织和空裁 π 之前放弃的"上半身"的合金残片："这是我弟弟做的，跟着这个罗盘的指针走就能找到你们要找的人啦！"

经过计算，陆缘冰必须在五小时内带回德尔塔城的中心处理器。

"放心吧！"陆缘冰自信满满地说。

她不知道，言正礼心里想的是，如果超过五小时没完成任务，两座城都会完蛋，他们可能得通过齿轮躲回武汉……如果武汉还没被这异世界的灾难波及的话。

各怀心思的两人一起进了机甲驾驶舱，一头扎进"混沌空间"。

"咦咦咦，你看那是什么，自由女神像吗？可它怎么有两个头啊？哇，这边的又是什么啊，大章鱼的干尸吗？"

陆缘冰一路大呼小叫，看见什么都好奇。

言正礼却沉默不语。

在这片橘黄色的、漫无边际的、没有空气与重力的世界中，他看到了很多眼熟的东西，随便数一数可能就涉及七八个异世界与数十个不同的时代。

这些景象使言正礼心中有了一个猜测——

阿尔法城所谓的"混沌空间"，就是 Mr.PH 3 说的"大章鱼的巢穴"！

果不其然，机甲行驶了大约五分钟，大章鱼们就来了。

它们体形硕大，却没有眼睛，只是随意地挥动着触手，就把飘浮在半空中的两栋大楼废墟打得七零八落。

陆缘冰非常紧张，第一反应是想用机甲上的武器消灭它们。

言正礼制止了她："我们就那点儿能源和装备，贸然战斗很危险。它们没有眼睛，根本看不到我们，我们还是赶紧跑吧！万一打的时候，惊动了其他奇奇怪怪的东西，事情就麻烦了。"

他甚至还想到，Mr.PH 3 说过大章鱼会在巢穴里产卵，如果不小心攻击到了它们的卵，引发一群章鱼发飙……想想都可怕。

他们继续按着罗盘指针的指引快速前进，果然看到了一个疑似大章鱼产卵地的洞窟。陆缘冰一阵后怕，还好言正礼跟着来了。

再然后，他们看到了那个巨大而骇人的场景——贝塔城和伊普西龙城撞在一起的残骸。

远远看去，它就像是一块硕大的焦炭，但仔细打量，还能看到一些细节，熔化的穹顶、焦黑的楼房、来不及驶离的逃生艇……所有东西都被焊接在一起，毁灭的那一刻凝固成了永恒。

以橘黄色的"混沌空间"为背景，它看起来甚至有点儿像琥珀。

言正礼和陆缘冰静静地注视着它。

他们的机甲本应该远远掠过的，但机甲明显脱离了预设的航线，即使重新设置航线也无法改变。

那就只有另一种可能性了——双城残骸现在可能卡在时空裂缝里，它本身巨大的质量以及空间扭曲的现象，使得它与时空裂缝一起形成了一个类似黑洞的现象，具有巨大的吸引力，现在周围的一切都被吸住了！

"很有可能。"言正礼说，"能源还够吗？让机甲加速设法摆脱它。"

不幸的是，能源不够了。

［〇六］

机甲内置的计算机给出的结果是，就算他们全力逃走，也挣不脱那股强大的吸力，最终还是会在能源耗尽后被吸向残骸，总之会死得很惨。

"那我们现在只能放弃机甲用齿轮逃走了。"言正礼平静地说。

陆缘冰却不愿意了："我不甘心……这次逃走，只怕就没有下一次机会了！"

"我是你的奇遇协调员，就算阿尔法城整个毁灭，我最优先的选择还是保障你的生命安全。虽然我喜欢管闲事，但还是先送你回去……"言正礼一边说一边掏出齿轮。

但陆缘冰抢先一步采取了行动，她按动射击键，攻击了一只刚好路过的大章鱼！

"喂！你疯了吗？"

言正礼喊出这句话时，大章鱼已经被吸引过来了，它愤怒的触手差点儿击中机甲！

好在陆缘冰及时打开能量防壁挡下了这一击，但机甲还是被弹出去好远。

"就是这个机会！"

陆缘冰把机甲的引擎功率开到最大，一鼓作气冲出了残骸的吸引范畴。

风驰电掣中，言正礼和陆缘冰都被颠到了地板上。

言正礼狼狈地爬起身来，不忘批评陆缘冰："这样做太危险了！如果大章鱼刚才击中了我们的机体怎么办？"

"到时候再用齿轮也不迟！"陆缘冰吐了吐舌头。

再看向大章鱼，只见它胡乱地挥动着触手，敲碎了残骸的边缘，搅乱了附近的暗流，但还是无可避免地被吸向双城的残骸……

还来不及感慨其他生物的命运，机体突然间一震，系统提示，机甲被卷入了另一股暗流，在一片小行星带般的飞船残骸碎片间左冲右撞！

"能不能设法冲出这片飞船残骸区？"言正礼紧张地问。

陆缘冰看向罗盘，有些迟疑地说："可指针显示，空裁 π 就在前方啊！"

残骸区的尽头是半艘歼星舰。

陆缘冰驾驶机甲，抵抗着暗流与残骸碎片，总算绕过了雄浑的歼星舰残骸，眼前豁然开朗。

一片橘黄色的虚空之中，飘浮着一个破破烂烂的树桩，还带着树根。树桩底部有一扇红色的门，门口长着一个蘑菇。

机甲渐渐靠近，他们才发现那个树桩非常大，大到看起来像一座四层楼高的商场。

"她怎么会在这里？"言正礼很是诧异，"罗盘指针提示你，空裁 π 就在树桩里？"

"不一定是在'树桩里'，也可能是飘浮在附近呢……"陆缘冰反问言正礼，"听你的口气，你之前见过这个树桩？"

"简单地说，树桩图书馆是我们奇遇办主计算机的核心。去年我见到它的时候它还在异世界，最近主计算机经常故障，我还考虑过去找它，但同事提醒我它已经不在那里了，没想到竟躲在这么危险的地方。"

言正礼说这些话的时候，机甲已经缓缓降落在了树桩顶部。

巨型树桩的横截面面积跟商业大楼的楼顶差不多大，上面还有年轮状的图案，只不过仔细看就会发现，那些线条并不是一圈一圈的，而是像银河系的旋臂一样。

陆缘冰显然没心思在意这些事，因为他们降落在这里的原因是她大老远看到了空裁 π 的小潜艇。

但他们还没来得及靠近小潜艇，对方就向他们发动了攻击！

陆缘冰一边操控机甲躲过攻击，一边设法用机甲的通信频段向对方呼喊："空裁 π，我是陆缘冰！我是来救你的！"

通信频段似乎一直没有连上，对方持续向陆缘冰他们发动攻击。

"那个小潜艇会不会被别人操纵了？"言正礼问。

陆缘冰觉得有道理，连忙把机甲动力的输出开到最大，用能量防壁弹开射线枪的攻击，放弃闪躲极速冲了过去，直接压在了小潜艇上！

把机甲的操作临时交给言正礼后，陆缘冰不顾言正礼的反对，戴上防护头盔爬出了驾驶舱。

她趴在小潜艇离自己最近的一个摄像头前，对着摄像头喊："是我！空裁 π，我是陆缘冰！"

小潜艇的入口终于打开了。

陆缘冰费劲地爬了进去，只见中心处理器被牢牢固定在舱壁上，而空裁 π 的合金身体坐在地上，没有动静，周围并没有言正礼说的"别人"。

陆缘冰忍不住问："你是把我当成袭击者了吗？"

"我遇上怪物、潜艇受损漂流到这里，见到了她。她告诉我，耐心等待，你会来救我的。我完全不敢相信……你这样一个芯片都没装的异邦人，竟然还真的出现了。"空裁 π 不急不缓地说。

"她"是指谁？

陆缘冰一头雾水。

空裁 π 又说负责给脑部提供营养的营养泵快耗尽了，所以给自己设了休眠模式，又给潜艇的防卫系统设置了自动模式，只有听到"陆缘冰"这三个字时，休眠模式和自动防卫模式才会一起解除。

就这么相信我吗？

陆缘冰有点儿小激动，因为她还真没辜负空裁 π 的期待——她离开机甲时随身带了营养泵的补充包。

"你没事就好，德尔塔城那边有紧急情况还等着你回去呢……"陆缘冰把补充包交给空裁 π，长吁了一口气，又忍不住问，"你到底为什么这么执着于德尔塔城呢？"

事到如今，空裁 π 也不再在陆缘冰面前端架子了，缓缓地说："因为那是我女儿最后的愿望……"

[〇七]

空裁 π 在卖掉肉身前做了一个决定，那就是提取并冷冻保存了自己的数枚卵子。

创业成功后，她取出冷冻的卵子，使用人工子宫等技术手段得到了一个女儿，并希望女儿能过上自己从小梦想的那种生活——接受良好的教育，有自己的爱好，懂艺术，长大后能从事自己梦想的职业，不必像她一样，从小生活在背叛与出卖中，提心吊胆地靠杀戮过活。

她的愿望一度成为现实。

女儿长得很像原本的她，聪明伶俐，体育天赋出众。

作为安保公司老板的空裁 π 使用的是一具男性外形的代用体。表面上看，他们的家庭结构是单身父亲和女儿。

他们住在安保良好、格调高雅的小区里，邻居们的家境也都和他们差不多。

虽然阿尔法城没有学校，但年纪差不多大的孩子们还是自然而然结成了社交圈。女儿有时也会和空裁 π 抱怨朋友间的小误会小矛盾，但在空裁 π 看来，有朋友、能吵架本身

奇遇办②
阿尔法城（下）
A ER FA CHENG

已经是天堂了。

他们的生活让空裁 π 很是满意。

但在阿尔法城的富人社区，只有一种情况会让你沦为千夫所指的笑料，那就是没有隐瞒好自己的出身。

女儿十五岁那年，空裁 π 以为早就报废了的肉身被持有者用最新技术修复，送上了格斗擂台，并被打造成了家喻户晓的格斗女王。

于是有人问空裁 π 的女儿："你爸爸到底是做什么的？为什么你和那个人体宠物长得那么像？"

女儿不知该如何回答，回家问空裁 π，得到的答案也是沉默。

谣言永远比真相来得更快，最恶意的留言出现在网络上，过往的朋友对话时也总是别有所指，女儿的生活变得一团糟。有人说她是人体宠物的孩子，甚至还有人说，她和"父亲"空裁 π 根本不是父女关系，她其实是空裁 π 的人体宠物！

"你怎么能证明你爸爸不是变态？记忆可以洗掉啊！"

"你真的有大脑吗？要不要用音速刀切开头盖骨看看？"

……

直到那天女儿关掉了所有监控设备，等到空裁 π 发现时，她已经去世三天了。

那一刻，空裁 π 觉得自己过往所有的努力与梦想都化为了泡沫。从此，她只剩下一个愿望——毁掉罪恶的人体宠物制度！

她换上了战术级合金代用体"Motoko30"，想方设法跟人体宠物制度过不去，并且在这个过程中了解到更多与人体宠物有关的悲剧，从而更加明确了自己的目标——一定要让整个社会认为人体宠物有问题，从而打击整个人体宠物行业。

至于德尔塔城，是因为女儿最后和她聊天时说"好想去那里生活"，于是那里成了空裁 π 心中的"圣地"。

"之前让你去打格斗，说实话，只是为了满足我自私的愿望。如果是为了你自己考虑，还是回家乡比较好。你眼中平淡无奇的日常，对我来说……反而是我小时候最渴望、后来最想让女儿拥有的生活。"空裁 π 真诚地说。

这番话让陆缘冰一时间不知道该如何回应，甚至使得她对这一个月来发生的一切都有了不一样的感觉。

平庸如她，一个透明到连老师收作业都会忘记的人，最渴望的就是能与众不同，甚至扬名立万，在这世上留下自己的痕迹。

而对空裁 π 来说，她虽然获得了商业上的成功，那却不过是个可以被替代的安保公司和一具量产的男性代用体。

肉身是她拥有过的"痕迹"，而女儿是她想要拥有的"痕迹"，可这些全都没了……

她曾在这残酷扭曲的海底世界奋力拼搏，最后却什么都没抓住。

陆缘冰心里突然起了一个念头，她觉得自己找到了新的目标——纵然命运残酷凡人渺小，她还是希望能靠自己的努力，给空裁 π 的人生留下一些新的"痕迹"。

[〇八]

等空裁 π 的营养泵补充完毕后，她们选择回到了陆缘冰的机甲，却发现言正礼不见了！

他不会被什么别的人抓走了吧，还是说他用齿轮跑回武汉了？

陆缘冰一下子慌了，背后冷汗直冒，正四处寻找时，发现有个穿着防护服的人在树桩边缘，正向他们的机甲靠拢。

她连忙抬起了机甲手臂上的射击口！

摄像头传回的高清面部特写中显示，对方是言正礼。

等到他走近，陆缘冰连忙问："你刚才去哪里了？"

"我是奇遇协调员啊，来了这里当然就顺便处理一点儿事情。反正你们那边在讲故事，看起来挺和平的。"言正礼含糊其词，随即转移了话题，"目前状况如何？"

"一切顺利，把中心处理器搬进我们的机甲就可以返航了！"

把中心处理器固定好后，陆缘冰他们开始返程。返程的路途比较轻松，因为机甲的电脑记录了来时的路，避开危险，原路返回就行。

行驶了一大半的路程后，从机甲后方飞过来一个看起来像气泡的东西。

"混沌空间"里乱七八糟的东西太多了，陆缘冰没太在意，只是想避开它的行动轨迹，但当"气泡"从机甲上方掠过时，她被震惊了。

"那里面怎么有个纯白色的……女孩子？"

"女孩子？"言正礼立即转过头来，转瞬突然变了脸色，"是丹璃！快救她！"

见言正礼看起来一副火急火燎的样子，陆缘冰连忙按他说的用机甲的手臂抓住"气泡"，把她拉进了驾驶舱。

丹璃看起来像是睡着了。

她穿着一条白裙子，头发枯白如纸，脸色倒是很红润，但满头细汗。

她又发烧了。

言正礼来不及解释丹璃是谁，半跪下来扶住她，大声喊她的名字，直到她徐徐睁开眼睛，言正礼才松了口气。

丹璃费劲地笑了一下："好像有几天没看到你了。"

"不是让你好好休息吗！你怎么会跑到这里来啊？"言正礼显得很生气。

"因为……我想保护主计算机……结果被从'树桩'里弹了出来……"

"世界上不是只有你一个协调员，你得到什么有用的信息，告诉我们，让其他人去解决就可以了啊！"言正礼焦急地说，"你再这样滥用魔法，迟早也会像你那些同族一样……"他住了嘴，没有继续说完那个不吉利的预想。

丹璃垂下眼睑，轻轻地说："谢谢你，我只是……希望这个世界能恢复到最美好的样子。"她的声音渐渐微弱，说完再度陷入了昏睡。

言正礼叹了一口气，把丹璃挪到了一个比较舒服的位置。做完这一切，他突然想起了什么，站起身走到陆缘冰的身后。

"虽然她来不及说清楚现在到底是怎么情况，但很明显主计算机出问题了。"

"出问题？你不是刚去过树桩内部……"陆缘冰很茫然。

但言正礼没有回答她的问题，而是继续说："她应该是从我们后方的树桩里弹过来的，你要提防一下后……"

话没说完，机甲的操作系统就发出提示，一股强大的暗流正急速靠近！

他们来不及细想，暗流已经裹挟着各种残骸碎片席卷而至。

陆缘冰连忙打开能量防壁缓冲撞击，但机甲还是被暗流与残骸撞得东倒西歪，越飞越偏……

万幸，两吨重的中心处理器和几百斤的空裁 π 早就被固定住了，并没有在驾驶舱里乱飞。

尽管陆缘冰和言正礼抓着最近的舱壁，还是被甩得四处乱撞，言正礼还要抱住昏睡中的丹璃，情况就更艰难了。

最后，连防壁制造装置也坏掉了，能量防壁随即消失，一块歼星舰碎片袭来，竟直接将机甲的双臂齐齐斩断！

"驱动引擎在背后，保护好驱动引擎！"言正礼连忙说。

双臂没了就没了，只要有驱动引擎就还是回得去的！

好巧不巧，操作系统又发出了警示。

只见随着汹涌的暗流，出现了质量、体积比刚才那些残骸都大的东西——一只有两辆公交车叠起来那么大的大章鱼。而且，它还长着十几只金色的眼睛。

[〇九]

"引擎功率全开，朝着阿尔法城大门的方向全速前进！"陆缘冰连忙向操作系统发出指令，但已经来不及了。

被暗流所裹挟的大章鱼显得相当生气，胡乱挥动着触手。

不知多少残骸碎片"砰砰砰"地打在机甲的外壁上，系统不断提示机体性能各方面的指数都在下降，并打算在五分钟后启动应急方案，也就是用强制休眠的方式来保全舱内所有人的性命。

"喂，这是什么设计啊？生死存亡之际，它却想让我们休眠？"陆缘冰气得一阵猛拍操作面板想改设置。

这时，空裁 π 开口了："改不了的。其实它想得没错，现在这个状况下，我们保持清醒时的生存概率还没有处于休眠状态高。"

陆缘冰一愣："那怎么办？"

"不管怎么样，我一定要保护好中心处理器！没有它，德尔塔城就没有重建的希望。"

说实话，就算听了空裁 π 的往事，陆缘冰还是没想明白她为什么那么执着于重建女儿梦想的另一座城市。

这几个海底城大同小异，德尔塔城就算重建了，不还是和阿尔法城差不多？她只能理解为，对痛苦绝望的空裁 π 来说，德尔塔城是一根代表希望的救命稻草。

空裁 π 已经解开了固定装置，钻出驾驶舱，投身于那片橘黄色的空虚之中。

"你要发动自杀式攻击吗？"陆缘冰用无线通信设备担心地问。

空裁 π 反问："怎么，你在担心我？"

"我一直没有来得及对你说……虽然你说是在利用我，但其实我很感谢你带我来这个世界，让我过了一段跌宕起伏的日子，还做了一会儿英雄梦……可能的话，我也希望能让你……"

陆缘冰的话没有来得及说完，通信设备里只剩一片杂音。

他们只能通过摄像头传回的画面，看着空裁 π 灵活地避开大章鱼一根又一根触手，然后直接冲进了它的嘴里，最后，空裁 π 似乎是使用了某种道具，大章鱼突然一动不动了，肉眼可见的冰凌渐渐爬满了它的身体。

机甲性能渐渐稳定，强制休眠被解除了。

陆缘冰却很是着急，问言正礼："那她不是把自己也冻住了吗？"

言正礼摇摇头，让陆缘冰仔细看。

陆缘冰连忙放大了摄像头传回的画面，只见空裁 π 那个黑紫配色的合金身体正从大章鱼嘴里缓缓掉落，在橘黄色的虚空中飘浮起来。

陆缘冰松了一口气，正想去救她，言正礼却提醒她能源和时间有限，不如等空裁 π 自己"游"回来。

结果空裁 π "游"了没几秒，刚好大章鱼冻结的触手碎裂，径直砸向她。她竭力躲避，然而又一只触手碎裂砸落，当即将她的合金身体砸得七零八落！

这下糟了！

陆缘冰焦急地看着空裁 π 的身体碎片各自飘远。突然，空裁 π 的大腿里弹出一个黑色盒子！

原来，她使用了推进设备，在朝着陆缘冰的机甲前进，然而前进没多远就熄火了，停在那里一动不动。

陆缘冰不知所措，突然，她反应过来，说："我知道了！那个盒子里装的是空裁 π 的大脑！我们赶紧去救她！"

说着，她试图操纵机甲抬起两条腿——腿实际上也是设计用来抓取物品的，虽然她操作不太熟，但多试几次一定能成功！

言正礼指向显示屏上展示能源余量的图标："我们就剩这点儿能源了，时间也不多了。虽然你很善良，但是救她还是救阿尔法城，你只能选一样。"

又来了，我最讨厌别人夸我"善良"！

陆缘冰气恼地攥紧了拳头，心里却明白言正礼说得很有道理，她只恨自己的软弱无力。

这时言正礼又说："你也明白的，这个选择和你的安危一点儿关系都没有，就算五座海底城全部完蛋，我们也可以回武汉避难，所以现在的问题是，你要选择哪一种善良？"

[一〇]

"我……我选……"

是救一个人还是救五百万人？

陆缘冰从没想过这种问题会摆在自己面前，手攥得更紧了。

对了，我的手……

陆缘冰突然抬起头，望向言正礼："只要我在不消耗能源的情况下尽快救回她，不就行了？"

"可你要怎么……"

言正礼话没说完，就见陆缘冰从驾驶舱的工具箱里摸出了一把音速刀，告诉了言正礼自己的打算。

一向面瘫的纪律委员立即瞪大了眼睛："你脑子还好吧？你的思维方式怎么也变成'阿尔法城式'的了？"

"事到临头，除了这点儿能力，我也没有别的赌注了！"

言正礼扶了扶眼镜："你要想清楚，外面的环境类似于真空，非常不利于肢体保存，你这一刀下去，可就……"

"我不后悔！"

陆缘冰给自己贴上了工具箱里准备的局部麻药贴，然后举起音速刀，她咬着嘴唇沉默片刻，终于下定决心——

她一刀切断了自己的左前臂。

陆缘冰把齐肘砍断的左前臂递给言正礼。

言正礼皱着眉接过那只手臂，按陆缘冰说的，把它绑在了一根合金缆绳上，然后他们把缆绳绑着手的那一端扔出驾驶舱。

眼看着自己的手臂开始膨胀并出现了淤青，但陆缘冰现在已经无所谓了。

绑着手的缆绳随意地飘浮在"混沌空间"中，而陆缘冰站在驾驶舱里，用意念操纵着自己砍下的那只手的骨骼，看着它朝空裁 π 大脑的方向飞过去，慢慢地，抓住了它。

言正礼收回缆绳，把它们拉回了驾驶舱。

"你已经没用啦。"陆缘冰望着自己紫黑色的左手，露出自嘲的笑容，然后又看向空裁 π 的大脑，"至于你，就跟我回家吧。"

【一一】

出"大门"的时候，陆缘冰发现他们被一大群荷枪实弹的机器人与无人机所包围了。

"协理 α 果然不是好东西。"

言正礼警惕地皱着眉，用眼神示意陆缘冰抓住他的胳膊。他一手搂着丹璃，一手按在裤袋里的齿轮上，随时准备带着两个女生一起逃走。

这时，协理 α 的秘书出现了。

她神情悲戚，嘴里说的却是："很高兴诸位平安归来。"

"你这是'很高兴'的样子？"陆缘冰指着周围的武装机器人问，"是因为我们没赶上，所以协理 α 要杀掉我们吗？"

"抱歉让诸位误会了……"秘书忙命令机器人离开，解释说它们出来警戒是因为刚才大门里飞出来了一个怪人。

至于陆缘冰的猜想，对了一半——他们确实没赶上。

"可如果我们没赶上，这座城市现在不是应该已经毁于'核弹'制造的冲击波了吗？"陆缘冰有点儿困惑，但她随即得到了解答。

阿尔法城的人造穹顶现在不播放虚假的蓝天白云了，而是在回放着协理 α 的讲话。

"永别了，我爱你们！"

只见协理 α 转过身，被一片刺眼的白亮所吞没，有那么短暂的几秒钟，阿尔法城所有的电子设施都受到了强烈的信号干扰。

秘书告诉他们，之前主动返回德尔塔城的那位老科学家半路出了意外，陆缘冰等人也一直没有回来，这两套方案都指望不上了，协理 α 就自己搭着一架临时拼凑的机甲进了"大门"，他以最快的速度穿过"混沌空间"抵达德尔塔城，手动改了速度设置。

协理 α 牺牲自己，拯救了所有人。

陆缘冰被这个回答震惊了。

"骗我的吧？那个高傲又讨人嫌、连自己的后代都不当人的协理 α，真的会为了保护阿尔法城而牺牲自己？他转性了？"

"我倒是觉得可以理解，"言正礼说，"他的思路其实一直没变，他觉得他是全世界最有资格当英雄的人。不然，牺牲自我为什么还非得开全城直播？"

秘书为陆缘冰预约了手术去掉"心率炸弹"，并安排她和其他伤员一起接受机器女仆和白球机器人的照料。

一个是发烧的丹璃，一个是目前只有大脑的空裁 π，还有一个是那位"从大门里飞出来的怪人"——一个失去意识的脏兮兮黑人男青年。

言正礼一看到他就开始胃疼，找机器女仆要了胃药。

白球机器人把空裁 π 的大脑接到了一个临时代用体上。

把营养泵重新连上她的大脑后，她说话了："你脑子有毛病吧？为了救我剁了自己的手？你知不知道在阿尔法城，多少人做梦都想要一个完整的肉身……"

"哎呀，可在我们地球，大家觉得戴个高科技铁手还挺时尚的！"陆缘冰笑嘻嘻地说，然后她转移了话题，"对了，你之前在'树桩'上说，'她'告诉你会有人来救你，'她'是指谁？"

"我女儿。"

空裁 π 答得很理所当然的样子。

陆缘冰却很惊讶。她没想到像空裁 π 这样的人竟然也会看到死者的幻觉，该不会是之前在"树桩"上大脑缺氧导致的吧？还是说这些日子以来，她一直沉迷于女儿的幻影之中呢？

"那接下来你还要继续为毁灭人体宠物制度而到处惹事吗？"陆缘冰又问。

这个问题让空裁 π 陷入了短暂的沉默。

目前的情况很复杂，一方面，世界变了，仅存的两座海底城的居民可能真的会得到希望，也可能会更加绝望，这些情况的改变都会导致人体宠物领域发生变化；另一方面，她可能会把更多精力投入到促进德尔塔城的重建这件事上……

不过，目前她太累了，想休息一下。

"那休息期间你想不想和我回地球呢？"陆缘冰连忙问。

她灵光一闪，觉得这可能是一个让空裁 π 体会到新的人生意义的好方法。

"你不是说最羡慕我那种无聊的日常吗？来,用你聪明的颅内辅助芯片帮我写作业吧！我还可以带你去观赏各种真实食物！"

"随便吧。"

第一次，空裁 π 在陆缘冰面前长长地叹了一口气。

"帮你写了作业也不能帮你高考啊。"

言正礼走了过来，又是那副惯常的纪律委员腔调。

但他其实是来找空裁 π 的："刚才第一秘书帮我找到了主控室外那个会客厅的监控视频。我终于知道了是谁砍掉了我同事的脑袋。是你。"

言正礼说的是束蚀 II。

空裁 π 沉默不语。

言正礼继续问："我没有报仇的兴趣，只想问，他的头在哪里？他的大脑和营养泵应该分离很久了，我担心他的生命安危。"

"给我女儿了。"空裁 π 说。

这个回答让言正礼皱起了眉，返程里他明明听陆缘冰说空裁 π 的女儿早就死了。

不过，他又想起了另一个他在意了几个月的问题："那你的'齿轮'是谁给的？"

"我女儿。"

这么简单的几个字，却让言正礼露出了难以置信的表情。

"喂，你是不是……见到了主计算机的那个'幻影'？"

奇遇办② 与 ▶
主计算机

原来自己也是会哭的。

[○一]

言正礼加入奇遇办的初心，是想让荆樊复活。

他认识荆樊时是十一岁，那时他刚随母亲从故乡小镇搬到武汉，对新生活很有自信。自己成绩不错，爱好广泛，喜欢动漫游戏和汽车模型，和新同学应该很有共同语言。可大城市的生活令人眼花缭乱，同龄孩子的知识面和动手能力使他自惭形秽，就连他的兴趣爱好都被新同学们嘲笑老土……身边的一切都让言正礼觉得自己又没用、又孤独。

然而荆樊出现了。

他比言正礼年长四岁，是个满脑子奇思妙想的少年。他一点儿都不嫌言正礼的爱好过时，反倒很开心地和他聊了起来，还给他解释各种流行语。他们聊到了许多言正礼喜欢的作品，还有神话传说和古今逸闻。荆樊还说他将来要学魔法、做冒险者、当海盗、开高达、造变形金刚……这些听起来不切实际的幻想，言正礼全都信了，直到现在他还时常会想起荆樊抱着猫坐在窗台上望着夜空的样子，月光照在他肩上，就像为他披上了一身银色的羽翼。

言正礼觉得，这样的一个人，说自己有什么梦想，将来都能实现。

可他却死了，死于车祸。普通得不能再普通的死法。平凡得不堪一击，脆弱得近乎可耻，普通得让言正礼觉得……他就是个骗子。

从那天起，言正礼烧了漫画书，折断 DVD 碟片，下定决心要过最理性、最正常、最小心谨慎的生活，直到丹璃的出现。丹璃把他拖进了奇遇办，得知当协调员可以许愿让死者复活后，他才明确了自己的目标。

所以和陆缘冰一起抵达树桩图书馆后，本该留守在机甲里的言正礼脱离了自己的岗位，走向了树桩图书馆那扇红色的大门。

因为他想确认一件事。

门内的景象还是老样子，一片由无数书柜组成的迷宫。言正礼本以为要花点儿功夫才能找到"他"，没想到"他"很快就出现了。

"他"是主计算机针对言正礼生成的幻影，拥有荆樊的外貌。然而与上次不同的是，今天的"荆樊"不再轻盈愉快了，而是匆匆忙忙地跑向他："你终于来了！可现在很危险……"

果然，我们会抵达这里是因为主计算机的暗中操控！可危险是指什么？图书馆内看起来和过去一样啊！

言正礼正想问，荆樊肩上那只猫突然跳到了言正礼的怀中，继而钻进了他的口袋。他惊得连忙去掏口袋，却发现猫变成了丹璃头上那个六芒星发卡。

他愣了，想问这是怎么回事，可他想问的问题太多了。

言正礼不惜脱岗进入图书馆也想问的问题是——主计算机到底能实现什么程度的愿望？是像丹璃那样暂时复活一个人来完成复仇夙愿，还是能像他所希望的那样，让荆樊真的回到这个世界上，继续之前的人生？

可他什么都没问出口，就听到荆樊说："来不及细说，帮我照顾好它！千万不要……"

荆樊的话没说完，人就消失了。

图书馆里突然变得一片黑暗，远处隐隐传来了爆炸声，紧接着，言正礼就被一股强风般看不见的推力推出了大门，他好不容易才抓住附近的树根固定住了身体。

怎么回事？遭到袭击了？按言正礼的个性，此刻本应穷根究底、设法保护主计算机才对，可他想起了陆缘冰，想到身为奇遇协调员首先要保证当事人的安全，于是决定先回去继续任务。

之后，他们见证了德尔塔城的毁灭与阿尔法城的幸存，还意外遇到了丹璃和 Mr.PH 3。一切尘埃落定时，丹璃依然没有醒来，他只好带着高烧昏睡的丹璃回到了武汉，第一个目的地是丹璃的房间。

那是个雪洞似的房间。白色的墙壁，白色的窗帘，白色的灯光，白色的地砖，没有任何家具和摆设，甚至没有衣柜和床。白发白裙的丹璃身处这个环境中，就像马上要消失了一样……

　　虽然言正礼很担心图书馆，但想到齿轮还能用、其他协调员也在正常工作，感觉问题不大。所以他想先解决当务之急，怎么救丹璃。

　　言正礼坐在地板上，心里琢磨起他之前拟的几个应急预案，其中最容易实现的一种就是攒够业绩，向主计算机许愿，治好丹璃的病。

　　可那样他就救不了荆樊了。

　　但现在丹璃就靠在他怀里，体温很高，呼吸急促，满头的汗，而且搞不好又失明了……他想他可能没多少时间能继续犹豫。

　　当你有两个想救的人，手中却只有一个机会，这个机会还不一定真的靠谱时，你该如何选择呢？

［〇二］

　　言正礼正想着，丹璃缓缓睁开了眼睛："我们现在在……我家？"

　　"你看得见啊？"言正礼松了一口气。

　　然而丹璃说："可我感觉有点儿怪……言殿，你能不能碰一下我的手？"

　　"我现在就握着你的手……"言正礼的话只说了一半就愕然抬头，对上丹璃惊恐的眼神，两人意识到同一件事——她的手没知觉了。

　　难道她的病情又加剧了？言正礼只觉得后背冷汗直冒，连忙拿出齿轮："我这就带你去医院。"

　　"没用的……"丹璃微弱地笑了笑，但言正礼这次不容她反对："至少可以给你打个退烧针，还有专业人士照看你！"说着，他扶着丹璃站起身来，却发现她的脚也没知觉了，根本站不住。

　　而丹璃这时还在说："没关系的，我可以用……"

　　"别用风魔法！"言正礼连忙抱起她，穿过齿轮随意门，抵达了医院门外。

　　他考虑到急诊部人总是很多，使用齿轮随意门出现在任何角落都可能撞到人，所以选择了室外。此时的武汉已经入夜，刚穿过齿轮就是一股熟悉的潮热扑面而来，满地都是水，显然是刚下过暴雨。言正礼的眼镜都起雾了，他抱着丹璃走向医院正门的台阶，没走两步就听到雷声，看来雨还没下完。

　　抱着人上台阶有点儿累，再加上轰隆隆的雷声，使得言正礼没注意到身后的动静，直到丹璃突然喊了一声："言殿，小心后面！"

言正礼连忙回头，赫然看到一个眼熟的合金代用体朝他们冲了过来。

只见对方右手前臂化为利刃，径直劈向他们！言正礼抱着丹璃就地一滚避开了这一刀，利刃劈进台阶，溅起的碎屑甚至击裂了他的眼镜！

好险！趁着那利刃卡在台阶里出不来的工夫，言正礼连忙掏出齿轮，想带着丹璃躲回奇遇办，没想到那个合金代用体体形庞大，动作却很灵活，现在已经敏捷地转过身，再次朝着他们举起了利刃！

仔细看才发现，代用体的外形虽然与空裁 π 同款，可肩部以上接的竟是束蚀 Ⅱ 的脑袋！

"给我那只猫……"在束蚀 Ⅱ 冲向言正礼的瞬间，言正礼听见他说了这么一句话。这让言正礼立即想起荆樊之前说的没说完的话，荆樊显然已经预料到了束蚀 Ⅱ 会来抢！

丹璃还在喊"快逃"，言正礼却松开了手，把她放在台阶边缘的角落上："逃不掉的，我得想点儿办法。至少把他引开，在医院门口打架算什么！"

还好这次束蚀 Ⅱ 的目标只是自己，丹璃坐在医院门口反而比跟着自己安全。

言正礼想起附近就是中山公园，打算先以自己为饵把他那个方向引，可跑了没几步就不得不承认，自己的速度哪里快得过那具战术级代用体？

束蚀 Ⅱ 越来越近，更不巧的是，雷声加剧，雨又下了起来，地面湿滑。眼看着对方马上就要追上自己了，言正礼像扔回旋镖似的朝着束蚀 Ⅱ 扔出齿轮，想要拖延他的动作，结果束蚀 Ⅱ 一挥手臂，直接弹回了齿轮，不但撞上言正礼，还把他整个人都撞得飞了出去！

言正礼只觉得一阵天翻地覆，然后听到了汽车急刹车的声音，自己的背似乎是撞在了一辆车的挡风玻璃上，疼得他说不出话。

再然后，他听到了一个熟悉的女声："神经病啊？这种天气你们搞什么……咦，怎么是你？"

说话的是一个个子高挑的短发姑娘。她就是丹璃的偶像笛衡，时玖中学的"校草"，一位天生怪力的跆拳道选手。此刻的她背着一个大大的旅行包，像是要出远门。

"说来话长……"言正礼在笛衡的帮助下费劲地落了地，这才看清自己是撞在一辆出租车上。

这时，出租车司机突然尖叫了起来，等他们回过头，才发现雨夜中有个金属怪物扑向他们。

笛衡随手举起了路边一辆摩托车，一边大吼"莫挨老子"，一边将摩托车扔了出去，把束蚀 Ⅱ 的代用体砸倒在地。

这下出租车司机更惊恐了，连忙倒车逃走。笛衡也懒得解释，看了一眼刚击倒的目标，对言正礼说："它和我们那个帅哥外教长得好像。"

"我们还是先看看丹璃吧！"言正礼揉着疼痛的背部走向急诊部大门，看到丹璃还坐在台阶上。

笛衡也注意到了丹璃枯白的发色和满头的汗，正想问她是不是生病了，言正礼问她："你怎么会出现在这里？是来看病还是探望病人？"

"对了，我来坐飞船的，我把它藏在公园里了。"笛衡忙说，"不说了，我先走了……"

可她刚转身，就警惕地摆出迎战姿势。束蚀Ⅱ的代用体恢复了行动能力，已经气势冲冲地朝他们走来！

"对不起，身为协调员连累普通人，真是丢人。"言正礼说着摸出了自己的齿轮，笛衡瞪了他一眼："有点儿自知之明吧！这里交给我，你们快滚！"

天啊，丢人丢到家了……言正礼虽然这么想，但也没逞强，最后交代了一句希望笛衡别砸坏束蚀Ⅱ的头，就通过齿轮把丹璃带回了自己家。

言正礼现在高二，虽然是暑假，但他这会儿应该在学校补课才对。因为他经常利用齿轮的功能回到过去补上课时，所以父母从没发现他会逃课。现在他通过齿轮悄悄进了自己的房间，庆幸父母不在家，于是给丹璃找了毛巾和退热贴。

"感觉凉快多了，谢谢。"贴上退热贴后，丹璃长吁了一口气。

"但还是得去医院，换一家好了。或者去找林希泽借用比德玉佩……"

"我们还是先管管正事吧？言殿，你就不在意束蚀Ⅱ为什么向你要一只猫吗？我本以为，他的目的也是推翻阿尔法城的人体宠物制度……"丹璃打断了他的话。

"难道你的性命就不是正事吗？"看丹璃说话都费劲的样子，言正礼更着急了，这种不拿自己生命当回事的毛病，八成要怪她从小受的圣女教育！

听到他这句话，丹璃的眼圈红了，见言正礼有些慌了，她又笑了起来："你要是天天都这么会说话……不，那就不是你了。"

什么意思？我平时不会说话吗？言正礼皱起眉，这时丹璃又说："不过如果不搞清'猫'是指什么，我们不也有危险吗？"

她这么一说，言正礼这才想起丹璃还不知道那只猫的来历。他看到的主计算机是荆樊的样子，荆樊以前确实经常抱着猫来找他玩，但言正礼感觉，主计算机那里的猫是某种幻象，因为它曾变成斩空之剑，而现在又变成了丹璃的六芒星发卡。他忙把这些告诉丹璃，说着还从口袋里摸出发卡。

丹璃接过发卡，好奇地说："真的和我的发卡一模一样呀！可它到底是个什么？我看到的主计算机是言殿的样子，就没有带猫啊。”

主计算机的外貌是根据每个人记忆所自动生成的最在意的人的样子。这就是丹璃第二次提到她看到的是言正礼时，他突然脸上一热的原因。

言正礼连忙清了清嗓子：“好吧，那我们先弄清它是什么，然后赶紧带你去医院。”

[〇三]

奇遇办里并没有能直接检测和分析那个发卡的技术，但言正礼想起了一个人——陈怀哉。他虽然只是个貌不惊人的大学生，但他的奇遇是“双手碰到的无机物会获得五分钟自主行动的能力”，这样一来，他们就能让发卡开口做自我介绍了。

于是言正礼给陈怀哉打了个电话，得知他现在在家，就通过齿轮直接去了他家。

参考以前的例子，那发卡应该能跑、能跳、能说话了。可这一次，它并没有任何反应。

当言正礼他们屏息等待许久、正要放弃的时候，只见发卡变成了一个幽绿色的小方块，突然间有无数个声音一起响起。

“当事人：史枕霞，档案编号辛未甲辰庚午壬申。起始时间：辛未年甲辰月庚午日。持续时间：7天。强度预判：1~2级。内容：穿过时空裂缝抵达辛丑年。”

“当事人：笛衡，档案编号C.E.20190814。起始时间：8月14日。持续时间：无限。强度预判：2~3级。内容：拥有通过拥抱治愈疾病的能力。”

“当事人：┬├┼，档案编号┌--- ┌—--- ┌┌。起始时间：┌--- ┌—年---月┌┌日。持续时间：3天。强度预判：2~3级。内容：见到自己的‘镜像’。”

“当事人：塔⑦ ke ま，档案编号€カ☆ㄎ△＃ㄒサ。起始时间……”

……

这些是奇遇档案？可强度只有“预判”而未定性，说明它们尚未发生？言正礼和丹璃惊讶地对视一眼，然后又低头看了看陈怀哉手中那个幽绿色的小方块。

不知不觉，五分钟过去了，它终于安静了下来。

言正礼正想从陈怀哉手中拿回它，忽然间，一阵猛烈的气浪掀翻了他们。事情发生得太过突然，言正礼甚至都来不及拿出齿轮就已经失去了意识。

再恢复意识时，言正礼发现自己平躺在地上，双眼正对着陈怀哉家的天花板，耳边回响着“当当当当”的钟声。

他往左边转过头，发现陈怀哉也躺在地上，此时也是一脸茫然。他又往右边转过头，看到陈怀哉房间的窗户变成了一个破损的大窟窿。

丹璃不见了！

窗外的雨声盖不住邻居们的议论声，消防车的警笛声也越来越近。言正礼忙坐起身来，暴雨的八月非常潮热，他却突然觉得脊梁发冷。

他一跃而起，一把抓住那枚当当乱响的编钟模型："丹璃呢？"

附体在编钟上的西阳被他过于急切的样子吓得哆嗦了好几下。

就在刚才，西阳亲眼目睹了一个"穿着紫黑配色盔甲的怪人"破窗而入，似乎使用了某种特殊的攻击方式，使得言正礼和陈怀哉立即就晕了过去。而坐在一旁的丹璃勉强支撑起身体，使用魔法与那个人战斗，但终是不敌，连人带"小方块"都被掳走了。

"又是束蚀Ⅱ？丹璃还用了魔法？她会没命的！"言正礼觉得自己胃更疼了。

这时西阳又说："你还是先担心一下自己吧？你俩还好吗？有没有觉得不舒服？我觉得你们挨的那一下可能不是普通攻击。刚才你们晕过去之后，我用普通的钟声还叫不醒你们，加了一点儿妖力才叫醒哦。"

不舒服？言正礼只记得自己有段时间的意识是一片空白，但没有什么异样的感觉。他扭头看向陈怀哉，陈怀哉也摇头表示没有。那就姑且当他们都没事好了。目前的首要问题是，束蚀Ⅱ把丹璃带到哪里去了？

言正礼正想跟西阳进一步确认细节，或者找找附近有没有监控摄像头拍到束蚀Ⅱ离开后的去向，齿轮里突然传来了第一秘书的联络："那个从'大门'里飞出来的怪人醒了！"

"要命……"言正礼现在的感觉就像期末考当天早上眼镜碎了又遇上胃病发作，已经够倒霉了，班主任还突然要求他中午一定要交本学期的考勤统计表。

[〇四]

言正礼联系了本地协调员们，希望他们帮忙留意一下丹璃的踪迹，然后迅速抵达了阿尔法城。

"从大门里飞出来的怪人"自然是指 Mr.PH 3。他是被裹在一个气泡里飞出来的，落地时已经失去了意识，在场的人把他送进了最近的医疗设施，一边检查救治一边限制他的行动。他现在被关在单人囚室里，肢端、脖子和腰部都被戴上了像镣铐的东西，整个人呈"大"字形悬浮在半空中，不知是依靠的什么技术。周围有能量防壁作为警戒，还守着两个防卫机器人。

第一秘书就等在囚室外。阿尔法城目前的情况十分混乱，协理 α 也不在了，所以她很忙。见言正礼来了，她立即带他去了囚室。

Mr.PH₃看到言正礼进来，笑了一下。现在他外形消瘦，半张脸都是伤痕，五官显得很扭曲，身上还沾着一些蓝色血迹。右肩以下，他真实的手臂和破破烂烂的仿真义手乱七八糟地连接着，像被胡乱拼在一起的雕像碎片。

言正礼也没和他客套，开门见山地问："你的目的是什么？"

Mr.PH₃笑而不答，可他笑起来的声音很怪，嘶哑而尖利，像没电的喇叭。

言正礼看他那诡异的表情，怀疑他脑子真的烧坏了，又问了几个问题，比如他来阿尔法城之前在哪里、他这一年来受到了什么惩罚、他还想不想回故乡，得到的反应都是一样。他决定不在Mr.PH₃身上浪费时间了，还是赶紧回去找丹璃要紧。正这么想着，半空中突然出现了一个熟悉的黑窟窿，Mr.PH₃也发出了惊恐的尖叫！

束蚀Ⅱ又来了！

言正礼连忙闪躲，这次总算没被立即打晕，可还是被一股强大的力量掀翻在地，连眼镜也飞到了一旁，眼前顿时一片模糊。防卫机器人立即发出警报声想救他，但马上就被那个紫黑色的合金代用体一刀两断。而此时的它没再管言正礼，而是全速杀向Mr.PH₃！

这个新代用体的性能也太强了吧！言正礼一边找眼镜一边大声喊束蚀Ⅱ的名字想阻止他，可对方没有任何回应，倒是Mr.PH₃叫得更加尖利难听了。

束蚀Ⅱ的第一刀没能直接击中Mr.PH₃，而是劈开另一个防卫机器人，然后被能量防壁所挡了下来，于是他毫不犹豫地抬起了另一支手臂，露出了射线枪！

"喂，在这里用那种东西不怕把整个房间炸掉吗！"言正礼满头冷汗，眯起眼睛总算找到了眼镜。

在束蚀Ⅱ射击的前一秒，言正礼摸到藏在镜框上的按钮，赶紧按了下去！

束蚀Ⅱ停止了动作，射线枪收回到手臂里，而Mr.PH₃还在惨叫，束蚀Ⅱ和言正礼异口同声："你闭嘴！"

房间里终于安静了下来。

束蚀Ⅱ没回头，用藏在头发里的摄像头看着言正礼："怎么这么慢？"

"我还想问你为什么出来第一件事是打飞我眼镜呢！"言正礼指着束蚀Ⅱ不满地说，心里却长长地舒了一口气。

[〇五]

早在束蚀Ⅱ用骨传导技术悄悄问言正礼"你知不知道你在奇遇办的档案有问题"时，

两人就达成了默契。之后束蚀Ⅱ的一切捣乱行为都是在演戏，目的只是为了暗中探查真相——因为他觉得主计算机出了毛病。

没想到的是，他被空裁π砍下了脑袋，之后发生的大部分事情都想不起来了，直到言正礼找到眼镜，按下束蚀Ⅱ事先留下的重启按钮，他才恢复自我意识。但他记得的事情只有一件——有人让他计算一个问题，怎么才能保住德尔塔城。

束蚀Ⅱ被迫演算了数万种方案，最后算出的最佳方案是——在目前的情况下，只有保护好中心处理器，才有希望让德尔塔城重建。

"这些事情联系到一起，大概情况就是，主计算机想要保住德尔塔城，而空裁π把主计算机当成她女儿，所以自愿去完成砍你的头、抢救中心处理器等任务，"囚室外，言正礼皱起了眉，"然后主计算机派你抢走了丹璃和'小方块'，现在又派你来杀Mr.PH₃。"

"我对你说的这些事都毫无印象，辅助芯片里也没有记录，我无从判断。"

那你岂不是也不知道丹璃怎么样了？听他这么一说，言正礼更着急了，正想张嘴提问，束蚀Ⅱ又说："而且这里有个疑点。主计算机自己就能算，为什么还要逼着我算？再说，这家伙又有什么被杀的价值？"束蚀Ⅱ说着又回到囚室内，直截了当地问Mr.PH₃："有一个绿色小方块，里面记载了很多还没发生的奇遇，你知道它是什么吗？"

这一次，Mr.PH₃终于有反应了，他诧异地瞪大眼睛："你们为什么能打开计划文件？"

计划文件？

"什么计划文件？"言正礼忙问。

可Mr.PH₃不肯再多说，而是恢复了之前的诡异笑容："因果律不允许我告诉你这个答案。"

"因果律？"束蚀Ⅱ想追问，却被言正礼拉出了囚室。他知道，Mr.PH₃那句话只是一个游戏梗。

言正礼觉得，从字面意义来看，计划文件就是指记录着一些未发生奇遇的档案文件。可主计算机把计划文件给了言正礼，然后又派束蚀Ⅱ来抢，加上丹璃目前下落不明，还有一个目的不明的Mr.PH₃……实在是让人觉得毫无头绪、一团乱麻。

"难道主计算机又被人改写了程序？"

"空裁π现在动机不足，没有利用价值了，Mr.PH₃是不是被当成了她的替代品？"

"我看你才是空裁π的替代品吧，那么容易被控制！"

"就算你不管我，我自己再过37个小时也能挣脱的！"

"你有本事就不要在我那里预留重启装置啊！"

言正礼和束蚀Ⅱ的争执越来越激烈，一度近乎对骂，对他俩来说倒算是正常沟通气氛。最后，束蚀Ⅱ又回到囚室里，拿出一根信息丝缆，不由分说地插进了 Mr.PH 3 的后脑接口——他打算直接从他的脑子里找答案。

"铁桶，你对你的水平真那么自信……"言正礼话都没说完，"乌鸦嘴"已经应验，束蚀Ⅱ收回了信息丝缆，将右手伸向 Mr.PH 3 面前的操作面板，想要解开能量防壁和他身上的镣铐！

束蚀Ⅱ的身体反被 Mr.PH 3 控制了！

言正礼在意识到这件事的同时还发现，束蚀Ⅱ的左手正试图阻止右手，看来还没完全失去自控能力。

Mr.PH 3 嘿嘿一笑，束蚀Ⅱ的左手便没能握住右手，而是一拳打在了自己脸上！

这一下让束蚀Ⅱ的皮肤崩裂，露出了半块银色的合金骨架，还流淌着黑色液体，看起来十分吓人。

而 Mr.PH 3 的镣铐和防壁悄然解除，他飘然落地，离开了这个房间。

"喂！你想干什么！"言正礼想要追上 Mr.PH 3 ，但束蚀Ⅱ挡在了他面前，而且步步进逼。言正礼正打算掏出齿轮进行应对，手机突然响起了短信提示音——

为什么在地处异世界的阿尔法城还会收到短信？言正礼觉得蹊跷，连忙拿出，看到一条来历不明的短信："读出来！'丹璃是全宇宙最可爱的姑娘'。"

什么鬼啊？！言正礼突然脸红，脑中随即出现了一个猜测，可这时束蚀Ⅱ已经掐住了他的脖子。

他忍着痛，艰难地大声喊道："丹璃是全宇宙最可爱的姑娘！"

就在他喊完这句话时，束蚀Ⅱ停止了动作,平静地说:"幸好我还设了一个'芯片保险',不然现在已经把你杀了。"

我就知道！言正礼现在都懒得跟他生气了，直接问："就是那条短信？"

"对，是针对你设的声纹锁，预置了一句你绝对不会说的话。"

十万字吐槽从言正礼内心呼啸而过，最后只挤出一句话："你与其这么信任我，不如加强一下自己的芯片反黑防护吧！"

"不过以身体失控为代价，我确实从他脑中找到了一点儿东西……"束蚀Ⅱ的手腕处冒出了一个小投影装置，里面出现了一个噪点很多的模糊影像。

在苍茫一片的海面上，半空中有一道时空裂缝，可以看到裂缝里就是那片橙色的混沌空间。白发白裙的丹璃正乘着一个魔法气泡飞向那道裂缝。那个气泡特别大，使得言正礼不由得猜测，是不是束蚀Ⅱ也在气泡里，只是开启了隐形模式？后面发生的事很快验证了他的猜测——正要进时空裂缝时，丹璃背后突然发出了一道射线，然后影像就变黑了。

"不知道 Mr.PH₃ 是怎么搞到这段影像的，我刚用七种不同的程序进行了检验，确证它来自莱克德那边的一个奇遇办监控摄像头。当然，如你所见，它被我击毁了。"束蚀Ⅱ平静地说。

〔○六〕

也就是说，虽然束蚀Ⅱ现在不记得了，但他在夺走丹璃和计划文件后，先带她去了莱克德，为防被莱克德人看到"合金代用体"这种不该存在的东西还隐形了，并挟持她进了混沌空间，然后才跑到阿尔法城来刺杀 Mr.PH₃。

可 Mr.PH₃ 现在又逃到了哪里？

言正礼和束蚀Ⅱ请第一秘书帮忙，在全城的监控系统中寻找 Mr.PH₃ 的踪迹。但目前的阿尔法城劫后余生、破损严重，监控系统也很不完善，半个小时后才传来消息——Mr.PH₃ 开着陆缘冰用过的机甲冲进了"大门"。

"如果我们把这两个信息汇总一下……"言正礼望向束蚀Ⅱ，束蚀Ⅱ却摇摇头："他也不一定是去找她的……"

"但我们的第一要务是找她！"言正礼急切地打断了他的话，内心非常焦灼。虽然他知道刚才看见的事情不能怪束蚀Ⅱ，可一想到丹璃的病情都那么严重了，还被迫制造出"气泡"并使用飞行魔法，不知她的身体还能撑多久……

束蚀Ⅱ点了点头，表示赞同他的意见。可这时，第一秘书补充——Mr.PH₃ 毁掉了所有保存了能进"大门"的机甲或潜艇的仓库。

这可怎么办？束蚀Ⅱ沉思片刻，说："等工厂加急生产，或者跟欧米伽城借，前者大约耗时 38 小时，后者最快 52 小时。"

可他们哪里等得了这么久？束蚀Ⅱ提出新思路，可以以全时空通缉令的形式找其他奇遇协调员借飞船。言正礼觉得这个方法也很费时间，但束蚀Ⅱ没理他，自行发出了全时空通缉令。大约二十分钟后他们收到了第一条表示"有飞船可以借你们"的回应，言正礼还高兴了一下，结果与对方确认细节时发现——他们那边没有能通往混沌空间的时空裂缝。

"要同时满足'有船'和'有裂缝'两个条件就更难了。"言正礼又皱起了眉。束蚀Ⅱ打算继续等回应，可他觉得不能再等了。

言正礼深吸一口气，拼命告诉自己冷静想想，一定还有别的办法……失去荆樊时那些无能为力、连气都生不出来的痛苦回忆，他不想在丹璃身上再经历一次了。

对了……他突然想起，不久前他听人提到了"飞船"这个词……

是笛衡！之前她帮他们抵挡束蚀Ⅱ时说，她把飞船停在中山公园了！

言正礼知道那条船的来历，是她从沐星焰手里抢的星际货船。沐星焰那家伙一向满宇宙乱飞，个性极不靠谱。他的船如今在笛衡手里，笛衡比他可靠一百倍，倒是让言正礼觉得船的可信度也大增了。他决定立即动身去找笛衡。而且，中山公园附近有一条通往阿尔法城的时空裂缝，之前环⑨用过，以它作为中转站，飞船可以先从武汉抵达阿尔法城，再从"大门"进入混沌空间！

"那种破船啊……"束蚀Ⅱ不屑地停顿了一下，"生存率大概82%吧，但也没办法。不过我要先准备一些东西。"

"正好我也想先做点儿准备。"

言正礼和束蚀Ⅱ暂时分别，约定直接在中山公园见。之后言正礼做的事情是回到奇遇办，联系武汉这边的所有同事，问他们有没有遇到大章鱼袭击或其他异象，结果得知，目前他们的主要问题是这场在三伏天持续多日的反常大雨，虽然雨时下时停，但雨量已经导致城市内涝，不但干扰了他们的工作，甚至带来了不少新的错误奇遇。

这场反常的暴雨到底是自己所猜想的那种"异象"，还是偶发的天气变化呢？搞不好之前束蚀Ⅱ发了全时空通缉令很难等到回应，也是因为其他时空的协调员都遇到了类似的"异象"？言正礼琢磨片刻，但也来不及细想——他吃了胃药，穿过齿轮随意门，抵达了雨夜里的中山公园。

结果一去就看到笛衡一个过肩摔把束蚀Ⅱ那具魁梧的合金代用体摔倒在地。

"这次不会再让你跑了！"

"你听我解……"束蚀Ⅱ的话没说完，一只黑猫又扑过来补了两爪，他"哑"了——发声系统坏了，那张淌着黑色液体的碎脸也被挠得吓人。

猫妖李渺渺也在？那不是正好嘛！

"等一下笛衡！这是误会！他脑子已经清醒了！"言正礼连忙赶过去，挡在笛衡、李渺渺和束蚀Ⅱ之间，并说明来意。

没想到笛衡的第一反应却是拒绝："你想救丹璃，我也想救葛澄澄啊！"

咦，她的好友葛澄澄怎么了？言正礼有些意外，追问起详细情况。

原来，葛澄澄在与笛衡一起乘坐飞船外出冒险时染病昏迷，笛衡只好把她送回家安顿，现在打算整备了飞船去谷神星为她找药材，还说沐星焰已经在那边等她了。

"什么病？你的超能力都治不好吗？"言正礼诧异地问。

笛衡也很诧异："我除了力气特别大还有什么超能力？"

"可我听那个'计划文件'提到……"言正礼发挥了记性好的优点,把那句话复述了一遍,"当事人:笛衡 档案编号 C.E.20190814 起始时间:8月14日 持续时间:无限 强度预判:2~3级。内容:拥有通过拥抱治愈疾病的能力。"

这下笛衡来了兴趣:"'计划文件'是啥,你给我详细讲讲嘛,我可不觉得我身上发生了什么奇遇,澄澄昏迷后我经常抱着她啊!"

8月14日是三天前,笛衡却说她的奇遇没有发生。联想起之前束蚀Ⅱ找到的那段记忆,言正礼突然觉得自己明白计划文件的作用了——它不在,奇遇就无法发生!就在它被送离图书馆的这么短短一段时间里,不知有多少应该发生的奇遇没能发生,又不知因此停滞了多少人的命运……搞不好就连武汉的反常暴雨都和它有关系。可既然它如此重要,"荆樊"为什么要把它交给自己呢?

言正礼尽量简洁地向笛衡和李渺渺解释了目前的情况。笛衡听明白后态度也发生了转变:"那我们这就开始改装飞船,我和你一起去那个图书馆,夺回我的奇遇,治好澄澄的病!"

言正礼当然很感谢她的好心,但猫妖李渺渺却指出,她之前帮陆缘冰做过机甲的改装,所以知道混沌空间的环境有多么恶劣,而且以这飞船的能源储备,制造的氧气只够一个人用。虽然可以对维生系统进行改装,可现在来不及了。

"这……"笛衡的手僵在半空中,思索一秒后立刻提出,"那我进飞船,言正礼在武汉等好消息就行了,毕竟他也不会开!"

喂,你只是个力气比较大的普通人,我才是奇遇协调员吧?言正礼想反对,但一时也找不到充足的论据,只能暗自着急。这时,刚刚维修好发声系统的束蚀Ⅱ开口了:"我也能开这破船,把我的芯片连上它的操作系统就行。而且我自带营养泵和补充包,不消耗储备。"他指了指自己拖来的几个大箱子,又说,"另外,我选言正礼做搭档。虽然他战斗力偏低,可我的芯片安全验证都是针对他做的!"

言正礼真不知道现在是该感动,还是该把这个废旧铁桶卖给家电回收站。

[〇七]

笛衡一脸嫌弃,勉强同意了让出"破船",李渺渺和束蚀Ⅱ负责为它整备。他们整备时言正礼暂时没事干,坐在一旁,想起了去年夏天的事。

那时候也是这么热,只是没有这么大的雨。他为了保护丹璃中了好几箭,然而当他在奇遇办的懒人沙发上醒来时,发现箭镞已经被拔出,自己的伤口也愈合了,只留下了一些很大的伤疤。当时束蚀Ⅱ的外形还是个"铁桶",就待在懒人沙发旁,用它冰冷的电子合成音告诉他，当地协调员赶到救了他们，用魔法为他治疗了，而且其他问题也都解决了。只是丹璃使用魔法过度需要休息。确认丹璃没事后，言正礼才放下心，提交了转正申请表格。

之后，直到丹璃病休完毕，两人才碰上面，都对对方满怀疑惑。言正礼当临时工时受了那么重的伤，为什么还主动申请转正？丹璃的愿望已经实现了，为什么还要继续当协调员？

言正礼没有回答丹璃的问题，因为当时的他也不止攒业绩许愿这一个方案，还琢磨了其他许多复活荆樊的方法，但后来想来想去，觉得还是好好工作向主计算机许愿最容易实现，且不犯法。

丹璃也没有回答言正礼的问题。直到今年三月解决了"比德玉佩"的案子后，她才稍微透露了一点儿心思。那时她的烧刚退下来一点儿，就不顾言正礼的劝阻跑去买奶茶。言正礼好不容易才找到她，正想说教，却注意到她脸上那奇异的微笑，不由得闭了嘴。

该怎么形容呢，那笑容就像墓园中的天使雕像一样。

丹璃给言正礼点了一杯雪顶咖啡，然后拉着他在玻璃窗前坐下。窗外是流光溢彩的城市夜景，窗内是近年流行的火烈鸟摆设与马卡龙色装饰，正是个适合约会的好气氛。

奇遇办 ② 主计算机 ZHU JI SUAN JI

然而丹璃吸了两口自己的蜜桃冰沙，说："还记得我们刚认识时，你骂我只要业绩不管人命。可我一直都明白，'就算发生了奇遇也没能改变什么'是多么痛苦……"她还抢过言正礼的咖啡尝了一口，然后才仰头叹了一口气，"我真喜欢这座城市啊，生活便利，好吃好喝的东西那么多，动漫游戏也很有趣……可在我的故乡，同龄的年轻人却过着截然不同的生活……"

见言正礼一脸担忧和欲言又止，丹璃笑着问："你还记得戈雷和安丽卡吗？"

言正礼点点头："记得啊，他们都是你的同乡，和我们一起消灭大章鱼、促进和谈，为边境换来了宝贵的和平。"

"可后来，他们还是没能阻止那场战争，就连我们最强大的圣女部队都无一生还。这样的事情太多了，而我只能眼睁睁地看着一切发生。"

这就是她所谓"就算发生了奇遇也没能改变什么"的意思吗？言正礼想着，没有作声。

这时丹璃又说："你最好不要知道安丽卡和戈雷后来怎么样了。唉，我真希望能让世界……"

丹璃的话没有说完，背后那桌初中生争执"谁的偶像业务能力更强"的吵闹声让她放弃了继续说下去的念头。她有些羡慕地看了那群喧嚣然而快乐的孩子们一眼，然后起身离去。

现在回想起来，她没说完的话应该就是"我希望能让世界恢复到最美好的样子"吧？

她想做什么，是让主计算机允许她回到过去拯救故乡，还是说她口中的"世界"指的是广义上的"所有世界"？

想着想着，耳边响起了束蚀Ⅱ的声音："发什么呆呢？出发了！"

飞船冒着大雨穿过时空裂缝，抵达阿尔法城，再通过"大门"进入了混沌空间。混沌空间这个鬼地方现在更混乱了，大章鱼们开始互相撕扯，如果不是有束蚀Ⅱ帮忙，靠言正礼一个人还真到不了目的地。

他们这次找丹璃也是靠那个"寻人罗盘"，罗盘下的小盒子里放着丹璃上学时用的水性笔。束蚀Ⅱ以他一贯的理性思路分析，丹璃最有可能待的地方是图书馆，但也可能有其他意外情况发生。但最后，罗盘一路带着他们飞到了那个"树桩"附近。

"那就执行第一个计划。"束蚀Ⅱ说着，操纵小飞船小心翼翼降落在图书馆大门附近的一条树根上，并派出一个带摄像头的有线无人机检测周遭环境。

很快，他们发现了异样。

"图书馆内外飞满了维修机器人。我记得它们原本的用途是弥合时空裂缝，应该没有攻击性的……"

当束蚀Ⅱ操纵无人机接近那片白茫茫的机器人矩阵时，小机器人们从不同的角度一起向无人机开火，无人机被击落了。

这可怎么办？言正礼想起上次来图书馆时还没有出现这些小东西，它们是受谁的操控？难道 Mr.PH 3 来了？

"现在时间紧急，帮我做点儿事。"束蚀Ⅱ指向自己带来的那堆大箱子，"我要负责进行黑客作业，让那些机器人无法识别运动的物体。"

言正礼依言打开那些箱子，替束蚀Ⅱ组装里面那些各式各样的代用体。这个工作很简单，就和组装机器人模型差不多。

"你带这么多代用体是要干吗？"

"我对自己的辅助芯片进行了优化，现在能同时操控十个代用体了。它们就是我的军队。"

大约十五分钟后，束蚀Ⅱ完成了黑客作业，他让言正礼抓紧时间去图书馆，自己负责后续的组装工作。

言正礼连忙检查好防护服，出了飞船，顺着树根一路爬上去，又一次进入了图书馆内。

这里就像他刚离开时一样，一片幽暗。而与上次不同的地方是，双眼适应了幽暗的光线后，言正礼发现图书馆里乱得像刚遭遇过一场地震，书架倒塌、档案散乱、地板碎裂，地上有不少维修机器人的残骸，有的吊灯砸落在地上，还有些吊灯在半空中摇摇欲坠。

他尽量警惕小心地慢慢走着，边走边四处张望。走着走着，他注意到左前方的景象有点儿奇怪——有些书柜、档案和维修机器人之类的东西在半空中回旋，就像是正被微型龙卷风所席卷。

突然，一声爆炸的巨响传来，眼前的一切事物都被轰上了天，微型龙卷风消失了。这时，言正礼听到了一个熟悉的女声："这一次，我一定会成功！"

是丹璃！

言正礼循声而去，看到了爆炸后的废墟，却没看到丹璃，但很快，丹璃的声音又在他背后出现了："啊，总算找到你了。"

言正礼连忙回头看，只见那个遍体纯白的少女正借助风魔法的力量轻盈地飘向他，这让他不由得又是高兴又是担忧，正想问她怎么回事，这时，丹璃伸出一只手，手里托着那个幽绿色的小方块："别和我躲猫猫了，毁了它吧。我的人质可是言殿哦。"

什么意思？我是她的人质？她在对谁说话？言正礼愕然转头看向自己背后，没有人在。他又回过头，疑惑地看向丹璃："你怎么了？你知道它是主计算机的奇遇计划文件吗？你烧糊涂了吗？"

丹璃一愣："言殿？"

言正礼也是一愣："不然呢，你该不会以为我是 Mr.PH 3 假扮的吧？"可拿他当人质能威胁到 Mr.PH 3 吗？

丹璃没有再回答他的问题，只是飘向他。

此刻的图书馆里光线幽暗，言正礼还是注意到，丹璃整个人白得像一尊石膏雕像，如果说她在硬扛，那至少脸上应该有发烧带来的红晕啊……该不会她才是 Mr.PH 3 假扮的吧？这个想法让他不禁后退了一步。

丹璃敏锐地察觉到了他的态度变化，于是悬停在半空中："呀哒，你要是待在陈怀哉家乖乖沉睡就好了。"

她再次抬手，手心里出现了熟悉的白色光芒——她是真的丹璃，而且她在用魔法！

言正礼想躲避，但那几乎是不可能的。

电光石火间，一个眼熟的铁桶疾驰而至，推开言正礼，为他挡下了这一击！

不远处传来了束蚀 II 的声音："我早该想到的，主计算机才不会需要我去演算问题，让空裁 π 砍了我脑袋的人，是你！"

言正礼总算回过神来，转身朝束蚀 II 的方向跑去。

丹璃连忙追上，用风魔法把一个书柜砸到了束蚀Ⅱ身上，但马上就有七八个各式各样的代用体从四面八方冲过来围住了她。丹璃打量着它们，手中有一团蓝色的光芒在涌动，似乎在酝酿该先攻击谁。

轻轻跃动的蓝光映照下，丹璃的神色平静从容，这让言正礼又想起了去年暑假，她带着恍如女神般的慈悲笑容杀死了自己的养父……只是那时候的她还不是现在这样白发白裙。此刻的丹璃从头到脚白得像一尊会动的石膏像，有种异样的美，也使言正礼心中产生了强烈的不真实感。他脑中尚存的理性正在迅速拼凑出真相——

指使空裁π行动的人、控制束蚀Ⅱ的人，一直都是丹璃！

"在陈怀哉家被束蚀Ⅱ抓走"只是束蚀Ⅱ受她的控制时演给言正礼和监控的一场戏，但她疏漏了两件事，一是忘了陈怀哉家还有个妖精西阳，二是她刚才看到言正礼时，把他当成了她正在寻找的主计算机。

第二件事让言正礼觉得心口抽痛了一下，也让他更迷惘了。丹璃做这一切到底是为了什么？有一个不完整的想法从言正礼脑中掠过，可来不及理顺前后逻辑了，他连忙冲到那七八个代用体所组成的包围圈中，不太连贯地说："丹璃，你冷静一点儿。我有一个假设……"

丹璃微笑着问他："是什么？"

言正礼连忙说："我觉得你现在的想法不是你真实的想法，都是圣女病导致脑部病变带来的影响！也就是我们地球人所谓的抑郁症或者双向情感障碍！"可一想起丹璃做的那些事，他自己也越说越没底气，"我觉得……这一切都还是可以挽回的。"

丹璃随手掠起她那满头的白发，轻轻地说："都这样了，还能怎么挽回呢？"

"等我！等我的业绩攒满了……"言正礼顿了顿，终于下定决心，"我就向主计算机许愿治好你的病！"

这句话让丹璃露出了惊讶的表情，她终于不像一尊惨白的石膏像了。

"我本以为你的愿望一定是……复活你的朋友？"

"我当然想救他！"言正礼说出这话时甚至觉得对荆樊心怀愧疚，"可你就在我面前……我没法放着你不管啊。"

"真开心啊……"丹璃微笑着，泪珠像月光石一样断断续续地滚落下来，"我没事的。你也不用担心，不管我现在做了什么，都不会影响你的未来，你一样能考上好大学，找个好工作，拥有幸福的家……"

她什么意思？她为什么要哭？言正礼愣了，完全想不出还能说点儿什么。

这时，丹璃手中的蓝光化为一支冰柱猛地扑向他！

言正礼来不及应对，刚从书柜底下钻出来的束蚀Ⅱ一把抓住他往后拉，生气地大喊："让你赶紧跑，你为什么要停下来讲这些头脑发热的废话？"

与此同时，他的手指又看似无意地搭在了言正礼脸上，用骨传导技术对他说："主计算机让我带话——拿出你的齿轮，钻进去！"

齿轮？齿轮在图书馆里不是不能用吗？言正礼一脸茫然，但看束蚀Ⅱ郑重的样子，还是照办了。就在丹璃冻住束蚀Ⅱ的前一秒，齿轮在言正礼面前迅速变大，他一头跳了进去。

[〇八]

齿轮的另一边是一片静寂的黑暗，唯一的光源来自一个巨大的沙漏，沙漏里没有沙，只有许多层层叠叠、错落有致的齿轮在徐徐转动。沙漏本身则缓缓地上下旋转，一个白色光球在齿轮的孔洞中反复穿行。

"这个看起来像沙漏的东西就是主计算机的核心，我的本体。"荆樊的声音在言正礼背后响起。

言正礼回过头："是你让我来到这里的？可齿轮不是不能在图书馆里用吗？"

"所有齿轮在图书馆里都不能用，这句话的意思其实是，所有齿轮在这里都受我支配……除非它坏了，或者像上次那样被 Mr.PH 3 改装了。"

"那我们赶紧回去阻止丹璃、救束蚀Ⅱ吧！"言正礼连忙说。

"还来得及。"荆樊微笑着说，"我们现在其实在你的脑子里。你知道，人在梦中对时间的感受和现实世界是不一样的……此刻你看到的大部分内容都是我事先准备好的记忆档案，我只需要现实世界中的 0.82 秒，就足够告诉你很多事情了。"

听他这么一说，言正礼也镇定了下来："我正想问你，丹璃为什么要毁掉计划文件？"

"说来话长。我想问问你有没有想过，我就是主计算机本尊，可我的行动权限为什么这么低？"

"想过。你是一台能干涉所有时空、近乎全知全能的云计算机，你肯定还有设计者，设计你的人害怕你滥用能力，所以给你加了很多限制。"

"猜对了一半，但还有一半的原因。"荆樊一挥手，沙漏消失了，出现在言正礼面前的是一段回忆。

这段回忆的开端就在这座图书馆里。吊灯、书柜、移动木梯都在，室内光线明亮，只有那扇红色的大门与现在不太一样，门框内是一块竖立的镜面，微微起着波澜，就像春天的湖水。从那块镜面中，言正礼看到了一群面目模糊的灰色影子，它们正围着那个巨型沙漏在说话。就视觉位置来判断，言正礼觉得，正在"照镜子"的沙漏就是这段记忆的当事人，也就是主计算机。

一个影子说，它已经完成了权限设置，确保主计算机不会逾越自己的本分。另一个影子说，对最初三千年的奇遇计划的审核终于完成了，并修改了所有的不妥之处。有些影子在与其他影子告别，还有个影子对主计算机说它的一生都花在你身上了……

最后，有一个老人的声音响起："孩子，我们该走了。以后你就得自己规划、自己审核、自己查缺补漏了。"

"但是……"主计算机说话了，"虽然我已经记录下了你们指出的那些不妥，我还是没有完全理解它们为什么'不妥'。我觉得，就算你们给了我难以计数的知识，我还是不够像人……"它的声音没有起伏，却带着隐隐的不安。

那些灰色的影子鱼贯穿过那扇镜面大门，依次离开了图书馆。一个孩子的声音在离开前说："我给你预置了'协调员'系统，你可以找些帮手。"

一个女性的声音说："'不够像人'是缺点，也是优点。太'像人'会让你被感情所支配和吞没。"

一个男性的声音说："别忘了，我们还给你留了制造一个化身的权限，让你可以在规划工作之余潜行人世间，更好地理解你的服务对象们……"

"它就是你的'奇遇'。"

随着这句话的渐渐飘远，湖水般的镜面消失了，变回了那扇红色大门。空荡荡的图书馆归于沉寂。之后，每个世界里的"齿轮算盘"都开始了无休止地转动，"超时空全次元奇遇协调处"成立，偶尔还会有协调员进入这个图书馆，主计算机会按预置程序化为他们最在意的人的外貌，与他们对话……

不过，除了各种日常任务，主计算机还一直在演算一个问题。

对自己来说，广义上的"人"是指全时空全次元里所有具有智慧的生物。他们的外貌特征和生活方式都千差万别，寿命也不尽相同，唯独在人性上存在共通之处。那么自己该如何运用那个珍贵的"奇遇"机会，制造一个怎样的化身？是一个完美的人，还是一个满是缺点的人？是能给人智慧感的老者，还是与服务对象年龄相近的青少年？该把这个化身投放在哪个时代哪个地点，该出身于怎样的家庭，拥有怎样的人生经历？

还有，以自己对"人"的了解程度，真的能制造出一个不会露馅的化身吗？但没有化身就无法进一步了解人性，这仿佛一个死循环。

上亿次演算后，主计算机终于找到了最佳解决方案，那就是——

与其"凭空造人"，不如继承某人现成的经历、记忆与身份。

最终，主计算机选择的身份是齐纳什卡的教堂废墟中那个刚刚死去的女孩，丹里尔雅娜·勒卡·诺瓦德。

"什么？"看着这段记忆，言正礼差点儿忘了呼吸，那种难以置信的感觉更甚于发现"丹璃才是幕后主使者"。

对啊，如果丹璃才是幕后主使者，那么"荆樊"和丹璃就是同一个人。所以，此刻与束蚀Ⅱ激战的是丹璃，而在他脑中慢悠悠展示回忆的也还是丹璃？

"你先继续往后看吧。"这时，荆樊轻盈愉快的声音响起，将言正礼的注意力拉回了那段回忆中。

只见教堂废墟的半空中出现了一座红色的大门，大门中飞出一枚白色的光球。它在碰到丹里尔雅娜的遗体后，变成了与她一模一样的少女，然后温柔地抱住了那具遗体，与她额头相抵："是的，你恨他，你爱他们……我都记住了。"然后她站起身，朝着养父的遗体行了一个礼："谢谢您，父亲，但我恨您。"

之后，纯白光球所变成的少女带走了真正的丹里尔雅娜的遗体，把她葬在了与她同名的那座山下。然后她又一次通过红色大门，回到了图书馆内。

"丹里尔雅娜，接下来你想做什么？"主计算机正等在那里。

她问出的第一个问题是"我能不能成为奇遇协调员？我也想要'攒够业绩后实现一个愿望'的权利"。

"可以。"主计算机说，"可你的愿望好痛苦啊。"

"痛苦的愿望也是愿望。"她一挥手，调出几个浮在半空中的显示屏，"不过在攒够业绩前，我想去一个和平的国家过几天开心日子。"她最终选定了武汉时玖中学，还为自己拟了一个"中意混血儿，沉迷动漫"的人设。

离开前，主计算机问她："都准备好了吗？去了那边之后，你的权限就和其他普通协调员一样了，再也不能使用图书馆大门的特殊功能。"

"但我们的'心'依然紧密相连，对不对？"她说着摆出魔法少女变身的姿势转了个圈，神官长袍变成了时玖中的水手领校服。

"对，除了一些因果律不允许我告诉你的事。"

她笑了笑，随即穿过红色大门，蹦蹦跳跳地出现在高一军训的场地上，逢人就问："哦哈哟！最近在看什么新番？"

看到这里，言正礼不禁感叹："如果不是看着你埋葬了真正的丹里尔雅娜，我几乎要以为你真的就是一个'去异世界过几天开心日子'的圣女了。"如果丹璃一直就是这个"想在异世界开心过日子"的状态该多好。

"她是我，但也不完全是我。你可以把她理解成……类似于当代地球文明中的手机、POS 机或无人机那样的移动终端。"荆樊说着，又感慨道，"她的爱与恨都很真挚，可现在想起来，要是没那么真挚就好了……"

这么说来，丹璃去年是真的不知道图书馆就在紫月上？言正礼想着，继而又想到了下一个问题："等一下，既然她只是你的化身，根本不是真的丹里尔雅娜，为什么会有圣女病，而且最近一年来日趋严重，眼看着已经是晚期了？"

"直白点儿说就是'装病'，但有原因。一方面是继承了丹里尔雅娜身份的我体验人生、学习人性的必须经历；另一方面，装病也是在满足她小小的私心。她从小被当做杀人机器培养，后来又被异教徒抓去洗脑，一生被仇恨与矛盾裹挟……她一直很想知道，被人真心痛惜是怎么一种感觉。"

言正礼一脸茫然："啊？所以她告诉我许愿无法治好圣女病，只是想骗我担心？"

荆樊叹了一口气，突然换了个腔调："言殿你啊，这么会抓重点，为什么却看不透女孩子的心呢？"

你顶着一张荆樊的脸能不能不要突然用丹璃的语气讲话啊！言正礼很想这么吐槽，可这时，回忆片段也放到了重点——

夏末初秋，夜晚的汉口江滩上摆着一座倒扣的废旧船舱，锈迹斑斑。丹璃就躲在里面，抱着膝盖漂浮在半空中："档案编号 C.E.20180815……当事人死了……我也不想这样的。

"档案编号 ┌── ┌──────┼……当事人造成的破坏无法弥补……对不起。

"言殿？不……我一点儿都不想让他受伤……我……"

……

每一个错误奇遇引发的问题都堆积成了负面情感，看丹璃的神情就知道她已经不堪重负。

"所有的不幸，所有的痛苦……都是我的错吗？我想让一切……都回到最美好的样子……"丹璃撕扯着自己的白发，无意识地使用了魔法，身边的细沙随着她的情绪波动旋转飞舞，越来越强，甚至形成了一场旋风沙暴，将船舱都掀上了天！

突然间，她听到了一个冷冰冰的合成音："警告，警告，化身负面情绪强度超过警戒线，系统即将切断精神联系，三，二，一……"

丹璃愕然回神，又听到不远处传来路人的尖叫声，这时她的齿轮中响起了另一个声音："是

242办公室的丹里尔雅娜吗？我们这边新来的案子，备注上写着一定要请你帮忙……"

"备注？那也就是说这是主计算机的安排？"丹璃还没想明白，但一个黑窟窿已经出现在了她面前。黑窟窿那边是一条大船，上面站着两个穿莱克德服饰的少年。丹璃若有所思，钻过了黑窟窿。

一段时间后，主计算机在图书馆里收到了系统提示——图书馆附近的一条时空裂缝旁，有一只大章鱼正在袭击一个协调员！

"你讲话也太拐弯抹角了！我帮他们解决了案子之后就在这一带的海面上到处找线索，找了七八天才发现这个时空裂缝，然后看到了图书馆！原来你指定我协助这个案子，就是为了告诉我图书馆的位置？"

主计算机点点头："因果律不允许我直接说出位置，我只能这样。"

"你怎么想到把图书馆藏在这种地方的？紫月呢？紫月不是主计算机的中枢吗？这里是不是大章鱼的巢穴？图书馆现在是不是离莱克德有点太近了？树根刚才都差点穿过时空裂缝伸到莱克德的半空中了你知道吗？这样会不会引发空间扭曲啊？"丹璃像连珠炮似的问个不停。

奇遇办
②
主计算机
ZHU JI SUAN JI

主计算机微笑道："Mr.PH 3 的袭击后，我启动了安全预案，在论证了四十多万次之后改装了中枢，把它也尽量'云化'了，剩下无法'云化'的就是这些，为了方便你进来，我才暂时把它开到这么近。之前系统说你负面情绪太强，切断了我们的联系，可我还是想和你谈谈。"

"为什么要'谈'？我们不是只要身体接触就能恢复精神联系了吗？"丹璃说着，笑嘻嘻地走向主计算机。

可主计算机却往后退了一步："丹里尔雅娜，你为什么带了一张画着魔法阵的毯子进来？"

主计算机的言行，丹璃都看在眼里，她不笑了。她把那张毯子摊在地上，起身慢慢说："你不觉得……这世界其实并没有那么需要奇遇吗？"

主计算机又往后退了一步："我的系统设定不会让我这么'觉得'。"

"可我觉得了。也许这就是系统切断我们联系的原因。"丹璃试着靠近主计算机，恳切地说，"我们把计划文件毁了吧。没有奇遇的世界，就不会有错误，也不会存在不必要的希望与不必要的痛苦……"

"我认为奇遇是这个宇宙不可缺少的一部分。"主计算机显得有点儿难过，"我想和你谈谈，原本也是希望能化解你的负面情绪……"

丹璃对此不屑一顾："很多人的命运，并不是经历一场奇遇就能改变的。你所谓的奇遇，不过是像烟花一样转瞬即逝的东西。"

听她这么说，主计算机叹了一口气，露出了悲戚的神情："我原本只是从理论上理解人有爱也有恨。是你的视角让我第一次真正感受到了爱和恨是什么，可现在，所有的憎恶与痛苦都集中在了你身上。对不起。"

话音未落，周围的书柜已经旋转飞了起来，渐渐形成牢笼，将丹璃困在其中。

可这点东西哪里拦得住丹璃的魔法？她一挥手它们就被弹开了，系统提示音再次响起："化身负面情绪过强，建议销毁，建议销毁……"

这声音是从丹璃的齿轮里传来的，它随即从丹璃的口袋中飞出、变大，从天而降套住她，限制住了她的行动！紧接着，声音消失了，整个齿轮都被寒冰冻结，然后碎得四分五裂。

丹璃环顾四周，发现自己被许多书柜团团围住，而且包围圈还在逐渐缩紧。主计算机不知道躲在哪个书柜后面。她不由得冷笑了一声："你知道计划文件在哪里，我曾经也知道，但现在你肯定把它藏起来了。你的权限有限，只能躲在图书馆里玩书柜和齿轮。这些我也知道。只是没想到,你会不赞同我的想法……"说着又轻蔑地摇摇头，"你还是不懂人，也不想真的去理解人的感情。你用我来学习感情，可最后，我却成了你的感情垃圾桶。你真可怜。"

丹璃抬起手，那张画着魔法阵的毛毯自动飞到她脚下，然后她拿出一张符纸，就这么消失了，只留下一句话："算了，我先想想其他办法。"

〔〇九〕

"消失了？怎么回事？隐形魔法？"注视着这段记忆的言正礼问。

"我检索了那个魔法阵的用途，那是个瞬间移动魔法阵。"

言正礼想起来了，他们以前在莱克德见人用过这东西，丹璃是利用了"图书馆虽然处于混沌空间内却离莱克德大陆非常近"这件事，直接通过魔法阵回到了莱克德！

他忙问："这是去年九月的事？后来你没有给她发个全时空通缉？"

荆樊摇摇头，言正礼惊讶的表情在他意料之中："是的，以我的权限连对她进行全时空通缉都做不到。因果律不允许我对所有世界进行直接干涉。我唯一直接介入世界的方式就是——我的化身，丹璃。"

言正礼扶额："我终于知道丹璃以前说'主计算机什么都知道，只是需要执行者'是什么意思了……那你就不能用类似找丹璃进图书馆的那种拐弯抹角的方法通知我们？"

"你和束蚀Ⅱ不是经常觉得我给的任务提示很怪、甚至怀疑我出毛病了？"荆樊露出了苦笑，"毕竟你们不像丹璃那样曾与我紧密相连，想不到也是正常的。"

至于后面的事情，有一部分言正礼知道，但也有些出乎他的意料。主计算机让图书馆驶离时空裂缝，重新回到了混沌空间的深处。而丹璃毁掉的那个齿轮是她重新申请的新齿轮。她来到之前和言正礼一起遭遇袭击的地方，找到旧齿轮的残骸，用魔法回滚它。每当主计算机锁定它，她就再回滚一次——反正她现在也不需要业绩了。之后，她不但继续使用这个齿轮，还把它借给空裁 π，指使她制造出了维修机器人的复制品，四处封闭那些自然形成的时空裂缝，减少奇遇的发生。至于她自己，要么病休，要么蹭着用言正礼的齿轮，他觉得她是病人，事事迁就她，一直没察觉到异常。

"对了，"荆樊顺便补充了一句，"丹璃一直凭借魔法制造幻觉，让空裁 π 把她当成女儿，只有空裁 π 来到图书馆的那一次，见到的'女儿'是我。不过她区分不出来。"

"所以丹璃想让奇遇不再发生？可我记得……'人们在不同世界、不同时空之间的往来会带来能量的交换，奇遇办分配、协调奇遇的主要目的是维持各世界间的能量平衡'……"言正礼又想起了转正时听到的这句话。

荆樊耸耸肩："破坏这种平衡，就是她所谓'让世界恢复到最美好的样子'，也是空裁 π 所谓的'让自然的秩序再一次得到尊重'。"

"可如果世界上没有了奇遇，抹消的并不仅仅是错误和希望吧？"言正礼想起了昏睡的葛澄澄，还有市内反常的暴雨，"是不是还有许多悲剧会无法得到拯救？"

荆樊无奈地点头："所以伊普西龙城和贝塔城撞在了一起，一千万人的生命就这么……"

原来那起事故也和"没发生的奇遇"有关系？听他这么一说，言正礼眉头深锁："我还是觉得我所认识的丹璃不是这样的人……"

"你所认识的丹璃是她，也是我啊，言殿。"荆樊又笑了，然后给言正礼看了最后一段记忆。

那就发生在言正礼陪陆缘冰救空裁 π 的同一天。树桩图书馆是故意出现在空裁 π 的返程路线上的，目的就是把救援空裁 π 的言正礼给吸引过来，结果丹璃先来了。

"你为什么还能找到这里？"主计算机十分惊讶，但没有现身。

"我毕竟和空裁 π 相处了很久。得到阿尔法城'大门'相关的信息之后，我很快意识到所谓'混沌空间'就是我上次找到你的地方。后面的事情就不难了。"白发白裙的丹璃说着，从口袋里摸出一些红色宝石，它们都镶在刻着精致花纹的金色底座上。仔细看看会发现，那些精致的花纹都是魔法阵。

"虽然这里离莱克德很远，但增强魔力的炽晶石还是能用的哦。"丹璃笑嘻嘻地说，"我这次可是做了万全的准备。要么你给我计划文件，要么，我就把你和整个图书馆都回滚到初始状态，为此耗尽魔力也无所谓！"

主计算机没有回答，然而很快，无数个齿轮奔涌而出——图书馆里为协调员们储备的所有齿轮都洪水般扑向丹璃，几乎将她淹没！

就在这时，言正礼出现了。

主计算机急匆匆地赶过去，把"猫"交给了他。言正礼正想问话，图书馆里突然一片黑暗，远处还传来了爆炸声……

注视着这段记忆，言正礼忍不住问："你明知道我和她走得近，很容易被她找到，为什么要给我？为什么当时不告诉我绝不能把它交给丹璃？"

"当时我原本也准备了现在这种记忆档案，但没想到丹璃会来，记忆档案和其他书架一起被她毁坏了。我正打算临时改成口头提醒你，丹璃又炸了我的驱动引擎……短时间内我计算了五千多种可能性，结论有二：首先，为了你的性命安全，必须马上把你送出去；其次，就算她能夺回计划文件，花费的时间也够我准备其他方案了。总之，这是个没有办法的办法。"荆樊笑了笑，又说，"故事讲完了，接下来该解决问题了。"

[一〇]

丹璃现在已经拿到了计划文件。她接下来的目的就是与荆樊发生身体接触。一旦碰到，他们之间的精神连接就会恢复，而丹璃可以借机使用主计算机的权限毁掉计划文件。

言正礼觉得这种系统设置充满了槽点，但荆樊说，设计者预想过很多情况，毁掉计划文件是一种应急方案，并且没有直接干涉任何世界，所以这个思路并没有问题，问题只是主计算机选的化身不对。

"换句话说，她就是我自己酿成的错误奇遇。"荆樊苦笑着说。

"可我喜欢这个丹璃。"言正礼直言不讳，"我觉得，那个又想享受平静生活、又忘不了国仇家恨、在两种教义与两个身份间挣扎、还记挂着没有血缘的家人……却又故作天真掩盖这一切的丹璃，很真实，很鲜活。诚如你所言，她是'她'，也是'你'。她的经历就是你的经历，你们犯了错，但她本身并不是一个错误。我依然觉得这一切现在还来得及挽回。"

"谢谢，真想永远记住这一刻的你啊。"荆樊脸上露出了莫测的笑容。言正礼恍惚觉得，他看起来有点儿像墓园里的天使雕像。

而这时荆樊又说话了："可我们眼前还有一个问题。"

238

主计算机目前的安排中原本并不包括言正礼和束蚀Ⅱ的出现，而是计划一边等Mr.PH 3回来帮忙，一边利用机器人矩阵干扰丹璃施法——丹璃见不到主计算机，就打算用魔法回滚整个图书馆。可束蚀Ⅱ让机器人矩阵全部瘫痪了。尽管主计算机尽快联系了他、告诉了他目前的情况，他也来不及解除自己做的设置，只来得及救言正礼。

"我当初把他调到你们242办公室，就是看中了他高超的技术水平，没想到反而坑了自己……"荆樊笑得有些苦涩。

Mr.PH 3是什么时候站到主计算机那边的？来不及细想这个问题，言正礼连忙问："那现在丹璃已经在施法回滚了？"

荆樊点了点头："我还能用书柜干扰她一下，但没什么效果。"

危机迫在眉睫！

言正礼的脑子转得飞快，突然想到了一个办法。他觉得这个办法很不要脸、非常对不起丹璃，但一时间也没有更好的想法了。

"不能让丹璃碰到你。但丹璃看到的'你'是我。所以，由我来假扮你，假意同意与她接触，然后抓住她！"

"仅仅是抓住她……你觉得有用吗？"荆樊显得很无奈。

"不然难道你真的要'销毁'她？"言正礼认真地问。

荆樊又笑了："好吧，我也不愿意让你难过。不过，我还有补充方案。"

下一秒，言正礼回过神来，发现自己站在图书馆的另一个角落里，半空中回荡着主计算机的声音："丹里尔雅娜，我准备好了，过来找我吧。"

言毕，荆樊又出现在言正礼面前："头发都乱了，一点儿都不像你，快整理一下。"

是啊，乱糟糟的狼狈样子会在丹璃那里露馅的。言正礼深吸一口气镇定下来，连忙整理好仪容。

这时，丹璃追了过来，她手里抱着一个看起来像铁盒子的东西。看到言正礼站在那里，她试探地问："言殿，是你吗？"

"不，是我。丹里尔雅娜。"言正礼站在光线很弱的地方，故意模仿主计算机的语气说，"这次我不会再让你……"

丹璃把那个铁盒子转了过来，里面是一个被透明保护层包裹的粉红色大脑："那你会在乎你的协调员死活吗？"

那是束蚀Ⅱ！

言正礼连忙说："放过束蚀Ⅱ，过来和我握手吧。我已经做好了万全的准备，只怕你和我精神相连时会反过来被我吞噬呢。"

"你可真会虚张声势。"丹璃走向言正礼时，束蚀Ⅱ的大脑被风魔法所包裹，飘浮在她身边，而这时她已经抓住了言正礼的手，但随即发现不对，"不……你是言殿？为什么你……"

言正礼没有回答，而是一手拿出限幅器臂镯拷住了丹璃的手臂，一手搂紧丹璃往后退了一步——主计算机在这里放置了丹璃留下的瞬移魔法阵！

"我们一起回莱克德吧。"言正礼说着，扔出了荆樊给他的符纸。

接下来，他们就该按荆樊所计划的那样。由于图书馆又被悄悄开到了离莱克德最近的那条时空裂缝边缘，所以瞬移魔法阵可以正常运转，一旦他们一起被魔法阵传送到莱克德，那边早就有其他协调员设下的天罗地网等着抓住丹璃……

然而什么都没有发生。

言正礼怔住了，丹璃冷笑："我上次瞬移之后难道不会毁掉那边对应的魔法阵吗？这是谁出的主意？"

言毕，丹璃又一次试图对言正礼使用魔法，但她被限幅器限制住了。这时，一个意想不到的人出现了——

是Mr.PH₃！他满身都是蓝色的血，拿着斩空之剑径直刺向丹璃！

丹璃毫不犹豫地把言正礼推到了自己面前。

Mr.PH₃愣了一下，剑没能刺下去，而就在他愣神的这一秒，丹璃强行注入魔力毁掉了限幅器，手中随即发出一阵强风，把附近的书架全部推倒在了Mr.PH₃身上！

她转过身，走向言正礼："就算我并不是一个真正的圣女病晚期患者，这么突然拔高魔力输出也是很累的啊，言殿。"

言正礼还没想明白为什么荆樊的补充方案会漏洞百出，就看到丹璃手中出现了寒冰化为的利刃。

"真没想到你会骗我，还亲手给我戴上了我最讨厌的限幅器……"丹璃这么说着，看起来倒是并不生气，脸上反而又出现了那种悲悯又温柔的神情，就像她实现愿望杀死养父的那一刻。

言正礼往后退了一步，结果被地上的一片狼藉所绊倒。Mr.PH₃还在那堆书架里挣扎，显然也无法救他……这下完蛋了！

言正礼来不及起身，慌乱中也没摸到自己的齿轮，只是下意识地抬起一只手挡在身前，丹璃的冰刃随即擦破了他的手臂，径直刺向他的胸口！

然而最后一秒，她停住了。

是荆樊拉住了她。

丹璃立即扔下冰刃，对言正礼眨了眨眼睛："吓到你了吧？"

她并不是真的想杀死他，她的真实目的就是逼迫荆樊现身！

在言正礼愕然意识到这件事时，那个绿幽幽的小方块已经升到了半空中，迅速膨胀、变大，然后崩塌、消解。

丹璃成功了，计划文件被毁了，而他们做不了任何事。她朝着荆樊露出了胜利的笑容，荆樊也笑了，笑得很无奈，但随即将她扑倒在地。

与此同时，满身蓝血的 Mr.PH 3 终于爬了起来。他举起斩空之剑，一剑贯穿了两个人的身体，钉在他们身下的魔法阵上。

绿幽幽的大方块化为无数绿色的细沙，像一场春雨般纷纷扬扬落下，而斩空之剑所刺出的贯穿伤口中随即燃起蓝色的火焰，被贯穿的两个人与身下的魔法阵都像着火的纸片般燃烧起来，化为灰烬。

［一一］

言正礼觉得自己的理智突然断线了。

最后的那短短几秒内，他看到自己眼中的荆樊变成了丹璃，穿着水手领的校服，还是平日模样。这个"丹璃"把白发白裙的丹璃按在地上，随即两人一起被斩空之剑刺穿，身体被蓝色的火焰点燃……也就是这个时候，不远处一个黑窟窿凭空出现，满脸焦急的自己冲了出来！

"当珍贵的机会摆在眼前，做过再后悔比没做过而后悔好。"

这句话从言正礼脑中掠过，他没再犹豫，拿出齿轮，回到过去，下决心要挽回这一切！可他却只来得及从另外一个角度看到两个丹璃同归于尽。

两个丹璃在说着什么，那个绿色大方块所消解成的无数绿色细沙在蓝色火焰中消散，听到齿轮中传来了代表着"违规操作扣业绩"的短促提示音……还有远处那个无力地注视着这一切的自己。

就差那么一点儿了！就不能再往前一点儿吗？回溯到 Mr.PH 3 拔剑前！

言正礼再次穿过了齿轮，可看到的还是那令人揪心的一幕。然后是第三次，第四次，第五次，第六次……一次又一次徒劳的回溯中，他终于想到，齿轮在图书馆不能用，除非直接受主计算机支配，那也就是说，是主计算机在控制他所能回溯到的时间点，主计算机想做什么？

他开始留意两个丹璃的口型。

第七十六次，言正礼终于看清楚了，甚至幻觉自己听清楚了。

"我没事，救计划文件。"

"如果是我就不会舍得让你这么痛苦。"

可这两句话究竟意味着什么呢？言正礼还没想明白，两个丹璃又一次随着蓝色火焰的消散而消失无踪。

而再一次回溯，言正礼一钻出齿轮就大喊"我该怎么救计划文件啊"，没有人回答他，但他发现了，丹璃费劲地朝着半空中略微抬头——半空中，那个绿色大方块所崩塌成的无数绿色细沙，正缓缓落向那片蓝色的火焰，与它们一起燃烧、消逝。

他觉得自己明白"救计划文件"是什么意思了——只要尽量救下计划文件，就能一并挽回丹璃！

第七十八次穿过齿轮，言正礼的心里已经清楚了接下来该做什么，可这一次，齿轮中传来了与之前七十七次都不一样的提示音——业绩即将耗尽，齿轮到达使用极限。

是最后一次了吗？

带着强烈的紧迫感与渺茫的希望，言正礼落了地，又一次目击了被贯穿的两个丹璃燃烧、消散，让他心如刀割。可他却没再犹豫，而是抬起双手，尽可能地抓住半空中即将消失的绿色小方块，哪怕做这件事的难度仿佛用双手去抓住清晨的雾霭。

但他毕竟还是抓住了一些。

只是当他低下头，发现束蚀Ⅱ的大脑仍在，Mr.PH 3 筋疲力尽地倒在地上，斩空之剑稳稳地插在地板里……只有两个丹璃依然随着蓝色火焰消失无踪，不留一点儿痕迹。

言正礼难以置信地看着自己的双手，那满手的绿色细沙倾泻了一地。

"我到底是救了她……还是害了她？"

[归零]

再醒来时，言正礼不知道现在是什么钟点，也不知道自己睡了多久。回想之前的事情，他模模糊糊地记得自己好像是因为绷紧神经一连做了七十八次时间回溯，极度疲倦，不知什么时候就失去了意识。

环顾四周，他看到自己坐在笛衡的那艘小飞船里，身上还系着安全带。视窗外的景象是混沌空间那片熟悉的橙色，混乱而虚无。飞船的驾驶舱上摆着一个铁桶，铁桶上插着很多线，里面想必放着束蚀Ⅱ的大脑。Mr.PH 3 懒洋洋地摊在副驾驶座上，臂弯里插着吊针针头，输液袋里盛着蓝色的液体，他的另一只手里拿着一个小玻璃瓶，瓶子里满是绿色的细沙。

"丹璃呢？"言正礼问出这句话时，只觉心口一疼。

"你好好回忆一下。"Mr.PH 3 耸耸肩，声音还是那么嘶哑。

言正礼沉默了一会儿，然后拉开安全带站起身来，一把拎起了 Mr.PH 3 的领子："你为什么要那么做？你……"

Mr.PH 3 疼得倒吸着凉气："轻点儿好吗？我可是重伤员！被你家丹璃暴打了三次！这都输到第二袋血了，几处骨折和内出血还没来得及治呢！"

言正礼愕然："那你是怎么从那堆书柜里爬出来挥剑的……"

"全靠我们太空军急救包里的'振奋剂'，一种类似肾上腺素的东西。"现在的 Mr.PH 3 看起来比之前还要破烂，半是狰狞疤痕的脸上又增添了新的伤口，却是一脸如释重负的轻松表情，见言正礼暂时陷入了沉默之中，他又说，"看来只有你不知道啊。一切都是主计算机安排的。它的计划原本就是用斩空之剑消灭丹璃，也预料到了搞不好会搭上自己，还知道你绝对不会同意这么做。所以，那个漏洞百出的方案，'传送到莱克德再抓起来'什么的，只是为了瞒过你才编的。"

言正礼又是难过又是生气："你是怎么同意帮忙的？主计算机给你洗脑了？"

"想洗脑我可没那么容易！"Mr.PH 3 气愤地一挥手，然后叹了一口气。

去年，Mr.PH 3 在图书馆里黑进了主计算机的中枢后，就发现了丹璃是主计算机的化身。他怀着侥幸心理制作了一个针对丹璃的幻境，结果也影响了主计算机的应对速度，实在是意外的惊喜。被丹璃用魔法"回滚"之后，他的颅内辅助芯片被重置了，脑子一度也不太清醒，但还是记得"丹璃就是主计算机"这件事，所以才跑去攻击丹璃，并间接导致言正礼重伤。后来他被主计算机接管，冷静了一些，再然后，他就被主计算机说服了。

主计算机给他的惩罚是让他每天看一千个奇遇档案，都是被主计算机分类为"负面走向"的那种。有的人做了一场美梦却没能扭转颓丧的现实，有的人在无法挽回的错误奇遇中失去了性命，有的人经过奇遇的洗礼得到了成长，选择了一条伟大但痛苦、甚至牺牲了自我的道路……

"主计算机不但让我看，还要我写改进方案。陆陆续续写了五百个之后，我服了，我认错，我当年那点儿委屈算个屁啊！"说到这里，Mr.PH 3 一摊手，"规划奇遇这份工作太可怕了。如果从宏观角度来看，只要奇遇增加了各世界之间的交流与'可能性'就是好的。但如果细化到每个人——你永远不可能让所有人都得到好结局，而且怎么走都可能出错。这工作不适合感情丰富的人……不，它根本就不是人干的！难怪丹璃崩溃了。"

至于后面的事情，言正礼只知道一半。

Mr.PH 3 决定帮助主计算机来偿还自己犯下的错误。他离开图书馆抵达了阿尔法城，但因为之前在图书馆附近和丹璃打了一场，到阿尔法城时已经晕过去了。言正礼他们以为他是逃走的，但他实际上是受主计算机派遣，来阿尔法城找过去遗留在这里的一把斩空之剑。他回图书馆前毁掉了阿尔法城所有能进混沌空间的设备，是因为主计算机的决战计划中只包括自己、Mr.PH 3 和丹璃。

如主计算机所设想的一般，丹璃拿着计划文件抢先一步抵达了图书馆，再次威胁要用修复魔法回滚整个图书馆："过去和未来，你只能选一个。"

主计算机没有现身，但派出了机器人矩阵围攻丹璃拖延时间，直到 Mr.PH 3 带着斩空之剑赶来。之后双方进入了持久战，打破这一僵局的却是束蚀 II 的行动。由于机器人矩阵瘫痪，丹璃得到可乘之机，打伤了 Mr.PH 3，再次试图使用魔法，而这时，言正礼出现了。

得知这一切的主计算机只好临时改变计划，让束蚀 II 赶紧救出言正礼，原本希望言正礼配合自己的计划，言正礼却提出了"我来当饵抓丹璃"这个天真的想法。

"可主计算机其实很明白，首先很难抓住她，更难的是还要确保尽量不对图书馆和你造成损伤；其次，仅仅抓住她是无法解决问题的，所以……它骗了你。"

听到这里，言正礼怔怔地松开了 Mr.PH 3 的领子。

这时，小飞船被一阵暗流侵扰，颠簸中他摔倒在地，磕青了额头，但他也没太在意。引擎的噪音，暗流的汹涌，混沌空间里的种种危险，以及所有世界的命运……对此刻的他来说，突然都不重要了。言正礼满心都是那七十八次时间回溯，他还想起了自己当初原本是想救荆樊的，真正的那个荆樊。然而主计算机在他面前从荆樊变成了丹璃，说明丹璃才是他现在最在意的人，可无论是荆樊还是丹璃，他谁都救不了……甚至连丹璃和计划文件也无法两全！那自己放弃原则放弃愿望做出的这些努力，到底有什么意义呢？

束蚀 II 不说话，Mr.PH 3 扭过了头，都假装没有看到言正礼的眼泪。

甚至连言正礼自己都是刚想起来——他一直以为现在的自己已经足够理性冷静了，到现在才想起，原来自己也是会哭的。久违的泪水像强酸，像岩浆，蚀刻过他的脸，也灼烧着他的心。

哭着哭着，言正礼突然觉得自己想通了那几句话的意思。现在看来，荆樊那时候说"我也不愿意让你难过"，其实已经是在打算骗他了；而丹璃最后说的"如果是我就不会舍得让你这么痛苦"，则是明知"我没事，救计划文件"是假话，明知最后他还是会痛苦……他们明明都想拯救对方，为什么最后却是一场虚空？

"做过再后悔比没做过而后悔好"，现在想想这句话也没错。如果他什么都没做，现在一定在为空虚与懦弱而痛苦。但在放弃了"不改变历史"的原则也放弃了攒业绩许愿的可能性，拼尽全力回溯了七十八次之后，他痛苦的是，就算能够再重来一次……他似乎也做不了什么。

主计算机给他的选项，其实只有救或者不救计划文件，从来不包括救回丹璃。

对了，计划文件……

言正礼抹了一把眼泪抬起头，看向 Mr.PH₃ 手中的那个玻璃瓶，里面满是绿色的细沙。

"拼了命救这些东西有什么用？"言正礼问。

"不知道。"Mr.PH₃ 摇了摇瓶子，它们随即轻盈地起伏飘洒，纷纷扬扬，就像水晶球灯里的一场微型雪景。

"那……我们接下来能做什么？"

"我也不知道。"Mr.PH₃ 耸耸肩，"但我觉得关键点可能在你。你应该也注意到那件事了吧？丹里尔雅娜本尊去世的时间相当于地球的 2017 年，为什么主计算机存在了那么久，偏偏在这个时代选择'化身身份'？和平的异世界、和平的国家那么多，丹璃又为什么一定要选择去时玖中？其实原因都是一样的。"

他看着言正礼，没再继续说下去。但言正礼已经听懂了弦外之音。

原因就是他，言正礼。

可是怎么可能呢？自己只是一个没有任何特殊能力的普通高中生……言正礼困惑地问："你确定？你有什么证据？"

Mr.PH₃ 还是那副满不在乎的嘴脸："信不信随你。"

而这时，束蚀 II 终于说话了："我觉得他说的是真的。回想一下我上次和你说的……"

他这么一说，言正礼感觉好像知道了什么，又感觉好像更迷茫了。因为束蚀 II 指的是，他第一次对言正礼使用骨传导设备时悄悄告诉他的事——

"你在奇遇办的档案有问题。一般人的详细档案里会有一个以出生日期为主的'个人编号'，还有一个标注了奇遇发生日期的'奇遇编号'。协调员则只有'个人编号'，'奇遇编号'是空白的。而你不但两者都有，还全部被加密了。"

时间过得很快又很慢，《奇遇办2》的故事也结束了。

鉴于有不少读者说看完《奇遇办1》的结尾时觉得被塞了一嘴刀片，我估计你们看完《奇遇办2》之后大概已经在预谋寄刀片给我了！所以这里我要先说两件事——

首先，我觉得第一卷和第二卷的结尾都不虐啊！请大家锻炼一下心理承受能力好吗？除非你是安丽卡和戈雷的"CP粉"，那我就自觉地躺下，你打我吧。

其次，这才第二卷！不要害怕！让我们展望一下第三卷的美好未来吧——

说到第三卷，就要先说说这个系列故事的主旨。

回望《奇遇办》第一卷，故事主旨是"如果一个人既不能选择自己的出身，也不能选择自己的命运，至少还可以做到尽全力、不后悔"。到第二卷结束时，言正礼对人生的认识已经悄然变成了"当珍贵的机会摆在眼前，做过再后悔比没做过而后悔好"。至于第三卷，这里不妨先剧透一下，它的主旨是："尽管希望令人痛苦，还是必须心怀希望。"

在你的生活中，有没有过一些时刻让你觉得"求而不得却拼命挣扎"太过痛苦、"放弃希望尽情坠落"会更轻松呢？一定有过吧。不论你想要的是买不起的收藏、考不进的学校、去不了的地方，还是碰不到的人和无法实现的梦想，那么最后，你是如何选择的？是拼尽全力去追求"做过再后悔比没做过而后悔好"，还是认清现实后选择一条其他道路？

《奇遇办3》想讲的，就是关于这些问题的故事。

回望我自己十几岁时写的日记，大部分时候痛苦的元凶都是"该继续期待缥缈的可能性，还是该放弃挣扎"，到了现在，我很少再有这种困扰。这不是因为我的梦想都实现了，也不是因为我彻底放弃了挣扎，而是因为——真实的人生大抵是"折衷"的。

想要的东西那么多，我确实是放弃了一部分，但抓住了另一部分。这两方面的经验调和到一起，就成了我现在正在走的道路，也构成了我对这个世界的认知，写进了我笔下的故事里。

就像陈怀哉说"人生难免充满了来不及，和求不得"；就像路一言说"在明白了人性就是总会后悔，总会忍不住想象'选其他路会不会更好'之后，才能真正说服自己不要总是为过去的错误而悔恨"；就像丹璃说"人生来就是孤独的，你要学会接受孤独，与你的孤独做朋友"；就像言正礼一次又一次地说"人生本来就没有意义，意义都是自己找的"。

这些故事，有人说热血，也有人说灰暗。我自己觉得是两者都有，或许可以把这种风格概括为"丧燃"，"又丧又燃"。

毕竟，当你真的走在追求梦想的道路上时，其实是没有太多昂扬和激情的时刻的，有的只是……一种必须坚持下去的执着与信念。

"故事是对生活的比喻"，所以在故事里坚持希望的人总会有所得，而在生活中，"所得"是不一定的，坚持本身就是最大的意义——是你从原本没有意义的人生里，亲手找到的那个意义。

这些话原本应该在第三卷结尾说的，不过我想那时我可能会有其他更多的想法要讲，不如就现在先写为快。

至于最后，当然是要和大家一起念基督山伯爵的名句——

"等待，并心怀希望吧！"

PS：和"斩空之剑"一样，"因果律不允许我告诉你这个答案"这句话也是出自《魔导圣战 风色幻想》。

另外，想了解《奇遇办》系列其他故事里的典故出处和历史考据，可以关注"漫客小说绘"公众号并回复"奇遇办机密档案2"，即可获得趣味小知识哦！

奇遇办 ②

作者

伊谢尔伦的风

绘图

白邬东

封面设计

杨小娟

内文版式

周沫

责任编辑

万旭进

出版社

中国致公出版社

总出品

湖北知音动漫有限公司

制作出品

知音动漫图书·漫客小说绘

官方微博

https://weibo.com/xiaoshuohui

平台支持

图书在版编目（CIP）数据

奇遇办.2 / 伊谢尔伦的风著. —— 北京：中国致公出版社，

2020

ISBN 978-7-5145-1605-0

Ⅰ. ①奇… Ⅱ. ①伊… Ⅲ. ①长篇小说－中国－当代

Ⅳ. ①I247.5

中国版本图书馆CIP数据核字(2020)第036052号

奇遇办 . 2 伊谢尔伦的风 著

出　　版	中国致公出版社	
	（北京市朝阳区八里庄西里 100 号住邦 2000 大厦 1 号楼西区 21 层）	
出　　品	湖北知音动漫有限公司	
	（武汉市东湖路 179 号）	
发　　行	中国致公出版社（010-66121708）	
作品企划	知音动漫图书·漫客小说绘	
责任编辑	万旭进	
装帧设计	杨小娟　周　沫	
印　　刷	武汉兢诚意印刷有限公司	
版　　次	2020 年 11 月第 1 版	
印　　次	2020 年 11 月第 1 次印刷	
开　　本	710mm×1120mm　1/16	
印　　张	16	
字　　数	324 千字	
书　　号	ISBN 978-7-5145-1605-0	
定　　价	42.80 元	